京城侠谭

林遥◎著

陕西新华出版传媒集团
太 白 文 艺 出 版 社

图书在版编目（CIP）数据

京城侠谭 / 林遥著 . — 西安 : 太白文艺出版社，2018.8（2025.4重印）

ISBN 978-7-5513-1483-1

Ⅰ . ①京… Ⅱ . ①林… Ⅲ . ①长篇小说—中国—当代 Ⅳ . ① I247.5

中国版本图书馆 CIP 数据核字 (2018) 第 138023 号

京城侠谭

JINGCHENG XIATAN

作　　者	林　遥
责任编辑	蒋成龙　姚亚丽
封面设计	凤凰树文化
版式设计	凤凰树文化
出版发行	陕西新华出版传媒集团 太 白 文 艺 出 版 社
经　　销	新华书店
印　　刷	廊坊市博林印务有限公司
开　　本	700mm × 1000mm　1/16
字　　数	336 千字
印　　张	21.25
版　　次	2019 年 4 月第 1 版
印　　次	2025 年 4 月第 3 次印刷
书　　号	ISBN 978-7-5513-1483-1
定　　价	52.00 元

联系电话：029-81206800

出版社地址：西安市曲江新区登高路 1388 号（邮编：710061）

营销中心电话：029-87277748　029-87217872

目录

序一 清末的游侠列传

贾树森

小友林遥，自幼好武，于困境中成长时自入文学之门，痴书好古，学而博杂，尤喜钻研近代历史。一日登门，为我带来一部描写清末武术家的小说《京城侠谭》。

掩卷之后，感慨良多，一股凛然正气贯穿全书。小说带有浓重的纪实风格，作者把故事放在了戊戌变法的大背景下，其所述者皆为武术界的真人真事，由一人带出一人，一事引出一事，层层递进，水到渠成。虽为小说，却用笔精细、考证翔实，虚实结合间颇得史笔三昧，宛若一部清朝末年的游侠列传。

小说故事主线和创作风格较为传统，读来感觉是作者有意为之。令人欣慰的是，全书融进了大量武术史实，对于不了解武术特别是武术历史的人来说，此书甚至可以成为学习资料。书中以八卦掌前辈尹福为主线，贯穿了八卦掌祖师董海川、太极拳大师杨露禅，以及同时期的程廷华、杨班侯、郭云深、李瑞东、张长桢、霍元甲、王五、杜心五、吴鉴泉等一大批知名武术家的故事。霍元甲、王五、杜心五等人由于影视作品的演绎而家喻户晓，但其他武术家却鲜为人知。广大读者可以通过这部小说了解并认识这些武术家，这对普及和传承武术大有好处。

我自幼习武，至今已有四十九年之久，对小说中所提到的八卦掌、太极拳、形意拳都有所涉猎，受益匪浅。1993年，余师从程式八卦掌主要代表人孙志君老师，专习程式八卦掌及器械，并成为其入室弟子，对武术只敢说略有心得。作为一名常年习武的人，我更愿意从读者的角度去看待这部作品。武术与文学一样都是无止境的，都是可以穷其一生去追求的艺术。文者尚武、武者从文都是难得的，一如班超、辛弃疾等先贤为后辈所敬仰。

武术是中华文明传统文化中的瑰宝，而侠文化则是中国武术文化中深受崇仰的组成部分，“武德”一直被历代习武者所重视。“侠之大者，为国为民”，所以真正的侠客多与英雄画等号。愿天下习武者皆有侠士情怀，愿后辈学子能将武术继承并发扬光大。

是为序。

2008 年 3 月 北京 双奇轩

（作者系北京市武术协会理事、北京八卦掌研究会原会长）

序二 谁说回炉的烧饼不香

刘一达

八成是读者的猎奇心理使然，这几年，有关游侠志怪之类的书又有回潮之势。在互联网时代，纸质图书的销售让书商们直嘬牙花子，但这类好玩又好看的书依然能找到卖点。

写武侠的书，虽然题材相同，但根据要表达的思想主旨，又分为若干种：有写恩怨情仇的，有写因果报应的，有写儿女情缘的，有记录事件的，有描写历史人物的，等等。《京城侠谭》大概属于最后两种，即通过具体事件来描写历史人物。

通常这类书比较难写，因为既要写出事件的来龙去脉，又要写出历史人物性格上出彩的东西来。所以，要求写的故事一定得曲折生动。

当然还要写得离奇但又不离谱儿。故事传奇，却又不能离历史真实太远，换句话说，就是不能由着性儿去随意编故事。因此需要作者有相当的文学功底。

在这些方面，《京城侠谭》的作者林遥把握拿捏得比较到位。

这部小说把上面说的要素都体现出来了。也就是说，小说的故事性很强，对历史事件的叙述也比较客观，人物的活动基本上是在他设定的戊戌变法的大背景下展开的。

武侠小说写活了不易，因为它要求作者在查阅大量的历史资料的同时，还要懂中国功夫，即武术。因为侠客大都是靠自己的功夫闯荡江湖的，从某种意义上说，没有功夫，就没有这个“侠”字。

写中国功夫，您多少得懂点儿。您再能编故事，总不能一点儿皮毛不懂，胡抡一气。玩八卦，也得知道点儿章法不是？

好在林遥从小就熟悉武术，不但懂章，还懂法，所以写起来得心应手。

听林遥说，这部小说是他二十多岁时写的，这不由得让我对他刮目相看了。

二十多岁，能写出这么精彩的小说，不算神童，也得说是“神通”了。他怎么知道那么多事儿呀！

我对武术并不陌生。在20世纪80年代初，中国出现“武术热”的时候，我作为业余记者，就开始给《中国体育报》《武林》《武魂》等报刊写稿。

当时，北京武协下属十多个“研究会”的会长我都采访过，也写过他们，其中印象比较深的就是八卦掌研究会会长。

那会儿八卦掌研究会的会长李子鸣（梁派传人）留着大长胡子，一副仙风道骨的模样，拍电影、电视剧不用化装。八卦掌研究会的顾问解佩启（尹派传人）我也写过，老爷子也是很有性格的人，后来才知他是我在《北京晚报》的同事解玺璋的父亲。

我觉得八卦掌在传统武术中故事特别多，值得大书一笔。殊不知，我当时只有这个念头，人家林遥二十啷当岁，已然写出小说了！

中国武术博大精深，源远流长。但真正属于京城自己的武术源头，似乎只有八卦掌，因为它的创始人董海川算是北京人。

关于董海川的传说故事很多，前几年，还专门为他拍过电视剧，书就更多了。《京城侠谭》把董海川的徒弟尹福归为侠客，而且在康梁变法中有种种行侠仗义之举，这在以前的书里并不多见。由此可知，《京城侠谭》提供了很多原来人所不知的历史佐料，林遥为写此书下了不少功夫。

我与林遥初识于延庆作协搞的一次文学讲座上。后来听很多延庆的朋友提到过他，才知他在延庆小有名气。

他出名，一是因为有文才，年纪不大，已经有几部小说、散文集和报告文学作品问世；二是由于他在延庆城区搞了一个书馆，亲自上台说评书，这在京北的“夏都”堪称一景。

难能可贵的是，林遥对文学和评书艺术的坚守。虽然书馆“座中不纳无行客，案上只陈有味书”，当下人们沉迷于网络，玩手机聊微信，并乐此不疲，让人安静地坐下来听评书已经成了一种奢望，所以书馆聚点儿人气儿挺难，有时只有五六个听众。饶是这样，也挡不住林遥说书的兴致。他说书上瘾，无论刮风下雨，还是雪花飘飘，他都在书馆稳坐钓鱼台。据说，他曾经给一个人说过书。这种对文学的坚守，对艺术的痴情，我寻思着即使感动不了人，也会感动上苍的。

“茶亦醉人何必酒，书能香人不须花。”当然，苍天不负有心人，这几年，林遥在文学艺术上的成就，就是他付出的最好回报。

正是在这种心境下，林遥又翻出多年以前的旧作，重新拾掇了一番，进行再版。尽管他没告诉我再版的初衷，但我明白这是在为他的书馆的下一个专场做准备。

的确，看《京城侠谭》，您会觉得这是评书的本子。其实，中国的小说最早就是从评书脱胎出来的。从说书的脚本，到小说，再回到书馆，这个过程本身，就是对作品的打磨，何况在再版之前，林遥又做了反复的修改。

谁说回炉的烧饼不香？如果您看完这部《京城侠谭》，就会改变这种说法。不信，您就翻开书看看！

以上是为序。

2017 年 7 月 14 日 北京 如一斋

（作者系当代京味小说作家代表，现为北京文联理事、**中国作家协会会员、北京作家协会理事、北京民间文艺家协会副主席、老舍文学基金会副理事长、北京读书形象大使。**）

当年萧瑟秋风，枉嗟叹懒翻诗简。
少年豪气，江湖夜雨，川流石转。
侠义英雄，武林遗韵，误簪儒冠。
望雄关路断，乱云飞渡，箫声咽，青衫溅。

把酒吹花如霰，砺磨尽，几多弦管。
心如太极，形游八卦，多情还恋。
野寺孤灯，闻钟学艺，春蚕缫茧。
借残阳，检点奇闻轶事，永存心畔。

——词牌调寄《水龙吟》

楔子

光绪二十四年，岁次戊戌，这一年春夏之交的北京，正值海棠花盛的时节，也常有多风的日子。

北京西郊的海棠花一向颇有盛名，然而从居庸关外吹来的北风挟裹着漫天黄沙呼啸不止，把这好端端的春色葬送了。一夜大风，第二天一望，“失色神皆痴”！当年以奇才名满天下的龚定庵，曾有诗单道这京郊海棠落花：“如钱塘潮夜澎湃，如昆阳战晨披靡，如八万四千天女洗脸罢，齐向此地倾胭脂！”一支生花妙笔，绘声绘色，惊心动魄，却也凄凉而又无奈。所谓“落花如雨水如天”，此情此景，委实蔚为京城大观。

就在这么个日子里，西郊“海淀别业”里的气氛却显得略微有些急促，但急促的并非宅子里的奴仆婢女，也不是宅子里的主人袁世凯，而是今晨刚被请来的康有为。

康有为此时已被袁世凯一口一个“长素兄”指点得有些晕头转向了。康有为号长素，与他熟悉的人都以这个号称呼他。

袁世凯郑重道：“长素兄，明早皇上召见长素兄，因为是头一次，所以长素兄天不亮就得在颐和园外候着。皇上召见的地点是在仁寿殿，到时候就有太监引着进宫门。一到殿前，太监就走了，这时候长素兄一定得注意那个门槛，足有两尺高，可千万别给绊着了。门上挂的大门帘非常厚重，有太监给掀起来就可以进了。可千万注意，门帘的起落非常快，进去的动作一定得跟上，否则官帽给打掉、打歪就算失仪。好在我已经为长素兄打点过了，他们会照顾……”

康有为没想到，或者根本就没想过觐见皇帝这么麻烦，因此倒是颇为感激袁世凯。皇上一下诏要召见他，袁世凯就料到他是初次见驾，需要补一点儿朝仪和规矩，马上就派人把他接到“海淀别业”的袁宅来提醒他。

袁世凯又道：“长素兄，我还有事要赶回法华寺，不能久陪，晚上也不一定能回来。我已经吩咐了这儿的总管照应一切，长素兄可随意使唤，今天送长素兄到颐和园后，明早他们会等在门口，觐见皇上后，他们会送长素兄回北京城。”

康有为急忙拱手道："多劳慰庭费心，在下实在感激不尽！"

袁世凯笑道："皇上既肯召见长素兄，那么重用之期自然不远，入主军机也是早晚的事，以后恐怕袁某还要长素兄多多照顾呢！"

康有为赶紧说："慰庭言重了！"

袁世凯走后，康有为心想，这袁慰庭真是老吏，如此细心、周到，委实不易。三年前自己创办强学会，他还专门捐了钱，虽自己同他交情不深，但他却总能在关键时出现，为人仗义如此，看来可以托付大事。

颐和园的凌晨比起北京城里仿佛寒了些，大概因为此地湖多，或者还有那位无处不在的慈禧太后。

康有为赶到仁寿殿时，门外已站着不少太监，他被安排在第三名。等到康有为觐见时，天刚刚放亮，透出点儿鱼肚白，因此他刚进大殿，首先感到的就是一片漆黑。他稍稍闭眼，再定神看时，发现在御案两边的铜鹤嘴中尚衔着两支大红蜡烛未熄，御案前左右各站立一人，左面的人他识得，正是对他有知遇之恩、引介之功、推荐之力的帝师翁同龢，而右面的人约有四十余岁，面庞清癯，身材瘦削，风度儒雅，双目之中神光湛然，如匣剑帷灯一般令人不敢直视。康有为不及多想，急忙几步走到御案下的拜垫前跪了下去，脱掉帽子，将顶上花翎向上，静听问话。

一般召见时，太监都要将一根长约六寸、宽寸许的象牙签子装在银盘中放在皇帝面前。签身白色，签头漆成绿色，因此被唤作"绿头签"，上面写明被召见者的年龄、籍贯、出身、现在官职等履历，以便让皇帝省览。可现在这支"绿头签"却放在旁边，显示出光绪帝对康有为已经有相当的了解，虽是初次见面，却并不陌生。

只听光绪轻轻地道："朕知道你，你关心国事，忠诚可嘉，又屡次上书，翁同龢已举荐你很多次了。今年正月初三，朕曾叫翁同龢、李鸿章、荣禄、张荫桓这些大臣在总署同你谈过一次话，你说的话朕都知道了。荣禄说祖宗之法不能变。你说祖宗之法以治祖宗之地，今祖宗之地不能守，又何有祖宗之法？即便如此地的外交署，亦非祖宗之法所有。这段话颇能让人动容啊！你呈上的《日本变政考》《俄彼得变政记》朕都仔细看了。依你看来，若中国搞维新，要多久可成个局面？"

康有为叩首道："皇上明鉴，依微臣看来，泰西诸国历三百年而始臻富强，日本施行维新三十年即称强盛，我们中华大国，地大物博、人才众多，变法以后，三年当可自立。”

光绪一阵沉吟，道：“三年？全国施行三年理该出现一个新的局面。那么应该自何处着手呢？”

康有为沉声道：“臣以为变法自强，无外乎‘除旧布新’四字，除旧方面应废八股、废书院，裁绿营、裁冗官冗衙冗兵，禁妇女缠足；而布新则应荐人才、试策论，设农工商机构，设矿物铁路总局，提倡实业、奖励新著与新发明，翻译外国新知、准办学堂、准开报馆、广开言路，军队改练洋操洋枪、准备施行征兵……以皇上的高瞻远瞩，期以三年，定有所成。若三年前早为之，今日中国之局面，早已不同。”

这一番话明显令光绪甚是兴奋，但兴奋过后的眼神显得尤其悲哀，他望了一下帘外，叹道：“朕知道，只是掣肘的力量太多了，在这么多掣肘力量下，你说说看，又该如何做？”

康有为朗声道：“皇上明鉴，依微臣看，真正的问题是大臣太守旧，靠守旧之臣是变不了法的。而他们之所以守旧，归根结底却是因为制度。中国的人才政策是用八股取士，学作八股文的，不看秦汉以后的书，不知道国家大事，只要能进考场会试，就可以做大官。像他们这些人读书而不明理，跟不上时代又不自知，所以只能误国，不能救国。因此首先要从废除八股取士制度开始，皇上应该打消顾虑，当机立断，自下明诏，勿交部议，否则不论任何良法美意，一交大臣商议，就全给毁了。大臣守旧，不能推行变法维新，皇上可破格使用小臣，以小臣代大臣用，国家自然会有朝气，而局面自然也就焕然一新。小臣只愿为国家做事，不必加其官，但要委以事，不黜大臣而擢用小臣，逐渐完成新旧交替，这样变法维新，掣肘的力量就可以降到最低。”

光绪边听边点头，显得深以为然的样子，转脸问左面侍立的翁同龢：“翁师傅，你以为康有为变法之意如何？”

翁同龢躬身道：“臣以为康有为之言甚是，三十年来我国多向洋人学习船坚炮利，但没有向他们学得政治上的进步。必须通过变法维新，中国方能够真正强大，像目下的北京城竟然连一份世界地图也寻不到，可见我们中国的读书人何等之闭塞。京城如此，何况其他！”光绪沉思着，手指轻敲御案，又问道：“外国人如何看待中国维新变法？”

翁同龢捋了一下花白的胡子，道："三年前康有为创办强学会，参加者就有英国人李提摩太，而英国公使和美国公使也都派人送去不少图书，如此看来，一个进步的中国应是世界各国有识之士所乐见的。"

光绪微微点头，他知道这种召见很难得，便继续就心中的疑问向康有为询问起来。须臾间，召见已有两个时辰了，这在宫中是很少有的，而光绪依然很用心地聆听着。殿外的天光已开始放白，已经有小太监将红烛熄了。

光绪温言道："康有为，你现在不是礼部侍郎嘛，朕再委你一个新职，在总理各国事务衙门章京上行走。"

康有为自然知道这其实是个小官，因为大官的任免必须通过慈禧太后，像这样的小官，算是皇上赏的，自然可以免得招摇，于是他赶紧谢恩。却听光绪又道："另外嘛，朕准你可以专折奏事，你的折子条陈就不必经过其他大臣之手了！"

康有为又再次谢恩，这一刻，他心情激动至极，心中充满了希望。从十年前他第一次上书给光绪皇帝起，费尽了千辛万苦，找尽大臣门路，都难以下情上达。而今，他要说什么，终于不必求人代奏、遭人拦截，终于可以在皇帝身边为国献策了。

光绪沉吟道："还有你所谓的小臣，心中可有人选？"

康有为于是接连说了杨锐、刘光第、林旭、谭嗣同四个人的名字。

当康有为说到第四个人时，翁同龢心中一动，他想起了自己与老友湖北巡抚谭继洵相逢，谭继洵的三子谭嗣同来拜会他，当晚自己在日记中写的话："……通洋务，高视阔步，世家子弟桀骜者也！"事隔数年，这个号"壮飞"的年轻人也终于要桀骜地步入内廷了。

光绪兴奋地扶案站起，欣然道："好，朕会尽快为他们安排职务。康有为，你跪安吧！"转向御案右面侍立的中年人道："尹教头，代朕送送康有为。"

康有为退出大殿，走出颐和园的东宫门，发现已然是丽日晴空。放眼望去，蓝天邈邈，白云悠悠，满目的山河尽数披了一层金光。康有为的胸中从未如此刻般畅快淋漓，回头时，便看到一直侍立于光绪御案前的清瘦中年人跟在自己身后。

清瘦中年人见康有为回头，急忙拱手道："康大人。"

康有为忙道："大人之称实不敢当，叫我康有为就行了。"

清瘦中年人微微一笑，换了个称呼道：“适才听康先生一番话，方知什么是‘与君一席话，胜读十年书’，康先生之言句句掷地有声，实有振聋发聩之力，令我辈武人愧煞！”

康有为听之不免颇有自得之感，正要答话之时，突见一个年轻人快步走了过来。这个年轻人看到康有为和那清瘦中年人正在说话，几步就赶到二人面前。

康有为侧过身来，定睛一看，见此人三十多岁，步履稳健，刚毅外露，目光炯炯，不由得惊喜道：“复生，你怎么在这儿？”

年轻人笑道：“我昨日晚间进的京，听说长素兄今日要陛见皇上，所以特地赶来。我还生怕赶不上，却没料到皇上留你谈了这么久，诏对两个多时辰，看来皇上对维新一事很重视呀！”

康有为感叹道：“皇上对变法的毅力与决心实令我辈感动，中国变法自强有希望了！”

二人正在谈论间，有一乘官轿也抬到了东宫门前，一个声音从轿帘中传出：“康有为，你今日终于得偿所愿了。”

轿子停住，轿帘一挑，从里面走出一个人。这个人衣着华美，丰神俊逸，他的嘴角上翘，一副和善的模样，只是一双眼睛总是阴森森的，盯住人看时，总显出怀疑的神色，将整张面容破坏无遗。

康有为只得拱手相迎，道：“荣大人好。”来人正是慈禧太后的宠臣荣禄，现任兵部尚书、总理各国事务大臣，恰是康有为的上司。

荣禄对康有为一向看不起，这时在宫门外相遇，便忍不住微笑着挖苦道：“康大人要变法，但一众大臣俱是守旧派，众百姓也全是愚民，你却如何变呢？”

一谈到变法，康有为的腰立刻直了起来，正色道：“废八股，兴学堂，以开民智，百姓自能理解变法的好处。”

荣禄不禁怪笑道：“孔圣人说‘民可使由之，不可使知之’，你是圣人之徒，竟要开民智，这不是和圣人作对吗？”

康有为还未说话，旁边那年轻人插言道：“圣人说，‘民可，使由之；不可，使知之’。开民智正是圣人遗训，有什么不对？”

荣禄目光一凝，落在了这个年轻人身上，他想不到这个年轻人的文采竟敏捷至此，随口便将孔子的话窜改了，一时之间也想不出什么话来反驳，便嘻嘻一笑，道：“佩服佩服，二位不愧是才子。”

北京春季的风大，恰在此时，一阵风刮过，将康有为袖口的手帕吹落于地。荣禄眼珠一转，对他身畔的武士说道：“还不为康大人捡起来。”暗中却使了个眼色。

那武士俯身拾起手帕，转身要递给康有为。康有为忙说不敢，却见那武士递手帕时，双手呈“狮子搏兔”式，脚下横摆，正对康有为的胫骨。那武士将式子摆好，就等康有为俯身接手帕，两下一凑，脚下一发力，康有为非摔个马趴不可。外人看来却是康有为步履不稳所以摔倒,这正是北方“翻子拳”中的一个妙招。

康有为如何识得这拳术的奥妙，伸手就要从那武士手中接过手帕。那年轻人看出了几分玄机，刚要发声提醒，却已然来不及，眼看康有为这个亏就要吃定了。此时，旁边一直没说话的清瘦中年人却身形一晃，趋至康有为和那武士的近前，双掌一错，呈换掌之式，脚下是摆扣步，行云流水般把那武士的招式化为无形，左手轻伸，轻轻巧巧地将手帕接了过来，口中说道：“我替康先生接这手帕吧！”

那武士面色一变，道：“尹爷好俊的功夫。”

清瘦中年人冷冷道：“你‘御翻子’秦登魁也越来越长进了，这招狮子搏兔对着不懂挂子的人使得果然够威风。”

那武士阴沉着脸，走到荣禄面前，低声说了几句话。荣禄双睛一转，笑道：“我道是谁，原来是皇上身边的尹教头，荣仲华倒是失敬了。不知尹教头为何不在皇上身边，却同康大人在一起呢？”

清瘦中年人躬身道：“好让荣大人知道，皇上召见完康先生，特命在下送康先生出宫。”

荣禄满面是笑，连声道：“好，好，再会！”然后反身入轿进宫去了。

那年轻人望着荣禄轿子的背影，冷哼道：“好一个腐朽奸诈的贵族。”转身对康有为道：“刚才如果不是这位仁兄出手，长素兄非出丑不可。”年轻人的目光又落在清瘦中年人身上，道：“在下姓谭，‘言’‘西’‘早’的谭，名叫嗣同。‘纵我不往，子宁不嗣音’的嗣，大同小异的同……”

清瘦中年人眼睛一亮，道：“你就是当今湖北巡抚的公子，湖湘名士谭复生吗？”

谭嗣同笑道："你如何知道我？足下又如何称呼？"

清瘦中年人神光湛然的双目中精芒一闪而过，谦声道："我常听皇上提起你和康先生、梁启超先生的名字。在下的贱名不足挂齿，尹福便是！"

第一章

深宫失密诏 京师现疑影

肃亲王府的致远堂里，尹福已经急坏了。

清晨早饭刚过，紫禁城里的二总管崔玉桂就来传旨：光绪皇帝有重要的事情急于召见他。尹福听到旨意时，当时就心里一动，预感到事情绝对轻不了。

尹福一进午门，急急忙忙便直奔乾清门，从左右都是汉白玉栏杆的甬道上奔过去，一抬头就看见了乾清宫。

乾清宫内，面南背北摆着一张二十多尺见方，高出地面二尺的檀木御台，上面放着蒙有明黄缎的御案。御案后面是一个宽大、铺着黄垫子的九龙宝座。宝座后面插着两把御扇，宝座两旁的香筒烧着檀香。围着御案，站立着一排铜鹤，伸着长长的脖子，嘴里衔着粗大的红烛，殿顶悬着色彩缤纷的宫灯，天色虽已大亮，但大殿里仍是灯火辉煌，一幅写着“正大光明”的匾额高悬在殿顶上。

匾额下的光绪皇帝，身上穿着一件胸前绣着团龙的箭衣，正在殿内来回地踱步，脸上满是愁容。

外面一叫起，光绪马上问：“是尹教头到了吗？快进！”

尹福进来跪在一边，按照召见的礼节，摘帽，磕头，向光绪请安。

光绪皇帝的容貌颇为秀丽，迥异于清朝的历代帝王，虽然一身皇帝装束，但典型的瓜子脸，让他看起来更像一个未出闺门的女孩子，一副眉清目秀、善良随和的样子。由于长处深宫，光绪的肤色白皙，看起来要比实际年龄小得多。多年的抑郁生活，让他的脸上带着一抹憔悴的愁色，双眉紧皱间，竟仿佛陷入了前所未有的困境。

光绪挥手让尹福站起，然后对尹福轻轻道：“尹教头，昨晚上朕写的那封密诏，被盗了！”话甫入耳，尹福也不由得一惊，这还得了！

原来自维新变法以来，颐和园的慈禧太后看在眼中，也同时动着手。四月二十三日，光绪下诏明定国是的第四天，帝师翁同龢就被荣禄排挤，“革职永不叙用，驱逐回籍，交地方官严加管束”。慈禧擢升心腹大臣荣禄为文渊阁大学士，实授直隶总督兼北洋大臣，摆明了阵势要看光绪有多大本领。义无反顾的光绪还是没有退缩，继续不遗余力地推行变法维新。可是不论怎样夜以继日，危机还是一步步逼近了。光绪终于觉出不对劲儿，秘密消息传来，大概就在九月初，皇上陪太后到天津阅兵的时候，废立皇帝，解决“维新党”的行动就要开始。光绪终于被逼到了墙角，他开始注意培植自己的势力。昨日光绪下了上谕，嘉许新建陆军的首领袁世凯“办事勤奋，校练认真”，开缺以兵部侍郎候补，骤然使袁世凯一跃而在一二品大员之列，并得到了专折奏事的特权。

感激涕零的袁世凯给康有为写了封信，表示愿意为维新事业效忠，于是，康有为、梁启超和谭嗣同等人决定联络军队勤王护驾。康有为在给光绪上的条陈中就说明了此事，光绪当晚就写了一封密诏，词意隐晦，暗示康有为寻找能够诛杀荣禄，带兵进京勤王的将领。光绪写完这封密诏，怕被人发现，便将密诏封在珍妃的一方松花江石的琴式砚中。

这方砚状如古琴，石质细腻，造型小巧精致，砚面内凹，砚池和砚堂相通，池上雕有螭纹，雕工精细，纹饰古朴。砚背面有四小足，上方刻有题诗“汝端祖明，我研既平。天一资生，汝司其贞。源泉盈盈，雨施云行。人文郁极，猗欤化成。”正中刻有楷书“寿古而质润，色绿而声清，起墨益毫，故其宝也”，其下篆书“康熙御铭”印款。

松花江石质地坚滑，其地又为清廷发祥之地，故松花石砚向为清皇室所珍视，松花石砚乃成为皇室的御用砚。这方琴砚砚池的螭纹乃是一个机关，轻轻一点，这方砚便可拆为两片，中间有一条空隙恰可放进这封密诏。

光绪封好密诏后，本待今日找个理由将这件文玩之物赏赐给康有为，让他取出后，携密诏去见愿意进京勤王之人，却没有料到这方琴砚当晚就在景仁宫的珍妃处失窃了……

尹福同情“维新党”，他是光绪皇帝的心腹，所以这些事情尹福是知道的，也自然晓得这封密诏的重要性。

光绪抚着额头，哀声连连：“朕就怕这封密诏落到太后手中，若是让太后知道的话，朕与太后只能翻脸，朕……朕实不知该如何是好……”

尹福双眉一挑，道：“皇上，请许微臣到景仁宫一查！”

光绪挥了挥手，传下圣旨，尹福于是径奔景仁宫。

此时正当旭日初升，尹福持有光绪的手谕，进苍震门，穿过宫门前的汉白玉石屏，迈步走进了“西六宫”之一的景仁宫。景仁宫内寂静无声，芭蕉婆娑，碧梧森森，金风送爽，暖日生烟，好一派清幽静美的景象。两边的穿山游廊，挂着各色珍禽鸟笼。

珍妃姓他他拉氏，是光绪最珍爱的妃子。她不但容貌秀丽，心地聪慧，而且由于父亲早年做过广州将军，她在南方最大的现代城市广州度过童年，对世界形势和各省民情都有所了解，思想比较开明，与光绪言语投机，是光绪的红颜知己。守宫太监进去通报，尹福方才获准谒见，进入了昨晚光绪留宿的西暖阁。

珍妃的心腹太监王商引着尹福进了西暖阁里的套间，抬手往珍妃的妆奁上一指，道："尹老师，东西原来就在那儿，珍主儿特地把砚台放到了妆奁里，还上了把锁呢！"

尹福心里一跳，转眼往妆奁上望去，妆奁上摆了漆木雕的小箱，上面果然挂了一把小小的铜锁，一时间难以看出什么。

只听王商道："看不出什么，是不？"王商伸手拿起铜锁，然后掀开了箱子，箱子里分成两个方格子，方格里用红绫垫底，但其中一个格子里是空的。

王商道："这只箱子里放着松花琴砚和一对翡翠盘丝镯，论价值翡翠盘丝镯要比松花琴砚贵重得多，可偏偏就松花琴砚丢了。您瞅瞅，这箱子外头的铜锁却锁得好好的。"

尹福目光一凝，问道："王总管，箱子外头这把铜锁没有被动过？"

王商点头道："没被动过。"

尹福早在进来时就看过了，景仁宫守卫森严，因为是后妃的寝宫，闲杂人等根本就不能随意靠近。

尹福目光在屋中从上到下、从左而右，然后又由右而左、从下往上扫了一遍。突然，尹福的目光停留在一个地方——大梁上！尹福双足一用力，腾身跃起上了大梁。

藻井下面的大梁上积了一层灰尘，只有一个地方没有灰尘，如一根指头般宽窄，也就是说满布灰尘的大梁上，有一处绳子的痕印。尹福往下看了看，绳子痕印的正下方，就是那松花琴砚被窃的妆奁所在处。

尹福仰脸再往上看了看，取下了藻井。藻井上面是一层铁皮，铁皮上头才是瓦，也就是说整个屋顶的内部是铁皮的。就在他的正头顶，有一个很轻微的圆形的痕印，若非现在他是在大梁上，根本看不出来。那个圆形痕印不大，只有常人的头一般大小，他伸手碰了碰，整个的一块圆铁皮全动，可就是掉不下来。

尹福前后左右看了看，算准了那块能活动的圆形铁皮的位置，然后他跳下大梁出了西暖阁。

尹福又腾身上了景仁宫的屋顶，看了看之后，转身走到那块圆形铁皮所在的地方，蹲下去用手一摸，三四块瓦是活动的。他轻轻掀去了那三四块瓦，那块圆形的铁皮呈现在眼前，两条布条儿呈“十”字形交叉粘在圆形铁皮上，四头粘在旁边的铁皮上，所以它能活动却掉不下去。

现在尹福明白飞贼是打哪儿进入景仁宫的了。

这名飞贼一定是个轻功了得又会缩骨功的人，要不然只常人脑袋大一个洞，他绝对进不了库房。江湖上会缩骨功的人不多，京城练家子里会缩骨功的几乎没有，天桥卖艺练的缩骨功根本到不了这个境界。

突然之间，尹福发现瓦片上散落着两粒长得像茴香粒的东西。尹福很诧异地捡起来，却立即可以肯定自己从未见过这种东西，将它凑到鼻子前闻了闻，一种很浓烈的味道顿时扑鼻而来。

尹福轻轻地盖上了那几块瓦，站起来走向前头。到了前头往下看，景仁宫前有侍卫的明岗，这要求飞贼的行动要非常快，不能超过一转眼的工夫。

尹福从大殿上跳了下去，找来了一名侍卫问：“昨儿晚上在这儿站岗的都是哪些人？”侍卫恭恭敬敬、一五一十地说了个清楚。

尹福当即把那些人叫来。片刻工夫，一二十人整整齐齐地排列在他跟前。

他一一问过，大伙儿只有一句话，昨儿晚上什么动静都没有，只约莫三更刚过的时候，闻见了不知道哪儿飘来的一阵阵奇怪的味道，像是烤肉。

尹福“哦”了一声，脑中灵光一闪，将那两粒怪东西拿在手中，问道：“是不是这种味儿？”

侍卫们嗅了嗅，忙不迭地点头道：“没错，就是这个味儿！尹老师，这是什么东西？”

尹福冷笑一声，摇了摇头没有回答，心想：如果我知道就好了。

尹福找来找去，却再也没有什么发现，完全出乎他意料之外。从景仁宫出来，尹福不禁双眉紧皱，西暖阁中留下的蛛丝马迹都明显表示，这件事乃武林高手所为，否则手脚不会如此干净。

光绪收到回报，不由得勃然大怒，痛斥飞贼，下令尹福限期内一定要将琴砚追回。

从宫里出来，尹福决定到城里转转，看看近些天有没有陌生的武林中人来到京城。尹福先回肃王府，带了随身的器械判官笔，向门房略做交代，独自出门而去。

尹福在北京城内转了一圈，拜访了几位京城的武林同道，却一无所获。溜溜达达，走了不远，就看到宣武门城楼了。时近中午，一缕烤肉的香气萦绕鼻端，颇为引人。尹福游目四顾，在宣武门大街靠近绒线胡同路东，一家店面搭着两间灰棚，进进出出的人不少，店门口挂着个牌子“烤肉宛记”。

此时正值夏末秋初，京城老话儿有“九月九，吃烤肉”的讲究。北京城的烤肉，只有“南宛北季”两大字号。“南宛”指的是这宣武门街上的“烤肉宛”,“北季”是指什刹海银锭桥的“烤肉季”。两家虽都以烤为业,但各有擅长：烤肉宛烤牛肉一绝，而烤肉季烤羊肉独占鳌头。尹福心中一动，心想：侍卫们不是说那股奇怪的味道像烤肉吗？我不如到这里找宛师傅打听打听。

尹福想到这里，迈步走进了“烤肉宛记”店里。店里正支着两个铁炙子，因为吃的人多，所以是大尺码，直径约有三尺。炙子架在一个带铁圈的火盆上。下面是大圆桌，吃烤肉的人无座位，全都脚踩长凳，所有的作料、肉、碗、饼、酒，全部放在圆桌边上。二十来个食客手里拿着长约二尺、粗如藤条的六棱木筷烤着肉，正吃得热火朝天。尹福是常客，进门先打招呼。掌柜宛老五自己正一边切肉，一边算账，一见尹福进来，连忙把手中尖头钢刀一扔，赶紧过来：“呦，尹爷，您来了。今儿怎么这么得空？里边请。”

尹福笑道：“真是服了你宛巴了，边切肉，边算账，愣是算不错，你这可算一绝了。”

宛老五是回族人，京城人都仿效回族的习惯称呼，尊称他“宛巴”，其实就是宛师傅的意思。宛老五每日里手切牛肉百斤上下，一斤肉准出一百五十片，每片肉都是剔净筋膜，呈柳叶状，售卖全用现钱。无论多少客人，全是自己一边切肉，一边算账，五官并用，却连一条黄瓜钱也不曾算错。

宛老五憨憨一笑，道：“我祖上从康熙二十五年由京东大厂来宣武门安儿胡同西口推车卖牛头肉、发面饼，到后来添了炭火和炙子开卖烤牛肉。二百年来形成这么点产业，都是靠大家伙儿多照顾。”

尹福赞道："客人照顾是一方面，主要还不是你这里的烤肉味道独一份儿吗？这里的烤肉，味儿醇香，不腥不膻，口感鲜嫩那是赛过豆腐。"

宛老五笑得粗眉直颤，道："尹爷夸奖了。今儿新宰的西口产四岁半阉过的公牛，上脑、元宝肉、里脊都有，您来多少？"

尹福道："先给我来一碗吧。"

宛老五应声："好咧！"手法飞快，不一会儿便把牛肉片好给尹福端了出来。"烤肉宛记"的牛肉以碗论价，每碗十两，作料以酱油为大宗，少加醋、姜末、料酒、卤虾油，外加葱丝、香菜叶，混为一碗。另外还有一碗白水，一个小碟盛着糖蒜、黄瓜。

尹福挤在圆桌旁，见铁炙子下架着松柴，烧得正旺。那炙子已用了上百年，油光锃亮，铁条中规中矩，缝儿不大不小，因为大则漏油，小则明火不透。尹福先将肉在白水中涮一下，再浸上作料，然后放在炙子上烤熟，就着糖蒜和黄瓜吃起来。

尹福一碗牛肉吃完，又添了半碗，吃了两个烧饼，感觉舒适。心想，在这里不分身份，围炉同烤，别有一番风味，难怪有人写道："围炉聚饮欢呼处，百味消融小釜中。不似此间风满屋，热炭不嫌樱火毒。"果真道出了在这里吃烤肉的情景和情趣。

尹福会过了账。宛老五道："尹爷好食量，普通人吃一碗，您每次都要多添半碗，还是你们这些练武术的好胃口。"

尹福忍俊不禁道："宛巴，听你这话，我这不成了酒囊饭袋了？"

尹福话锋一转，将那两粒状若茴香的东西取了出来，道："宛巴，你帮我看看，这是什么？这东西也是烤肉用的吗？"

宛老五接过来看了看，又闻了闻，想了想道："这是烤肉用的，也不是烤肉用的。"

尹福一愣，奇道："这叫什么话？"

宛老五歉然笑道："这怪我没说清楚，这东西不是咱们京城烤肉用的调料，咱们这儿的肉都是用调料浸过，再用炙子烤，用不上这种东西。"

尹福急问："那么哪儿的烤肉用这种东西？"

宛老五解释道："这种东西叫'孜然'，产自西域新疆和甘肃河西走廊这一带，这个名字是维吾尔族语，咱们古书上叫'安息茴香'和'枯茗'，在《唐本草》和《普济方》上都有记载，主要用作治疗胃寒、腹痛的药物。这种‘孜然’味道浓烈，能祛除腥膻和油腻，西北地方的人们在烧烤牛、羊肉时经常用到它。我本族的亲戚有从那里带回来过，不过这种东西只有像西北那样明火烤肉才用得着，京城还是少见。”

尹福不禁锁紧了眉头，心想：甘肃？新疆？西北地方的武林高手会是谁呢？尹福心中突然冒出一个人：不会是他吧……

尹福告辞离开了“烤肉宛记”，心里揣着疑惑，信步出了宣武门，走大路从菜市口经骡马市到虎坊桥，从梁家园斜穿过去，就到了琉璃厂。琉璃厂以厂桥海王村为中心，往东是东琉璃厂，接一尺大街、杨梅竹斜街；往西是西琉璃厂，接南北柳巷。过去东西两头都有铁门，俗名厂东门、厂西门。这里原本是元、明、清三个朝代为修建北京宫殿而烧制琉璃瓦件的地方，后逐渐成为小街市，并有了旧货摊，继而发展成古玩街。

尹福正行过一处旧书地摊，双目无意注视到一本线装旧书《渊海子评》，忽听背后有人喝道：“六壬量口诀，占过去未来，推吉凶休咎，有人看相算命吗？”

说话之人声音极低，但阴冷至极，虽在尹福背后，听去宛在耳边，字字全是低沉有力。伴随着声音，还有那么一股淡淡的孜然味儿。尹福现在对这个味儿敏感透了，心中一惊，暗忖道：来了，难道真是踏破铁鞋无觅处，得来全不费功夫……

尹福因怕打草惊蛇，仍诈作未闻，并未立即转身。稍停之下，尹福又听到一声阴笑，声音更低，而在尹福，则不啻是凭空来了个霹雳。

尹福装作毫不在意，慢慢地拧转身躯，果见七八步之外，盘膝坐着一位中年书生，身着一件黑色长衫，面前卦摊上正当中摆着九个卦子儿。子儿上是乙、丙、丁、戊、己、庚、辛、壬、癸九个字，那九个字是以戊为头，按坎一、坤二、震三、巽四、中五、乾六、兑七、艮八、离九的八卦九宫摆成，所遵守的正是张良所定的阴阳十八局。身旁有一布招，上边写着两行小字“未卜先知，相天下士”，中间四个大字是“西北野人”。

“西北野人”四字甫经入目，尹福心中猛然一震，此时已无暇多想，再一细看，拿布招的是一个中年书生，唇上留着一抹文雅的小胡子，目光阴冷地看着尹福。

见尹福转身，二人四目相对，中年书生徐徐道：“算命吗？”

尹福朗笑一声："死生有命，富贵在天。古人已经为人间之命算尽，其余还有何可算？"中年书生向尹福脸上看了一眼，毫无表情地道："不算命，就看看相吧？"

尹福又哂然道："相随心转，只要自身正大心在光明，上不愧天地下不愧父母，又有什么可相？"边说边含笑而去。

行出老远，尹福心中大震，隐约猜到此人的身份，正在暗忖此人二十年未见，面容似乎并未苍老多少，当初自己年方弱冠，随侍在师尊身边，却不知此人是否还记得自己？尹福突然又听到一声阴笑道："阎王要你三更死，绝对不会到五更……"声音低沉，阴冷如前，仍然如在耳边。

尹福猛然回头，见那中年书生端坐原处未动，双目如电，却始终未离开尹福背影。

尹福又转头前行，在琉璃厂兜了半个时辰，再绕回原处，却发现那里已不见中年书生的踪影了。

眼见太阳西沉，尹福回到肃王府，一切收拾停当，在致远堂中盘腿休息，独自想着心事。尹福此刻真的有些头痛，闯荡江湖几十年，他头一回觉得这么头痛。

自从八卦掌始祖董海川逝世后，董海川的大弟子尹福便成为八卦掌的掌门人，同时也接任了肃王府的护卫总管。

尹福是直隶冀县漳淮村人，表字德安，号寿鹏。他因为身材瘦削，面目清秀，所以人们都称他作"瘦尹"，又因为他双手掌上功夫特强，又称他的绰号为"铁镯子"。

尹福幼年时就来到北京，住在朝阳门外吉市头条，以卖油条、烧饼为生。炸油条的师傅安长华是回族人，也是位有名的拳师，尤其擅长弹腿。他见尹福诚实聪慧，于是就将弹腿传授于他。尹福勤学苦练，不久扬名，也成了一位有名的拳师，以教拳为业。不久，清军善扑营聘请他为武术教头，他徒弟也有了五百余人。尹福听说肃王府有一个太监叫董海川，精于一种八卦掌，年少气盛的他，就到肃王府拜见董海川。

尹福来到屋外，施展自己所能，蹿蹦跳跃，闪展腾挪，练完后气不涌出，面不改色。

董海川看尹福练罢了一趟弹腿，点头道："练得不错，可惜护不住头脸。"

尹福一听，心中自然很是不服，暗中思忖：我这弹腿屈伸弹出，腿似弹丸一般，动作迅猛异常，在京城少有敌手，怎么会连头脸都护不住呢？

尹福不信，怀疑地说："不大可能吧？"

董海川却微微一笑，道："尹师傅若是不服气，咱们可以试试。"

尹福心想，这个老公不是拿我逗闷子吧？也不答话，使尽全力，出腿若闪电惊雷一般，直奔董海川的面门袭去。

弹腿招式简捷，发腿取弹射之势，故此得名。旧传的歌诀中讲："昆仑大仙世界传，名曰弹腿奥无边。头路冲扫似扁担，二路十字奔脚尖。三路劈砸夜行犁，四路撑扎左右盘。五路招架等来意，六路盘式是单展。七路双展十字腿，八路碰锁跺转环。九路分中掏心腿，十路叉花如箭弹。"可见其厉害。练好了弹腿，步式稳固，落步似九鼎大吕一般，乃是北方拳术中的重要基础。

尹福脚下是高弹、侧踹、腾空箭弹步步进逼，手法上是十字手、双分掌、顶肘连绵不断，可是董海川只是用两只手向外一托，尹福始终就不能近身，却听董海川笑道："尹师傅，小心你的门牙。"

尹福心中不免有些恼火，回道："武林这么大，还没听说过打牙的呢！"

话音未落，董海川已经欺至眼前，使了一招八卦掌的"麒麟吐书"，尹福只觉双眼一花，还未应招，已被董海川以二指一点，将门牙给杵下。

尹福此时又羞又愧，跪于地上，叩头拜师。从此，尹福便跟随董海川学八卦掌。

董海川对尹福道："你以前所学，曾下过很大的苦功，扔掉不免可惜，我给你改改，你将蹿的蹦的都改为走的就可以了。"

由此亦可见董海川"一代宗师"之称绝非过誉之词。所谓"学我者生，像我者死"，董海川并非将弟子简单地复制出一个自己的版本来，而是针对弟子的特色来发挥其特长，所以尹福的八卦掌是以罗汉拳、弹腿为基础改编而成，自成一家。尹福的掌法近于急行，也叫"急行步"，特点是步距小，转圈弧度小，动作小，步法快。行转如旋风，站如板上钉，行步走转以上盘架为主，中盘架为辅。其掌心微凹，四指并拢，称为"牛舌掌"，与其他人所练的八卦掌的"龙形掌"不同，人称"尹氏八卦掌"。

八卦掌乃是以掌代拳，行步走转的拳术，动作和缓，不尚蹿跳，所有动作都是走步运身，以腰身运掌，"集成拳术，复按易理，定八卦，合五行"。

八卦掌步法所走圆圈恰为八卦的八个方位，又以八个基本掌法比附八卦：乾卦为狮子掌，取象为狮；坤卦为反身掌，取象为麟；坎卦为顺势掌，取象为蛇；离卦为卧掌，取象为鹞；震卦为单换掌，取象为龙；艮卦为背身掌，取象为熊；巽卦为风轮掌，取象为凤；兑卦为抱掌，取象为猴。同时又以变化出来的六十四掌比附六十四卦，脚下走的“九宫”路线正与洛书的次序相符。

八卦掌步若蹚泥，一意五劲，以动为本，以变为法，极尽变幻之能，实当得上曹子建《洛神赋》中“凌波微步”四字，是以又有“龙形八卦掌”之称。

董海川过世后，尹福接替董海川任肃王府的护卫总管，以后紫禁城里的太监也跟尹福学拳，后经二总管崔玉桂的介绍，尹福又供职于宫廷，任紫禁城的武术教头，宫女、太监都称他为尹老师。光绪皇帝为扫除身上的文弱之气，也拜尹福为师学练八卦掌。尹福是未阉之人，不能住在宫里，平时便住在肃王府的致远堂，只在每隔一天的下午到宫中授拳。

从远处传来几下梆声，惊醒了沉思中的尹福。

尹福知道值夜更夫已在报更了，他微闭着双目，静静打坐，心底异常空明。忽然微闻房脊之上一声轻响，轻微得像狸猫落地，若是武功稍弱之人，即便专心留意，亦无法听出。

尹福一跃而起，悄悄立于窗户旁边，就预先留好的窗孔向外张望。只见白天那中年书生卓立于对面房脊之上，双目阴沉，注视着尹福的卧室，突见他左手手指一弹，一粒黄豆大小的小石子，咚的一声，射在尹福住室的窗户上。他阴笑一声：“乐天知命的尹教头，出来谈谈如何？”

尹福单手一扶窗格，正准备纵出。突闻嗡然一响，由斜方射来一枚弹丸，直奔中年书生面前，中年书生急忙俯首，左手一抄，将弹丸接住，另一枚弹丸紧擦左眉梢疾掠而过。

中年书生双目怒睁，向黑影中沉喝道：“什么人？”

下句之言尚未及出口，又闻嗡嗡两响，两粒弹丸已射向中年书生左右肩窝。

中年书生急撤左步，射向左边的弹丸划空而过。射向右边的一粒，中年书生将手一扬，一声爆响，将弹丸抓在手中，却仿佛并没有对他造成伤害，只将他带出三步，身子晃了两晃。这时中年书生似已怒极，沉喝一声，单掌护胸，身躯一俯，向弹丸来处黑影之中疾然扑去。

尹福一推窗格，纵上房脊，只见四周沉寂如恒，空荡荡静悄悄，哪有半点儿动静！尹福忙高声道："哪位朋友适才援手，尹寿鹏在此多谢了！"却听空中一阵朗笑："这老匹夫已经在京城干了几件坏事，我给他找点儿麻烦，尹爷不必客套。老匹夫的手掌上另有功夫，尹爷以后碰见了一定要小心。"一音袅袅，眼见去得远了。

尹福纵身跃下房檐，从地上捡起射落的弹丸，发现这并不是江湖上寻常以砖面儿、细铁砂所制的弹丸，而是少见的"铁弹丸"。这种弹丸，既是暗器，也是药丸。其方出自北宋徽宗大观年间的《太平惠民和剂局方》，采乳香、没药、川乌头等药材，磨末相和，团成弹子大。干燥后其硬如铁，随身携带，既可做暗器伤人，御敌制胜，又可入臼捣碎，内服疗伤止痛。这种铁弹丸乃是某些门派的秘传，可说是护身至宝。

尹福满怀讶异，收起弹丸，反身回到屋中，坐在炕上心中暗想："这中年书生恐怕就是当初师尊教训过的那个'插翅金蝎'了，师尊去世后，今日前来寻我报仇。可那发射铁弹丸的人又是谁呢？京城武林中谁人武功如此高强，四粒弹丸致使那中年书生两次吃瘪，却连对方人影儿都未见到。"

正在尹福苦思无计之时，忽听门外一阵脚步声响，紧跟着门帘一挑，走进一个人来。来人身材颀长，面庞宽阔，一脸的精气神，身穿茧绸的上衣、青色灯笼裤，光头没戴帽子，露着黢青的头皮。

尹福不由得惊喜道："马贵，原来是你，我正要找你。"

马贵哑然失笑道："一瞅您满脸不高兴，这事儿绝对轻不了。"说着话，将一幅轴画打开来："您瞅瞅，我最近螃蟹画得怎么样？"

尹福定睛往画上一看，只见上面画有七八只欢蹦乱跳的螃蟹，配上几朵菊花，整个画面气势充盈，栩栩如生。

马贵是尹福的弟子，表字世卿，直隶涞水人，祖居北京。马贵生于咸丰七年，家里是开木料厂的，京城人称"木马"。马贵十八岁时拜尹福为师，还曾得到过董海川的亲手指点，在八卦门的第三代弟子中乃是数一数二的人物。

马贵走转掌式子低矮而发劲火爆，精通点穴，好技击，尤以直臂腕打见长，曾以一招切腕将澜公府一护卫臂骨打折，名震京师。如今他跟随尹福也在肃王府当护卫。马贵除了八卦掌练得出色，还嗜好画螃蟹，他的螃蟹画也名噪京城。北京城里练武术的人喊得口顺，又称他为"螃蟹马"。

尹福坐在炕上，将白天发生的事一一告诉了马贵。马贵听了也是一惊，低眉沉思了一会儿，道：“师父，据我看来，暗算你的人很可能就是盗窃这松花琴砚之人，咱们不可不防，还有，咱们要小心飞贼身后的背景。”

尹福一皱眉，道：“背景？”

马贵点了点头，道：“松花琴砚不能无缘无故地失踪，背后定有人主使。依我看来，盗砚之人的身后背景大致有三类。”

尹福一震，愕然道：“哦？哪三类背景？”

马贵沉声道：“第一类背景就是‘后党’中人，这些人时刻监视皇上，皇上若有异动，绝瞒不了他们。至于暗算您，可能因为您效命皇上，支持‘维新党’，犯了‘后党’人的忌讳。”

尹福不置可否，问道：“第二类呢？”

马贵继续道：“第二类背景是最好的情况，就是说没任何背景。飞贼根本就不知琴砚之中嵌有密诏，只是冲着那块松花琴砚而去。这种人极有可能是绿林中的飞盗，夜入紫禁城，无意中发现皇上与珍妃甚是珍视这方琴砚，于是以为是一块无价之宝，因此下手窃盗。如果如此，那么失去的无非是一方琴砚而已，绝对出不了什么大娄子。刚才暗算您，也是因为知道您奉旨缉盗，想给您个苦头吃，让您放弃追捕。”

尹福摇头道：“这种可能性不大，今天我才领的圣旨，飞贼怎会立刻知道，他不会消息如此灵通！再者说，我已给京城的武林朋友打过招呼，如果是普通飞贼，知道是我奉旨缉盗的话，不会不给我面子。你再说说第三类背景。”

马贵深以为然，缓缓道：“第三种人最是不妙，那就是仇家！”

尹福这次微微点了点头，道：“你说是仇家？又何以见得呢？”

马贵“嘿”了一声道：“董海川师爷在世时，扶危济困，广传技艺，让八卦掌名震大江南北。太极拳宗师杨露禅号称‘杨无敌’，与师爷打了三天，也不过平分秋色，天下尽皆叹服。三皇炮捶大师宋迈伦与师爷也是以好友相称。人称‘半步崩拳打遍天下’的形意拳大师郭云深，从直隶深县一路打到北京城，未逢敌手，欲与师爷一决高下，师爷不愿折了郭大师的美誉，只在暗中施技将其折服，让郭大师叹服而去，保全了郭大师的一世英名，成了一段武林佳话……”

尹福剑眉微挑，目光炯然，道：“你接着说。”

马贵接着道：“师爷为人慷慨、豪迈，爱恨分明，行侠仗义，不知多少江湖宵小毁于他的双掌之下……”话犹未了，却见尹福的手一扬，窗外一个黑影一晃即倒。

马贵几步赶到门外，只见窗前躺着一个身着夜行衣靠的人，背上斜背着一口钢刀，胸前正中尹福刚才发的那支钢镖。

尹福也跟了出来，俯身将此人的蒙面巾扯下一看，道：“不是肃王府的人。”

马贵低声道：“这个人鬼鬼祟祟，偷听我们的谈话，看来是敌非友，说不定正和琴砚失盗有关。”

“这是今晚来的第二个人了，事出紧急，我生怕留不下他，下手就没留活口。”尹福一手抓起尸首，转头对马贵道，“你在屋里头等我。”说罢向后面走去。

不一会儿，尹福回来，一脸冷色。

马贵接着分析道：“师爷仗义执言，难免会得罪一些奸邪小人。师爷在世时，功夫已至神化之境，宛若泰山压顶，无人敢动，而今师爷已然不在，剩下的弟子中，师父既是掌门人的身份，又是职位最高的‘官人’，所以特地来架您的‘梁子’。您是紫禁城护卫的武术教头，可是就偏有人入宫盗珍妃的松花琴砚，这分明就是让您难堪，给八卦门抹黑。皇上限期让您追回琴砚，如若追不回，就算皇上不怪罪，您在紫禁城也混不下去，自有人看您的笑话！”

尹福听着马贵的话，心中不住地盘算。马贵的这些想法，他不是没想过，并且他还比马贵更料深了一层：刚才那人极有可能是多时不见的八卦掌的仇人，他难道就不会为“后党”所用吗？荣禄最近广招武林豪杰不会是全无原因。

尹福站起身来，对马贵道：“走。”

马贵问：“去哪儿？”

尹福道：“找你几位师叔商量一下。”

第二章

暗算煤马死　车站起纷争

八卦掌门里功夫练得出色的，号称为“董门八大弟子”，除尹福外，还有程廷华、马维祺、史继栋、刘凤春、梁振圃、李存义、宋长荣七人，其中年龄最小的就是梁振圃。

梁振圃是直隶冀县城北郝家冢村人，字照庭，同治二年生，七岁那年拜秦凤仪为师学练弹腿，十五岁时来到前门外东大市其父所开的估衣庄当学徒，学做估衣生意。后来梁振圃的父亲到肃王府做生意，结识了肃王府的护卫总管董海川，梁振圃就拜在董海川的门下学习八卦掌。梁振圃学了不到两年，董海川就逝世了，因此梁振圃基本上是由尹福和程廷华代师授艺的。

梁振圃功夫练成后，子承父业，依旧以估衣为业，所以江湖人称他“估衣梁”，又称“小辫梁”。

梁振圃的夫人罗文芝也是直隶冀县人，有一次想回老家看看，因为路上有些不太平，就叫梁振圃陪她一块儿走，路上好有个照应。但梁振圃怕耽误生意，不愿与夫人同行，就给她雇了辆大车，让她自己回。

动身时罗文芝不无顾虑，道：“如果真要是遇上劫匪怎么办呢？”

梁振圃哈哈一笑，道：“你就对他们说，你是‘估衣梁’的家眷。”

罗文芝心情忐忑地上了路，没承想怕什么就来什么，大车刚出广安门不到三十里，就从道边蹿出三个手拿钢刀吃横粮的。三人将手中钢刀一晃，喝道：“车上的人都下来，把东西都拿出来！”

罗文芝赶紧道：“众位‘挂子行’的好汉别动怒，我是‘估衣梁’的家眷。”

旧时江湖把在江湖上讨生活的分为八门，即金、披、彩、挂、平、团、调、柳，其中练武术的行当，就被称作“挂子行”。下面再细分，就称为“支、拉、戳、点”四杆，支杆指的是护院的，拉杆指的是镖行押镖的，戳杆指的是教武术的教头，至于点杆，则指的是撂地卖艺。

这三个劫匪大概没在“挂子行”混过，互相对视了一下，骂道：“什么凉的热的，滚他妈的一边去，爷们儿不吃这一套！”说着话就把梁夫人手中的包裹给抢了过去。

罗文芝心里满是怒火，坐上大车就回了北京城，来到东大市的家中，一进门就骂道："梁振圃，你他妈的白练了，遇上劫道儿的，一提'估衣梁'，屁用不顶，人家还问什么凉的热的，还当烤白薯呢！"

梁振圃一看夫人回来得这么快，就知道遇上吃横粮的了，听罗文芝撒了一会儿气，才微笑道："别急，明儿我一定要他们物归原主。"

罗文芝骂道："你就接茬儿吹吧，颐和园的铜牛都得让你给吹跑了！"

第二天，梁振圃背了一个包裹，手里只拎着一根三尺多长的小竹竿，就向广安门走去。说来还真巧，那三个不要命的劫匪大概第一回当贼，吃到了甜头，今天又出来了，居然没换地儿，又是一声大喝，跳出来将梁振圃围住，就要抢包裹。

梁振圃打量了一下这三个人，看来同罗文芝所说的那三个人甚是相似，就有心要耍他们，道："几位好汉高抬贵手，包袱里没什么值钱东西，几件破衣烂衫的就别动了！"

这时两个劫匪持刀一边一个从两边堵上，另一个晃着钢刀道："那你就把钱交出来。"梁振圃嘻嘻一笑，道："我哪儿来的钱，就是有一些，还要赶七百多里路，当盘缠还不大够，正想向三位好汉借一些呢！"

这个劫匪一听，把两眼一瞪，骂道："你他妈的活腻歪了！"

梁振圃依旧笑道："没腻歪，没腻歪，我活得挺滋润的，再自在不过了。"

劫匪大怒道："好小子，真不识抬举，今儿让你知道爷们儿的厉害！"说罢，抡刀就劈。梁振圃见对方刀来，不慌不忙，一伸手就接住了他的手腕子，反手一拧就将刀夺了过来，回手用刀尖轻轻一挑，就在他的额头上开了个小口。这个劫匪一见鲜血下来，一捂头，"妈呀"一声，转身就跑。

另两个一看同伴受了伤，发一声喊，一起上前，对着梁振圃挥刀就劈。梁振圃一闪身，避开二人来刀，用手里的小竹竿向左面劫匪的手腕上一敲，左面的劫匪"哎呀"一声，刀就松了手，另一只手赶紧托着受伤的右手腕，眼见这只手腕不能动了。

其实这根小竹竿也是八卦门中的一种器械，采用中心空细如豆的实竹，将竹节打通，灌入水银七钱，再用木塞、粘胶将孔封住。运用时，水银在竹内来回流动，哪端击出，水银就流向哪端，打击力量骤然增加，注重点、戳、挑、掼等手法，因其长为七节，故名"七星竿"。

梁振圃哈哈一笑，迅速将手中的七星竿一挥，向右面劫匪右肩的肩井穴直戳去。这个劫匪又如何避得开？一下被戳了个正着，当啷一声，刀也掉在了地上。两人手臂都转动不灵了，才意识到遇到了高手，心里一发毛，不约而同跪在了地上，连连叩头，口喊饶命。

梁振圃“哼”了一声，道：“我就是‘估衣梁’，今儿是特地来叫你们看看，我到底是凉的还是热的！”说着话，从包裹里拽出一根绳子，把两人给绑了起来。

梁振圃问道：“今儿这事怎么办呢？你们想死我就成全你们，想活的话，就把昨天抢我家眷的东西拿出来。”

两个劫匪一迭声地答应道：“我们想活，我们这就去拿，梁爷饶命！”

梁振圃跟着他们走了几里路，到了劫匪的家，他们将抢来的包裹如数交还。梁振圃打开包裹一看，一件不少，于是对他们道：“今天饶你们一次，今后必当改邪归正，再不许做这伤天害理之事。如果恶习不改，小心我‘估衣梁’找你们算账！”

两名劫匪忙不迭地点头道：“请梁爷放心，我们再也不敢了。”

梁振圃提着包裹回了家，一进门就把罗文芝喊了出来：“还你东西，仔细瞅瞅，是不是一件没少？”

罗文芝打开包裹一看，果然一件不少，不禁哈哈笑道：“振圃，你还真有两下子。”

梁振圃由于后来在前门外东珠市口路南的“德盛居”黄酒馆授拳，掌柜王成斋是他的门徒，所以梁振圃便经常宿在那里。

肃王府在东交民巷附近，因此德盛居离肃王府最近，尹福和马贵出了府门，径直来到黄酒馆。掌柜王成斋一见两人来了，急忙打招呼，尹福和马贵这才知道梁振圃受前门外打磨厂“恒义茂”绸缎庄的委托，押镖送货到郑州去了。

尹福和马贵无法，看了下地点，离蒜市口西街不远，只好去找马维祺。马维祺是北京人，生于咸丰七年。他拜董海川为师时，董海川道：“维祺啊，你如能三年练功保住元阳不动，我保你功夫上身，可以成功。”马维祺果然三年不进家门，也不和妻子见面，一切日用之物及更换衣物，都由师兄弟代为取送，因此他练就浑身的肉疙瘩，仿佛天齐庙的小鬼塑像一样。

北京城中有一名医叫佛尼音布，是满人，人称佛六。他姓叶赫那拉，汉名叫叶潜，字鹤伏，号诗梦，他是慈禧太后侄子瑞麟的第三子。叶潜家道殷实，既爱好书法，也喜练武术，苏州拙政园玲珑馆堂上的“玉壶冰”三字匾额，即出其手笔。叶潜原本请尹福为其护院，后来尹福到紫禁城教拳，就介绍马维祺为叶潜护院。马维祺的翻背捶十分厉害，叶潜便请马维祺教他这手绝招，并且为马维祺在蒜市口西街路北四十六号开了一家“维记德”煤铺。马维祺经营煤铺，每日与几千斤煤相周旋，经常把煤铲往中央一插，围着煤堆练转掌，练完功再做煤球。他双手功夫很深，能将一小车煤平端起来。他还在房门外置一横铁闩，出入必从上面飞越而过，往来自如。因此世人称他为“煤马”。

马维祺功夫了得，实战技击鲜有对手，在八卦门中又有“煤马高于尹程”之说，因此马维祺性情傲慢、狂妄霸道，虽经董海川多次训斥，但依旧不改。他曾言：“我站在北京南门楼子上向南望，没有练武术的！”意思是只有他会武术，北京以南的武林高手都是小玩闹，不屑一顾。后来“半步崩拳打遍天下”的郭云深到北京，与马维祺拼了三十几个回合，一手崩拳让马维祺吐了一口鲜血，这样马维祺的性情才稍有收敛，但狂傲之性始终未改。

尹福、马贵走进蒜市口西街，此时已然入夜，街上空无一人，只有皎洁的月光静静洒在地面上。

马贵一吸溜鼻子，不解道：“师父，怎么有股血腥气？”

尹福心中不由得一沉，二人快步走到维记德煤铺前，却见煤铺前那根铁闩已被拦腰劈断，大门洞开。

尹福师徒大感不妙，连忙进到院内一看，原来这座院内一个时辰前发生过惨烈的恶战。地上躺着七八具死尸，都是夜行衣靠、黑衣黑裤，有的缺胳膊断腿，有的却外观无异，尹福略一检视才发现他们都是内脏受创而亡，尸身尚未冷透。

尹福低声道：“是你马师叔下的手，这几个人是中了翻背捶死的。”

二人急忙走进屋中，只见马维祺仰面倒在屋角，口中淌着鲜血，双目兀自不闭。屋内一片狼藉，墙上血迹殷然，烛火摇曳着……

尹福大叫：“维祺！维祺！”扑过去摇撼着马维祺渐趋冰冷的身子，马维祺却一动不动。

马维祺竟被人杀死了！

尹福撕开马维祺的衣襟，检视他的伤处，却见他的胸口上端端正正印着一块巴掌大的紫印，用手轻触，宛若火炭一般炙手。

尹福不禁倒吸了一口凉气，骇然道：“这是毒砂掌啊！”

马贵惊道："毒砂掌？马师叔怎会同练毒砂掌的结了仇？"

尹福摇首道："不是维祺的仇人，是咱八卦门的仇家。他先下手暗杀了维祺，是因为维祺的功夫好，怕同咱们明斗时打不过。"

马贵问道："那仇家是谁？"

尹福轻轻拭去了眼角的泪痕，缓缓道："我心中好生懊悔，这毒砂掌并非轻易可以练成功，没想到'插翅金蝎'竟真的将它练成了！"

马贵急道："这'插翅金蝎'是谁？"

尹福叹息道："二十年前，当时的肃王爷隆勤，也就是当今肃王爷善耆的父亲，奉旨到新疆伊犁剿灭叛军，得胜回师的途中，突遇猛虎扑至，隆勤猝不及防，险些为猛虎所伤，竟鬼使神差地被路过的西北巨盗沙弥远所救。当时沙弥远练的尚是铁砂掌，以开碑裂石的掌力将猛虎毙于隆勤马前，隆勤一见大为赞赏，当场给他一个绰号'插翅金蝎'，并且将他聘为肃王府的护卫总管。"

马贵道："那为何沙弥远又与咱们八卦掌结了仇呢？"

尹福道："沙弥远在北京城依仗其铁掌绝技数次击败北京的武林高手，因此狂妄非常，以为自己的武功简直是天下第一了。那时候董先师在肃王府尚服杂役，但因与太极拳宗师杨露禅比武三日，不分胜败，后来更是力挫群英，一时名噪京师。肃王爷以前虽也知董先师功夫了得，但尚不知已至如此境界，便也欲与董先师较技。肃王爷气力惊人，两腿有千钧之力，每日上朝还要用腿击紫禁城的玉石雕栏，但他怎么也摸不清八卦掌的套路，结果败北。沙弥远自然不服，跳出来要与先师比试，在第八个回合就被先师以反身掌击倒在地。沙弥远又提出要比器械，先师使子午鸳鸯钺，沙弥远使齐眉棍，两个人分别在自己的器械上涂上木炭，谁要是被炭沾身，谁就算输。沙弥远又怎会是先师的对手，还不到五个回合就被一招'青龙探爪'点到了脸上，留下了一点儿炭迹。至此时，沙弥远只能自惭退下。"

马贵听得眉飞色舞，道："师爷的功夫真是了不起呀！"

尹福继续道："肃王爷当时看了哈哈大笑，便将董先师也封为王府的护卫总管。沙弥远乃一心胸狭窄的阴毒小人，不甘心受此挫折，他本是盗贼出身，所以当晚就来到先师住处施放熏香，想将先师熏倒后结果性命。幸亏董先师早有防备，将其擒获。沙弥远连连磕头求先师放过他，并且答应永不踏进京城半步。先师乃是慈悲之人，也就不为已甚，饶过了他，没想到……”

尹福说到此处悲愤地看了眼马维祺的尸身，又恨声道：“先师一过世，他终于来找八卦掌寻仇了。今日白天我在琉璃厂碰到了他，却没有敢肯定，现在想来好生后悔。晚上他第一个找的就是我，可惜被一位侠士暗中所阻，没想到他掉转头就来暗算维祺……”

马贵不免惊奇道：“师爷去世都有十来年了，他怎么才来呀？”

尹福苦笑道：“你不知这毒砂掌是何等难练，必须得先从铁砂掌开始练起，待铁砂掌练成，掌到处可开碑裂石，再回头来练绵掌的功夫，二十年前沙弥远至此境界，绵掌的功夫刚开始练。待绵掌的功夫有成，再习练三阴掌，到气可发于掌上，掌若炭火时，方可习练毒砂掌。到目前为止，还算正宗的上乘功夫。”

马贵道：“难道以后就不是正宗了吗？”

尹福点头道：“正是，再习练下去，就走上了邪路。每日里都需将双掌置于毒砂中煎熬，到最后纵然毒掌有成，但身体也被毒气所侵，早晚必定发作，所以很少有人会练。”

尹福停顿了一下，又道：“可是这种毒砂掌大成时，威力确实惊人，发掌时一连三手，按人身穴道和脏腑部位击打，如果打在太阳、天突、玉枕、天溪、神庭诸穴上都是一击致命。先师过世时，他的毒砂掌想来还未练成，一直拖到今日。这次敢来，分明是倚仗功夫已成，前来复仇了。”

马贵又问道：“那您刚才为何一瞧是毒砂掌，就断定是沙弥远呢？”

尹福叹了口气，道：“世上会练这门功夫的人已经不多，况且还要用铁砂掌做基础，而懂这门功夫、会练铁砂掌且与八卦门有仇的，除了沙弥远再无他人。”

尹福伸手将马维祺的双眼缓缓合上，恨声道：“沙弥远如果不用暗算的手段，不论他的毒掌练到什么境界也不能将维祺杀死。”

马贵道：“师父，现在我们怎么办？”

尹福站起身道：“事不宜迟，去找你程师叔。”

尹福所说的程师叔，就是程廷华。

程廷华，又叫程应芳，生于道光二十九年，是直隶深县程家村人，他和形意拳大师郭云深的家相去不远。程廷华在北京崇文门外花市四条做眼镜生意，所以人称“眼镜程”。

程廷华长得英俊不凡，功夫也漂亮。他精于掼跤，性喜武术，后来拜董海川为师，精研八卦掌，独创了程氏八卦掌。他的掌是龙爪掌，拇指外展，食指上竖，四指微拢，掌心内含，掌背呈瓦垄状，掌心朝前掌根前顶。在掌法上讲推、托、带、领、搬、扣、劈、进、掖、撞、削、塌；在劲力上要求刚柔相济、沾粘连随、拧旋挣裹、沉实圆活，注重腰力，寸劲爆发。也有人称之为“揉掌法”，与尹氏八卦掌相互辉映，声名大震。

程廷华平日练功甚是刻苦，每日里在作坊打磨眼镜片时，总是一腿半蹲支撑，另一腿屈膝将脚置于支撑腿膝盖上，如此左右交替，独立劳作，干了一天活儿，就等于练了一天腿。因此深得董海川喜爱，也是董海川八大弟子之一。

程廷华致力于商贾事，不做干戈谈，偶露身手，在京城传为趣谈。一天，有位主顾买了程廷华一副眼镜，却把自己的旧眼镜忘在柜台上了。客人刚要出门，程廷华急切之下，将眼镜顺手一抛，眼镜滴溜溜地飞到那人身后。说时迟，那时快，程廷华将身一矬，噌地一下从柜台蹿到门口，伸手将抛出的眼镜接住，一个“白猿献果”，将眼镜交还了顾主。还有一次，程廷华有位朋友要买一副上好的水晶眼镜，程廷华特地从上海选来。这天，朋友一脚刚迈进店门，程廷华笑呵呵地招呼：“伙计，你看合适不？”随着话音，眼镜早已飞出柜台两丈开外，稳当当地架在那人耳朵上了。行家里手都知道，这看似寻常的两件小事，没有几十年轻、软、提气的功夫是办不到的。一来二去，“眼镜程”的名声可就从京城传开了。

八卦门众弟子中，尹福同程廷华的交情最好，直到现在尹福对当年初见程廷华的一幕尚记忆犹新。

那是个细雨霏霏的早晨，尹福到肃王府去找董海川，他刚走进董海川的屋内，就见一个英俊潇洒的年轻人正坐在窗边玩鸟，董海川却没在。

当时正值盛春，太阳一出来，细雨就没了，院子里的鲜花被雨水一洗，更显得花团锦簇，争奇斗艳，几只麻雀也应景地飞来飞去。那个年轻人手一伸，就揽住了一只麻雀，手再一伸，又揽住一只。不一会儿，五只麻雀在他的双手间上下翻飞，始终飞不出双手的范围。尹福定睛看了半晌，不禁脱口赞道：“好！”

年轻人一笑道："还真有捧场的。"说着放了五只麻雀，走到尹福面前拱手道："兄弟程廷华，兄台贵姓？"

这就是尹福初识程廷华。

董海川与杨露禅当众比武，一个是八卦掌的始祖，一个是太极拳的宗师，两人接连打了三天，还是不分胜负。

尹福和程廷华挤在人群中，急得直跺脚。

尹福要替下师父与杨露禅比武，被程廷华死死拉住。

程廷华要代师出战杨露禅，也被尹福劝住。

尹福恐怕程廷华有个闪失，他少年英雄，风华正茂。

程廷华则怕尹福有个三长两短，家中妻丧夫、子丧父。

还好董海川与杨露禅两位大师惺惺相惜握手言和，反而成了好友。

后来，董海川过世，程廷华力荐尹福为八卦门的掌门人，尹福因为已经接替董海川为肃王府的护卫总管，杂事颇多，反过来力荐程廷华为掌门人。二人你推我让，没有结果，最后还是宋长荣出了个主意，从史继栋的"义和木厂"找来一堆木片，各写上"尹福"和"程廷华"的名字，由八卦掌的六十多位师兄弟拔牌裁决。拔牌那天，众师兄弟手中的木片上都写着尹福的名字，原来程廷华已暗中做了手脚。

提起八卦门，尹、程一向并提，没有尹就没有程，没有程就没有尹。想起了程廷华，尹福空落落的心里多少舒服了些，再大的难题，有尹、程在，也不会解决不了。

八月的北京，正是初秋时节，晚上的天气已有些寒意，"天阶夜色凉如水"，点点繁星悬于夜空的幕布上，正闪闪地眨着眼，不时飘过一两片朦胧的浮云，仿佛轻纱般将那一弯寒月擦得更亮。

尹福师徒快步如飞踏着月色来到花市四条的程记眼镜铺前，却见铺门大敞大开，空寂无人，安静得仿佛连睡梦人的呢喃声都可以听清。

尹福心里一紧，忖道："不会连廷华都出事了吧？"

二人一前一后到了门首，穿过夹道，一直来到后面的院落，就见院中的葡萄架下，正斜躺着一个英俊的中年汉子。屋中烛火未熄，灯光正映在他的身上，只见他身材魁梧，一对剑眉浓黑整齐，下身穿着条蓝布便裤，腰间扎着一条牛皮带，上身没穿衣服，露出健美的身躯，两只手正抱着酒坛狂饮，两臂的肌肉高高隆起。

这中年汉子正是程廷华。

程廷华听到脚步声，忽然爆出狂笑，慢声吟道：“今古北邙山下路，黄尘老尽英雄。人生长恨水长东。幽怀谁共语，远目送归鸿。盖世功名将底用，从前错怨天公。浩歌一曲酒千盅。男儿行处是，未要论穷通。”

程廷华吟声未了，猛地一个“乌龙绞柱”从地面上弹起，手中的酒坛直向尹、马师徒二人砸去。

尹福脚下一个摆扣步，左手一引，右手拧身变掌，已将酒坛稳稳当当地抄在手中，口中叫道：“廷华，你搞什么名堂？是我！”

程廷华已站起身，见是尹福和马贵，便大笑道：“原来是你们，我还以为是哪个不怕死的来了呢！”

马贵笑道：“我以为您撒癔症呢！”

程廷华笑骂道：“去你个大螃蟹的！”

尹福却悲声道：“廷华，出大事了。”

程廷华一愣，问道：“怎么了？”

尹福鼻中一酸，双目顿时红了，道：“维祺遭人暗算，已经过世了！”

程廷华身子猛地一震，大叫道：“什么？”紧跟着眼前一花，身子一软，栽倒在地。尹福、马贵一见程廷华跌倒，赶紧将他扶起，程廷华哇的一声吐出了一大口秽物，眼泪扑簌簌而落。马维祺为人虽狂妄任性，但与程廷华却甚是相得，二人交情甚好。

尹福师徒忙将程廷华扶进屋里的炕上，程廷华急问道：“这到底是怎么回事？”

尹福便将维记德煤铺所见叙述了一番。

程廷华恨恨地道：“沙弥远这个老贼，我恨不得一刀宰了他，却不知他究竟藏在何处？”尹福一声冷笑：“他肯定还匿藏在北京城中，咱们兄弟得千万小心，他在暗，咱们在明，别让他给算计了。”

马贵摇头道：“师父，我看不止如此，琴砚八成也是这个老小子盗的。”

程廷华不知何事，连忙追问，尹福就将今日白天光绪帝召见的事儿说了。程廷华沉思了一下，道：“我看沙弥远此次来头不简单，他当年在肃王府当武术总管，同各府的王爷、总管，还有紫禁城里的太监都很熟，咱们还真摸不清他的脉络，不知他与谁勾搭着。”

程廷华说着下地倒了三大碗酸梅汤，一碗递给尹福，一碗递给马贵，自己喝了一碗。程廷华喝完酸梅汤，抹抹嘴，道：“听说‘后党’中的直隶总督荣禄最近招揽了不少奇能异士，我看沙弥远极有可能是荣禄的人，他知道尹大哥同‘维新党’的人走得近，想借此机会扳倒尹大哥甚至八卦门。”

这一番话令尹福面容显得有些冷峻，缓缓点了点头。

尹福沉吟片刻，淡淡道：“明天八卦门弟子在史继栋家聚一下，咱们先把维祺的丧事给办了，再商议其他。”

程廷华随手抄起一件衣服，道：“行，咱们现在先去找史六。”

三个人刚迈出了房门，程廷华一个翻身就上了房，马贵抬头一看，一个人影转瞬即逝。一会儿，程廷华从房上跳下，惊道：“身法真滑，看来我这儿也来了探子。”

尹福双眉一紧，道：“别理他了，咱们走。”

史六也是八卦掌弟子，大号史继栋，是直隶冀县小寨村人，生于道光十七年，他在北京朝阳门内开了间义和木厂，因此尹福师徒和程廷华出了程记眼镜铺便直奔朝阳门。

史继栋本先练弹腿，后练连腿，他同尹福既是同乡又是好友，经尹福介绍拜董海川为师学八卦掌。史继栋为人谨厚，秉心颖悟，董海川非常喜欢他。后来董海川又将自己的义女陈锦婷许配他为妻，所以史继栋也算董海川的干女婿，董海川晚年退职之后，就一直住在史家。有一次，董海川教授史继栋武艺，换掌时蹬了史继栋一腿，却被史继栋轻轻躲过，于是董海川骂道：“贼腿！”因此后来人称史继栋为“贼腿”史六。

这个绰号传出去不久，有个山东的武林高手来访史继栋，出言极其不逊。史继栋看了看他走路的姿势和举动，就对那人道：“咱俩不必动手了，你走吧！”那人自然不答应，道：“我大老远跑来，总得比试比试吧！”

史继栋道：“那好，我背着手，用腿扇你耳刮子，三腿扇不着，算我输。”说完一变步，左一腿，右一腿，果真接连扇了那人三个耳刮子。那人明明看见史继栋的腿击来，可无论如何躲闪，就是躲不开，急忙深鞠一躬，道谢而去，一边走，一边说：“‘贼腿’史六，名不虚传！”

尹福三人进了崇文门，沿着东单大街来到东四牌楼，往东一拐，不一会儿，就来到了义和木厂。

这义和木厂是个三层套院，厂门开着，三个人鱼贯而入。只见门房老头儿正坐在木凳上打盹儿，三人也没惊动他，就直接走进了第一进套院，第一进套院的东西厢房住的都是工人。第二进套院堆满了木材、器械，还有打好的家具。走到第三进套院，迎面是个亭子，亭西又是个小套院，月亮门开着。

程廷华当先走了进去，在北房窗户下一站，用手拍着窗户棂子，口中喊道："史六，史六，快起来，出大事了！"

屋里响起史继栋的声音："是廷华师兄吗？等会儿，我来开门。"

就见屋里的灯亮了起来，又听见一阵窸窣的穿衣声，紧跟着，史继栋走到门前，把门打开。三人一进屋，就见陈锦婷披着衣服，过来给三个人搬凳子，嘴里还说道："大晚上的，哥儿几个还赶过来，事儿小不了，你们和继栋说着，我给你们烧水去。"说着走了出去。

史继栋问道："师哥，到底出什么事了？"

尹福把发生的这些事对史继栋讲了，史继栋一皱眉，道："来者不善，善者不来，依我看这可是场硬仗。"

尹福冷然道："是呀，现在朝政的局势很是紧张，'后党'和'维新党'双方是一触即发。不过照我看，'维新党'远比'后党'得人心，康有为先生的话很有道理。"

史继栋连连点头，道："没错，源顺镖局的'大刀'王五支持变法，他同谭嗣同先生私交很深。天津的迷踪拳高手'黄面虎'霍元甲在好友农劲荪的影响下，也响应变法。咱们练武术的也得知道民心向背。尹师哥同情'维新党'，又是皇上的武术教师，我看这次发生的事儿，很有可能是'后党'对咱们的报复。"

程廷华哈哈一笑，豪气飞扬地道："兵来将挡，就让这帮龟孙子来吧！"随即语气一转，变得有些哀伤，道："只可惜维祺……"

尹福在旁断然道："不管怎样，先把维祺的丧事给办了。明天就在你这义和木厂给维祺搭个灵堂，通知诸位师兄弟到场，顺便咱们商议一下。"

史继栋点了点头，道："成，没问题！"

这时门一推，陈锦婷拎着水壶走了进来，给尹福等人沏茶。陈锦婷正在给马贵倒水的时候，忽听得屋外一声冷笑："我就料到你们在这儿。"陈锦婷手一哆嗦，险些把开水溅到马贵身上，马贵腾地一下站了起来。史继栋喝道：“什么人？”

屋门一开，从外面笑嘻嘻地走进一个人，年三十余岁，眉目精灵，走起路来，脚不带尘。

程廷华“嘿”了一声，道：“振圃，你装什么鬼呀！”

来人正是梁振圃。

马贵笑道：“梁师叔，你这一吓不要紧，差点儿让陈师姑把开水浇我一身。”

陈锦婷脸一红，啐了一口，道：“振圃，不是我说你，什么时候了，你还开玩笑。”

梁振圃道：“马贵，对不住啊，我本来是找程师兄的，结果在程记眼镜铺听说你们到史师兄这儿了，我赶紧赶过来。听你们在屋里说话，喊一声，开个玩笑。”

尹福在旁道：“振圃，你不是押镖到郑州去了吗，怎么突然回来了？”

梁振圃拿过一个杯子，倒了杯水，一气喝干，喘了口气，道：“别提了，我送货到郑州，因为惦记家里，没有打落儿，直接往回返。昨晚上到的北京，结果在我马家堡出了一档子事。”

梁振圃停了一下，问道：“你们这么晚聚在一块儿干什么呢，不是凑局麻将打吧？”尹福叹了口气，道：“振圃，维祺死了。”

“什么？”梁振圃大吃一惊，“这怎么回事儿？我离京时马维祺师兄还好好的，怎么这就死了……”程廷华忍着悲痛，将宫中失盗和“插翅金蝎”沙弥远前来寻仇的事情向梁振圃说了一遍。

梁振圃听完一拍大腿，恨道：“这个人我见过，早知道他杀了马维祺，我拼了命也要宰了他。”众人一惊，尹福忙问：“振圃，你在哪儿碰到的沙弥远？”梁振圃道：“就在马家堡。”

程廷华急问：“你在马家堡究竟出了什么事？”

梁振圃神情一变，道：“我杀了人！”

梁振圃从郑州日夜兼程赶回京城，因为路上没有什么耽搁，昨天天刚擦黑时，远远地已经可以看见永定门的城楼了。梁振圃擦了把汗，稍歇了一下，知道今天晚上肯定能回家了，心里很是高兴。恰在这时，梁振圃看见一个身法非常快的人影向马家堡火车站方向行去，明显是个武林高手。

梁振圃仔细打量了一下这个人，一看认识，正是直隶总督荣禄的心腹“花拳太保”赵六。这赵六依仗荣禄的权势，走私赚了点儿银子，在自己家私设公堂水牢，折磨贫苦百姓。赵六习练的是米祖拳，属少林拳，打法凶狠，原本就是京城一霸，投靠荣禄后更是肆无忌惮、横行霸道，不把天下好汉放在眼里。

梁振圃好打抱不平，平时就对“花拳太保”赵六的恶行非常愤恨。有一次，赵六在前门“六必居”酱园拿了酱菜不交钱，就曾被梁振圃狠狠地教训了一顿。自那以后，赵六对梁振圃敬而远之。如今梁振圃见赵六无缘无故往马家堡火车站方向行去，感觉事有蹊跷，便尾随在赵六身后，跟了下去。

“花拳太保”赵六来到马家堡火车站西的一所宅院门前，左右看看没人，推门便走进了院落。梁振圃紧随着来到院墙前，看看天已起更，心中苦笑，估计今儿晚上是回不去家了。他先投出一个问路石，朝院内一掷，这叫“升点”。听听没有动静，便一招“燕子钻云”，攀上墙去。

院子里曲廊秀房，叠石奇亭，掩映在繁花茂树和修竹美石之间。梁振圃飘然落地，沿着碎石甬道来到一个亮烛的厢房窗前，探头一瞧，见屋中除了“花拳太保”赵六，还有一个酥胸半露、云鬓散乱的女人。就听赵六问那个女人：“小桃红，沙大爷什么时候回来？”小桃红道：“呦，这我哪儿知道，沙大爷把我接到这儿来，是让我来看看后院的姑娘能卖多少银子。沙大爷什么时候走的我不知道，他什么时候回我更不知道。”

赵六贼忑嘻嘻地一笑，伸手在小桃红的脸上摸了一把，淫笑道：“沙大爷没回来，你先伺候伺候赵爷我吧。”小桃红呸了一口，道：“得了，你来这儿又找沙大爷商量什么害人的主意呢？小心生孩子没屁眼。”赵六道：“嘿，怎么说话呢，爷们儿不去想办法赚钱，哪能将真金白银搬到窑子里供养你们。”小桃红冷笑道：“赵爷，那可是我拿身子换的，不知道是谁每次都在我床上要死要活的。”正在这时，一声冷笑，房门一开，一道黑影闪进了屋里。屋外的梁振圃吃了一惊，心道：“好快的身法。”

梁振圃借着灯火，在屋外看见里面走进一个中年书生模样的人，一抹胡须修饰得很整齐。中年书生进了屋，直接盘腿坐在炕上，小桃红忙接了他脱下的衣服，给他捶背。赵六赶紧施了一礼，道：“沙大爷回来了，这么晚。”

“插翅金蝎”沙弥远淡淡道：“刚去收拾了一个仇人，点子有点儿扎手，折了我好几个兄弟。”

沙弥远白日里故意与尹福照过面后，晚上便想先找尹福报仇，一对一比武杀了尹福，借此在世人面前抖一抖自己毒砂掌的威风，没料想受到神秘高手的弹丸阻拦，无奈之下，率人先暗算了马维祺。

赵六谄笑道：“自从京汉线的火车通车后，这永定门外马家堡的搬运工成立了脚行，白花花的银子可赚了不少，沙大爷如果能帮我把这脚行霸占过来，我亏待不了沙大爷。”

沙弥远点点头，将面前茶水咕嘟嘟一口喝尽，吐了一口茶叶末，道：“你小子手下人多，又都会两下子，那些脚行想要怎么死就怎么死，我防着有武林高手出头就行。”

赵六往前倾了倾身子，问道：“什么时候动手？”

沙弥远冷笑道：“二更天，趁他们睡着的时候，把他们一锅烩了。”

这时，躲在外面偷听的梁振圃猛然看见窗纸上出现一个人影，他猛地朝后一跃，掩到房角暗处，只见对面房上一个人影倏地一闪。

梁振圃不禁暗暗叫道：“好俊的功夫！蜈蚣跳，三皇功！”

梁振圃一招“鹞子翻身”轻轻跃到房顶，猛闻得一股酒香。他朝四周打了一个揖首，轻轻唤道：“想必是张三爷到了，振圃在此恭迎！”连叫了几声，毫无动静，可是酒香依然未散。

那张三爷原来就是京城妇孺皆知的武术名家张长桢。张长桢，字寿亭，直隶束鹿人，生于清同治元年，十几岁时全家由原籍迁到北京南郊马家堡定居。他上过私塾，颇有些文采，又身怀绝技，平时深居简出，喜在暗中行侠仗义，早年靠保镖护院为生，名噪大江南北。他还当过练勇局武师，后来因为穷苦百姓打抱不平，与练勇局头领闹翻，就辞退了差使，现今在马家堡参将赵春霖手下当把总。

张长桢性喜饮酒，平时身着白色对襟短褂儿、半新的青布裤子，脚上蹬着一双千层底布鞋，左手提一个竹鸟笼，右手握一杆白铜锅白玉嘴的长烟袋，佝偻着腰，眯缝着眼，骨瘦如柴，走路肩垂背曲，两腿磕绊摇晃，整天迷蒙着一双醉眼，出入酒肆，徜徉市井，给人以醉意蒙眬之感。

张长桢有两兄一弟，大兄张长福，二兄张长禄，小弟张长祥，由于他好喝酒又排行第三，世人便给他起了绰号叫“醉鬼张三”。

“醉鬼张三”的功夫十分奇异，踏雪无痕，挂壁似画，身体升降自如，体肤既可柔软如棉，又可坚硬如铁，这种功夫称为三皇功，世间罕见。但是张三习的是哪一门哪一派的武功，师父是谁，无人知晓，被北京武林列入“黑门”。依他所言，宗派问题，不必说出来，天下武术是一家，任何门户，只要肯下功夫，都可练得到。门派之争，甚是无谓。他与世人从不谈论武术，如果有人提起武术类的事情，他会马上飘然告辞。世人都认为他是一个颇为隐秘的人物，人称“隐侠”。他保镖护院，只是为了养家糊口，干些杀富济贫、抑强助弱的事情，决不肯摧眉折腰事权贵，仗势欺人。

第三章

仗义施援手 偷拳成冠缨

梁振圃见“醉鬼张三”不肯出来，于是跳下房，又来到厢房前。这时听得赵六一声坏笑，问沙弥远：“沙大爷，听说您有个姑娘要卖到纱帽胡同的天香楼，怎么样，让我先开开眼？”

沙弥远阴笑道：“这丫头的爹是我的一个仇家，我在河西走廊劫了她爹的镖，她爹一路追我到京城。哼，得罪我‘插翅金蝎’，我就让你吃不了兜着走。我把这丫头劫来卖到窑子里去，让她爹心疼死！”

梁振圃听得心中一颤，心想，这姓沙的也太不是玩意儿了。于是紧紧尾随在赵六的身后。穿过二道院的月亮门，来到西厢的一个耳房前，赵六开门进去，只听水哗哗响，腥臭扑鼻。水中木笼里关着一个姑娘，那姑娘上身穿一件藕荷色紧身斜扣纽布衫，下身穿一条水绿裤。因为受尽折磨，脸色惨白，衣衫不整。赵六上前看了姑娘一眼，邪笑道：“小模样还不错。”他靠近那姑娘道：“这回把你送去八大胡同那个鬼地方，让你夜夜过春宵！”

那姑娘死死拽住木栅，喃喃道：“我……不去！”

赵六举起拳头，道：“到这儿还由得了你？你不去也得去，别他妈敬酒不吃吃拳头！”赵六的拳头刚扬到半空，只觉一阵疼痛，血淌了下来。抬头一看，一枚亮晶晶的梅花针正钉在拳头上。

后面的梁振圃知是张三所为，暗暗叫好。他一个箭步冲去，一把揪住赵六道：“别动，动就要你的命！”赵六左右挣扎，无奈空使气力。在梁振圃的逼问下，他只得一一招供。

原来这姑娘叫俞颖乔，是宁夏汤瓶拳高手俞天龙的女儿。汤瓶拳又叫汤瓶七式，是回族人的看家之术。这个拳派的规矩是传子不传女，更不传其他民族，故会此拳术的人不多见。俞天龙是宁夏天龙镖局的总镖头，与京城源顺镖局的“大刀”王五是至交好友。他从银川押送一批镖银去伊犁，途中被南返中原的沙弥远撞见。沙弥远见财起意，假冒八卦门程廷华的名字，劫了俞天龙的镖银。俞天龙不是沙弥远的对手，被沙弥远打得重伤呕血。

俞天龙不知沙弥远假冒程廷华，回到银川后，俞天龙变卖了镖局，赔偿了镖银，只身前往京城想寻找“大刀”王五，帮他找程廷华报仇。

可是俞天龙一去一个月杳无音信，俞颖乔因惦念父亲，便孤身一人进京寻父。几天前她走到西四牌楼，向路人询问去前门外源顺镖局的路径，恰巧被沙弥远听见。沙弥远见她生得高鼻大眼，又有一番姿色，便想将她骗进荣禄府献给荣禄，再深一打听，知是仇家之女，便改变了主意。沙弥远将俞颖乔掳到马家堡的家中，日夜殴打，并将纱帽胡同天香楼妓院的相好小桃红接来，准备估价后，将俞颖乔卖给纱帽胡同的天香楼。

梁振圃听罢义愤填膺，出手一掌将赵六打晕，带俞颖乔潜出了院子。来到宅院门口，正见一辆马车停在门前，车夫正在上面不知所以然。梁振圃一问，这车夫就住在马家堡附近，本来正睡得好好的，突然被人从被窝里拉出来，让在这里等。梁振圃心想：这肯定又是张三所为。梁振圃把俞颖乔扶进马车，叫一声："走吧！"车夫一扬鞭子，两匹马嗒嗒地小跑起来，梁振圃在马车后面大步流星地疾行。

马车来到前门大街，梁振圃叫车夫停下，让他等一等。他带俞颖乔来到东珠市口的黄酒馆，这家酒馆门脸儿不大，几间瓦房，正房门首高挑着一面杏黄酒旗。梁振圃的弟子王成斋看到师父突然回来，还带回一个姑娘，不知怎么回事。梁振圃来到后院，把原委叙了一遍，让人在后院收拾了一间闲房，安置俞颖乔姑娘暂且住下。

梁振圃听王成斋说尹福和马贵刚来找过自己，心中一沉，不知发生了什么事。梁振圃又略一寻思，道："今晚上赵六要强占马家堡火车站的脚行，这事儿我既然听见了，就得管！时候不早了，我去去就回。"说完换衣欲走。王成斋手握七星竿跟了出来，道："师父，带上您的竹竿！"梁振圃一摆手，道："不用了，照顾好俞姑娘！"说着坐上马车朝南直奔马家堡车站。

梁振圃赶到马家堡火车站，早已经二更天了，只见"花拳太保"赵六带着二十多名手下正和脚行工人混战一团，伤亡很多。

梁振圃飞身下车，大喝一声："赵六你这恶贼还不住手，刚才那顿打这么快就忘了？"

赵六一看又是梁振圃，恨得牙根直痒痒，道："姓梁的，你管得太宽了。赵爷我买卖没谈成动了手，你管不着。咱们井水不犯河水，各走各的独木桥，今儿的事跟你没关系。"

梁振圃厉声道："你们想霸占脚行本是不义之举，肆意毒打脚行工人，难道就不怕王法吗？”

赵六“呸”了一声，道：“你家六爷我就是王法！”说着话，跨前一步，抡开九节鞭朝梁振圃头上打来。梁振圃闪身捋住鞭头用力一带，赵六站立不稳，甩手扔鞭扑通一声摔倒在地。赵六的狗腿子一声呼哨，一拥而上，把梁振圃围在核心。梁振圃一个扫堂腿，众人往后急闪。梁振圃顺手挥动九节鞭，疾快如闪电，恰似流星赶月一般，观看的人群都惊呆了。

赵六在后面高喊道：“沙大爷，您倒是出手呀！快把姓梁的给废了。”

就听旁边的树上倏地一响，“插翅金蝎”沙弥远双掌一剪，呈鱼跃之势，飞身向梁振圃打来，口中高叫：“原来你也是八卦门弟子，我与练八卦掌的不共戴天。”

梁振圃见他气势汹汹，撤身往左面一闪，立掌如刀，还了一招八卦掌的“青龙戏水”。

沙弥远一双眼睛布满杀机，发一声吼，伸开毒砂掌。只见那手掌心随着他运气，由白变红，渐渐如火炭一般。梁振圃只觉得有一股热浪袭来，如同火燎，忙往后退。正在此时，就见一道人影疾如流星，快似闪电，插入两人之间。来人身材瘦削，手中的白铜烟锅正敲在沙弥远的毒掌上，口中喝道：“好你个老小子，竟然还会毒砂掌的功夫！”

梁振圃惊喜道：“张三爷。”

原来张三一直在暗中为梁振圃掠阵，想让梁振圃独享义救马家堡火车站脚行的侠名。此时见沙弥远施出了毒掌功夫，怕梁振圃手中没有器械，受毒掌伤害，急忙出手接下了沙弥远。

梁振圃正退后间，忽听身背后有刀刃破空的声音，回头看时，“花拳太保”赵六正手挥钢刀恶狠狠地向自己砍来。梁振圃猛地一声大喝，一招“白鹤穿林”，一鞭击中赵六太阳穴，赵六一声大叫，气绝而亡。梁振圃杀得性起，索性甩开九节鞭，把余下的二十来个人打得抱头鼠窜，死的死，伤的伤，东倒西歪了一大片。

沙弥远久战张三不下，见赵六也死了，吼道：“沙大爷跟你们八卦门没完没了。”随即虚晃一招，几个起落消失在黑夜中。

梁振圃这时才得空向张三问好，拱手道：“多谢张三爷援手之德。”

张三瘦骨嶙峋，弓腰驼背，有三十七八岁，身穿一件雪白色对襟长褂儿，下身穿一条肥大的青布裤子，脚穿一双千层底布鞋，右手握一杆尺余长的铜锅白玉嘴烟袋，一双醉眼却像两盏灯笼，开合之间，湛然有神。

张三笑道："赵六要强占马家堡火车站脚行的事，我是白天知道的，所以一直在盯着他。看你'小辫梁'出手了，我想这回可省事多了，我可以多喝点酒，少操点心。"

二人正说话间，就见远处火把闪闪，人声嘈杂，逐渐向这边走来。

张三惊呼："不好，宛平县的衙役过来了，让他们看见，咱俩可要吃官司。快走吧！"

众脚行拜谢了张三和梁振圃，轰然一声，四散而走。

第二天，朝内大街的义和木厂内，陆续来到的八卦掌兄弟沉浸在悲哀中。高搭的灵堂中，摆放着马维祺的灵柩，墙壁上面挂着马维祺的遗像。

史继栋夫妇哀伤地招呼大家伙儿入座，并唤伙计给大家上茶。

八卦门的来客中，第二代门人除了尹福、程廷华、梁振圃外，还有宋长荣、孙天章、刘登科、焦毓隆、谷毓山、马志存、张均、秦玉宽、刘殿甲、吕成德、安分、夏明德、耿永山、魏吉祥、锡章、王辛盛、王怀清、沈长寿、王德义、宋紫云、宋永祥、李万友、樊志涌、宋龙海、王永泰、彭连贵、傅振海、王鸿宾、谷步云、陈春林、王廷桔、双福、李长盛、徐兆祥、刘宝贞、张英山、郭玉亭、赵云祥、张全奎、焦春芳、司元功、张铎、清山、何五、何六、郭通海、徐鹤年、冯濂、李寿年、陈泮等人。第三代门人除马贵外，宫保田、张逸民、杨峻峰、刘金印、文志、奎玉、王志、世亭、居庆元、刘印章、耿玉林等人也都到了。

尹福看了看人，发现李存义、刘凤春二人没来。尹福知道，李存义住在天津，赶不过来，就向史继栋问道："'翠花刘'怎么没到？"

史继栋放下茶壶，说道："我这儿也在奇怪，今儿早上我派人去'吉祥翠花坊'找他，铺子里的人说他昨晚上就没回来，也不知道他到哪儿去了。"

尹福眉头一皱，担心道："这两天局势不稳，'翠花刘'不会出什么事吧？"

史继栋安慰道："'翠花刘'的功夫好，人又机灵，应该没事儿！"

话音未了，就听门口有人喊道："叶潜先生到。"

尹福回头看时，就见一位年三十余岁的书生，前额突出，面容清秀，双目隐泛神光，身穿团花绸衫，腰间围着一条白布腰带，正缓步走进灵堂。他正是叶潸。马维祺是叶潸的武术老师，维记德煤铺就是叶潸先生出资为他开的。

史继栋迎上前道：“叶先生，您也来了？”

叶潸擦了擦眼泪，道：“前几日我看见马爷还是好端端的，谁想到这转眼人就殁了，真是‘天有不测风云，人有旦夕祸福’啊！”

史继栋劝道：“您也要节哀呀！”

尹福带着叶潸来到马维祺的灵柩前行过礼，看看人已经大体到齐，便沉声道：“今日邀请众位弟兄们来，一来是为维祺治丧；二来是商议怎么捉拿沙弥远，为维祺报仇；三来是为如何才能追回‘松花琴砚’的事。”

程廷华起身道：“事情的经过，刚才我也对大家说了，咱们八卦门弟子在京城的有五六十位，我不信在北京城找不出个沙弥远来。”

樊志涌在旁沉稳地说：“我觉得沙弥远就是盗去松花琴砚的人，这个想法应该没错，咱们应当在荣禄府盯紧点儿。”

樊志涌也是道光二十年生人，与尹福同岁，家住朝阳门外吉市口北五条，乃满族正白旗人，因家中十兄弟，樊志涌最小，故人称“樊十”。樊志涌自幼习学外家拳，精于少林、弹腿，后来带艺投师，得董海川亲传。武术大成后，八卦掌自成一家，被称为“樊派八卦掌”。但他不露锋芒，从不以武欺人，邻里从未看见他练功，全然不晓他会武术。樊志涌为人厚道温和，光明磊落，言不轻发，但每发必中，大家此时听樊志涌如此说，不少人已连声附和。

宋长荣点头赞同道：“樊十的话有理，现今皇上任用康有为、梁启超、谭嗣同等人，变法维新，振兴国家，尹师哥同情‘维新党’，必然招‘后党’之恨。”

焦毓隆道：“没错，太后那一伙人岂会甘心情愿地交出大权，不知有多少人对‘维新党’虎视眈眈呢！”

魏吉祥也道：“对，咱们八卦掌的弟兄怎么也不能在旁坐视不理吧！”

史继栋插言道：“不过各位兄弟都要小心谨慎，廷华那里已经有人窥探了，咱们都应加个小心，一有风声，大家及时通个气儿。”

史继栋又向尹福道：“尹师哥怎么说？”

尹福沉吟道：“史六的话说得对，咱们现在最重要的就是要找到沙弥远的行踪，就像樊十的意思，找到了沙弥远，就不愁松花琴砚。维祺中了毒砂掌，沙弥远必定匿藏在京城中的某一处，却不知他究竟窝在哪儿？”

恰在此时，忽听得一个声音在门口响起：“我知道沙弥远在哪儿。”

大家都是一惊，齐齐往门口望去，就见一个人大踏步地走了进来。此人年约四十，面目有些丑陋，脸有麻点，身材虽有些瘦削，但是气宇轩昂。

史继栋惊道："'翠花刘'，你怎么才到？"

来者也是八卦门的弟子，绰号"翠花刘"的刘凤春。

刘凤春是直隶涿县罗家营人，生于咸丰三年，他在北京城前门外打磨厂的"吉祥翠花坊"做翠花，以卖妇女首饰为业，由于他的翠花做得好，所以人称"翠花刘"。

刘凤春自幼家境贫寒，十多岁时为谋生路，经人介绍，只身来到翠花坊当学徒。他聪明好学，又能吃苦，很快就学得一手制作翠花的好手艺。

吉祥翠花坊的附近就是程记眼镜铺，刘凤春经程廷华介绍，于同治十一年拜董海川为师。拜师后刘凤春除了终日在翠花作坊工作外，便坚持练八卦掌，每次回到家中，都在磨坊里围着磨台飞身旋转。

董海川于光绪八年逝世时，刘凤春尚未出师，但他仍像师尊在世时一样刻苦，跟从程廷华习练不辍。以后他又拜著名的形意拳大师刘奇兰为师，研练形意拳，深得刘奇兰的真传，深谙形意拳的奥妙，此时的刘凤春已是京城著名的武林高手了。

刘凤春平素静如山岳，动时快似狸猫，故此武林中又有"赛猫行"的美称。

三天前，刘凤春同乡王恩甫为独子娶媳妇，在"广和居"办了个喜庆堂会，给刘凤春下了帖子。北京人请客，三天为邀，两天为请，当天为提拉。到了正日子这天，刘凤春先往一家老主顾那里送过翠花，备了份子，装在"幛光"里，来到了广和居。

广和居乃是京城饭庄中的老字号，门口挂有张之洞、翁同龢等人的题字和对联，饭馆内还建有戏台以供演戏之用，院内搭有席棚，不仅可以容纳大量的客人，而且冬暖夏凉。广和居是山东馆，不供应临时小卖和各类散座，专应婚丧嫁娶、喜庆堂会，乃是有名的"冷庄子"。

王恩甫在北京的绸缎生意做得很是兴隆，这一次独子结婚，他存心要大办一番，除了特地将"四喜"班请来唱一场堂会外，筵席设的乃是"满汉燕翅烧烤全席"。

满汉燕翅烧烤全席可算晚清年间最丰盛的筵席之一，计有六大件、六小件、四押桌、两道点心、二十四个碟子，包括四干、四鲜、四蜜饯、八冷荤、四热炒，此外还有一道进门点心、两道茶。

刘凤春进门落座，先上两道进门点心，一甜一咸，分别是二干二稀，甜的干点心是酥合、山药饼，稀的是糖莲子、杏仁茶，咸的干点心是烧卖、蒸饺，稀的是汤面、馄饨。每份干点心只一件，稀点心也只有一小碗，盛点心是专用的碟、碗、匙，比席间用具要小，唯有糖莲子的碗及所用的匙和席面上所用相同。

进门点心撤下，随后上两道茶，一道是甜的，桂圆、红枣、莲子，另一道是普通的茶叶，时值夏末秋初，正是绿茶和香片。

桌面上此时摆好匙、箸、食碟、叉子和怀抱碟。怀抱碟有单双之分。水果碟在桌外四个角上，因为台面有四盆鲜花，所以要摆在靠鲜花的里边，里面再交叉摆蜜饯和干果，中心摆上冷荤碟。

冷荤摆齐后，主人王恩甫过来斟酒。头一次敬的酒是绍兴黄酒，酒斟完后，放在桌迎面的主宾席上，让主宾入座；王恩甫再次斟酒，放在桌右侧陪客席上，请陪客入座。

北京的筵席排场，很是仿古，每桌只坐三人，三人回敬主人后，就可以入座，分敬干果和蜜饯，要放在怀抱碟里，绝不能放在食碟中。

王恩甫再敬酒时，开始上热炒，随后上头菜燕菜，把干鲜蜜饯撤去，放在旁边的桌上。鲜花不撤，跟着就上二菜银耳，燕菜退在后边。第三菜上鱼翅，鱼翅吃完，准备双叉烧烤。事先把双叉烧烤另放在一桌面上，一切匙箸及怀抱碟等重新另换一套，还在上面覆上红绸幕。紧跟着就是筵席上的换席面，馆子里的小伙计把旧席面撤去，换上覆上红绸幕的新席面。小伙计将红绸面揭开，烤鸭、烤乳猪和烤全羊当众由厨师片片，盛盘上桌。王恩甫换白酒敬客，随上两种点心蒸饼和薄饼，另将生葱切花辘轳形放在大盘一侧，另一侧放小水萝卜切成蝴蝶形，有个名儿唤作“蝴蝶萝卜花辘轳葱”。小碟上还有糖蒜、甜面酱、酱油等小佐料，用来蘸烤肉片吃。吃烧烤菜，容易口干舌燥，所以旁边还上了一碗汤。

烧烤撤下后，又上两小件，一炒一烩。这时喝的酒仍用绍兴黄酒。接着再上第四菜大件汤菜，随跟两小件，一炸一熘。再次上第五菜大件鱼菜，并随一道甜点心酥合枣泥饼，再上两小件，一烧一烩。第六菜又是汤菜，随上四押桌饭，备上米饭、稀饭，并为吃稀饭备小菜四碟。最后再上一大甜菜核桃酪。

这一桌筵席非常摆谱，吃完需要两三个时辰，等刘凤春告辞走出广和居时，天已接近黄昏了。

刘凤春溜溜达达地往回走，忽觉酒意上涌，不想直接返回吉祥翠花坊，想四处走走，等酒劲儿过了再回去，所以转身就向西城走去。

刘凤春快走到西城阜成门大街以北的育幼胡同时，时间已近初更，这时他的酒劲儿才稍稍下去，心忖：是不是该回去了？恰在此时，一辆马车从他眼前疾驰而过。车帘被风带得稍稍一扬，刘凤春拿眼角一扫，认出来车中之人正是太极拳大师杨班侯。他再往四周一打量，才恍然大悟：端王府不就在这儿嘛！这杨班侯分明是到端王府传拳来了。

端王府是多罗郡王载漪的府邸，载漪的祖上是康熙皇帝十七子果亲王允礼，允礼在雍正、乾隆两朝很受恩宠，雍正元年封果郡王，得到的优厚待遇比当时称为“铁帽子王”的顺承郡王还要高。

载漪本是惇亲王奕誴的次子，自幼好武，在统领神机营时颇有才干，受到慈禧太后的赏识，慈禧太后便想把他栽培成掌握兵权的心腹。由于载漪之父奕誴仍健在，一个王府又不能同时封两个王爵，适值瑞亲王绵忻之子瑞敏郡王奕志死后无后代，慈禧太后便降旨让载漪过继给瑞敏郡王为子，晋封为瑞郡王。没想到军机大臣在承旨时把“瑞”字误写成“端”字，上谕既发，不好更正，只得将错就错，瑞郡王成了端郡王。

这端王性喜练武，同治五年就将太极拳的宗师杨露禅请到府中授拳，杨露禅死后，端王继续延请杨露禅次子杨班侯为师，专攻杨氏太极拳。

杨露禅是直隶广平府永年县人，本名杨福魁，字禄蝉，后传写为露禅。他年轻时以推车卖水为生，生有膂力，酷爱武术，初习红拳，练就一身硬功，往往能把卸水后的水车，双手用力举起来。

那一年，一个恶霸到永年县临街太和堂药铺寻衅滋事，仗势欺负掌柜是外地人，强行予以低价买珍贵药材，以致发生争执动武。恶霸来势凶狠，掌柜出来调解不成，动起手来，一抬手，恶霸就跌至街心。杨露禅一看惊奇不已，又年轻气盛，就向掌柜的请教，结果被掌柜击倒在地。杨露禅便探问掌柜所练是何种拳法，并表示愿意拜师求学。掌柜开始推托，对自己所习拳法讳莫如深，不愿讲，后来感于杨露禅求学的诚意，告诉他自己所习为绵拳，乃是借力打力，四两拨千斤的内家拳，又称太极拳。

杨露禅从来没听说“太极拳”名字，忙问：“请问掌柜，这太极拳是什么拳？”

掌柜捻须道：“太极拳据说是明代道士张三丰所创，但已不可考。我所练的太极拳，乃是陈家沟第九世传人陈王廷所传。”

杨露禅低低重复道：“陈王廷。”

掌柜点了点头，说道：“《陈氏家谱》说王廷又名奏廷，‘明末武庠生，清初文庠生。在山东称名手……陈氏拳手刀枪创始人也’。陈王廷天资聪慧，自幼勤奋好学，白天练武，晚上习文。他不仅深得家传武艺，而且熟读诸子百家，是个文武双全的人才。陈王廷因生得面红庄重，蓄有美髯，又骑一匹枣红马，惯使春秋大刀，江湖上人送绰号‘二关公’。年轻时曾到山东一带走镖，当地匪寇无不闻风丧胆。明朝末年，陈王廷以武秀才的身份参加乡试考武举。校场上，他张弓满月，一马三箭，三马九箭，射了个‘凤夺巢’。所谓‘凤夺巢’，就是第一箭射中靶心后，第二箭从靶心挤出第一箭，第三箭又挤出第二箭，像鸟儿夺巢一样。陈王廷的高超武艺博得了满堂喝彩，但负责擂鼓报靶的鼓吏因受人贿赂，只擂了三通鼓，表示九箭只中了三箭，主考官凭鼓声记分，即以三箭论之。陈王廷气愤不过，驰马擎剑，劈死鼓吏，逃出了校场。”

杨露禅叹道：“生逢乱世，盖世英雄也无能为力啊！掌柜的，这后来呢？”

掌柜道：“你别着急呀，听我慢慢说。明亡后，陈王廷隐居家乡，国朝顺治年间，陈王廷曾入乡学考中了文秀才，但他时运不济，始终也没有弄上个一官半职，于是他就绝了走仕途的想法，匿伏在陈家沟，晚年造拳自娱，教授弟子儿孙。其《遗词》上半阕说：‘叹当年，披坚执锐，扫荡群寇，几次颠险。蒙恩赐，枉徒然。到如今，年老残喘，只落得《黄庭》一卷随身伴。闷来时造拳，忙来时耕田。趁余闲，教下些弟子儿孙，成龙成虎任方便……’”

杨露禅问道：“这几句词我大致听得懂，可这《黄庭》是什么？”

掌柜解释道：“《黄庭》是道家‘嘘吸庐外，出入丹田’的导引、吐纳方法。陈王廷在创立太极拳时，从明朝戚继光将军的“拳经卅二势”中吸取了二十九势，大胆创新，根据《河图》《洛书》的太极阴阳术说，与引导、吐纳以及医学的经络说相结合，融众家之长，创编出阴阳开合、虚实转换、刚柔相济、快慢相间的陈家拳。”

掌柜又继续说道：“陈王廷创编的拳术，不但把武术和气功、经络学说相结合，还创造了‘双人推手’的习练方法，解决了拳术因实践不足难以提高技击水平的问题。从《陈氏拳械谱》上可以知道，陈王廷传下的太极拳套路有太极拳五路、长拳一百零八式一路、炮捶一路。太极拳成了内家拳的一种流派。”

杨露禅听得目眩神迷，非常向往，当场就向掌柜跪下，要学这太极拳。

掌柜赶紧将杨露禅扶起，并对杨露禅说道：“我的功夫不足为你老师，河南陈家沟习太极拳的人很多，陈长兴先生的太极拳是海内泰斗，你如能成为他的徒弟，将来必有成就。”

杨露禅忙问道：“这陈长兴先生又是哪位高人？”

掌柜道：“陈长兴先生是陈氏太极拳十四世传人，是当今陈氏太极拳的佼佼者。他老人家生于乾隆三十五年，自幼随他父亲习武，太极拳、器械耍得出神入化。陈长兴先生成年后以押镖为业，常走镖山东，在武林中享有盛名。他在戏台前看戏，站立在数百上千的人中间，无论众人如何推、扛、拥、挤，他都纹丝不动，凡靠近他身体的人‘如水触礁，不抗自颓’。陈先生终日不忘练拳，头端腰直，身正不倚，行走时，必以意作圈，默思拳技，即使在握笔放杯时，手中也暗含‘问劲’，久而久之，不管是走路还是站立，一举一动，都立身中正。以他盘起拳来，动止有威仪，武林中称他为‘牌位先生’。陈先生还在陈王廷创编的一至五路太极拳的基础上，精练归纳，发展成陈氏太极拳一路、二路，人们称为太极拳老架。陈氏太极拳一路以柔为主，柔中有刚，动作舒展大方，绵柔连贯，沉着稳健，一动无有不动，一静百骸相随；二路以刚为主，刚中有柔，整个套路动作复杂，疾速、紧凑，还有蹿奔蹦跳、腾挪闪转的动作，具有快、刚、跃之特色。”

杨露禅听罢，更是兴奋，起身就要前往河南拜师求艺。

掌柜一把拉住他：“你别拜错了师，温县还有一支太极拳派。陈氏太极拳十五世传人陈清萍，师承族叔陈有本，在温县赵堡镇教拳，演练陈氏小架。后来他在陈氏小架的基础上再行修改，形成了小巧紧凑、逐步加圈、由简到繁、循序渐进提高拳艺的练习套路。他的弟子和兆元授徒后，拳法流传开来，被称为‘赵堡架’或‘和氏架’。”

杨露禅点头说知道了，谢了掌柜，回家收拾行装，千里迢迢地赶到河南，准备拜陈长兴为师。

杨露禅到了陈家沟一打听才知道，陈长兴本人的太极拳只传本族人，不传外姓。杨露禅无奈之下便装哑投身于陈长兴家中充当仆役，在陈长兴教拳时留心观看，然后到无人处偷偷练习。功夫不负有心人，时间长了，杨露禅竟学了个八九不离十。

三年后的一天晚上，正值陈长兴六十大寿之际，陈长兴兴高采烈地表演一招“顺风扯旗”，杨露禅看得心花怒放，得意忘形下喊了声：“好！”结果被人发现他是装哑偷拳。陈长兴了解到事情经过之后，听他练拳发出的声响和走架的身形，知道他已经入了门。陈长兴又命他与众师兄弟比试，杨露禅战胜了所有的人。陈长兴惊叹杨露禅的天才，并见他如此志坚意诚，破例收其为徒，杨露禅经过七载勤学苦练，成了陈长兴最得意的门生。陈长兴于是集合陈氏的族人，道：“露禅师从我超过十年，他专心一志，勤学苦练的精神毅力，非你们所能及。我的功夫，本想传给你们而你们不能得，不给露禅而露禅已经得到了。从此后我要对他倾心传授太极拳的秘技。”但陈长兴犹恐杨露禅立志不坚，常以倨傲无理的态度对待他，考验他。但是杨露禅越久越恭敬。正是这种尊师重道的品格，才能尽得陈长兴的秘传。

如此又过了两年多，陈长兴对杨露禅说：“你可以回去了，你现在的太极拳，已经可以无敌于当世。”

杨露禅艺成回到直隶广平府，重操旧业，并以太和堂为基地，设立了太和拳场，药店伙计纷纷拜杨露禅为师学习太极拳。

这些弟子当中，就有药店房东武禹襄和他的外甥李亦畲，后来武禹襄创立了武氏太极拳，而李亦畲的弟子郝为真创立了郝氏太极拳。

道光年间，京城德胜镖局丢失了恭亲王托运的镖银，招聘武林高手索镖，慕名来永年县邀请杨露禅入局，杨露禅不负众望，一举击败众多对手，讨回镖银，名震京城。

当时有北京城著名武林高手邢昭悟见杨露禅骨瘦如柴，身不及五尺，面目忠厚，身穿布衣，观其拳式舒展缓慢，感觉并不是自己理想中杨露禅的威风形象，于是语含轻蔑地说：“久闻杨师父盛名，但不知这太极拳能打人吗？”

杨露禅淡淡道：“有三种人不能打，铜铸的、铁打的、木做的，此外无不可打。”

邢昭悟忍不住道：“我想请杨师父赐教一二！”

杨露禅微笑道：“可以。”

邢昭悟臂力惊人，双手可以举起五百斤上下的东西，乃是查拳高手，见杨露禅不丁不八地立于面前，于是双臂微弧，“斜插一杆旗”，脚下一个弹踢，双拳挂着呼呼的风声，直向杨露禅扑去。

查拳以十路查拳为本，包括三路滑拳、三路炮拳、四路洪拳、两路腿拳，其拳开合相间，长中有短，手脚齐发，下踢上打，手到步到，同起同落。每一拳路中都有多次弹踢、踹踢、侧踹、腾空箭弹的腿法，乃是典型“手似两扇门，全凭腿踢人”的拳术。

杨露禅见邢昭悟来势凶猛，却不慌不忙，双腿微松，右手在他眼前一引，让其拳势落空，左手在其肩头轻轻一拍，邢昭悟便如电击一般，直跌出三丈之外，在场人无不拍手称赞道：“真是神技呀！”

这一来，杨露禅在京城声威大震，有不少练家子来找他较量，杨露禅则能避则避，不愿与人结怨。可有些时候，有人直接找上家门的，杨露禅却也不惧，沉着应对。

杨露禅当时住在宣武门外琉璃厂西南园报房胡同里的铁老鹳庙。这庙中的正殿脊上有铁铸的老鹳，口衔铁雀，风一吹过，随风旋转，故此得名。

北京的夏天，三伏天的时节，像着了火一样，天气酷热，房间又狭小，好似蒸笼一般憋闷得让人难受。杨露禅便找了根小木棍，把窗四边的横亮窗支起来，通通凉风。身体便靠在铺盖上，手中拿着芭蕉叶的扇子轻轻扇动，斜躺着休息。

正在此时，忽听院子里有人高声喊道：“杨师父在家吗？”

当时的杨露禅在京城少与人交往，此时听声音又觉得很生疏，口音粗暴，且不是本地人，心下便起了警惕，随口答道：“哪位啊？请进来吧，我在家呢！”杨露禅一边答话，一边想站起身迎人，不料那人毫不客气，径直走进屋内，并且已到眼前了。

此人形体矮胖，黑脸膛，没等杨露禅起身让座，随口说了声：“领教！”用尽平生之力，一拳猛地朝杨露禅打来，正打在杨露禅胸窝处。说时迟，那时快，就在那一刹那间，杨露禅未动身，一吸气，腹部就缩了回去，拳与胸部就已离开了几寸的空隙，那人的一拳就打空了。这个劲力一过，那人身子就不由自主地向前栽去。杨露禅瞬时又把肚子一绷，腹部突地一鼓，就见那人身子直接从亮窗飞出，摔倒在院中的大槐树前。

还多亏他是练家子，这一下并未摔出大碍，但他也不好意思再同杨露禅说话，站起身就向门外走去。

身后只听杨露禅在屋中微笑道：“不送。”

当时，京北延庆县有位武术名家“草上飞”刘二爷，身怀绝技，轻功尤具特色，听闻杨露禅大名，意欲当面试探杨露禅的功夫到底如何。

这一天，刘二亲到杨府拜访，特意捉了一只麻雀，暗藏在袖筒之内。甫进杨府门，急切要求会见主人。

杨露禅谦逊好客，耳闻刘二是武林好汉，只恨无缘识荆，当下笑容满面地迎了出来，双方抱拳互道寒暄，礼仪一通之后，刘二笑道：“来时匆忙，准备不周，敬呈杨爷小小礼物，尚祈笑纳！”说着，上前亲热地拉过杨露禅，一手将麻雀悄悄地塞向杨露禅的手掌。杨露禅触及小麻雀，不禁一怔，立即明白对方来意，于是不慌不忙地举掌，托着麻雀，以欣赏的目光称赞雀儿玲珑可爱，并向刘二表示谢意。

小麻雀本来活蹦乱跳，可是在杨露禅掌上就像腿有毛病似的，尽管一个劲儿地扑棱着翅膀，却如被磁铁吸住，叽喳乱叫，欲飞不得。

杨露禅这一手精妙入微的掌心动作，极其迅速神奇，一般人根本觉察不到。刘二乃是内行人，自能明白个中玄奥，不禁由衷赞叹，当即抱拳作揖，深表佩服！杨露禅一笑，将手掌一挺，向麻雀轻唤一声：“去吧！”这小雀儿立刻便如冲破牢笼，展翅翱翔，重获自由。

刘二看在眼里，明在心中，顿觉自己初次登门试艺被杨露禅看穿了，实在不好意思。如何收场，一时有些窘促。正踌躇间，猛然发现院子里有一只斗大的竹箩筐，圆口尖底，是大户人家淘米用的。刘二一见此物，如获至宝，立刻拿定了自下台阶的主意，便对杨露禅拱手道：“杨爷武功精湛，百闻不如一见，刘某甚为钦佩！自古有言，投桃报李，永以为好。刘某也一献末技，以博杨爷一粲。”说着话，刘二径自走近箩筐，双脚一蹬，宛若蜻蜓点水，轻身飘上箩筐边翩翩而立，宛若“凌波微步”般沿着筐边兜了两圈，脚下的尖底箩筐，竟是四平八稳。

杨露禅乍见刘二意态潇洒，顾盼生姿，确知对方身手不凡，钦敬之余，不禁竖起大拇指高声喝彩。刘二获此称赞，顿消芥蒂，欣然朝下一跳，抱拳向杨露禅连称“献丑”不迭。识英雄者重英雄，二人同时哈哈大笑，相与进屋畅叙，共同切磋武艺，从此成为莫逆之交的拳友。

杨露禅由此声名大噪，人称“神拳杨无敌”，倾动京城，享誉武林。

第四章

班侯话踏雪　风池有名荣

杨露禅在咸丰五年到旗营充当武术教习，教了万春、凌山、吴全佑三个弟子，其中万春得其刚劲，凌山善发人，吴全佑得其柔化，后来更与其子吴鉴泉在杨氏太极拳的基础上，发展出了吴氏太极拳。

同治五年，杨露禅被端王府载漪聘为武术教头，与肃王府的杂役八卦掌始祖董海川一场大战后，更是声震武林，誉满江湖，连王公贵族也纷纷递帖学习。

杨露禅心想，教这些人学拳，却不好轻易泄露技击之秘密。杨露禅据这些人的身体素质，重新编配了拳路，将陈氏太极拳老架中的一些高难度动作，如跳跃、跌叉、震脚等，改作不跳、不跌、不震，或缩小动作，使姿势变得简单，动作柔和易练。这样，不仅适合穿长衫、留辫子人练习，更有益于健身的需要。时间长了，便形成了一种新拳式，称作“太极小架”，又称杨氏太极拳。杨氏太极拳刚柔内含，轻沉兼有，甫一问世，便在京、津一带影响很大，练习者也越来越多，杨氏太极拳之名不胫而走。

杨露禅本有三个儿子，长子杨锜表字风侯，已经早夭，次子杨珏表字班侯，三子杨鉴表字健侯，他们都是杨氏太极拳的正宗传人，压倒当时众多武林名手，皆为晚清年间第一流的高手。

杨露禅三子之中又尤以杨班侯最负盛名。杨班侯于道光十七年生于直隶永年县，样貌清瘦，富有膂力。武禹襄曾评价杨班侯，说他自幼“读书不甚聪敏，习拳颇领悟”。每当杨露禅教他拳式，讲解应用方法，他都能举一反三。他从学到的招式，从攻防进退中琢磨出制伏对手的绝招，能跟随对方千变万化，最后战胜对方，使自己立于不败之地。

杨班侯跟随杨露禅进京时年仅十七岁，当时北京的天桥是藏龙卧虎之地，杨班侯游逛到此，观看人摔跤。这摔跤本是蒙古的武术，满人入关后，由于皇室大力提倡，因此盛行于京津道上，北京、天津都有专门摔跤的跤场。不过奇怪的是，蒙满人练的倒少，汉人倒十居八九。

杨班侯看了一会儿场子里的人摔跤，不禁冷笑道：“这不是花拳绣腿闹着玩儿吗？”

这话让人听见了，传到当时人称“天桥八怪”之一张宝忠的师父宝三的耳中。宝三本是师从北京摔跤大师王东林学摔跤，担任清军善扑营的教习，一向少逢对手，今天见一少年口出不逊，不禁着恼，一定要杨班侯下场比试。杨班侯年少喜事，就下了场子。

杨班侯十年苦修，出手不凡。二人一搭手，杨班侯连续两次将宝三打倒在地，宝三问明他原来是杨露禅的儿子，甘拜下风，二人从此结为好友。从此天桥练“挂子活”的武术艺人提起他，都尊称为杨爷。

杨班侯性格与杨露禅不同，他对挑衅闹事的人来者不拒，不管来人在江湖上有多大名头，无一不败在他手下。

当时有一横扫七省擂台无对手的“万斤力”，双手号称能够搓石成粉。他来到京城，下帖子要与杨班侯在西四牌楼比武。万斤力身材魁梧，一望就知道力大无穷，而杨班侯却颀长瘦削，状若无能。比武处有一巨大石碑，高一丈六，宽四尺，厚两尺。杨班侯如约来到比武处，二人对战，万斤力先发劲，举拳怒击，杨班侯偏身闪过，拳中碑石，中拳处立刻粉碎，观者喝彩，皆认为杨班侯必败无疑。没想到万斤力再进一步，杨班侯不退却用“七星步”侵至万斤力面前，双手上下一分，万斤力已打横摔出数丈之外。

杨露禅闻知，担心儿子年轻有失，总是为儿子把着拳场，同时也为儿子拳技精纯而高兴。杨露禅年老之后，凡是来比武或学艺的，多由杨班侯代比代教。

有一次，从山东来了个体形粗壮的大汉，善使大枪，要和杨露禅比枪，杨露禅推说年迈，叫杨班侯代比。这大汉也是个不知天高地厚的人，挺枪便刺。交手不到三个回合，两枪相交，杨班侯手中的枪支一颤，这人的身子已被挑得腾空上了屋瓦。枪虽还在他手中握着，枪头却胶着在一起，像被杨班侯的枪粘住了似的，抽也抽不出，挑也挑不动，只急得一身大汗。

杨班侯从容问道：“行不行？”

那人只得答道：“不行。”

却见杨班侯的枪又是一震，这人随即一个跟头落下地来。正是原来的地方，此人佩服得五体投地，拜服而去。

不过杨班侯弟子虽众，但得到他真传的却很少，因为他为人严厉，秉性刚强，对众弟子要求过高，非打即骂，再加上他心性刚强，艺高胆壮，所以常说:“对拳慑敌胆，举手不留情。”

杨班侯爱用散手，喜发人，往往出手见红，被击者常跌出三丈六尺之外。他同自己长女推手时，就因发劲过猛而将其打伤，因伤致死，但这也没能改变他练拳的习惯。他的大部分弟子都是因为受不了其猛力而半途而废。

杨班侯不仅拳术上造诣颇深,他惯使的太极提放术也是一绝。所谓“提放”就是内气的提放。提能身轻如燕，健步若飞，甚至能腾空跃起;放则稳若泰山，巨力难摧。他的桩步，八条大汉拉拽，也岿然不动。

正值夏季大雨倾盆之后，杨班侯外出访友，路上水洼纵横，泥泞不堪。杨班侯到了朋友家，朋友发现他脚上的布鞋甚是干净，仅在鞋底略有湿迹，大赞他有踏雪无痕之功。

刘凤春此时见杨班侯进了端王府，思忖道：久闻杨班侯功夫了得，今日何不进去看看杨班侯传拳时的武艺如何？这念头一起，竟自遏制不住，于是便从后院溜进了端王府。刘凤春外号“赛猫行”，动作自然无声。穿过安福堂，见院内数十株菊花开得正盛，玉翎管、雪海、玄墨、紫龙卧雪、朱砂红霜等诸般名品都有,刘凤春正想杨班侯会在何处时,却见端王载漪的福晋走了过来，刘凤春赶紧隐起身形。

福晋头戴钿子，内着蟒袍，外套八团四正四行的团龙补褂，胸挂朝珠，手握“十八子”手串，脚穿一双八分底云头二色的薄履。年纪虽已五十多岁，但面容柔润,泛着红光,风韵犹存。她身后跟着两名侍女,手上各提一盏薄纱灯。

一个管家匆匆走来，见到福晋，慌忙打了个千，口中道:“给福晋请安。”

福晋不耐烦地问道:“王爷在何处?”

管家回道:“正在瑞雪阁与杨教头谈论武艺……”

福晋打断管家的话语，厉声道:“而今政局动荡，国情不安，你速去告诉王爷，请他早些安歇。”

管家忙低下头应了声:“嗻!”

福晋这才摇摇摆摆地走了。

刘凤春心中暗喜:“这才叫得来全不费功夫。”

他远远地跟着那个管家，见那个管家走进后院的一座厅堂里，抬头一看，正是“瑞雪阁”。他顺着窗户一瞧，但见端王正与杨班侯叙谈着。杨班侯穿着一件银灰色的袍子，腰里别着一杆烟袋，双目炯炯，神光隐然。端王载漪却戴一顶上嵌宝石的青罗瓜皮小帽，身穿外褂，上缀两正两行团龙圆形补子，足穿青素缎绿沿条的薄底靴子，上面起着两道明棱。

堂内壁上挂着一幅上海画家任伯年的《钟馗斩妖图》，画面上的钟馗威风凛凛，手中擒获一个狐化美女，正待诛却，那狐妖上半身还是美女相貌，下身却已然露出了一条狐狸尾巴。那画上面还题着一首七绝诗："似火榴花五月天，樱花桑葚各纷然。长街买醉囊如洗，尔要佳人我要钱。"

端王的座位之前摆着一盘葡萄，座位的右侧有个玛瑙方瓶，内插一柄三宝如意，如意下端的朱红缨子，垂露在瓶外。地面上铺着绣有杭州"平湖秋月"的地毯，门挂着杏黄色的帘子，帘子两端缠扎着湖色的绒绳，卷放自如。

只见那个管家来到端王面前，打着千道："福晋请王爷早些安歇。"

端王一脸不耐烦之色，挥挥手道："知道了，你告诉福晋，我待会儿就歇。"

管家应声退了下去。

刘凤春心里暗笑，看端王爷与杨班侯谈话的兴奋劲儿，又怎会待会儿就歇。

只听端王问道："这踏雪无痕之功可是否真有？"

杨班侯笑道："那自然是有的。"

端王又问："那又该如何练法？"

杨班侯说："踏雪无痕为轻功中极上乘功夫，也是少林伽蓝护法门上乘轻功，此功练成后，可在落叶、密草和厚雪地上行走如飞，不留丝毫足迹。若要练成此功，一是要精于内功修为，二是要研习传统轻功中的跳沙坑、飞毛腿。因为这种功夫虽重于行动，但也绝不可缺少技巧和速度，一个人的身体一般都有百十来斤，若想双足在质薄之物上行走不留痕迹，谈何容易。"

端王听得有些入迷，往前探了探身子，兴奋道："这里头有什么诀窍没有？"

杨班侯轻咳两声，才徐徐道："此功的诀窍集中在落足的动作上，当走在落叶、密草和厚雪地上时，不可以使脚硬生生落在上面，而应先将足尖略点后，快速向前滑动，再使整个足底都平搁其上，很像八卦掌中的蹚泥步法。两脚交替行走，又有飞毛腿的速度相配合，则脚与厚雪等物接触只是刹那间的事，当脚微有支撑之力时，已飞速离开被踏物体……"端王叹道："真是奇功啊！杨教头，这种功法又该如何习练呢？"

杨班侯继续道："走缸为第一步，目的在于练习足上行走平稳和迅速。先取一个盛满水的大缸，先沿缸沿慢走，两脚交替行走。吸气时臆想身体如飞翔之鹤，在缸沿上飞掠。呼气则臆想脚心涌泉穴发出极强的内气，将全身重量支撑起。等到能在缸沿上行走自如时，将缸中水舀去几大碗，并在腿上缚上沙袋或束铅块，以后缸中水逐步减少，腿缚沙袋的重量逐步增加，直到缸中水尽，缚沙袋达十斤。仍然于缸沿上行走如飞，才可转练走砖。”

端王又问道：“如何走砖？”

杨班侯正容道：“走砖开始要将砖侧立和直立，人走于砖上，行走如飞，以后再将砖改为盛沙的笸箩，练习时将沙逐渐减少，腿缚的重量逐步增加，到能在空笸箩沿上飞走，而笸箩无丝毫摇荡倾斜为止。”

端王忙道：“这就可以踏雪无痕了吗？”

杨班侯摇首道：“这还不行，习练尚未结束，还必须再练走绳、走沙道。”

端王瞪大了眼睛道：“走沙道？”

杨班侯哈哈一笑，道：“此为踏雪无痕轻功的最上乘功法，先取沙子平铺成一条沙道，厚达尺余，上铺较厚的纸层，练至无足印时，逐渐减少纸张和沙道厚度，直至沙土只留三寸，纸只留一张，行走无足印，才算大功告成。”

端王听到这里，长嘘了一口气，额上已布满了汗珠。

刘凤春思忖道：世人都说杨班侯纵跳功厉害，没想到他也通晓轻功，只是没亲眼见过。只听端王又问道：“轻功这一门上，依杨教头看来，以谁的功夫最为拔尖儿？”

杨班侯沉吟了一会儿，微笑道：“依我所知，这轻功上面最出色的，应该是康雍时的大侠甘凤池，他的轻功造诣已登峰造极，可以在海棠花树上面舞剑，而花树不损！”

端王大吃一惊，动容道：“天下竟有此奇人？”

杨班侯一笑道：“甘凤池是江南江宁人，外表并不魁梧，像个温文尔雅的书生，可性格豪爽，惯于为人打抱不平，做些助幼扶弱之类的好事。”

这时，一个侍从端着两杯茶进来，放在端王面前的方几上，给端王一杯，又往杨班侯面前放了一杯。

端王端起茶杯道：“杨教头，你能跟我讲讲甘凤池的事迹吗？”

杨班侯喝了口茶，赞道：“好茶，这是明前的龙井，别有一番滋味啊！这讲故事又有何不可，不过在说甘凤池之前，得先说一下甘凤池的师父黄百家！”

端王眉头一皱，说：“这个名字我好像听过。”

杨班侯微笑道："这黄百家乃是前明的遗老之后，本朝的监生，还在史局修过《明史》。"

端王恍然："他是黄宗羲的儿子不是？"

杨班侯道："正是，黄百家多才多艺，大家知道他从梅文鼎学过天算，不知道他还是技击名家，写过一卷《内家拳法》。"

端王大感兴趣，惊奇道："哦？他怎么会懂技击呢？"

杨班侯道："不但懂，而且精通。这个渊源说来话长。"

杨班侯喝了口茶水润了润喉咙，道："话要从内家拳的始祖、武当山的张三丰说起。自宋至元，由元及明，内家拳的大宗师名叫王宗岳，写过《太极拳论》。他有个得意弟子叫陈州同，是浙江温州人；陈州同传张松溪；张松溪传叶继美，叶继美是宁波人，所以内家拳又由温州传到宁波。叶继美收了五个徒弟，最小的一个叫单思南，尽得真传。其时已是崇祯年间，离明亡不远了。"

"单思南早年从过军，晚年归隐家乡，摆了个场子收徒弟，一则糊口，二则遣闷，根本就不想找传人。他的徒弟亦没有什么成材的，俗语说的'穷文富武'，大部分都是些子弟，只想学两招花拳绣腿，在人前炫耀而已。"

说到这里，杨班侯瞟了端王一眼，笑道："王爷，我这可不是说您。"

端王身子一歪，道："好你个杨班侯，拿我打起趣来。"

杨班侯哈哈一笑，继续说："这众弟子中，独独有个叫王来咸的，是有心人。他们师兄弟住在楼上，到得夜深，他人鼾声如雷，王来咸却伏在楼板上，从缝隙中悄悄偷看师父练拳。这叫'偷拳'，是武林中犯大忌的。"

端王道："令尊杨露禅不也是如此习得的太极拳吗？"

杨班侯点头道："不错，所以王来咸一声不敢响，遇到不解的地方，亦不敢去问师父。这样两年之久，单思南的本事，已让王来咸偷到十之六七。再要进步，就除非师父指点了！于是，王来咸尽力讨师父的好。单思南有茶癖，王来咸关照家里办来天下名茶，又学会了烹茶的诀窍，然后打造一只极讲究的银杯，每天一早一晚，伺候师父品茗，日久天长，单思南终于以不传之秘，传授了王来咸。"

端王目光一凝，问道："何谓'不传之秘'？"

杨班侯答道："所谓'不传之秘'，乃是点穴。一举手瞬间可以决人生死，所以王来咸出手极其慎重，非万不得已，绝不轻发。一次有个恶少逼他出手，王来咸始终容忍，及至辱及他的父母，非有表示不可了，但仍然手下留情，所点的一个穴道，与膀胱有关。因而此恶少几天不能小解，直到他磕头谢过，方始解去。”

端王赞道：“点穴术果然神奇。这后来如何？”

杨班侯道：“行侠仗义，少不得就要替人报仇，有一双弟兄不和，哥哥用重金聘请王来咸去整他弟弟，王来咸断然拒绝，说‘这是以禽兽待我’。因为深明伦理，所以前明既亡，钱肃乐在浙东起事，王来咸也毅然投效。被朝廷剿灭后，王来咸归隐田园，颇有人卑辞厚币，登门求教，而他不屑一顾，自己担粪锄地，种菜为生。他性格孤僻，唯独与黄百家交好，尽传所学。”

端王问道：“甘凤池又如何拜了黄百家为师呢？”

杨班侯道：“您别着急，听我慢慢讲。咱们还得回头说甘凤池。甘凤池自小父母双亡，孤苦伶仃，自幼不喜读书，却爱好武功，结交江湖侠客，十几岁时，就能够提牛上房，力能打虎。虽然小小年纪，却已经是名扬江南。刚才咱们说了，明朝以来的内家拳家，多出浙东，如张松溪、单思南、王来咸等人都是称雄江南。甘凤池听说后，决心去浙东求师深造，便离开江宁，只身来到四明山。这四明山，山林茂密，古木参天，经常有猛虎出没其间，当地人都不敢单身入山。甘凤池却孤身在此，每日里与豺狼虎豹为伴，砥砺志魄。为救上山的百姓，甘凤池出手打死了侵扰村民的一头猛虎，顿时声名大噪。几年后，甘凤池感到修炼已满，便下了四明山，路过浙江余姚时，碰到了一位高人。”

端王道：“这位高人想来就是黄百家了？”

杨班侯道：“是呀，黄百家当时正住在余姚城中。黄百家听说县城来了个打虎小英雄甘凤池，便特意访问。经过一番试练，黄百家收甘凤池为徒，将内家拳等武术一一传授给他。三年过后，黄百家把甘凤池叫到身边说：‘我的全部本领都已传授给你，你练就一身武艺，为人要行侠仗义，正可干一番惊天动地的事业。’甘凤池的武功善于借力取胜，所以越是强敌，其受创愈甚。”

顿了一顿，杨班侯又道：“甘凤池曾有一段《内家拳论》，写得甚是透彻明了：‘求胜心莫急，心急气必浮，气浮力不沉，先自肇事因，须求绵贴巧，戒绝刚拙劲，总在心能静，何惧身不灵。用招分老嫩，走化要贴身，一则忌刚硬，二则忌乱神，三忌力拼力，何妨假对真，只有巧打拙，自来柔胜刚。进招捷如风，失机变亦快，趁势侧锋入，招进身前迈，捺实再吐力，发声须惊怪，走化如蛟龙，巧拙分胜败。

取舍须当决，上下见机行，取自舍中得，实从虚处生，力大虽逾我，势开进莫停，力猛宜借劲，四两拨千斤。’如今读来，我辈也觉受益匪浅。”

端王连连颔首道：“这甘凤池，我倒是听说过他的故事。康熙爷年间，甘凤池应郑王爷的邀请，居于京师藩邸。这甘凤池是武师中之佼佼者，自然受到王府上下的青睐，他也借机结识了不少武林高手。有个叫张大义的大力士，还特地从山东济南赶来与他相会。郑王爷对甘、张的会面十分高兴，特摆宴作贺。在筵席中，王爷提议要甘凤池和张大义比一比武艺的高下。张大义身长八尺，是个典型的山东大汉。他精于腿功，一弹一跳，好像是一阵骤然而至的暴风雨，为了增强杀伤力，他还把脚趾裹上了一层铁片。交手前，甘凤池倚柱而立，在声势上，张大义颇占上风，周围助兴的人都为甘凤池捏把汗。可当张大义一跃，把腿踢向甘凤池时，甘凤池只顺手接住脚端，捏了一把，张大义便大喊连声，扑倒在地。原来张大义脚趾上包着的铁片，都已深深地嵌入皮肉之中，血水把整个鞋子都浸透了。”

杨班侯笑道：“王爷博闻强记，说得不错。在山东即墨有个马玉麟，王爷想来知道。”端王点头。因为马玉麟在康雍年间的京里很出过一阵风头，庙堂民间都传说过他武功的神奇。此人身体极其魁梧，肚子很大，每天起身，用一幅很长的白布将胸腹之间捆得紧紧的，上墙爬柱，捷如猿猴。膂力之好，更不待言，曾经几次在京城的几家王府中与侍卫角力，无不占尽上风。

端王道：“我听人说，他在京城没过几年就到江南去了，就此销声匿迹，再也没有听见过这个人。不过我倒听说过他的故事。”

端王问道：“你怎么忽然问起他？”

杨班侯叠起手指，道：“他的销声匿迹，就是因为甘凤池的缘故。”

端王“哦”了一声，将身子往前凑了凑，道：“何出此言？”

杨班侯清了清嗓音，道：“此事咱们还得从扬州城北的古渡口开始说起。”

千年的古运河流至扬州，浩浩汤汤，一派水光天色动人心魄。烈日下，扬州城北的古渡口正有一只客船要扬帆而去，却因为一个客人迟迟不肯上船而耽误了发船的时间，船上已经坐好的几位客人已经久等不耐，开始聒噪起来。

船夫在船头大叫道：“那大汉，你快点儿上船，莫让人家等你。”

岸上的大汉皱眉看着身畔的一匹劣马，怒道：“你奶奶的，再不上船，老子把你扔到江里去！”

那马本来是撅着屁股望着江水后退，听了主人的话，却嘶地叫了一声，后腿一蹬，掉头就跑。

大汉气得大叫道：“你跑不了！”回头对船夫说：“船老大，稍等一下。”言罢转身直追那马。

马虽不是什么好马，但此刻四蹄蹬开，一窜就是三丈远。哪知这条大汉身手很是了得。船上的客人只见烟尘里一条白线，再抬眼，却见那大汉一手扳住马脖子，一手别着马腿，气也不喘一下，扛着那匹马走过来上了船。

惊得船上的众客人嘴都合不上，道：“我的老天，这匹马好生长大，少说也有两千斤，哪里来的好大汉，扛住它如同没事人一样！这人不是孟贲转世也是项羽投胎！”

那大汉扛着马上了船，轻轻放下马，冲众人哈哈一笑，拱手道：“真是让诸位见笑了！这匹劣马，早晚我把它杀了，省得跟我斗气！”

船上的客人叫道：“我等今日真是开眼！如此悍勇，阁下莫非是大侠甘凤池？”

那大汉皱眉道：“甘凤池，甘凤池！天下只有一个甘凤池吗？我乃即墨马玉麟是也！”众人一吐舌头，不敢再言语。

船抵扬州城，马玉麟下船后径直来到城中富豪马上禄府前。门人见是马玉麟，忙赔笑道：“马爷，您来了。这次在京城闯荡，不知结果怎么样？有没有遇到甘凤池？”

马玉麟没好气地说：“哼，京城那些王府侍卫不过尔尔，不过甘凤池那厮想是害怕，不知藏到哪里去了！”门人笑道：“他不过浪得虚名，要我们说，放眼咱南北各路豪杰，您是这个！”边说边伸出了大拇指。

马玉麟阴着脸，用力拽住缰绳，把马拖进府中。门人却暗自好笑。

马玉麟正坐在花园中生闷气，却见马上禄的门客广东铁线拳白朝臣笑着走来。他们素来相善，常在一起切磋武艺。白朝臣笑道：“玉麟，这次去京城，你稍露技艺，便名动朝野，当真是可喜可贺！”

马玉麟手起弹发，空中疾飞的乌蝇顿时坠地，随即叹道：“可惜我没有见到甘凤池，不与甘凤池交手，实乃一大憾事。”

白朝臣一笑，道：“今天晚上，马老爷要招呼几个京里来的武士，到时候有好戏看喽！”马玉麟从鼻子里哼了一声，道：“我倒要看看谁能强过我！”

白朝臣抚掌大笑道：“那是，谁不知道府中您马爷武功第一，横行江南江北十年没有敌手？不过，你知道今天来的有谁？”

马玉麟皱眉道：“该不会有甘凤池吧？”

白朝臣笑得连身子都直不起来了，说道：“正是！要不然，我怎会说你北上寻他不得？”

马玉麟闻言怒道：“我不把他打死，就不叫马玉麟！倒要看看谁是天下第一！”

白朝臣正色道：“他从康熙爷在世时就已闻名天下，几十年来无人能敌，你可要当心！”马玉麟伸手揪住白朝臣道：“你敢小瞧我？”

白朝臣负痛大叫道：“啊呀，我是说你别把他打死！”

两人正不可开交间，马上禄的公子马如意跑来道：“师父，你那对头来了！”

马玉麟这才将白朝臣放开，皱眉道：“叫你爹准备口棺材给他！”

马如意惊道：“这……这是要吃官司的！”

马玉麟嘿嘿笑道：“我的‘绵手’功夫刚能折剑劈石，柔能裂人肝胆，即便当时不死，也活不过三日！”

马如意道：“好！师父，你好生准备，让我们都开开眼界！”

再说马上禄听说甘凤池和几个京里的高手要来扬州，欢喜非常，心想：半生结交天下奇士，今天甘凤池能来，真是天大的面子。日后人家说起马老爷，还不说我是当世信陵君，引得奇侠来？

当夜，马上禄在家中的清漪园大摆筵席，招来两个戏班在南厅北院唱戏。扬州城里有头面的达官贵人，府中的各地门客都齐集大厅。

排了座次，甘凤池坐了首席，随行的其他武士坐了二席，马玉麟只坐到四席，心中更是怨怒难平，准备一见甘凤池就打他个鼻脸开花。

马上禄和扬州知府黄鹤鸣满面春风，引了甘凤池和京里武士出来和大家见面。只见那名冠天下的甘凤池，却原来是一个面目寻常的矮瘦汉子，虽已有些年纪，但因深谙练气养形之道，看上去十分干练精神。

马上禄笑道：“诸位，今日马某能请到咱大清的绝顶高手甘凤池到府中做客，实乃三生有幸！鄙人略备薄酒，愿与各位英雄畅谈欢饮，不醉不归！”众人笑着端起了酒杯。马玉麟装作不小心，手中运气，咔嚓一声把酒杯捏了个粉碎。甘凤池盯住他看了一回，点头致意。酒至半酣，有人叫道："甘大侠，何不比画两下，让我等开开眼界！"众人拍手称是。扬州知府黄鹤鸣也早闻得甘凤池大名，亦有心瞧瞧甘凤池究竟有何奇异，便道："甘大侠，我们都听说你内家武术精妙绝伦，不如显露一二，让我等不枉见你一回。"

甘凤池哈哈大笑道："我不过有几分蛮力，受人抬举罢了。既然诸位如此抬爱，甘某恭敬不如从命，献丑了！"言罢，取来一锭银子，放在掌心，五指合拢，再开手时，那锭银子竟已被捏成饼状，上面五条指痕深入寸许。

马玉麟向旁人笑道："事先做好的手脚，有何稀奇？"甘凤池同行的武士闻言大怒，其中一个鹰爪门的高手常疾仇冷笑道："莫不是要甘大侠的金刚指在阁下身上戳几个洞，阁下才相信这是真的？既然不服，何不上来切磋两下？"

马玉麟嘿嘿笑道："甚好！"身子略一晃，未等常疾仇看清他的脸面，人已到其眼前。常疾仇也不搭话，双掌疾起，扑向马玉麟胸前，隐隐听得空中风声作响，却是他这出手之力激荡起的拳风！

马玉麟闪也不闪，一掌挥出，疾如闪电，常疾仇一时躲闪不及，已被马玉麟一掌击中前胸，身形便似一只断线的纸鸢，轻飘飘斜飞出两丈开外。再看常疾仇，已是面如土灰，胸前衣衫尽裂，赫然印着一只黑色掌影。众人大惊，想不到这京城里给郑王爷做侍卫的高手竟被马玉麟一招击败。马上禄心中又惊又喜，惊的是打伤了京里来的贵客，喜的是自己府上有如此悍勇的高手。

甘凤池扶起常疾仇，看了他的伤势，叹气道："'绵手'之力果然非同小可。不过你用心歹毒，难得真正上乘！"他走到马玉麟面前，道："我便让你打上三拳，好教你知道德能培气的道理，对你不失裨益。"

马玉麟听他口气竟似长者教训小辈，心想：你这矮子，我一掌便击死你！随即运气入骨，一掌击去，谁知竟如击中铁石，震得他手腕生疼。再看甘凤池，动也不动，面色温良地冲他一笑。马玉麟沉下心来，挥出第二掌，这一掌力道加到九成，打在甘凤池身上却消失得无影无踪，如同溪流入海。

马玉麟心中大怒，他垂手直立片刻，弓步运掌，第三掌击出，力量之大，连脚下的青石都被踏碎。甘凤池眼中寒光一闪，肚皮便如吹了气般猛然突起三圈，只听砰一声，马玉麟只觉大力如同江海袭来，把持不住，身子一歪，单腿跪倒在地。众人齐声喝彩。

黄鹤鸣赞道："真是神力惊人！"

甘凤池呵呵一笑："我不过是借这壮士之力罢了。"

马玉麟起身不服道："技击搏斗，哪里有站着较力的。你若有胆量，与我拳脚上打来，我倒要看看你'甘无敌'的名头是真是假？"

甘凤池道："气怒则散，气静则归。你练气的功夫还不够，肯定赢不得我。"

马玉麟却不听，早扑上来。二人打在一处。

甘凤池不愿意丢他面子，只是随手应付，并不还击。这样打了几十个回合，马玉麟已经见汗了，心里更恼恨甘凤池这几近戏侮的应付，咬牙切齿地要抓到他好好羞辱他一番。及至甘凤池退到柱边，忽然腰带断了，正当低头错愕之际，马玉麟见机不可失，用尽全力扑了过去，双手是个"大开门"，以为一把可以抱住甘凤池。哪知抱倒是抱住了，却抱的是一根柱子；而且额头碰在柱子上，鼓起一个大包。这一下惹得哄堂大笑。

甘凤池叹道："气散则心乱，心乱则眼迷，眼迷则拳疲。如此破烂的拳法怎能赢我？"言罢，猛然发力，将马玉麟逼至柱前。

马玉麟见甘凤池一还手自己就落于下风，又羞又怒，却不料肋下出了空当，甘凤池二指击去，正削到马玉麟肋下。马玉麟扑地不起，面如金纸，好半天才喘过气来，这才心服。他又羞又愧，收拾了行囊，连夜离开了马府。

甘凤池见常疾仇伤势严重，便向马上禄要了间静室，为常疾仇运气疗伤，如是七天，常疾仇瘀血散尽，身体恢复如初。甘凤池却疲惫得倒头睡了两天。

此事一了，甘凤池南下江浙，江南的豪强大官都争相结交宴请。一住数月无事。败在甘凤池指下的马玉麟气愤不过，时刻想着找个人来挫了甘凤池的名，以解心头之恨。他想来想去，找到山东泰山的孙迪侯府上。孙迪侯武艺绝伦，在山东、河南一地屡行侠事，声名甚好。马玉麟说明来意，孙迪侯笑道："马兄，你不说，我也要去找他比试。什么'甘无敌'，我要教他成'甘不敌'！你也不用去找别人，等我去击败甘凤池回来请你喝酒。"

孙迪侯南下江南，听说甘凤池到了江宁，便也来到江宁。

孙迪侯刚刚来到江宁城外，正在酒肆饮酒，却见一个头顶铁帽的僧人笑嘻嘻地进了酒肆，那铁帽高逾四尺，想来只怕有百来斤重。那僧人取了铁帽，往柜台上一扔，砸得柜台立刻陷进两寸，台上的物什散落一地。酒肆主人见来者不善，忙赔笑道："高僧，您有何贵干啊？"那僧人笑道："我从苏州灵隐寺而来，度化你们世人，僧家行事全靠布施，施主给钱吧！"

店主皱眉道："人家布施都是好言好语，你倒凶恶。我这里没钱给你，快走吧！"

僧人怒道："你这算盘精，须知敬佛功德无量。哼，我不与你啰唆，这顶铁帽，你若能推到地上，我便一文钱也不要你的。"

店主看那铁帽四尺高，底下人头粗细，至上则越来越阔，纯铁铸造，好歹也有几百斤。他忙叫来两个年轻力壮的伙计，三人推了半天，那铁帽却似生了根一般，纹丝不动。

店主没办法，只好给了僧人十文钱，僧人嫌少，店主见他凶狠，只好加到一百文，恶僧笑着掂着手中的铜板，这才拿走铁帽。僧人出了酒肆，又到别处索钱。

孙迪侯暗忖道：这恶僧能顶着百来斤的铁帽四处游走，非有绝顶内功不可。以自己的修为与他单打独斗，只怕也非易事。如今甘凤池既在江宁，这恶僧必前往有意挑衅，自己不如坐山观虎斗的好。

这一日，孙迪侯暗中尾随甘凤池走进一家酒楼。他寻了个人多的角落坐下，张口便道："人言甘凤池悍勇绝伦，天下无敌。要我看，也不过是浪得虚名之辈。"甘凤池瞧瞧他，装作没听见。孙迪侯心中暗笑，又道："既然畏刀避剑，却又自称大侠，和街头骗人吃喝的无赖也没有什么不同。"甘凤池知道此人有意滋事，并不与他争辩，问道："不知兄台尊姓大名，何故背后论人长短？"

孙迪侯拱了拱手，道："我是山东孙迪侯。这里有铁帽恶僧在街头强乞，弄得市井人等是敢怒不敢言。我想甘凤池既在江宁，却不为百姓出头，想必是没有什么真才实学……"

甘凤池笑道："你莫装，我便是甘凤池。山东泰山孙迪侯？我倒是听说过尊驾的大名，待我去寻那恶僧来。"二人出了酒楼，沿路打听，果见那恶僧又在一家小店强索布施。甘凤池看也不看那恶僧，径直走向那铁帽，伸出两指一弹，铁帽轰然坠地。僧人并不吃惊，笑道："可是大侠甘凤池？正要与你比试！"甘凤池冷笑道："你这恶僧不在寺中修行，却到坊间里欺压良善，我也正要教训教训你！"二人话不投机，斗在一处。那恶僧好生了得，拳脚起处气势惊人，看得孙迪侯暗自心惊。甘凤池毫不在意，此时甘凤池一身气功已尽得练气入骨的奥妙，施展开来，进退轻捷异常。百十个回合下来，竟不分胜负。恶僧心道：若用铁帽砸他，他必然挥拳抵挡，届时必有空当可寻。恶僧猛然来个“狮子摆头”，那铁帽凌空飞出，直冲甘凤池面门而来。甘凤池叫声：“来得好！”左掌一立，托住铁帽，右手变拳为指，戳向恶僧。那恶僧没有想到甘凤池还能腾出一手，躲闪不及，立时扑地不起。众人围上前来，只见胸前赫然四个深洞，命已休矣。

众人不禁赞道：“国士无双，究竟是甘凤池！”

孙迪侯觉得沮丧，摇头叹道：“我不如也！”转身返回山东泰安，终生不提武技。

江宁城内驻扎有八旗重兵。一些自恃勇力的官兵，听到这件事，很想试试甘凤池的本领，便邀请甘凤池到营中表演技艺。甘凤池知道他们的心意，也不推托，笑着把胳膊平放在门口的一块条石上，叫人赶牛车用轮子碾轧。这样来回几十次，胳膊竟毫无伤痕。营兵们看到他深厚的功底，无不惊叹诚服。

来个"特写镜头"。那领袖的喉头[illegible]，[illegible]"我

得似"[illegible]，[illegible]，有[illegible]，[illegible]

[illegible]出一手，[illegible]，[illegible]

[illegible]，[illegible]

众人[illegible]："[illegible]，先生是什么人？"

[illegible]道："[illegible]"[illegible]

[illegible]

[illegible]有人[illegible]，一[illegible]，[illegible]

[illegible]的本[illegible]，[illegible]

[illegible]，[illegible]

[illegible]

第五章

联袂求大吏 侠士陷囹圄

瑞雪阁内，端王听罢杨班侯讲述甘凤池的事迹，不禁咋舌不已，动容道：“杨教头，天下竟有如此奇人？”

“这些事情当时还是有确切记载的，当然离现在已经久远，视作传说也可，我们练武人还是相信的。但是……”杨班侯双目一转，问道，“王爷可曾看过一本小说，叫作《儒林外史》的？”

端王道：“这本书倒读过，不过一些酸腐读书人的笑话罢了。怎么，这书还同甘凤池有关系？”

杨班侯笑道：“您还真说对了，是有一些关系。此书的作者吴敬梓居于江宁，自称秦淮寓客，识得甘凤池，知道他的很多事迹。《儒林外史》中的凤四老爹凤鸣岐，其实写的就是甘凤池。”

端王恍然道：“原来如此，难怪凤四老爹在小说中看似可有可无，却原来这姓吴的在给甘凤池立传啊！我约略记得凤鸣岐到一个叫胡老八的家中做客，胡老八一脚能将马腿踢断。凤鸣岐让人搬八块方砖做一垛在阶沿上，有四尺来高，他把手朝上一拍，那八块砖碎成几块一直到底。胡老八用踢马的劲力踢凤鸣岐的肾囊，却像踢到一块生铁上，把五个脚趾几乎碰断。还有凤鸣岐替人向当铺要债，店主避而不见，凤鸣岐靠柜台外柱子上，两手背剪着，身子一扭，那柱子就离地歪在半边，一架厅檐就塌了半个，砖头瓦片纷纷落下来，店主不得不如数奉还。”

杨班侯点头道：“这凤鸣岐令我辈佩服还是为人侠义，他为救会过一面的万中书，从南京跟到杭州，为其料理。大堂上，他甘愿受夹棍刑，三次夹棍都被他扛断为六截，为救人不图回报。这些文字很让我们想见当年甘凤池的大侠风采。”

端王神往道：“只恨晚生百年，如此奇人，竟然不能见上一面，真是让人可惜呀！”

这时候，天已接近三更了，一个丫鬟闪了进来，道：“王爷，福晋唤您去呢！”

端王“嘿”了一声，道：“真他娘的劳神！杨教头，你先在这儿坐会儿，我先回去。”端王说罢，大步走了出去，丫鬟也随后跟着，屋中就剩下了杨班侯一个人。

刘凤春正在房上听杨班侯讲得热闹，忽然间没了声音，正准备探头去看，就听杨班侯在屋内喊道："'翠花刘'，屋里已经没人了，你还不下来！"

这一声把刘凤春吓得一激灵，差点儿没从房上掉下来。

刘凤春暗道："杨班侯果然厉害，我以为神不知鬼不觉，谁知竟然全被他看在眼里。"既被识破，也不必隐藏，于是刘凤春一招"燕子穿林"落到了屋中，双拳一抱，笑道："刘凤春拜见杨教头。"

杨班侯冷哼道："你不好好地在你的吉祥翠花坊待着，到这端王府来干什么？"刘凤春大咧咧地往刚才端王的椅子上一坐，笑道："外面世道不太平，我这不是帮杨教头看护门庭嘛！"

杨班侯冷笑道："你少在我这里扯闲篇儿，你们八卦门的仇人到了，还窃去了紫禁城里的松花琴砚，今儿个白天，你尹师兄受了皇命，为追查失窃的琴砚急得头发都快白了，你还有闲心在这儿跟我胡吣。"

刘凤春不禁一惊，问道："这是怎么回事？"

原来今天尹福受命出来，找的第一个人就是杨班侯。因为杨班侯在京城交游广阔，尹福想通过他调查一下，最近有什么武林人物进京，所以松花琴砚失窃的事，杨班侯是清楚的。

刘凤春听完杨班侯讲过琴砚失窃之事，惊问道："杨教头又如何知道这是八卦门仇人所为？"

杨班侯长叹道："今日白天，我受你师兄尹爷之托，去调查最近武林人物进京之事，路过前门时见一条人影在我面前迅快地闪过，明显是个高手，我不由得动了好奇心，就暗中尾随。发现与他会面的乃是以'御翻子'秦登魁为首的几名荣禄府的武士。秦登魁所练的'戳脚翻子'在京城也算有名气，还被皇上御赐了绰号，可他对此人是毕恭毕敬，一口一个'沙大爷'。后来在对话中提到了这个沙大爷三十年前的绰号'插翅金蝎'，我才恍然大悟，这沙大爷就是三十年前败于你师尊董海川之手，含恨出京的'插翅金蝎'沙弥远！再加上宫中失窃一事，还难猜吗？除了他，京城中的武林高手又有哪个不知深浅敢同尹爷为敌？此人绰号中有'插翅'二字，轻功果真不凡，所以可惜的是，我跟踪他到宣武门附近就失去了他的踪迹。"

刘凤春却奇道："这沙弥远又是如何同我师尊结下的仇呢？"

杨班侯讶然道：“你怎会不知？哦，对了，此事发生在二十多年前，你尚未拜师，难怪不知。不过当时这件事，在京城武林是无人不知的。”

杨班侯将沙弥远与八卦掌结仇的事说与刘凤春，刘凤春听后大怒，自椅中一跳而起，喝道：“这沙弥远躲在何处？逮着他我非劈了他不可！”

杨班侯淡淡道：“这件事既然让我碰见了，尹爷又托到我这儿，我绝对不会袖手旁观，查沙弥远落脚何处的事就包在我的身上了。这天马上就要亮了，你回去找尹爷，告诉他，晚上我在东华门李瑞东那里等他，如果能让李爷帮上忙，事情就更容易了。”

刘凤春连连点头，口中道：“实在多谢杨教头。”

杨班侯摇手道：“尊师与我父亲乃是好友，我们也算世交，这些忙我帮是应当的。你就不必多做耽搁，赶紧走吧！”

刘凤春道声告辞，这才出了端王府，回到吉祥翠花坊时天已大亮。看到史继栋派人给他留下的信，才知道马维祺已遭暗算身死，八卦掌的兄弟今天要在义和木厂为马维祺治丧。

刘凤春痛哭一场，这才直奔朝阳门内的义和木厂。

尹福听罢刘凤春的话，双目中这才露出一丝喜色，道：“如果有杨班侯和李瑞东的帮忙，事情就会顺利多了。好，今儿晚上我就去一趟。”

八卦门的众兄弟一听，围上来都嚷嚷着晚上要与尹福同去，尹福却道：“事情还没弄清眉目，咱们这么咋咋呼呼的也不行。我看今儿晚上，还让马贵陪我去，这里再由廷华安排几位兄弟去交道口菊儿胡同监视荣禄府。如果杨班侯真的查到沙弥远的下落，那我们再召集人手也不迟。”

程廷华点头道：“尹师哥说得对，咱们别弄个打草惊蛇！”

尹福一拍程廷华的肩头，双目充满相知之情，道：“廷华，这里你就多费费心吧……”

尹福话还未说完，忽听义和木厂门外一阵人声嘈杂，还夹杂着斥骂声。尹福一皱眉，对史继栋道：“史六，你到门口看看怎么了？”

史继栋应了一声，刚要往出走，就见樊志涌大步流星地走了进来，面带忧色道：“我刚出去看过了，是顺天府的衙役，后面跟的是步军统领衙门的士兵。”

屋里八卦门里的几十名师兄弟一下炸了锅，几个脾气不好的挽袖子就要出去跟顺天府的衙役理论。

尹福喊了一声，正色道：“大家别嚷，凡我八卦门弟子，待会儿无论发生什么事，谁也不许出声或者动手，违者门规处置。”

尹福看了程廷华一眼，程廷华微微点了点头。尹福回身低声对梁振圃道：“振圃，极有可能是为你马家堡的人命官司来的，你可要有心理准备。”梁振圃点了点头。

脚步声橐橐近了，就见顺天府的衙役们一拥而入，领头的名叫金二，是刑部的捕头，一手罗汉拳在京城也小有名气。

金二一进屋，先给尹福见了个礼，道：“尹教头，卑职有公务在身，有所得罪，您可别见怪。”然后高声叫道：“哪位朋友是‘小辫梁’梁振圃？”

程廷华、史继栋等人心里都是一沉，心想：果然是为梁振圃而来。

梁振圃一步跨了出来，道：“是我。”

金二对梁振圃道：“梁朋友！昨晚你在马家堡的这场架打得不错呀！打死、打伤这么多人，这场官司够你打的！”

尹福沉声道：“这件事儿事出有因，并非我梁师弟故意杀人，金捕头能不能通融一下？”

程廷华在旁也道：“金爷，我梁师弟是为避免马家堡脚行工人死伤惨重，才大开杀戒。那个赵六是北京城里有名的恶徒，他私设公堂，奸淫良家妇女，还妄图强占马家堡车站脚行，实在死有余辜！”

金二苦笑道：“尹教头、程爷，您二位说的我都明白，马家堡的脚行工人早就为‘小辫梁’做过证了，可是梁爷打死打伤了这么多人，已经惊动了官面儿，这可是人命关天的大事啊！尹教头，咱们都是吃官饭的，您叫我们怎么向上头交差呢？我还给您透个底，这案子最先报到宛平县，宛平县县太爷见此案重大，仅问了一堂就上转到顺天府，我们顺天府的胡燏棻老爷不敢擅专独断，请示了刑部，从步军统领衙门借了兵才过来拿人的。上上下下都惊动了，这不好办呢。”

梁振圃叹了口气，道：“好汉做事好汉当，这官司既然是我做下的，我跟你们走吧！”

金二道：“梁爷，你够朋友，那么跟我们到顺天府辛苦一趟吧！”

八卦门的弟兄们刚才因为有尹福的吩咐在前，一直默不作声，此时见金二要带走梁振圃，再也忍不住了，轰地一下围了上来。

金二看到这种情况，面色一变，冷笑道："尹教头，这种事情往小了说是拒捕，往大了说可是聚众谋乱。都是官面上的人，可别给自己找不自在。外面可都是步军统领衙门的兵丁，抢下了梁振圃，你们可谁也走不了！"

尹福双目一寒，一挥手，止住了围上来的人群，道："'小辫梁'的事，我和廷华会处理，兄弟们先退开，让金捕头走。"梁振圃也道："多谢诸位兄弟的好意，这份义气我领了，官司我既然打了，就不能一走了之。"金二拱手道了声"告辞"，旁边的衙役们拥上来给梁振圃戴上了手铐脚镣，一起押着梁振圃出了义和木厂的大门。

金二等人一退出去，众人可就议论纷纷了。刘凤春最先忍不住，道："'小辫梁'到底惹下什么祸了？这前因后果是怎么一回事呀？"程廷华无奈，将昨晚梁振圃义救俞颖乔，出于侠义，帮马家堡脚行工人斗赵六，打死、打伤二十多人的事情说了一遍。众人听了大惊失色。宋长荣赞道："振圃为民除害，不愧我八卦门的弟子！"刘凤春道："嗨，您别夸了，身上这么多人命，人下到大狱里，肯定是死罪，现在要想法子保住梁振圃一条性命。"

史继栋潸然落泪道："想我八卦门弟兄五十六人，情同手足，同仇敌忾。没想到马维祺刚被姓沙的打死，如今'小辫梁'师弟又遭大难，这可如何是好？"说着，痛哭不已。

陈锦婷在旁埋怨道："当家的，你就知道哭！如今应想个法子保住振圃的性命！"

尹福沉吟一会儿，缓缓道："昨晚振圃杀人的前因后果，张三爷全都亲眼所见，我先去拜访张三爷，然后我们去找刑部尚书廖寿恒，我同他还有些交情，先力争让刑部不要给振圃判死罪，让他在上面疏通一下，再想良策。"

尹福又对程廷华道："被振圃救的俞颖乔姑娘也是一个证人。俞姑娘不是来源顺镖局找他的父亲俞天龙嘛，你不妨和王成斋一起把俞姑娘送到源顺镖局，让他们父女团聚。沙弥远冒你的名字劫了俞天龙的镖，你也顺便解释给俞天龙，让俞天龙知道仇家是谁。"

尹福不敢耽搁，从义和木厂出来，带了百两纹银，直奔南城马家堡的张三家。赶到张三家时，张三正好在家没有出去。张三将尹福让进屋中，请尹福坐在硬木椅子上，自己盘腿上了炕。听尹福把事情一说，张三塞了一锅淡巴菰烟叶深深地吸了一口烟，吐出一道长长的烟柱，道："'小辫梁'为民除害，这事干得仗义。昨晚如果梁爷不出手，我张长桢也出手了，我跟您去顺天府，无论如何要保下梁爷的性命。"

尹福感激道："在下代八卦门的弟兄们多谢三爷了，方便的话，咱们现在就走一遭。"

张三嗔怪道："尹爷说的是哪里话，为朋友理应两肋插刀，咱们现在就走。"

二人出门后，雇了辆马车，辗转来到西江米巷北面的刑部，拜见刑部尚书廖寿恒。

现任刑部尚书廖寿恒是江苏嘉定人，同治二年进士，表字仲山，号抑斋。廖家始祖冀亨，世居福建永定县清溪乡，清代康熙年间迁徙吴门。廖冀亨孙廖守谦，乾隆年间从吴门再迁嘉定，是嘉定廖家的始祖。廖家在清代先后出过六位进士，其中廖寿恒、廖寿丰兄弟最为出色。

廖寿恒曾历任湖南学政、国史馆纂修、侍读学士。光绪十年，任刑部左侍郎，在总理各国事务衙门行走。中法战争中，曾力主筹饷制械，抗击法国侵略军，巩固西南边防。今年二月，廖寿恒以太子少保、总理各国通商事务大臣、刑部尚书，在军机大臣上行走。维新变法开始后，清议派中众多成员有的被逐，有的见机自去，只剩下在军机大臣上行走的廖寿恒。廖寿恒是翁同龢的至交，政治态度鲜明，是坚定的帝党官员。光绪帝索阅康有为的变法著作《日本变政考》《列国政要比较表》《日本书目志》《波兰分灭记》等，都是由廖寿恒代传。

戊戌变法开始，光绪帝与康有为的联系几乎全通过廖寿恒进行，所有变法的奏章条陈都由廖寿恒负责传达，朝中别有用意的大臣都称呼他为"廖苏拉"，讽刺他为杂役。然而，廖寿恒不畏谤议，一心拥帝，在康有为与光绪之间起到了通气的桥梁作用，对推动新政，使维新变法能够正常运行起到了相当大的助力作用。尹福常出入紫禁城，得与廖寿恒相识。因为尹福武功出众，为人却谦抑正直，所以颇得廖寿恒推崇。

尹福下车向衙役递了帖子，和张三在签押房落座等候。不一会儿，捕头金二出来，告知二人廖寿恒并不在衙中。尹福忙向金二打听廖寿恒究竟去了何处。金二沉吟了一下，道："我知二位是为搭救梁爷而来，所以我也不瞒二位，今天吉祥戏园有杨小楼的戏《挑滑车》，廖大人去吉祥戏园听戏去了。二位赶快去，应该可以找到他。"

尹福心急如焚，向金二道了谢，出得门来，忙与张三坐车赶往东华门以东的吉祥戏园。二人来到吉祥戏园门前，戏迷们络绎不绝。大门左边立着一个木牌，上面写着大彩告示，画着杨小楼的像，“杨小楼”三个字分外耀眼，下面有“挑滑车”三个黑字。大门内迎面是个大砖影壁,影壁前摆着彩头砌末。

张三平时交游广阔，吉祥戏园也常来，看门的老头认得张三,一见张三就点头哈腰地招呼道:“呦，三爷也来了，里边请，楼上有闲的包厢。”张三一把拉住他,低声问道:“刑部的廖老爷是不是在里边？”看门的老头低头想了一下，回答道:“在。”张三喜道:“你把我们领到廖老爷的包厢，我们是跟廖老爷约好的。”

看门的老头笑了笑道:“里边请。”引着尹、张二人上了楼，来到一个包厢前一指，道:“就是这里。”

尹福一看，包厢里坐着一个人，一身便装，年约六旬，生得浓眉阔鼻，仪表不俗，果然是廖寿恒。尹福忙上前深施一礼，道:“廖大人，尹福参见。”

廖寿恒一见是尹福，笑道:“难得难得，原来尹教头也喜欢听戏。来，来，这边坐。”

尹福忙和张三分左右落座。廖寿恒疑惑地望了张三一眼，问道:“这位是……”

尹福忙将张三介绍给廖寿恒。廖寿恒听后哈哈大笑，道:“早就听说过张三的大名，今天得见你这位草莽中的英雄，真是幸会呀！”

尹福看廖寿恒现在兴致正浓不好打搅，只得满面堆笑应付，和张三陪着廖寿恒准备看戏。

此时戏尚未开始，张三四外望去，戏台朝南坐北，其他三面是戏楼，这楼上的厢是用木板相隔，楼下是大高凳的散座。观众已来了不少，满园烟气腾腾，人声嘈杂，有吸大烟袋的、喝茶的、吃什锦点心的、嗑瓜子儿的……小贩叫卖者不绝于耳。

张三正瞧着，忽见下面抛来一物，顺手一接，原来是一块热手巾把儿。那边廖寿恒也接了一条，递给尹福说道:“这里揩面的热手巾把儿，只有官厢才有。”

这时候，后面上来一个人，已经上好了妆，英俊潇洒，武生打扮。他嗓音洪亮，朝廖寿恒一拱手，道:“原来廖大人也到了。”廖寿恒对尹福道:“这位就是杨小楼。”然后他介绍尹福、张三与杨小楼见面，杨小楼哈哈笑道：“原来是尹教头和张三爷，兄弟真是幸会！”楼下有人叫杨小楼，杨小楼在此寒暄一番，告辞下楼。张三见杨小楼猴眉猴眼的，颇有意思。

廖寿恒解释道：“杨小楼素有‘活猴子’的称号，他的父亲杨月楼先生是同治年间的名武生，被誉为‘十三绝’之一，他的猴戏深得父传。杨小楼从小在小荣椿班学戏，以后又拜名武生俞菊笙为师，他出科后声名大震。杨小楼还时常进宫献艺，屡获太后老佛爷的赏银。”

此时就听锣鼓一响，杨小楼身穿铠甲，英姿勃发，登台亮相。他演的是高宠挑滑车，吐字清晰，唱白富有激情，嗓音嘹亮，武功俊俏，全场掌声、喝彩声不绝于耳。尹福和张三也不禁叫好。

廖寿恒击节赞道：“杨小楼表演细腻，功架优美，素称‘武戏文唱’。他的拿手好戏是《长坂坡》《林冲夜奔》《战宛城》《挑滑车》,还有勾脸的戏《安天会》《铁笼山》《金钱豹》和《霸王别姬》，煞是精彩啊……”

戏台上一出《挑滑车》演毕，戏园子里一片欢腾。廖寿恒笑对尹福道：“尹教头追我追到戏园子来了，看来必定有事了。”

尹福无奈道：“打扰廖大人看戏，尹寿鹏实在无奈。”

廖寿恒道：“此处谈话不便，二位还是随我回府中一谈吧。”

三人下了楼，裹在乱哄哄的人群中出了吉祥戏园。尹福、张三上了廖寿恒的马车，直奔廖寿恒的家中。

廖寿恒的家在府右街，是一处典型的四合院落。宅门左边是“八”字形又高又大的影壁，影壁顶上是黑色筒瓦元宝脊，影壁下面是汉白玉的须弥座。影壁四边雕的是万字不到头的边框，往里又是砖雕梅兰竹菊花卉。影壁中心砖雕匾牌大书“戬榖”二字。往右看是个门楼，门楼顶上起脊，屋角却没有仙人走兽，乃是官员府第。往下一看，房檐下却是彩绘的雀替，三幅云绘紧挨着走马板上悬挂着的匾额，黑匾金字上写的是“化被草木”“勤政爱民”。乌漆大门上兽面门环，门环旁漆书门对。上联写“诗书继世”，下联对“忠厚传家”。门框两侧楹联写的是“书为至宝一生用，心作良田万世耕”。门上方两侧伸出精雕彩绘的门簪，簪上刻着吉祥如意砚；门下边两边石狮把门，汉白玉石阶一直铺到当街。街边又有上马石拴马桩。大门两侧凸出的山墙腿子磨砖对缝，上下都有雕花。两个墙腿子之间，门前顶棚之下一溜悬挂着四盏皮灯。

大门安在脊檩之下，恰好是门楼的正中间，大门之内还有一半。往里边看，那一半比外边更精彩。同是一个屋顶，大门外边一半是天花，大门以里吊顶，两侧墙面被梁柱隔成了数块儿大小不等的长方形墙面。每块儿墙面被做成浮雕或被绘上彩画："松下问童子""渔樵耕读""钟子期听琴"，有情有景。靠近山墙顶部的那块儿三角墙面，被梁柱割得块儿更小，唤作"五花象眼"，用黑白两种灰连刻带塑做出半立体的图案。山墙下边沿着东西各放一条春凳。越过春凳往里看，迎着大门却又立着了一面影壁，影壁前竖着假山石，种了碧桃、海棠。

三人绕过影壁进了院子，张三见这院落别有风韵，院内栽着几株雏菊，正值夏末，雏菊含苞待放。

尹福和张三随廖寿恒来到客厅，客厅宽敞整齐，正中是一幅米芾手写的墨帖，上面写着："为君者犹盂也，民犹水也，盂方水方，盂圆水圆。"靠着左壁，摆了三把木椅、两张茶几，和对面的右壁下正是一式。两把大藤椅朝外，相距三尺许，中间并无茶几，却放着一个白铜的火盆。客房正中有一张小方桌，蒙着苏绣。淡蓝色的景泰蓝花瓶，高居在桌子中央，瓶中斜插着花枝，景泰蓝花瓶上是一幅金龙的图饰。右壁正檐处，有一张小长方桌，放着时钟。

廖寿恒笑吟吟地请尹福、张三入座，说道："不知二位找我有何贵干？"

尹福拱手道："廖大人，马家堡车站梁振圃一案太冤枉，事情皆因'花拳太保'赵六而起。赵六是西四一带有名的恶棍，前不久又欲霸占脚行，率领恶奴打伤脚行工人，又强抢民女，作恶多端。"

廖寿恒思索后道："赵六罪大恶极，我早有耳闻，顺天府衙门几次想捕他入狱，只因荣禄为他说话，顺天府也一时奈何他不得。梁振圃是正人君子，为民除害，倒是一件好事。可是他大开杀戒，一下子杀死这么多人，办案问斩虽然是朝廷刑部的事情，但此事惊动朝廷，还真有些棘手。再者，赵六家人携金带银上下活动，就更难办了。"

尹福双眉紧蹙，又深施了一礼，道："难道廖大人再没有良策了？"

张三在旁急道："梁振圃的所作所为，我看得清楚，我可以做证，是'花拳太保'赵六先动的手。"

廖寿恒沉吟良久，缓缓道："我一定向太后奏本，力争免去梁振圃死罪，哪怕判个终身监禁。留得青山在，不怕无柴烧，以后再想办法。”

这时，一个少女轻盈地跨进门来。她一条乌油油的大辫子，一排整整齐齐的刘海儿，上身穿件深蓝色绲花边儿、窄腰宽袖的小褂儿，袖口儿却微微上挽着，露出半截玉腕，左手腕上戴着一只翠镯子，下身是件绣着一朵富贵花的深蓝色的褶幅马裙，足下是一双鹿皮小马靴，手里还玩着杏黄的小丝鞭子，满头青丝却绾了再绾，一任它半垂着。整个人清奇秀绝，不带人间一丝儿烟火气。

“爷爷，我听说咱家里来了两位京城的高手。”少女说着打量着尹福和张三。廖寿恒指着那少女道：“这是我的孙女廖映雪。”然后又把尹福和张三介绍给孙女。廖映雪杏眼一闪，微笑道：“哦，原来这就是鼎鼎大名的尹教头和张三爷。”说着深深揖了一礼。

廖寿恒无奈道：“我这孙女儿拜峨眉山的知真大师为师习武，平日就喜欢舞枪弄棒的，倒叫二位笑话了！”

尹福早就知道廖寿恒有一个习武的孙女，据说是峨眉一派的拳术，有一身好功夫，可是自己并没见过。今日廖映雪这种落落大方的姿态和浅浅的微笑，的确在见面时，给人以特别清新的良好印象。

听廖寿恒如此说，廖映雪有些不高兴了，嘴一噘道：“爷爷，我的学问也不错嘛！”

廖寿恒一捋胡须，道：“王婆卖瓜，自卖自夸！”廖映雪笑着望了望尹福和张三道：“早就听闻尹教头除了一身八卦掌的好功夫，平时还喜好读书，小女子从四川回京的路上写了一些诗词，想编一册集子，不过其中好多急就之章，今日不妨请尹教头为我删除挑选一下。”尹福面上一红，道：“廖小姐太抬举尹某人了，我一介武夫，怎敢在廖大人面前班门弄斧？”廖寿恒哼了一声道：“那些辞章，还是不要拿出现眼了。”

廖映雪娇嗔地喊道：“爷爷！”

廖寿恒无奈地摇了摇头，廖映雪已命丫鬟拿来了一摞诗笺。

张三笑道：“文人的玩意儿，我可不大懂，我先来挑一首。”

张三随手取起一笺，朗声吟道：“吴姬小馆碧纱窗，十里飞花点玉缸。腊屐去寻芳草路，青丝留醉木兰舫。山连暮霭迷前浦，云拥春流入远江。棹里横塘听一曲，烟波起处白鸥双。”廖映雪听罢笑道：“张三爷选中的，果然有种高人隐逸的风味。”

尹福也随手翻出一首，吟道：“征途微雨动春寒，片片飞花马上残。试问亭前来往客，几人花在故园看？”

廖映雪沉思了一下，道：“尹爷选中此篇，颇有关山跋涉，道阻且长之怨，是不是心中有难解之事？”

廖寿恒喝道：“却又来胡说。”

尹福摇头苦笑道：“廖小姐冰雪聪明，我的确俗事缠身无可奈何。”

张三抚掌笑道：“有意思，‘铁镯子’的心事都能被廖小姐猜出，廖小姐何不也挑选一首，念出来听听，别净叫我们这些粗人吃亏。”

廖映雪在卷册中翻阅了一会儿，便曼声吟道：“中原此去欲如何，把酒闻君慷慨歌。道上霜寒逢白雁，马前木落见黄河。五陵烟雨秋难尽，三辅风云气尚多。记得少年曾学剑，壮心犹自忆廉颇。”

尹福、张三二人瞠目相对，终于尹福开口道：“想不到廖小姐虽然身为女子，却心雄气壮，志在天下，可钦可佩。”

廖映雪星眸一转，睨了他一眼，道：“尹爷言重了，映雪大有知己之感……”

廖寿恒在旁摇头道：“没规没矩，真是个疯丫头。”

廖映雪嘻嘻笑道：“爷爷，以诗文会友，就是这个样子的呀！”

廖寿恒不禁拍了一下手道：“你这丫头，平日不见你多读书，你倒有些鬼聪明，倒是难得！”

廖寿恒看了尹、张二人一眼，道：“我只有这个孙女，偏偏生了个男孩子的性格，诗书骑射样样来得。可惜呀，如果映雪是个男儿身，我就没什么遗憾了。”

廖映雪不快道：“女孩子怎么了，古往今来有很多女英雄、女豪杰呢！为什么我就不能做班昭、秦良玉、红线女？”

廖映雪眼珠一转，向尹福问道：“尹爷是当代八卦掌的名家，对于当今武林中的拳术肯定是知之甚详了。不知道对我峨眉一派的拳术有多少了解呢？”

尹福对这个心直口快的姑娘无可奈何，只得答道：“略知一二。”

廖映雪啪地一拍掌，道：“那好，我就考考尹爷对我峨眉拳术的了解。”

尹福看了廖寿恒和张三一眼，两人表现出爱莫能助的样子，尹福微皱了一下眉头，苦笑道：“我只知道个大概，还要向廖小姐请教。”

廖映雪想了想问道："我问你，我峨眉武术的渊源在何处？"

尹福心想：这个姑娘问得够刁钻，都是一些没影儿的事。

尹福沉吟了一下，道："峨眉拳的传地并不只限峨眉山一地，而是四川流行的多家拳术共同崇奉峨眉山为发祥地，所以统称为峨眉拳。峨眉拳的渊源并不十分清楚，传说最早的峨眉武术可追溯到战国时期。当时一位名叫司马玄空的道长在峨眉山修炼期间，模仿山猿动作，创编了一套'峨眉通臂拳'。在南宋时，峨眉山金顶上一位名叫白云禅师的僧人，曾创建了著名的'峨眉十二桩'，其招式在动功上分为天、地、心等十二大式。静功上讲究六大专修：'虎步功''重捶功''缩地功''悬囊功''指穴功''涅槃功'，其中以'指穴功'的三十六式天罡指穴功最具威力，既可按摩治病，又可作为武功制敌。此后经过历代传人融合百家之长，不断发扬光大，逐渐形成了刚柔兼济的峨眉武术。"

廖映雪小嘴一撇，道："这都是一些传说，有证据的说法难道没有吗？"

尹福点了点头，道："有，明人唐顺之的《荆川先生文集》卷二《峨眉道人拳歌》中记载'浮屠善幻多技能，少林拳法世稀有，道人更自出新奇，乃是深山白猿授'。依此说，峨眉道人习练的拳术，是在少林拳的基础上，模仿猿猴创编成的新奇拳术。《峨眉道人拳歌》中说'……忽然竖发一顿足，崖石迸裂惊砂走……或将跟绁示之肘……翻身直指日车停，缩首斜钻针眼透。百折连腰尽无骨，一撒通身皆是手。犹言技痒试贾勇，低蹲更作狮子吼……'唐顺之是抗倭名将，又是武林高手，曾向戚继光传授过枪法，他以行家眼光看拳，其描写自然不同于一般文人的夸诞之笔。由此可见，前明中期的峨眉拳法已相当成熟，在少林拳法之外自成一格。"

廖映雪歪着脑袋想了想，踱了几圈，又问道："峨眉拳术共分多少派？"

尹福思忖一会儿道："国朝初年，峨眉山的武术大师湛然法师在《峨眉拳谱》中记载'一树开五花，五花八叶扶，皎皎峨眉月，光辉满江湖'。'峨眉月'即指峨眉武术，'五花'指峨眉武术五大支派，'八叶'即峨眉武术的八门拳术。"

廖映雪追问道："'五花'是哪五派？'八叶'是哪八门？"尹福答道："'五花'分别为黄陵派、点易派、铁佛派、青牛派和青城派。'八叶'有僧门、岳门、赵门、杜门、洪门、字门、会门、化门。"

廖映雪又问道："除了'五花''八叶'，峨眉拳术还有哪些拳种？"

尹福用手指轻轻弹了弹额头，道："除了'五花''八叶'，其实峨眉拳术还有很多，我只说几种比较著名的拳术。比如余门拳就是四川东乡县余氏家族的祖传拳术，桩势低矮，手法较多，到乾隆年间始传外姓。白眉拳相传为峨眉山白眉道人所授，步架高，上肢动作很多，注重逼近猛打，沾衣发劲。峨眉拳术中还有一些罕见的象形拳，像蛤蟆拳、蝴蝶拳、鸭子拳、螃蟹拳，还有一套黄鳝拳，为安岳陈氏家传拳术。"

廖映雪一笑，道："尹爷真是博闻强记。我再问问峨眉的器械以何为主？"

尹福也笑道："廖小姐让我喘口气吧。"

廖映雪伸出玉指一晃，道："这是最后一个问题。"

尹福无奈道："好吧，峨眉的器械主要以枪、剑为主。峨眉枪法为峨眉山普恩禅师所传，至明末时已传四代。明末清初的吴殳是普恩禅师的第四代传人。吴殳是一代武林高手，尤精枪法。他曾汇集各种枪法五百余种，推峨眉枪法为第一。明代中期，峨眉的枪法、福建泉州的棍法和剑术，都曾独步天下。至于峨眉剑法起至何人，无可查考。传说有一老翁在峨眉山上结草为庐，闲时研习鸟飞猿攀，传下白猿剑二十四法，峨眉剑法就是峨眉僧人根据白猿剑二十四法发展而来。峨眉剑法以截、劈、冲刺和撩挂剑为主，击法明快，撩挂画圆，以快为上，以巧取胜。峨眉剑与其他剑术不同的是，从起式到结束都是右手握剑，左手捏诀。"

廖映雪鼓掌道："了不起，尹爷不愧为八卦门的掌门人，对武林中其他门派的拳术也如此了解。"

尹福擦了擦汗，笑道："廖小姐言辞犀利，我让廖小姐给逼问出一身汗来。"

一句话，引得众人捧腹大笑，廖映雪脸上一红，也不禁笑起来。

尹福拜托廖寿恒多为梁振圃之事费心，便与张三道声"告辞"，二人走出了廖寿恒的家。自始至终，廖映雪姑娘的一双妙目始终落在尹福的身上。

张三出门之后，笑对尹福道："寿鹏，这廖小姐看来对你甚有好感呢！"

尹福正色道："三爷玩笑了，我早有妻室，幼子玉璋今年都已八岁。我们这些武夫与人家身份有别，不可相提并论。"

张三笑道："寿鹏，我说笑而已。你这人事事都好，就是人太方正，人生在世还是诙谐一些、游戏一些的好。"

尹福哂然一笑，道："三爷，我很羡慕你，你居于市井，人称'隐侠'，'天子呼来不上船，自称臣是酒中仙'，游戏人间，何等快活。我却永远学不来你这样子。在皇上面前我是可托心腹事的臣子，在师弟面前我是举止有度的大师兄，在八卦门众弟子面前我是沉静有威仪的掌门，任何一种身份都让我轻松不下来。廖小姐说我心中有难解之事，是没有说错的。"

张三叹道："寿鹏，你奔波于庙堂与江湖之间，诸事还是要多加小心呀！有事用得着我，托人带个话儿，张长桢义不容辞。"

二人互道珍重，分手而去。

第六章

东门访孟尝
露禅传艺诚

东华门皇城根儿附近的一所普普通通的四合院里，住着一位京城的武术宗师李瑞东。

李瑞东是紫禁城的武术教师，也是尹福的莫逆之交。李瑞东乃直隶武清县人，自幼好武，其父李小歧，乃是武清县衙小吏，精通医术，家有良田四十余顷，房屋八十余间，并办有药材生意，开有“济生堂”药店，在当地声誉极好，生意兴隆，人称“小孟尝君”。李瑞东初练少林等外家拳术，跟随河北饶阳戳脚门大师李老遂学习戳脚，后与押镖经过武清县的源顺镖局总镖头大刀王五结识，互磋拳艺，向王五学了山东教门弹腿。李瑞东还精于摔跤，刀枪棍棒无所不通，弱冠之年便在家乡一带享有盛名。

光绪六年四月二十八日，京城端王府总管王兰亭奉差出京追捕盗贼“玉燕子”，从武清县经过，因王兰亭与李家乃世交，顺便到李宅看望李瑞东父亲李小歧，并借宿于李宅。王兰亭醉心武术，早年学习岳家连拳，后随杨露禅学习杨氏太极拳，乃是杨露禅设教于端王府时收的弟子，颇得杨氏太极拳的真传，武功早已出神入化，但其深藏不露，为人谦逊，待人彬彬有礼，从不与人谈论武技。

王兰亭在李家受到了款待，晚宴后与李瑞东灯下闲话，二人偶然谈及拳术，越说越投缘。随后便到大厅内一试身手，结果李瑞东三战都是败北。李瑞东想自己苦练多年，竟然一败涂地，情绪十分沮丧，便问王兰亭所学何门，为何师所传，并问京城有一著名高手杨班侯是否认识。

王兰亭听后哈哈大笑，答道：“杨班侯并非外人，乃是我师弟，我师尊杨露禅先生的次子。”

李瑞东此时方知得遇高手，跪拜于地，欲拜王兰亭为师。王兰亭因两家为世交，与李瑞东同辈，所以不肯为师，于是代师收徒，二人结为师兄弟。此后，李瑞东随王兰亭追捕“玉燕子”，将其缉拿归案后，便在端王府当了庄园处林役。因庄园处的公务为季节性，一年中仅有秋后一段时间忙一些，而平时绝大部分时间赋闲，所以李瑞东将主要精力都投入到苦练中，更亲自谒见杨露禅，得到了杨露禅的亲手指点，于杨氏太极拳甚有所得。

李瑞东在端王府任职期间，河南嵩山少林寺武僧龙禅法师因久闻京城王兰亭之名，便进京访王兰亭。龙禅法师与王兰亭比武较技时，刚一出手，便觉不是王兰亭敌手，以为少林轻功必能胜王兰亭一筹，便高喊：“与我比比脚力如何？”遂施展轻功腾房越舍而去。龙禅法师跑出永定门后方停下喘息，自以为已经将王兰亭甩脱，忽闻身后王兰亭笑道：“法师何故而逃？”

龙禅法师猛回首，见王兰亭面带微笑立于身后，不禁大吃一惊，急忙跪地道：“贫僧愿拜王总管为师。”

王兰亭忙搀起龙禅，道：“法师此言差矣！少林拳术自古名扬天下，倘若法师今日拜我为师，则少林之名毁于我手。若法师不嫌弃，你我结为兄弟便可。”

从此龙禅法师与王兰亭、李瑞东等人结成了兄弟。龙禅法师向王兰亭学习杨氏太极拳，并将自己所学少林拳术悉数传给了李瑞东。

李瑞东本就生得身强体壮，勇猛过人，此时又经多名高手的指点，加上自己勤学苦练，内外双修，在武技上突飞猛进，不数年功力渐达化境，成为京城武林的一流高手。

露禅逝世后，李瑞东和王兰亭一道，在太极拳的搬拦捶、肘底看捶、撇身捶、指裆捶、栽捶等五捶的基础上，糅合了太极十三式、八卦掌和形意拳中的一些手法，自出机杼，创编了四趟“太极五星捶”动作和姿势要领，虽等同于杨氏太极拳的要求，但练势、练气、练机却先以“理”为尊，进而注重下盘功夫。此时，李瑞东的功夫已至炉火纯青之境。

除此之外，李瑞东尚有一种独特的练功方法，名叫“铁币挂身”。他在练拳时，周身上下挂上一层层的铁片，铁片是圆形，直径三寸，厚约几厘，中间有孔，如古币形状，故名铁币。李瑞东挂上这样的铁币，打起拳来，潇洒自如，手、眼、身、法、步无不合体，而且练完后，气不涌出，面不改色。后来，李瑞东又向大侠甘凤池的曾孙甘淡然学得了武当金蟾派太极功，熔各派武功于一炉，自成一家。

李瑞东为人正直，疾恶如仇，对坏人从不手软。李瑞东供职在端王府庄园处时，曾经有一次在厂甸庙会上，遇见一伙泼皮们欺负一个上香祷告的妇女。李瑞东上前劝解，泼皮们不但不听，反而仗着人多围攻李瑞东。李瑞东只一掌便将为首的一个打得牙齿飞出，竟然嵌进柱子里，该泼皮顿时倒地不省人事，众泼皮见状立即作鸟兽散。

李瑞东医术高超，且有求必应，平日里不仅免费为穷苦人看病，往往还要舍药。一天傍晚，有一人家来请李瑞东出诊，李瑞东带一小徒弟同往。病人家住西城灵草胡同内，李瑞东与徒弟来到胡同口，徒弟忽然止步不前，道："师父，我们绕道走吧。"李瑞东很奇怪，问道："为什么？"原来胡同口住着一家很霸道也很有势力的人家，这家人豢养了四条巨型獒犬，个头像小毛驴一般，十分凶恶，而其家人从不加以约束，以致四条恶犬横行街巷，还曾经咬死过乞丐，胡同内居住的人家都敢怒不敢言，宁愿绕道而行。

李瑞东听罢大怒，斥责徒弟胆小，一定要从胡同口进入不可。徒弟只好硬着头皮跟李瑞东进了胡同，行至这家人门前时，四条巨犬狂吠着扑出。李瑞东一伸手就将徒弟举起，这时候，四条巨犬分别咬住李瑞东双腿猛拖，忽听李瑞东大喝一声："开！"四条巨犬满嘴流血，惨叫着逃回大门，原来四犬的牙齿皆被李瑞东内功崩掉。那家的四条巨犬也就从此废掉，此后行人也敢从胡同口进出了。此事受到百姓的交口称赞，在京城传颂多年。

李瑞东艺成之后，王兰亭便隐入深山修道，临行前留《进山图》一张，从此不现人间。光绪十年，适逢慈禧太后五十大寿，端王载漪带李瑞东及其弟子李进修进宫为慈禧太后表演武功祝寿。李瑞东以卓绝的武功博得全场惊叹，从此被慈禧太后留在紫禁城任二等侍卫并在侍卫处兼任教师。宫廷侍卫都是来自全国各派的顶尖高手，民间都称为大内高手，李瑞东刚一进宫就被授予如此高的职位，引起了许多大内高手的不满，纷纷提出与李瑞东比武，皆被李瑞东一一击败，众皆拜服。

李瑞东现在已然年近五旬，他不愿在宫里当差，只是迫于无奈，只好挂着空名，实际上经常在家课徒授武。李瑞东对贫苦百姓颇具慈悲心，每逢灾荒之年总要在京津两地专设粥棚，整大车地送粮，救济饥民。他行侠仗义，与武林中人交往很广，无论功夫高低，无论贫富、地位如何，凡是来访者总是热情招待，坦诚以对。他因家有余财，对于缺少盘缠者，总是慷慨解囊，所以李瑞东在武林中的朋友很多，人缘特好，家中经常高朋满座、好友如云，故有"小孟尝"之称。李瑞东长得鼻子向上翻卷，江湖中又称他为"鼻子李"。

李瑞东交游广阔，上至达官贵人，下至贩夫走卒，都有熟识。为追查"插翅金蝎"沙弥远的行踪，尹福和马贵在天近黄昏时，来到了李宅门前。

尹福轻叩门环后，见一个门房伸出头来。尹福是熟客，门房认识，急忙应道：

“这不是尹爷吗？”

尹福问道：“李爷在吗？”

门房答道：“爷在家，尹爷您请。”

李瑞东所住之处，是一座古老的四合院，全是青砖乌瓦房，磨砖对缝，地上一律是青条石打基，整个院落坐南朝北，院里清雅宜人，一排挂满丝瓜、豆荚的篱笆立在院旁，更衬得院里有一种幽静之意。

门房将尹福师徒引往后院。走过前院，隔一段小天井，正面是一道影壁，体积小，做工细，附在东房南墙作“跨山”。影壁用的是“软心”，周围用木条做成雕花“镜框”，中间圈着一块长方形白粉墙。粉墙上挂着典雅秀丽的木牌，牌上刻“迎祥”“平安”字样，颇有书法根底。

尹福指着字道：“这是瑞东先生的字吧？”

门房笑道：“尹爷眼力真高，您猜得没错，这就是我们爷写的。”

小天井左右两侧相对称，各有一个月亮门，门房引着二人朝左边走，进入西侧那道门。两人知道这是北京四合院的规矩，西门内是东西长南北窄，东门内则是南北长东西窄。西门内富丽堂皇，是客厅；东门内则朴素简单，主要是家塾、厨房、饭堂的所在。

进了月亮门，是一座东西长南北窄的长形院落。南边一溜倒座房，一色的红窗棂、红柱子、红门扇，糊着白纸，透着干净爽快。北边是一道看墙，墙头加瓦檐，墙脚出线脚，磨砖对缝，灰墙白线，颜色淡雅。一座垂花门开在正中间，五色缤纷。朝外院这面是清水脊，元宝脊冲里院。吊柱上也是彩画。吊柱底端两个球形柱头，则雕空缕细，做出并蒂莲、镂空花珠等形状。正对垂花门有一较大的屋门，正是客厅。

整个院落林木扶疏，布置得颇有出尘之气。马贵是初次来，一路游目四顾，不禁暗自赞赏主人独具匠心，胸中颇有丘壑。

尹福刚跨进客厅，就见李瑞东迎了出来，他身材甚高，黄暗色的脸，双眉威武，眼角腮边露出笑纹，干瘪的嘴唇，鼻子却是向上翻卷着，鼻毛外露，如同山洞洞口的野草一般。只见他哈哈大笑着，一双如同蟹钳一样粗壮有力的手掌紧紧握住尹福的手，兴奋道：“寿鹏，咱哥俩儿可老没见了，怎么今儿想起到我这儿来了？”

尹福心中甚为感动，也是一笑道：“李爷，我是无事不登三宝殿，今天是有事相求，你可得多帮点忙啊。”

李瑞东笑道：“这还不是应该的嘛，来，快进来，我屋里还有位客人呢！”

尹福师徒随着李瑞东走进客厅，就见厅中条案右首的一盆天冬草旁站着一位二十七八岁的年轻人，长得面容俊秀，风度潇洒，温文尔雅，一双眼中总带着沉思之色，正在向他抱拳问好。尹福一看，非是旁人，正是吴氏太极拳创始人吴全佑的公子吴鉴泉。

吴鉴泉原名爱绅，鉴泉是他的字，生于同治八年，自幼随其父修习太极拳，已得太极真传。其发劲“松软如棉，转动如旋，吐气如泉，触人如电”，年纪虽轻，已臻一流高手的境界，神凝气静，渊亭岳峙，一派宗师的气象。

尹福回礼问道：“鉴泉，你今儿怎么得空，到李爷这里来？”

吴鉴泉微微一笑，道：“今日家父得到了一株天冬草，深知李先生钟爱此草，因此特嘱鉴泉送来。”

李瑞东在旁插话道：“大家还站着干吗，有事坐下说！”

几人分宾主落座后，李瑞东这才问尹福：“寿鹏，你刚才说有事相求，不知却是何事？”尹福双目寒光如锋，恨声道：“我八卦门有仇人寻上门来了，不过他若是堂堂正正地与我们八卦门的兄弟比武较量也就罢了，但他却不该使黑手暗算我师弟马维祺。”

吴鉴泉惊道：“马先生怎么了？”

马贵在旁愤恨地骂道：“这天杀的沙弥远不知什么时候练成了毒砂掌，竟把我马师叔给打死了！”这下连李瑞东也大惊失色，颤声道：“维祺他……死了？”

尹福双目一红，神色已有些木然，叹道：“这是昨晚的事，今儿才发丧，无怪乎李爷不知。”

李瑞东目中精光一现而过，道：“马贵，刚才你一口咬定是沙弥远所为，何以如此肯定？”

尹福在旁接道：“据我所知，八卦掌的仇人中只有沙弥远才能练成毒砂掌，况且昨日杨班侯在前门已见到了沙弥远的身影。他已经在帮我查沙弥远的踪迹，我今儿到这里来，就是跟他约定今晚在李爷这儿碰面，若是查不出，李爷的朋友多，就请李爷帮我八卦掌这个忙。”说着话，尹福站起身来向李瑞东一礼。

李瑞东双眉一轩道："寿鹏，这是什么话，姑且不论你我之间还有八卦掌这几位兄弟的交情，就凭沙弥远在京城武林道上暗算杀人，我就不能放过他！"

吴鉴泉也在旁说道："尹爷不必过于忧心，鉴泉既得闻此事，自也不能袖手旁观，有用得着鉴泉的地方，尽管吩咐。"

尹福感动道："多谢二位了。"

这时，却听门外一人朗声道："李爷，尹教头他们到了吗？"

话音刚落，只见来人身穿一件饰有麒麟图的褐色长袍，足踏一双宝月形薄底靴，系一条银色宝带，皮肤白皙，面容严峻。他身轻如燕，健步若飞，腾空跃起，双足齐飞，落下来安步固若山岳。李瑞东隔窗叫道："好一个太极提放术！"

就见来人已从门外迈步进来，双目隐泛精芒，精神十足，正是杨班侯。

杨班侯大步流星跨进屋里，作揖道："兄弟有事耽搁，来迟了一步，大家见谅。"

李瑞东道："快请坐。"说着把自己的红木椅递给杨班侯，自己一盘腿上了炕。

尹福抱拳为礼，慨声道："多谢班侯兄为我八卦门奔忙。"

杨班侯喝口浓茶，一摆手，说道："先别谢我，事情是否办得成还没准呢！"

尹福肃容道："无论事成与否，班侯兄的隆情高义，尹福铭感五内！"

杨班侯笑道："尹爷太客气了。"这才与李瑞东见过，看见吴鉴泉也在这儿，便问道："鉴泉，你父亲身体还好吧？"

吴鉴泉赶紧跨前一步，双膝点地，给杨班侯见礼，答道："鉴泉给师爷见礼。"

杨班侯挥手让吴鉴泉站起，笑道："算了算了，别这么客气，全佑名义上是我徒弟，不过他太极拳的功夫主要是先父所传，我和他都是平辈论交。"

原来吴鉴泉的父亲吴全佑本来是拜在杨露禅门下，但杨露禅当时门下有不少都是皇室贵族，吴全佑虽是旗人，却是身份比较普通的旗人，所以不能同这些贵族称兄道弟，于是便奉杨露禅之命，拜在杨班侯门下学习武功。

杨班侯当时已被端王聘为武术教师，是戴蓝翎的"武德骑尉"，慕名来向杨班侯学太极拳的旗人竟达三千人。杨露禅传拳时已经删掉了很多技击方面的动作，杨班侯偏偏也是自珍技艺，不愿意将太极拳技击的秘密泄露，于是杨班侯一方面把太极拳的圈子放大，使之只能强身，而不能应敌，另一方面在和徒弟推手之时，常常把他们打得头破血流。所以北京和直隶永年两支虽然都是正宗的杨氏太极，但区别非常明显。永年的杨氏太极讲究刚柔相济，强调实战，重视中架、小架的练习；北京的杨氏太极则一味讲究松、柔，圈子放大了许多，动作也舒缓了许多，养生有余，实战不足。

杨班侯教授这些人一个月之后，三千人就少了一半，小半年过后，剩下的几百旗人弟子纷纷受不了打而不来了。只有吴全佑不死心，仍是天天跑来挨打。

吴全佑是大兴县人，属正白旗，老姓吴福氏，号保亭，因排行第三，人称全三爷。吴全佑坚韧不拔，咬牙苦练，这一练就是八年。然而，这种内家功夫必须领悟于心才有所得，杨班侯诚心不讲解，吴全佑这八年下来，只将筋骨打熬了，功夫却是没长进多少。

杨露禅一看吴全佑的拳法，就知道杨班侯的用意。杨露禅虽然不说什么，但因为自己是千辛万苦学来的本领，所以最喜爱别人苦学，心中不免动了爱才之心。

杨露禅把自己的看法向杨班侯一说，杨班侯此时也因吴全佑的天天挨打苦练而感到有些不好意思，但这些旗人谁都没有从自己手中将太极拳的真谛学去，独独传给吴全佑，未免泄露了自己不想传拳给旗人的本心。

杨露禅笑道："既然如此，那么点拨全佑的事就交给我。"

杨班侯借机言道："原本全佑就是要拜在父亲门下的，父亲愿意亲手指教，那是最好不过的了。孩儿正好这几日准备离京回乡看望母亲，这几月间，就请父亲指点全佑吧！"

几日后，杨班侯果然离京返回永年县。吴全佑是师父在与不在一个样，照旧每天来杨家练拳，无巧不巧，每天都让杨露禅给碰见。

杨露禅一连好几天站在暗处观察吴全佑盘拳。几趟下来，杨露禅不禁暗暗摇头。这天见吴全佑练得满头大汗，还在坚持，便踱步过来，插口道："全三呀，练得够卖力，可你的功夫做错了。"

吴全佑这才注意到原来杨露禅到了，赶紧见礼，杨露禅微笑道："你师父的脾气不好，又不善言辞，你练错了，本不怪你。想来你多半在心中积了不少疑难不明之处，左右闲来无事，我就给你说说吧！"

吴全佑一听，喜出望外，赶紧又给杨露禅磕了个头，便将自己素日习练中的一些疑团向杨露禅请教了。

杨露禅说道："练太极拳，你首先得明白这先天之力与后天之力的分别，你要记住，时时刻刻你自身有的都是先天之力，而不是后天之力。"

杨露禅见吴全佑若有所悟地点了点头，哈哈一笑道："比如这招'揽雀尾'，你看……"

吴全佑抬头一看，树梢恰巧一群麻雀飞过，只见杨露禅纵身一跃，便将一只麻雀揽了下来，握在手中问道："你看懂这招力的用法了吗？"

吴全佑心想，这招与平时所练招式并无不同，于是点头道："懂了。"

杨露禅一看吴全佑的目光，便摇头道："不对，你还是不懂，你来看。"

杨露禅说着话，将手一放，就见那只麻雀两翅一挣，展翅欲飞，但见杨露禅手掌微微轻颤，那只麻雀竟无论如何也飞不起来了。就听杨露禅道："在掌心使它飞不动不算本事，在我身上它也照样飞不动。"说着把腰一弯，将麻雀放到背上，却见他后背也是微微一颤，麻雀几番欲飞，却仍是飞不起来。杨露禅回手又将麻雀捉在手中道："让它飞不起来，你已见过，这次却是要它不能落下。"

吴全佑本来以为这只麻雀是受了伤，才飞不起来，现在听杨露禅这么一说，便赶紧收摄心神，全神贯注地看着。

杨露禅将手松开，麻雀本已飞了起来，但飞了还不到两尺远，就被杨露禅用手掌挡了回来。它转头又飞，又被挡了回来，如此反复了数次，麻雀双翅渐乏，便想落在杨露禅肩上。可奇怪的是，麻雀好像觉得肩头承受不住它似的，双翅连扑了好大一会儿也没落下。杨露禅又将手臂伸出，麻雀见肩头不能落，便又想落到手臂上，然而，两条手臂都被它扑腾遍了，也不见它落下，竟好像是没有它落脚的地方了。杨露禅这才伸出手掌，那只麻雀又落在杨露禅掌中。

吴全佑此时已然看得入了神，半晌才问道："这使的就是先天之力吧？"

杨露禅点了点头，用赞赏的眼神看了他一眼道："这就是先天与后天的区别，麻雀非有后天之力不能飞，非有后天之力不能落，我让它使不着后天之力，所以才能叫它飞不起、落不下。"

吴全佑问道："这麻雀的后天之力指的是什么？"

杨露禅指着手中的麻雀道："你看它总是敛着翅要飞，但它必须用双腿借后天之力一蹬，双翅才能展开。它脚没有用力的时候，我的掌在它脚下，待它一发力，我的掌便虚了，如此一来，它又如何借得到力呢？所借的这一点力，便是后天之力。”

杨露禅见吴全佑若有所思，便微停了一下，接着说：“外家功夫打熬气力，将双臂练得有千斤之力，但这千斤之力总有穷尽之境，唯有这先天之力却是无穷无尽的。”

吴全佑练武八载，此时方有了领悟于心之感，却听杨露禅继续道：“太极拳最重要的一环是虚实，双腿微屈，全身之重量于右腿时，右为实，左为虚，反之亦然。只有分清虚实，才能达到周身轻灵。而分虚实最基本的乃是手上之虚实。”

说着话，杨露禅将双臂缓提到胸前，左臂半环，掌与面对成阴掌，右手翻为阳掌，做了个起手势，然后一招一招地演练下去，口中说道：“出掌前伸，由合式到开式，由起点到终点，便是由虚到实。定式时达到极点，所谓阳极。由开到合，由实而虚，仔细留心问推求，屈伸开合听自由，所谓阴极。拳经上说，一处有一处虚实，处处总此一虚实。这‘一’就是太极，即命门所在，在腰，此为第一主宰。腰之虚实，统率全身之虚实。全身重心由腰之虚实而定，或左或右，却总此一虚实，这叫作‘变换虚实须留意，气遍全身不少滞’。”

吴全佑一边观看杨露禅的一招一式，一边心中跟着默念：“揽雀尾、单鞭、提手上势、白鹤亮翅、十字手、抱虎归山……”这才发现杨露禅“实”处凝重如山，“虚”处则轻灵如羽。吴全佑这才终于领会了杨露禅言传身教的用意。等到杨露禅使罢“转身摆莲”“弯弓射虎”“进步搬拦捶”，又回到“如封似闭”“十字手”而“合太极”时，吴全佑以前练拳时许多不解之处，此时已豁然开朗了。

杨露禅气定神闲立于原地，哈哈一笑道：“全三，过来，趁今天我高兴，把推手也给你说说。”

练太极拳，推手乃是最平常的事，但吴全佑向杨班侯学拳时，经常是刚一搭上手，就被杨班侯斥道：“不是劲儿，再练。”然后吴全佑砰的一声摔在地上。究竟自己何处练得不对，根本不晓得。此时能得杨露禅亲自指教推手，自然欢喜万分。

杨露禅与吴全佑在院子里转着，杨露禅对吴全佑道：“全三，咱俩一边推一边讲。”杨露禅同吴全佑一搭上手，杨露禅便讲解道：“太极拳推手的劲力发放，首先在将四正手、四隅手练得圆满柔顺，周身一家，先学柔化后发劲。四正手是为掤、捋、挤、按，四隅手是为采、挒、肘、靠。掤要撑，捋要轻，挤要横，按要攻，采要实，挒要惊，肘要冲，靠要崩，若再加进、退、顾、盼、定，便是太极十三式。”

杨露禅继续道：“发力时，力求对方双足离地，或向前，或向后，或向左，或向右旋转跌出为最佳。太极推手时的劲力与其他拳学不同的是，须延长黏着力的作用时间，让对方身体在失重的情况下，加速动作，使对方跌出而不伤，这才是太极拳的神妙之处。

“劲力发放要与呼吸相结合，呼发愈速，劲力愈足，在推手时气贯丹田，强如不倒翁，丹田为内劲之源，气呼下沉丹田，能使重心下沉，增大平衡之力，使身体处于万变的运动中，始终保持平衡而不易倾跌，又能集全身分散之力成为整体之力量。

“速度比之力量更为重要，速度越快，发出的劲力来得越大，使用的劲力则越高。进如疾风袭人，电光猛闪，愈速愈好。”

话音刚落，吴全佑猛觉像被重物当胸重击一般，身子不由自主地倒飞而出，摔倒在地。吴全佑站起身，看见杨露禅站在丈许开外，正微笑地看着他，忙过去又跪下给杨露禅磕了个头道：“谢师爷成全。”

杨露禅正色道：“东西我是教给你了，关键是看你能不能悟出来，是不是练得出来，这可就不是我能帮你的了。今儿咱们有缘，我也看你小子是这块料，才给你说了说，重要还是看你自己。”

吴全佑忙连连点头道：“决不负师爷教诲！”

杨露禅又沉吟了一下，道：“你先待会儿。”说罢走进屋中，取了一册书出来，将它放在吴全佑手中，道：“其实刚才我所说的，这本书里都有提到，你不妨拿回去，仔细研读。书就当是我送你的礼物吧。”

吴全佑接过书一看，封面上写着《太极拳论》，王宗岳，左下方写着几个蝇头小字：杨露禅恭录。

吴全佑将书打开，见上面写道：“太极者，无极而生，阴阳之母也。动之则分，静之则合。无过不及，随曲就伸。人刚我柔谓之走，我顺人背谓之粘，动急则急应，动缓则缓随。虽变化万端，而理唯一贯。由著熟而渐悟懂劲，由懂劲而阶及神明。然非用力日久，不能豁然贯通焉。虚灵顶劲，气沉丹田。

不偏不倚，忽隐忽现。左重则左虚，右重则右杳。仰之则弥高，俯之则弥深，进之则愈长，退之则愈促。一羽不能加，蝇虫不能落。人不知我，我独知人。英雄所向无敌，盖皆由此而及也。斯技旁门甚多，虽势有区别，概不外乎壮欺弱，慢让快耳。有力打无力，手慢让手快，是皆先天自然之能，非关学力而有也。察四两拨千斤之句，显非力胜。观耄耋御众之形，快何能为？立如秤准，活似车轮，偏沉则随，双重则滞。每见数年纯功不能运化者，率皆自为人制，双重之病未悟耳。欲避此病，须知阴阳。黏即是走，走即是黏，阳不离阴，阴不离阳；阴阳相济，方为懂劲。懂劲后，愈练愈精，默识揣摩，渐至从心所欲。本是舍己从人，多误舍近求远。所谓差之毫厘，谬以千里，学者不可不详辨焉。是为论。”

一时间，吴全佑心中的感动实在是无以复加，双目含泪，一时竟说不出话来。

杨露禅肃言道：“此书揭示了太极拳的真谛，你用心研读，他日你若能借此书成为武林界的一代宗匠，也不枉费我今天的话了。”

吴全佑珍而重之地将书收起，见杨露禅已迈步回身，飘然而去，这才静下心来仔细推敲杨露禅的话。

第七章

名伶谈奇鸟　太极惩凶蝇

吴全佑本已下过八年的苦功，天性颖悟，杨露禅的教导又全是实实在在的功夫，对于吴全佑来说实有画龙点睛之效。于是在杨班侯离京回乡的半年中，吴全佑的功夫日益精进，纵有不明之处，也有杨露禅的暗中点拨，使得他的进步可谓一日千里。

杨班侯归来，每日照旧课徒授武，及至与吴全佑推手一试，心中暗笑道："老爷子半年将吴全佑调教得不错，我竟然拿不住全佑的劲儿了！"

待站起身后，杨班侯不免夸奖吴全佑进步神速，吴全佑谦道："哪里，全佑有幸得到了师爷的指点，才略有所成。"

杨班侯故意问这是怎么一回事，吴全佑则一五一十地把事情的经过告诉了杨班侯。杨班侯听了笑着"哦"了一声，道："看来你是挺有缘法，不错，不错。"

吴全佑艺成之后在提督衙门办差，一天来到马厩，看到一匹高头大马，单独关在栅栏里。好奇之下，吴全佑问养马的兵丁，这匹马何以单独关起来？兵丁答道："这匹马性子暴烈，没人敢骑。"吴全佑笑问自己可不可以试一试？兵丁面有难色道："如果摔坏了人，跑走了马，小的可吃罪不起！"吴全佑道出姓氏并许诺若马有闪失，自当照价赔偿。兵丁获知他就是有名的全三爷，又听说肯赔钱，便点点头答应了。

吴全佑纵身上马，烈马伸腰舒鬃，引颈长嘶，在院子兜了一圈，突然撒开四蹄，径直向丈余高的院墙驰去。吴全佑先是俯身贴在马背上，稳坐雕鞍，突然发现烈马撞墙，情急之下，运用太极拳的借力之法，双腿一夹，继而勒紧缰绳，猛喝一声"起"。烈马腾空一跃，飞越院墙，宛似风驰电掣，一任吴全佑驾驭。过了一个时辰，吴全佑才策马返回原处，兵丁伸伸舌头，吓出一身冷汗。

吴全佑因感念杨露禅传拳之恩，心中存了不与杨家争胜的念头，收徒甚少。吴全佑家住前门附近，一日下午，他在书房闲读，门人忽报有人要求见全三爷。吴全佑正要出客厅相迎，却见来客已然进了客厅，双手一揖，道："晚生拜见。"吴全佑拱手还礼。在这一瞬间，只听咣的一声，来客蓦然飞起，倏地倒撞开客厅的花格窗棂，落在四合院的门楼上。站在一旁的门人目瞪口呆，莫名究竟。原来客人在施礼时，突施一招"仙人指路"，直朝吴全佑下腹袭来。手未及身，吴全佑已然觉察，连消带打，腾空便将来客打发了出去。

来客纵身跳下门楼，复奔入客厅，匍匐于地，接连磕了三个响头，向吴全佑拜师。吴全佑感其意诚，便收他为徒，此人便是后来吴门三大弟子之一的王茂斋。吴全佑晚年又收了郭松亭等几个徒弟，吴氏太极才真正昌盛起来。

却说吴鉴泉给杨班侯行过了礼，几人分宾主落座。主人李瑞东大笑道："杨爷人情面这么广，沙弥远的行踪肯定是手拿把掐了吧？"

杨班侯也是哈哈一笑道："我人情面广？李爷这不是在骂我吗？你'小孟尝'之名难道是白叫的吗？这京城的武林同道提起你哪个敢不道个了得！"

李瑞东笑道："抬举，抬举。"

杨班侯笑道："行了，咱们别互相吹捧了，尹爷这儿还有正事呢。"回过身，肃容对尹福说道："尹爷，不负所托，这沙弥远的踪迹还真让我给找到了。"

尹福和马贵身子同时一震，尹福双目寒光更甚，问道："他藏在何处？"

杨班侯清晨离开端王府，心中记挂着尹福嘱托的事。昨天杨班侯让沙弥远从前门附近溜了，心中好不着恼。他立在门前向大街两端望了半晌，没甚发现，想想昨天在宣武门附近失去了沙弥远的踪迹，便安步当车朝前门外大街走去。

太阳升上了一竿子，北京城的街头巷尾传出各式小贩的吆喝，化作一幅别开生面的叫卖图："里山砂锅——""菱角米哟——""约黄米面来""赛白玉的糖瓜""关东糖哟——""豆儿酱来、豆腐来，油炸面筋——""喂——辣菜来""喂——活鲤鱼咧""买的买来捎的捎，都是好纸好颜料，东一张来西一张，贴在屋里亮堂堂"……

杨班侯走到前门大街，也没什么发现，喝了碗豆汁儿，吃了俩焦圈，就转到宣武门内琉璃厂逛厂甸。厂甸从乾隆年间繁盛不衰，每逢春节北京城里的许多店铺都来此设摊营业，谓之厂甸庙会。现在虽没到逛庙会的时候，但依旧很热闹。大街两侧以书画、碑帖为主，琉璃厂以南有几个食品摊棚，有清真马家的豆腐脑、豆汁张的豆汁，其他像艾窝窝、驴打滚、豌豆黄、豆面糕、黄白炸糕、糖耳朵、腰子饼、褡裢火烧等，举不胜举，都是现做现卖，吆喝声不绝于耳。

杨班侯穿梭在川流不息的人群中，心情略微有些放松，心里逐渐高兴起来。许多熟悉的人都朝他打招呼，有的故意给他让开道。海王村内遍地是文物、首饰、茶桌、饭棚、儿童玩具的摊点，再往东的火神庙是玛瑙翡翠、珍珠钻石、金玉珐琅等各种首饰的集中地。

琉璃厂西口是花鸟市。如今这鸟市极是兴旺，养鸟是北京人生活娱乐之一，明末发其端，清代蔚为风尚。乾隆盛世，八旗子弟闲散成习，养鸟者此倡彼随，逐渐盛行。

杨班侯正在细细观鸟，忽听鸟房主人对一个老者道："刘老板，您是梨园泰斗，不知您对鸟有无研究，您如果说出我卖的这鸟的名称和习性，我让您不花分文挑一只最好的鸟带走。"

杨班侯回头瞧那老者，身材矮小，鹤发童颜，气度不凡。杨班侯一看认识，正是京师名伶刘赶三。

刘赶三是天津人，原名宝山，字韵卿，自小读书颇为聪颖，可惜却屡考不中，由于平日里爱好皮黄，一气之下，从原来的票友直接"下海"成了演员。刘赶三最初学的是老生，后来改丑行。之所以叫作"赶三"，是因为他曾经一天连赶三场戏，刘宝山不以为忤，反而就以"刘赶三"当了艺名。

京剧的丑行"重念不重唱"，但是刘赶三因为读过书，有普通艺人不具备的学问，是以常常能根据剧情自己编词演唱，改变了这种状况。他的嗓音清亮，念白脆爽，做表传神，风靡一时，成为同治、光绪年间京剧丑行的代表人物。

刘赶三不仅擅演《十八扯》《法门寺》《拾黄金》《连升店》《请医》等老戏，最拿手的要算是"丑婆"戏。刘赶三在《探亲家》中演的乡下妈妈，竟然骑真驴上台！这头驴全身漆黑，四蹄皆白，平时精心训练，上台时毛驴不惊不惧，听从指挥，符合剧情，使观众大开眼界

清代画师沈蓉圃曾经作"同光十三绝"的画像，其中就有刘赶三，而他在画作中的形象，正是在《探亲家》中的乡下老妈妈。作为丑行的代表人物，刘赶三与程长庚、谭鑫培、徐小香、梅巧玲、郝兰田等各行当中的翘楚并列，名噪京华。

京师之人皆敬重刘赶三，倒并非仅仅因为刘赶三骑驴炫奇，丑角出色当行。刘赶三为人一身是胆，铁骨钢肠，从不知权势为何物。在戏台上，他利

用丑行演员的角色特点，现场抓哏、插科打诨，往往借题发挥，讽刺当朝权贵，虽遭记恨，却始终不改。这种随戏寓讽、执艺以谏的胆识、才干，在梨园行中，传为美谈。

几年前，刘赶三被调入禁宫演戏，他在台上，恰好看见对面慈禧太后在堂中稳坐，可是光绪皇帝却没有座位，侍立一旁，仿佛仆人，毫无帝王之相。刘赶三一时动了侠义之心，恰好当天演出《十八扯》，他扮演孔怀，一会儿装大臣，一会儿装皇帝。刘赶三灵机一动，自己加了一段念白："别看我是假皇帝，还能有个座位，那真皇帝天天侍立，何曾得坐呢？"

这句话当着太后、皇上、王公大臣的面说出来，把在场的艺人们吓得汗透衣衫，一时间，全场寂静无声。

慈禧心中虽恼，当着许多人，又不好对一个剧中伶人发作，为了表现母慈子孝，便笑了两声，说道："既然假皇上求情，就赏给真皇上一个座位吧！"从此光绪帝看戏，才算有了座位。

光绪初年，刘赶三在宫里演《思志诚》一剧，饰演妓院老妈儿，演到遇嫖客来时，恰巧惇王、醇王、恭王进来看戏，当时妓院中妓女均以排行相呼而无名字，他便在台上大声呼唤："老五、老六、老七，出来见客呀！"一时台下哄笑不止。因为惇王行五，恭王行六，醇王行七，故刘赶三以此相谑。

还有一次，刘赶三在某宦家表演《请医》，其中配角有句台词："当点儿神，别叫狗咬了。"刘赶三接着指台下说："这门儿里头，我早知道，是没有狗的，不过有的都是走狗！"

因为刘赶三有着一身傲骨侠风，得到了京城内外人士的尊敬，梨园行中，提起刘赶三没有不夸赞的。咸丰年间，刘赶三被清廷升平署招为供奉，被菊坛推选为梨园精忠庙首，成为当时梨园界的领头人。

杨班侯与刘赶三一向熟识，心想：刘赶三心性灵巧，玩鸟也有年头了，这位鸟房主人真是会做买卖，分明借顾客之嘴，炫耀他的货物。

刘赶三不紧不慢地来到一排鸟笼前，笑着对鸟房主人道："你说话可要算话，可不要后悔哟。"

鸟房主人严肃地说："君子一言，驷马难追，众人都在场，我是不会反口的。"刘赶三笑吟吟地点了点头，先指着第一个鸟笼道："这只鸟羽呈青色，颏下靛蓝环紫，有两道环、三道环、一块紫之分。声音清细，善学草虫，能叫出蛐蛐、蝈蝈、油葫芦、金钟儿、琵琶轴儿、伏天儿、秋凉儿等绝俏的声音。冬夜听见，如临草塘柳岸。因其产于芦苇丛中，习闻而能。然而苇丛产蛙，却又以学蛙叫为脏口。这是‘蓝靛儿’。”

鸟主人听了，用手捻着杂须，点了点头。刘赶三又来到第二只鸟笼前：“这只黑白灰三色羽，体小轻捷。养在笼子里，跳跃攀缘，声音响脆，响脆中又翻音阶，音阶中又分音色，音色中又分音调，有滴滴水、杠杠水等高矮音色。最佳者能叫十余音，音音不同；次者亦能叫出七八个音。这种鸟名为‘子子红’，俗名‘红子’。”鸟房主人又点点头，亦步亦趋，满脸堆笑。

“这只是黄鸟，性格随和，入笼就啄饮，只吃苏子和谷穗，不必喂虫……”

转过身，刘赶三又一指，道：“这只是‘粉眼儿’，它的羽毛呈暗绿色，体稍长，喙尖细，眼圈白色，玲珑雅洁，这是雄鸟。肋下紫色羽毛，色浓而长的最为珍贵。其鸣婉转，声细而幽，能学驴叫唤。上海人最喜欢养，又名为‘绣眼儿’。春天产的叫‘桃花’，夏天产的叫‘荷花’。”

鸟房主人原本要借刘赶三来招揽客人，此时见围拢的人愈来愈多，非常得意，于是说：“刘老板，您接着说。”

刘赶三又来到另一只鸟笼跟前：“这只鸟比画眉略小，身宽尾短，羽呈褐色，形态风采远不及画眉隽秀。然而这种鸟善鸣，鸣必‘十三套’。所谓‘十三套’，就是学十三种声音，前九套为前套，后四套为后套，叫起来则多前后相连，很少分开鸣哨，家雀噪林、山喜鹊、红子、群鸡、胡哨、小燕、猫、家喜鹊、鹞鹰，是前套；靛颏蕊儿、苇柞子、黄鸟套与画眉络儿、胡伯劳交尾儿，是后套……”

旁边一个小伙子急不可待，高声问道：“你说的那么花哨，到底这是只什么鸟呀？”

刘赶三不慌不忙，抑扬顿挫地道：“这是百灵。”那小伙子急忙摸兜，朗声叫道：“老板，我买了！”说着摸出银两，鸟房主人将那只装有百灵的笼子挑下来递给了他。小伙子提着鸟笼兴高采烈地离去。

刘赶三一一点出这鸟房的鸟名和习性，鸟房主人不禁喜形于色，这时游客竞相购买其鸟，忙得不亦乐乎。

杨班侯在一旁提醒道：“你这老板，说出的话难道忘了？”

鸟房主人笑道：“哪里能忘，你没看我正忙嘛！”他又转向刘赶三道：“刘老板，您看中了哪只鸟？尽管说。"

刘赶三苍眉一挑，微笑道："老朽也挺喜欢百灵……"

鸟房主人赶忙说："有的，有的。"说着钻入房内，一会儿提着一只漂亮的鸟笼出来，笼内果然是一只百灵。

刘赶三正伸手去接，没想那鸟笼却被另一只手握住。

刘赶三抬头一看，这个人生得凶神恶煞，一身锦衣，有四十多岁，后面还紧随着两个人，与前面这人生得有几分相似，看来是三兄弟。

刘赶三怒道："你为何抢我的鸟笼？"

那人呵呵笑道："这只鸟有人看上了，老头儿，你就割爱吧！"

刘赶三冷笑道："究竟是谁看上了老朽的鸟，说出来听听，若是顺心顺眼的老朽奉送，如果是仗势欺人之辈，老朽决不让！"

鸟房主人见那三人来势不妙，急忙上前赔着笑脸道："范爷，您也来逛厂甸……"

那人一扬手，把鸟房主人拨拉到一边，道："今儿个没你什么事，这百灵是咱爷们儿的了。"一抬腿，踢向刘赶三的左胳膊。刘赶三虽上了点儿年纪，但也颇会些武艺，向侧面一跃，避开了这一腿。

杨班侯一见此人向刘赶三动手，心中恼怒，身子一晃，已然到了那人面前，双手左右一分，一招"野马分鬃"将其打倒在地。

鸟房主人一见杨班侯出手，嘻嘻笑道："正好，您老来管管这个闲事吧！"

那人猝不及防被杨班侯打倒在地，惊怒交加，一把甩开正在扶他起来的两兄弟的手，跳了起来。他对杨班侯道："你是何人？竟敢来此寻事，你知道这百灵是谁要的吗？是直隶总督荣禄大人要的。"说着，回头用手一指。

杨班侯一看，街口停着一乘四人抬的轿子，大红的轿衣，却并不是官轿，执事的轿夫也不像抬官轿的。

杨班侯久在王府，对这些銮仪执事并不陌生，略一寻思，心里已经明白，这三个人只是装腔作势、狐假虎威而已。荣禄不管怎样无耻，毕竟是朝廷大员、封疆大吏，他如何会自降身份同一个伶人争鸟？再说刘赶三经常出入内廷，荣禄不会不认识，应该知道刘赶三在梨园行的地位，以他的身份权势自然不会将刘赶三放在眼中，但为一只鸟得罪刘赶三还是没必要的。只是不知轿中究竟坐的是什么人？

鸟房主人这时附在杨班侯耳边悄悄道："这三个人是新近从山西投效荣禄的范氏三雄。老大范鹏，刚四十出头，绰号'神拳无敌'，以罗汉拳成名。老二范鲲，老三范鸣，都是三十多岁的年纪，彪悍凶猛，心黑手辣，是范鹏的同父异母兄弟。他们依仗荣禄的权势，在厂甸横行好几个月了，我们这些买卖铺户都不敢惹他们。"

这范氏兄弟在人群中听刘赶三说这百灵鸟的种种好处，便动了心思，想把这鸟抢走献给荣禄。他们欺刘赶三和鸟房主人不敢阻挡他们，所以便出手硬夺，没料到半途中杀出个杨班侯，一出手就摔了范鹏一个大跟头。他们因为刚来北京没多长时间，并不认识杨班侯，否则如果知道眼前这个汉子就是杨班侯的话，恐怕怎么也不敢出手抢夺百灵鸟了。

老二范鲲性子最暴，这时开口骂道："你他奶奶的，想要找死吗？"

杨班侯故意装作没听见，冷然道："什么东西在鬼哭狼嚎？"语音清越而高亢，把周围乱哄哄的噪声全部压了下去。

范鹏见他出言戏弄，气不打一处来，禁不住伸手一指杨班侯，怒气冲冲地骂道："你究竟是何人，敢在范大爷面前撒野！"

杨班侯一听范鹏这样说，顿时气冲斗牛，目射寒光，紧盯着他道："见了道德修养高深的君子，自然要谦恭有礼，作揖致敬。不过见了人说人话，若是见了走狗嘛，那就什么话也别说，最好先踹他两脚，然后让他夹着尾巴滚。"

范鹏一听杨班侯这些话，气得脸都绿了，一生气话也跟不上，竟有些口吃，道："你，你……""你"了半天才又说出来："你找死！"也不再开口，踢出两腿"五子登科"，手脚齐出，快逾闪电，直扑杨班侯。

却见杨班侯面挂微笑地向后纵身滑退，同时嘴里还道："诸位请看，好戏开始了。"一面说，一面还了一腿。

范鹏恨不得三拳两脚就把杨班侯解决了，将劲力运于左臂，使一招"太祖劈山"的狠劲儿，想把杨班侯的腿劈断了。杨班侯的腿一闪即回，运起太极步，和范鹏近身相搏。范鹏回掌一式"霸王三摇手"，杨班侯虚胯沉裆，单掌"云手"，卸去来力。

杨班侯心里存了戏耍范鹏的念头，想引轿中人出来，所以仅以守势迎斗，仗着身法灵活，戏弄范鹏，引得在场的一众人等哄堂大笑。

众人这一笑，把范鹏臊得脸色一会儿由绿变青，一会儿由青变红，片刻又由红变白，想立即就把杨班侯撕碎了，挫骨扬灰，方消心头之恨。

范鹏拳路由大开大合，变为刚柔并济，连续猛虎抱头、撩身踢阴、反掌压手，循的都是少林六合拳的路子。

杨班侯一见，收起了戏耍之心，凝神定志，攻守兼备，把太极拳发挥得淋漓尽致：野马分鬃，搂膝拗步，进步搬拦捶，高探马，上步七星，退步跨虎，玉女穿梭，将掤、捋、挤、按、采、挒、肘、靠、进、退、顾、盼、定这太极十三式，演练得圆转称意。

看到杨班侯把太极拳使得出神入化，略通武术的刘赶三不住地点头赞许，并连声叫好。街口轿子的轿帘微掀，轿中人看着二人比武，暗中忖道："难怪其父杨露禅当年号称'杨无敌'。这太极拳外似松垮，内蕴气劲，直如个圆球一般，使外家功夫无从着力，果真名不虚传。外家功夫不一定打不过内家功夫，这要看施展功夫的人是否练到了化腐朽为神奇的境界。没料到杨露禅死后，杨班侯已深得杨露禅的真传。这范鹏显然差得远，如此看来范鹏要吃大亏了。"

范鹏久战不下，渐渐有些心焦。心里道："如果我被打败了，那还怎么在京城里混，厂甸这一块地儿我再也不能来了。"于是，猛然"呀"的一声狂叫，连飞三脚"魁星踢斗"。杨班侯仰身铁板桥，悉数躲过，正抬头时，范鹏已运足了全身功力，指节爆出噼啪之声，一拳"舍身铜锤"结结实实地迎面轰来。杨班侯随手一式"单鞭"，右手运起"黏"字诀，黏住来拳，向外斜跨一步，带走劲势，趁范鹏站立不稳的当儿，左掌左右晃动走弧线，含劲吞吐，啪地一掌，正印在范鹏的胸口，紧接迅速回指连击范鹏右臂肩髃、曲池、合谷、商阳四穴。

范鹏感觉右臂酸麻，血液停流，使不上劲儿。一咬牙，想来个同归于尽，忙用左手施出"金刚霹雳斩"狠劈杨班侯的面门，杨班侯一个"狮子摇头"躲过，探右手臂用圆劲儿黏住丁鹏的左手。

范鲲、范鸣二人本来认为凭大哥的实力，收拾一个身量不高的汉子也就是喝口热茶的工夫，没承想大哥反被人家戏耍，等到大哥使出成名绝技"舍身铜锤"时，以为可以奏效，可是转眼间大哥的右手已经被废，二人想出手救急，又怕让人笑话。正在犹豫时，见大哥的"金刚霹雳斩"落空，左手被黏住，知道形势不妙，也顾不得什么江湖规矩了，齐喊："住手！"

杨班侯恨范鹏猖狂，也知道他不是什么好东西，而且重了父亲"神拳杨无敌"的别号，顺势"野马分鬃"，两臂一分，竟将范鹏左臂生生折断。顺势一抖，轻轻一送，把范鹏抛出去，跌成个赖狗啃屎，滚落尘埃。

范鲲、范鸣和几名轿夫急忙跑出来，把疼得龇牙咧嘴的范鹏扶起来。这时，范鲲和范鸣才知道：自己的历练不够，京城武林，藏龙卧虎，不显山不露水的奇人异士太多了。

杨班侯眼光一扫街对面的轿子，心想：是骡子是马牵出来遛遛，不管你是谁，该现身了。范氏三雄连滚带爬跑到轿子前，哭号道："爷，您得替我们出气啊！您是咱们大人的首席侍卫，打我们就等于是打您呀！您一出手把这小子废了就得了。"

就听轿中人喝骂道："你们这几个东西也不称称自己的分量！范鹏，你知道打你的小子是谁吗？"

范鹏一愣，道："他是谁？"

轿中人"呸"了一声，淡淡道："你不认识他的人，还不认识他的太极拳吗？这人是杨班侯。"

范氏三雄一下不言语了，心里既惊又凉，惊的是如此一来无缘无故惹上了这样一位声震武林的劲敌，凉的是恐怕报仇没有指望了。

轿帘一挑，轿中人迈步走了出来。只见他身材颀长，一身府宁绸的裤褂，身上穿着锦袍，一派书生的打扮；面目阴沉，留着文雅的小胡子，双手状如枯枝，指掌泛黑，屈伸如钢钩一般。杨班侯一看，心中一喜，心道：踏破铁鞋无觅处，得来全不费功夫，轿子里坐的果然是这个老贼。

轿中人正是杨班侯要寻觅的"插翅金蝎"沙弥远。

沙弥远昨晚与张三交手后，不敢再回马家堡的家中，直接赶到荣禄的府中。荣禄此时已回天津，临行前，他在向慈禧太后辞行时，将沙弥远举荐给了太后。慈禧太后深感与光绪皇帝的较量中，有一名武林高手作为差遣，非常必要，便欣然应允。荣禄回府后给沙弥远留下一块御前侍卫的腰牌，命他第二天到颐和园觐见慈禧太后。

沙弥远为掩盖自己的行踪，没有乘马，反而雇了一乘轿子，自己独坐在轿中，命府中的范氏三雄掩护赶往颐和园。范氏三雄在山西做盗贼时，就认得沙弥远，知道他武功高强，心狠手辣，不敢不听，所以跟在轿后。出荣禄府门没走多远，就是厂甸，范鹏提议从厂甸穿过，好在沙弥远的面前显显他们的威风，没料到遇见了杨班侯，威风没显成，反被杨班侯教训了一顿。

沙弥远本来不想出手，昨日他已发现杨班侯跟踪他，知道他与尹福是好朋友。可范氏三雄在他面前如此哭求，若不出手，面子上也实在过不去。况且，范氏三雄听他说出杨班侯的名字后，面面相觑，分明是觉得自己也不是杨班侯的对手，这让沙弥远如何咽下这口气。沙弥远立即一闪而出，拦在杨班侯面前，道："杨爷，打狗也要看主人……"

沙弥远说话中，左手屈伸间，正探手朝杨班侯打去。

杨班侯看他出手就打，心头一怒，剑眉挑处，朗喝道："阁下意欲何为？"

沙弥远左手要伸未伸，和他目光一对，只觉杨班侯双目之中，射出两道森寒如刀光的目光，心头不禁一怔，暗道：这杨班侯眼中神光好足！

沙弥远阴笑道："久闻杨爷太极拳的大名，西北野人'插翅金蝎'请教！"

沙弥远左手一探，五指箕张，朝杨班侯手肘抓来。

沙弥远掌心泛出红色，催动毒砂掌力，这一记要是给他打上，纵不把胳膊捏断，至少也会废了手臂！

杨班侯没待他打到，倏地转过身去。左手反打，一招"金丝缠腕"一下就扣住了沙弥远的左腕。

这一记手法奇幻，快速至极，沙弥远本待抓人，不料反被人抓住，心头却并不惊慌，口中沉笑一声，左腕一翻，居然挣脱出了杨班侯的掌握。

杨班侯一向自负，此时见沙弥远居然能挣脱自己的"金丝缠腕"，也是一惊，心中不禁暗道：这沙弥远果然了得。

沙弥远双手疾发，一记"上下交轰"，双掌快若流星，袭向杨班侯前心两处要害。

杨班侯脚下及时横跨一步，极自然地脱出了沙弥远的攻击之势，双手使"如封似闭"，双臂劲力阴阳互换，震开了沙弥远的双掌。

沙弥远只觉对方手上劲力极强，自己双掌震荡开去，胸前登时露出一个大空门，心头猛然一惊，立即身向后仰，一下倒飞出去数尺。

范鲲趁此机会，飞身扑来，举拳击向杨班侯后心，只觉眼前人影一闪，杨班侯已经轻灵无比地避开了范鲲的一击。范鲲只觉得在杨班侯闪出之时，自己左手脉门上如中鞭击，奇痛彻骨。他腾腾地连退了五步，才算稳住，低头看去，左腕被击之处，已经泛起一条紫血瘀肿。

沙弥远喝道："滚到一边去，别丢人现眼了！"

沙弥远目光落到杨班侯的身上，阴森一笑道：“杨爷果真身手不凡，但沙某还是要请杨爷再赐教一二。”

话声一落，脚下倏地后退半步，身形一弓，双手随着缩回，当胸前提，五指勾屈，俨然虎蹲。这一作势，双手未发，但十个指尖，每一指尖，都笼罩着杨班侯胸前要害，端的辛辣凶毒至极。沙弥远双脚猛然一顿，一个虎跃而起，爪先人后，迅如电射，朝杨班侯当头扑来。

杨班侯只是静静地站着，连门户也未立，直等对方当头扑来，左脚忽然横跨一步，身形半蹲，双手变掌，怀中如同抱月，朝上托起。

沙弥远这一扑，正是他的必杀招，十指笼罩数尺方圆，任你如何闪避，都极难逃得出他双爪之下。却没料到，杨班侯不但没有躲闪，身子一蹲，双掌往上托来，随着他一托之势，突觉一股暗劲儿，直逼上来。

暗劲力道并不强，但却隐含反震之力，正是太极拳四两拨千斤的巧劲，只觉那暗劲儿一震，居然把自己凌空往上托起！

沙弥远心头暗暗吃了一惊，但他毕竟是久经大敌之人，就在身形往上腾起之际，借势朝前扑起，越过杨班侯头顶，跳出去一丈开外，转身呵呵一笑道：“杨爷再接几招。”

他这一转身，快捷如风，瞬间已到了杨班侯面前，右臂一探，双方相距还有六七尺远近，五指如钩，已然攻到杨班侯的肩头，却是通臂拳中的手法。

杨班侯口中冷冷一笑，眼看掌势快要到肩头，他才斜退了半步，左手掌指伸张，朝上翻起，直击沙弥远的右手关节。

片刻工夫，两人已斗十四五个回合，相互不分胜负。沙弥远暗道：这杨班侯一向与八卦门的弟子们交好，如果让他将我的底细摸去，不免对我不利。既然眼下不分胜负，也可以向“范氏三雄”交代，我还是见好就收吧。

想到这里，沙弥远突然疾攻三掌之后，就喝了声：“住手！”突然往后跃退出去。

杨班侯也将拳势一收，高声道：“不知这位沙大爷还有何赐教？”

沙弥远道：“今日之事，就此揭过，后会有期。”

杨班侯心道：你现在跑了，我上哪儿逮你去，我已经答应尹福，今天一定要找出你的行踪来。好不容易碰到你，怎么能这么让你走了？

杨班侯高声道：“姓沙的，这架没怎么打痛快，你够胆的话，留下你的住址，杨班侯想再请教高明。”

沙弥远嘿嘿笑道：“杨班侯，你探听我的下落，无非是想通知尹福他们。你可以转告他们，不让八卦门的弟子死尽死绝，我对不起当初董老匹夫对我的一掌之赐。”

沙弥远转身坐进轿中，道：“杨班侯，你也不用再跟着我，昨日我在宣武门将你甩了。今天沙大爷明白告诉你，沙大爷我今天去颐和园觐见老佛爷，你跟也白跟。”放下轿帘，四个轿夫抬着轿子和范氏三雄扬长而去。

杨班侯气得七窍生烟，拔脚欲追，旁边的刘赶三一把拉住他的胳膊，道：“杨爷切勿动怒，有人找您。”

杨班侯止步回身，看见刘赶三的身边站着一个精壮的汉子，前额头剃得黢青，小辫盘在头上，下巴刮得精光，正是自己的好友，常在天桥摔跤的宝三。

杨班侯忙与宝三打招呼，宝三笑道：“杨爷，别那么火急火燎的，在四九城的地面上，找他这么个人还不容易吗？”

杨班侯闻听此言，一把把宝三拉住，皱眉道：“这么说你知道他在哪儿？宝三，你可别逗我，八卦掌掌门尹福他们为了找这个老小子，眼睛都快瞪出血来了，你可别闹。”

宝三道：“杨爷，我什么时候拿您开过玩笑，我刚才路过这儿，看您正同这个姓沙的过招。我老是觉得这个人眼熟，后来我才想起来，我徒弟张宝忠曾经给我描述过这个人。您呢，别着急，跟我去问问宝忠，估计他知道个八九不离十。”

杨班侯也觉得自己有些急躁了，赧然道：“这老小子太嚣张，真气坏我了。宝忠在哪儿？”宝三道：“宝忠现在住在我师兄‘宛八爷’家中。”

鸟房主人捡起地上的鸟笼，见那百灵已被摔死了，十分怜惜。这时刘赶三走上前说道：“算了，让他们这么一捣乱，我也没兴致了，给你省俩钱，就不要再拿了。”又向杨班侯和宝三一拱手，道：“杨爷、三爷，二位还有事，就请先忙去，哪天得空儿，有我的戏，多去捧场。”

杨班侯打趣道：“刘老板扮的戏，如果不看那可是我们没眼福哟！”

杨班侯告别刘赶三，随宝三直奔天桥。

天桥的桥位于京城中轴线南部，前门至永定门中段。明永乐十八年，朝廷建祭天祈谷的天坛和祭祀先农神的先农坛。当时天坛、先农坛北墙外，有一条东西走向的河，是皇帝从皇宫至两坛祭祀必经之地，故建一座汉白玉石桥。桥基呈“八”字形，三梁四石栏，单孔高拱。桥栏雕刻精美，造型庄重秀丽。因为是天子所走之桥，故称“天桥”，天桥地区也依此而得名。

明代，天桥一带港汊交错，沟河纵横，夹岸绿柳成行，景色宜人，兼之临近前门外繁华区，茶楼、酒肆及卖艺、唱曲、说书的场子日益增多，引来大量游客，成为天桥市场的雏形。康熙年间，东华门灯市移至天桥西侧灵佑宫，每逢上元时节，游人之多，几无插足之地。道光年间，先农坛墙根一带因不纳地租，小贩纷至摆放浮摊，日久，渐成小市。

天桥市场自明代以来为民间杂艺艺人的谋生之地，世称五方杂处、藏龙卧虎之所。艺人撂地卖艺叫“平地抠饼”，但要抠出饼也非易事，它要求艺人有精湛的技艺，还要忍受各种欺辱。演出者的化装、服饰更不讲究，打零钱为收费方式，钱数多少由观者随意给，若无钱或执意不给也可以。天桥杂艺表演形式繁多，如飞杠、顶技、口技、飞叉、飞钹、飞刀、开砖、举刀、拉弓、拉皮条、爬杆、耍中幡、摔跤、吞铁球、咬铁条、捋铁条、吞宝剑、鞭技、柔术、魔术、戏法、拉洋片等。民间杂艺艺人中的佼佼者为“天桥八大怪”。其“怪”无非是身怀绝技，形象奇特，言行怪异，表演风格独特。“天桥八大怪”传称说法不一，人数也不仅只八人。

杨班侯和宝三来到胡同里面的一个小院，从左侧门走了进去，院子里只有一户人家，靠北有三间房，院内放着木马、杠铃、石礅等物。炕上坐着一个瘦瘦的人，赤裸着上身，露出青筋硬肋，没有胡须，双目如电，正是东善扑营跤师“宛八爷”。宛八爷大号宛永顺，因其行八，所以人称八爷。此时，他正盘着腿对一个十来岁的少年说话。那少年剃着光头，胖胖的，戴一个镀银的项圈。

宛八爷正对少年说道：“五代时期，跤术家调露子所撰《角力记》论及摔跤一文说，人生之气犹大泽焉，平时沙弥焉，大风鼓之巨浪起，小风吹之细纹生。若角力之气，中等风作波浪摇也，非适非小，大近于怒，小存于嬉，竞力角技，非嬉非怒，此角力是两徒搏也。记住，友三，这是摔跤的含义与风格。”被称为友三的少年点点头。

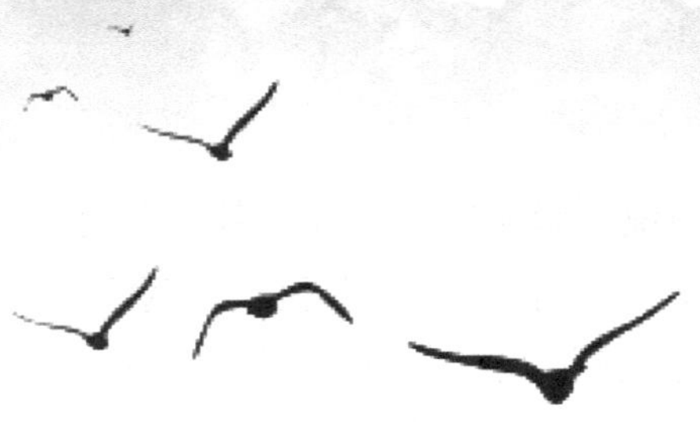

第八章

明月照秦楼
古刹疗血腥

宛八爷又说道："《述异记》记载，秦汉间说，蚩尤氏耳鬓如剑戟，头有角，与轩辕斗，以角抵人，人不能向。今冀州有乐，名蚩尤戏，其民三三两两，头戴牛角，以相抵。汉造角抵戏，盖其遗制也。角抵戏就是摔跤最早的雏形。战国之时，稍讲比武之礼，以为戏乐。到了汉代，临回望之广场，呈角抵妙戏。三国时，曹操大力提倡角抵，除用于练兵，还列入百戏之内。在晋代，相搏、手搏、相扑并称，流行于长江流域。唐代跤术已发展到以轻捷为尚的较高水平。至宋代，摔跤更为流行，岳飞把它用于练兵，'雁门跤风'就是在雁门各关口长期抗击金兵时遗传下来的。明代万历年间出版《万法宝全》，书中绘有古跤图样，摔跤已列于六御之内，为军队中心训练之技。大清皇室大力提倡摔跤，在领侍卫府设有相扑营，现在又改称善扑营，就是宫廷的摔跤队。"

少年友三插嘴道："就是师父现在参加的善扑营？"

宛八爷点点头："善扑营一般设摔跤手三百多人，由八旗兵选拔而成，后来也有汉人参加，由都统、副都统管辖，下有翼长、刚儿达……"

宛八爷喝了一口茶，又说下去："跤手称为布库，京人又叫扑户，分库分头、二、三、四等，第四等是候补三等布库，满语叫塔辛密。"

少年友三道："您和北城的瑞五爷不都是头等扑户吗？"

宛八爷又道："善扑营分东西两营，东营在这附近的交道口南大街大佛寺内，西营在大红罗场北。"

杨班侯听着觉得很有意思，他虽然对摔跤也有一些认识，但并不是特别熟悉。此时听宛八爷说得头头是道，见宝三正要推门而入，杨班侯忙拉住了他，示意宝三再听会儿。

屋里宛八爷还在说着："善扑营平时任京中守卫，御试武进士时充当执事。每年皇上照例去承德狩猎后，大宴蒙古族功臣，在避暑山庄举办摔跤表演，并在宫中养心殿看摔跤，名为料皂。每年还在宫内储秀宫中过除夕，接福迎祥，开宴请外客，这称为客皂。皇上及各王公还经常看本营与外客摔跤。皇宫对跤手规定，许赢不许输，比赛后根据成绩予以奖励。每年正月二十九日在中南海紫光阁宴功臣时，也要有摔跤表演，并于此日为布库拔升等级。比赛不分体重，不限时间，一跤定胜负。如果时间过长双方还未分胜负，双方就均被淘汰。能摔败所有同级人者，即可升级。成绩优异者，可被擢升为蓝翎侍卫。常胜的名跤手赐名为御布库……”

少年友三问：“以前都有哪些名跤手呀？”

宛八爷道：“远的不说，就说近的，乾隆、嘉庆年间有神跤、海秀二人，道光、咸丰年间有御封的‘永不沾尘’的关文爷，同治年间有闪德宝、尹贵宝、唐宝，还有大祥子、傻公鸡、熊万泰、搬腿陆、小鬼崔等著名摔跤家。当今之世，有瑞五爷、二双子、陈七毛、德顺、纪四和蔡福子等。”

少年友三笑着：“当然也有师父您啦！”

宛八爷笑道：“友三，我考考你，当今都有哪些跤派？各流派有什么本事？”

少年友三想了想说道：“有以保定为中心的保定摔跤，以北京为中心的北京摔跤，以天津为中心的天津摔跤。保定摔跤擅长用撕、崩、捅等方法摔倒对手，长于以小制大。北京摔跤继承了善扑营的风格，因为是在满人中间开展，又称为满人摔跤。这种跤法是凭力量把对手摔倒，动作比保定摔跤缓慢，力量胜过技术。这种摔法的架势比保定摔跤小，所以也称小架势，动作较为刚猛。‘鼻子李’李瑞东先生也精通此跤……”

宛八爷点头称赞，倒了一杯茶递给他。

杨班侯和宝三还在外面听着，只听宛八爷在屋内笑道：“两位别在外面听了，进屋喝杯茶吧！”

二人一进屋，宛八爷慌忙下炕道：“杨爷，哪阵香风把您给刮来了？”

杨班侯一指宝三，笑道：“是宝三这阵宝风把我吹来的。”

宝三说道：“师兄，杨爷这次过来是找宝忠打听点事儿。”

宛八爷一挥手，对少年友三道：“去厢房把你宝忠师哥找来。”

少年友三应了一声，连跳带蹦就跑了出去，工夫不大，就把张宝忠叫了进来。

张宝忠一进屋，一看师父、师伯、杨班侯都在屋里坐着，不知出了什么事。

少年友三笑道：“宝忠师哥，你惹祸了，今天要对你‘三堂会审’呢。”

宛八爷斥道：“别瞎说！”

宝三让张宝忠坐下，将“插翅金蝎”沙弥远的外貌形象说了一遍，问道：“宝忠，你不是跟我说过，你曾经见过这样一个人吗？”

张宝忠回忆了一下，恍然道："几天前，有人告诉我有一个武林高手迷上了纱帽胡同天香楼的小桃红，还在天香楼里露过两手功夫。我想去看看是咱们京城武林的哪一位，结果一看并不认识。看这个人又挺阴冷的，就没搭理他。"

杨班侯想了一下，道："宝忠，你可否再到天香楼去打听一下，这个人是否宿在小桃红家？最近搬不搬？"

张宝忠道："行，杨爷，您先等一会儿，我找几个弟兄去打听一下。"说罢，就出了屋门。宛八爷给杨班侯倒了杯茶，道："宝忠在天桥、八大胡同一带人面很熟，这点儿事难不倒他，杨爷就耐心宽坐一会儿。"

几个人坐着聊了会儿沙弥远向八卦门寻仇的事，然后又转到善扑营的事务上。杨班侯望着少年友三，用手抚摸着他的秃脑壳，赞道："好伶俐的孩子，我看这孩子有出息。"

宛八爷露出笑容，看看友三少年，道："他家姓沈，家住在牛街，是回民。父亲叫沈方，是卖外伤药和大力丸的，人称'沈大个儿'，也是有名的摔跤手。这孩子小名友三，家里穷得掉渣儿，没钱学艺，整日里从天桥赶到大佛寺看摔跤。我瞧这孩子机灵、实在，身子骨又棒，就收他做了徒弟。"说着，宛八爷对少年友三道："友三，给杨爷表演一段。"

少年友三站到杨班侯面前，朝他恭恭敬敬作了一个揖，说道："杨教头，小子班门弄斧了。"说完，在地上接连打了几个"吊毛"，又稳稳地落在地上，众人齐声叫好，杨班侯高兴地拍着少年友三的肩膀，啧啧称赞道："这孩子不错，好好练，有出息。"

几个人又叙了一会儿，张宝忠回来，将打听到的情况告诉了杨班侯。杨班侯听后不敢耽搁，连忙告辞，出来后直奔东华门的李瑞东家。

尹福、李瑞东听完杨班侯这段经历，面面相觑，没想到原来杨班侯和沙弥远已经交过一次手了。

马贵问道："沙弥远到底住不住在小桃红那里？"

杨班侯道："张宝忠跟我说，这沙弥远以前住在马家堡，同小桃红打得火热后，晚上就宿在那里，不过据从小桃红处听到的口风，他大概谋到了一个差事，以后便不方便再来了。我估计这也是真的，沙弥远与我交手后，说要去颐和园见西太后，看来荣禄对他还挺照顾。"

马贵发急道："那咱们必须抓紧呀！"

尹福略一沉思，道："振圃也曾在马家堡见过沙弥远，看来这消息是真的，这纱帽胡同必须得去一趟。"

马贵道："没错，咱们去看看，如果他还没走，我叫他死无全尸！"

尹福沉吟了一下，抬头问道："班侯兄，这小桃红的住处你可打听出来了？"

杨班侯点头道："我早料到尹爷会有此一问，已经让张宝忠给我画了一张图。"

尹福微一踌躇，皱眉道："可惜现在已来不及通知八卦门的其他弟子了。"

李瑞东啪地一拍桌子，大声道："我就不信这沙弥远有三头六臂，寿鹏你们师徒俩、杨爷、鉴泉，再加上我鼻子李，我就不信他沙弥远能飞上天！"

尹福略一计算，己方人数虽然不多，但这几人无一不是能独当一面的高手，从北京城也难找出比他们功夫再好的了，自觉胜算较大，便道："也好，那就这么定了，只是为我八卦门的事，却劳烦三位了。"

杨班侯大手一挥，朗声道："尹爷你也过于客气了，路见不平拔刀相助，此乃义所当为之事。"

几个人略一收拾，便出了李宅。

前门外有一个娼妓集中地，就是有名的八大胡同。

明清以来，北京的妓院明暗杂陈，延绵不断，到这光绪年间，统计在册者，已有三百七十三家。其中头等妓院七十八家，二等妓院一百家，三等妓院一百七十二家，四等妓院二十三家。这一等妓院和二等妓院多集中在前门外的八条胡同，故称"八大胡同"，计有：王广福斜街、陕西巷、皮条营、韩家潭、石头胡同、胭脂胡同、百顺胡同和纱帽胡同；以后又有"王蔡朱百柳，石广火燕纱"的说法：王即王皮胡同，蔡即蔡家胡同，朱即朱家胡同，百即百顺胡同，柳乃谐音即留守卫，石即石头胡同，广即王广福斜街，火即火神庙夹道，燕即燕家胡同，纱即纱帽胡同。这些胡同统称为"十条"。

一等妓院称为小班，小班名前冠以"清吟"二字，所谓"清吟小班"，因其妓女大多都隶属苏州、扬州或杭州，也叫"南班"。掌班的养家对买来的妓女从小即教习笙管丝弦或书画，所以苏州妓女多善苏州民歌及民乐，杭州妓女除善于民乐外，有的还会水墨丹青、书法和古典诗词。一等小班的院落多为整齐的四合院，有两进、三进或带小跨院的，也有少数是清式楼房。门框左右各挂一块长方形的铜牌，上端用黑漆写着“一等”二字，下面竖写“清吟小班”四字。上门槛还挂有彩绸，垂在两侧，也有在铜牌上书刻妓女花名的。清吟小班妓女的居室陈设也相当讲究，而且都有贴身女仆。

二等妓院叫茶室，大门口设施与头等小班基本相同，但妓女房间、设施比小班逊色，茶室小班的主要区别在于妓女本身，如年龄、姿色、身材、装饰等。

三等妓院则比较简陋，无论房间家具等都较平常，除城南外，朝阳门东森里也有十数家。

四等妓院又叫土娼，除分布在四圣庙、花枝胡同、莲花河、小关胡同外，尚有崇文门外黄花苑、宣武门外培乐园、西直门外黄土坑等地，这些地方房屋陈设更加简陋，涉足者都是低层人士。

此时，尹福等五人已进了纱帽胡同，尹福问道：“班侯兄，哪个院子？”

杨班侯游目四顾，指着正东的一个跨院道：“应是这里。”

五人用轻身功夫跃过院墙，到了一个跨院，杨班侯低声道：“张宝忠告诉我是东首第一个院子，应该是这儿。对，没错，你们看！”说着用手向门框一指。

正是二更时分，夜深人静，月光斜斜地照在门上，明亮如昼，尹福等人一看，铜牌上“小桃红”三字分明。

五人目光一对，相互一点头，散开形成半圆状，马贵在中间，李瑞东、吴鉴泉居左，尹福、杨班侯位右。

一会儿，屋里传出一个女人的声音娇嗔道：“谁呀？”

马贵直着嗓子道：“小桃红，没听出来吗，我可是你的老相好呀！”

四人相顾莞尔，身形一展，吴鉴泉、杨班侯各守在门边，李瑞东和尹福则伏在了窗下。依旧是那个女人慵懒的声音应道：“怎么这么耳生呀？等着。”灯亮了，接着是穿衣的窸窣声，几声慌乱的脚步声响过，门闩一提，门开了，就见一个年轻女子立在门前，脂粉未退，衣衫不整，露着一片白生生的胸脯。一见门前的马贵，一双妩媚的眼睛中全是惊慌之色，刚要张口说话，马贵思忖：她一开口，这不叫沙弥远知道了吗？当机立断，掩着小桃红的口，一把将她拽出门外，自己跨进屋里。他拿眼角一扫，就见床下有一双男人的靴子，靠床的屏风后面露出一只男人的赤脚，马贵心念电转，放开了小桃红，猛喝道：“沙弥远，八卦门的弟兄在此，咱们今儿做个了断！”

马贵足尖微一用力，已然扑到屏风前，挥掌一扫，已将屏风劈碎在地。

就见屏风后的男人双目一瞪，恶声道：“找死！”一只手已迎面向马贵拍来。

尹福在窗外看得明白，叫道：“马贵，尽量别碰他的手掌，小心他掌上有毒！”

马贵遂将身一伏，一个转掌就绕到沙弥远的右方，一招“白蛇吐芯”击向沙弥远。旋踵间，尹福等四人已全部冲进屋中，合攻沙弥远。

几人之中只有尹福和李瑞东带有兵刃，当时在李瑞东家，李瑞东取了短剑防身，尹福的器械是判官笔，随身携带，而杨班侯惯用的大杆子、吴鉴泉的剑、马贵的乾坤圈全都不在身边，因此皆是赤手而来。

此时面对彪悍狠毒的沙弥远，五人在这狭小的屋中展开了恶战。

尹福擅使的兵刃为判官笔。这判官笔，也称状元笔，其形状一头尖细，一头粗圆，仿似毛笔，故此得名。笔身中间有一小孔，穿连着一个圆环，使用时将中指穿于其中，既可刺、戳、穿、点，也可保护掌心进行格架。

尹福脚下走的是摆扣步，转换时疾如闪电，步法轻灵；滚钻争裹，欹正相生；进退合宜，动静归根；双掌上下翻飞，一招“迎风穿袖”自左侧横扫沙弥远。

沙弥远一声冷哼，见尹福掌势凌厉，也不敢硬接，急忙变招，以“飞龙回身”让开了这一记掌风。一转身，正落在杨班侯的左后方，猛见杨班侯的一招“高探马”，左手一捋，右手握拳，迎面击来，发力刚猛，天风海雨，大有不死不休之势。

中国三大内家拳是为太极拳、八卦掌和形意拳，而当世三大内家高手：杨班侯、尹福、郭云深，正是这三大拳术的代表。

太极拳的动作连贯圆活，运转如意，处处离不开一个“圆”字，拳势运劲儿时总以圆形聚力。可杨班侯的拳势，却只见发劲儿，不见运劲，意即他的圈子越画越小，已小至看不见的地步，试问何人敢有一拼之力？

沙弥远亦是不能轻撄其锋，撤步拧身，用“子午步”勉力化开了这一招。刚刚喘息未定，却听吴鉴泉冷笑声响起：“沙弥远，接我的太极拳！”

吴鉴泉此刻已绕至沙弥远的面前。沙弥远不识得吴鉴泉，一见是个年轻人，便未将他放在心里，“怒从心中起，恶向胆边生”，左掌一晃，右掌“黑虎试爪”直袭吴鉴泉的面门。吴鉴泉以“大捋”卸开掌势，见沙弥远的右掌欲收，顺势向前一进步，左手一引，左足上前，膝盖左弓，右腿猛地蹬直，右拳轰然击出。

沙弥远没料到吴鉴泉功夫如此精纯，眼见吴鉴泉的拳风已至，却已无暇变招相应，被这招“进步搬拦捶”重重击打在胸口处。

霎时间，沙弥远感到胸口如被大铁锤硬撼一记一般，自己的掌势则被扯开，一种难受和有力难施的感觉忽地升起。

剧痛之下，沙弥远反而冷静下来。他本是一流的高手，只因刚才正与小桃红燕好情浓之际，被人闯进围攻，五人又都是内家高手，一时之间他摸不清五人的虚实，所以才在一个照面间，中了吴鉴泉一招。

此时沙弥远本应该暴跳如雷才是，可他毕竟功力深厚，猛摄心神，不但不再气愤慌乱，反而一颗心澄思静虑，审时度势，图谋突围之道。

沙弥远心中暗忖道：自己以为二十载苦修足可纵横天下，达到董海川、杨露禅、宋迈伦等前辈高手的境界，孰料自己究竟还是坐井观天而已！

倏地，就见他身子一晃，似要扑击左侧的尹福。

李瑞东一直在外围紧盯着沙弥远，纵览全局，此时一见沙弥远的举动，心中一紧，双目寒光大盛，厉喝道：“马贵小心！”

沙弥远冷冷一笑道：“晚了！”转身竟往右后侧疾冲，双掌呈翦翼冲天之势向马贵胸前横扫。

沙弥远老奸巨猾，他自知必须迅速打开五人合围的局势，否则今日他必死无疑。所以虚虚实实，想一举击退马贵，始有脱困之机。

马贵此时正转至沙弥远的右后侧，掌上使的是“顺步撩衣”，听到李瑞东的厉喝，又见沙弥远狠狠扑来，心中已有了计较，嘿嘿地笑道：“未必。”

马贵双掌一错，化为“脱身换影”，步法由蹚泥步改为摆扣步，上身让过沙弥远的掌势，下盘扣步前落时，却猛然用脚底横踩沙弥远的脚背，沙弥远急忙撤步避开。马贵得理不让人，步步急迫，紧接着以摆步前落换过脚，又横踹沙弥远的胫骨，沙弥远只得再退一步，被逼回了圈中。

李瑞东见状反身一个“撇身捶”打出，口中赞道：“马贵，好个出腿不见腿的八卦掌‘暗腿’呀！”

五人练的全是内家拳，似缓实快，稍沾即走，杨班侯和吴鉴泉以太极拳从正侧面进攻，尹福和马贵绕着沙弥远疾走，而李瑞东则以“太极五星捶”和“峨眉刺”乘机进袭，将沙弥远缠在了中心。

沙弥远久战不得脱，急得汗流浃背，心中已然发了毛，猛地一咬牙，一声断喝，就见他将手一扬，灯光顿时一暗。李瑞东在旁看得分明，高声喝道：“让开，‘暗青子’有毒！”

沙弥远的暗器是向迎门方向打出的，目的就是冲出屋子，见堵在门口的马贵一让，终于逮到机会，一个箭步冲出了房门。五人纷纷追到院中，见一条黑影在房上如星丸跳掷，几个起落便消失了踪影。

尹福暗地里跺了下脚，好不容易堵到了这个老小子，没想到还是让他跑了。

李瑞东也恨声道：“没料到这个王八蛋还有这么一手。”

杨班侯和吴鉴泉心中更是窝火，北京城最著名的几个武术家都在这儿了，居然没能把一个沙弥远给留下，说出去真让人笑掉大牙。

马贵走到尹福面前，面带惭愧之色道：“师父，弟子无能，竟把沙弥远放跑了，请师父责罚。”

尹福叹了口气，温言道：“这也不是你的错，你也别自责了，大家都没料到。”他突然一惊，盯住马贵的双颊，道：“马贵，你双眼怎么这么红？”

马贵一揉眼，奇道：“红？是吗？”忽地身子一晃，栽倒在地。

四人大惊，俯身看时，就见马贵全身寒战，双目火红，一头细细冷汗，表情呆滞，口吐白沫，光张着嘴，却说不出话来。

李瑞东略一检视，才在马贵的掌背上发现了一块色呈紫黑的印痕，不禁失声叫道：“不好，马贵中的是‘五毒神砂’！”

“五毒神砂？”

尹福、杨班侯、吴鉴泉三人面露惊惧之色，异口同声地问道。

李瑞东沉重地点了点头：“不错，前几年我在甘陕道上见过死在这种毒砂下的人，伤痕症状同马贵现在一模一样。”

杨班侯失声道：“这五毒神砂我听道上的朋友讲过，乃是四川唐大嫂将铁砂用五毒炼制，三年方成。打于人身，如中其毒，遍身麻木，如挂破皮肤，则流脓血不止，无药可救，甚是歹毒呀！”

尹福恨声道：“这沙弥远能练成毒砂掌，我早就应该想到同四川唐大嫂一脉有些联系了。”

吴鉴泉讶道：“刚才那沙弥远发铁砂时，我看见他是赤手，却为何无事呢？”

尹福摇头道：“他的手掌用五毒练过，如果不被刺破皮肤，他是不怕的。想来他平时是戴有手套，刚才事起仓促，手套不在身边。”

吴鉴泉道:“那他的东西想是还在屋中,我们进去搜搜,看解药是不是还在。”

几人赶到屋中，但见屋内已是狼藉不堪，那个妓女小桃红早已不知去向，几人一阵搜查，毫无所获。

尹福适才已在马贵手臂近心处扎了条布带子以阻止毒血回流，此时见并无所获，便道：“马贵不能再耽搁了，得赶快找个大夫，将毒势控制住。”

几人点了点头，吴鉴泉卸下一块门板，将马贵放到门板上，几人抬上门板，从后院走了出去，直奔名医叶潜家。

叶潜尚在梦中，被仆役叫醒，听说是尹福到了，抹了把脸，辫子都没来得及梳，就赶到前厅。一看除了尹福，李瑞东、杨班侯、吴鉴泉都在，赶紧抱拳为礼，再看到榻上的马贵，印堂已然发黑了。

叶潜不敢耽搁，挥手让仆人给四人上茶，让他们坐下休息，自己则轻轻打开马贵的手腕，静心号脉。叶潜号了左手又号右手，又看了看伤口，不一会儿，就拿起了笔，写了张方子，交给仆人，让他到前院抓药、煎药。然后，才满目忧色地对尹福道：“尹爷，马贵的毒不易治呀！”

尹福也是一脸忧色，问道：“怎么说？”

叶潜沉声道：“这中毒无外乎‘风’‘火’两种情况，这风毒是全身麻痹，造成全身肌肉麻痹、无力、抽搐，肺部不能呼吸，最后头颅也受其影响，窒息而亡。这火毒则是沿血液流窜，直攻心脉，伤口经久不愈。我这里都有药方，分别对症下药，以收清毒之效。可马贵中的毒，分明是风火毒并发，您看……”

说着话，叶潜一指马贵的身体，道：“他全身寒战，肌肉抽搐，面部毫无表情，分明是中了风毒，可看他的创口……”又将马贵的手上创口露出，继续道：“这儿已经出现血泡，周围则呈死黑色，心跳过速，又显然是火毒。这，这简直让我无法下手啊！”

尹福叹道：“不瞒叶先生，马贵中的是四川唐大嫂一脉的五毒神砂，求叶先生再想一想办法。”

叶潜低头沉思了一会儿，然后道：“我刚才给他开了一张方子，有抑制毒性发挥的作用，先给他服下试试。如果不行，就找我的至交，法源寺的刃心法师素来精研医理，尤擅毒伤，应该比我有些办法。”

尹福一喜，道：“刃心法师既精研毒伤，理应有办法才是。”

这时，仆人已将药煎好端来，叶潜亲自将药给马贵灌下，又取出三棱针刺入八邪、八风两处穴道，换过金针又刺人中、肺俞、劳宫、涌泉、中冲、足三里、内关等几处穴道，然后又摸了摸脉象，这才对尹福道："尹爷，我已经将马贵身上的毒暂时控制住了，不过，解毒可就远远谈不上了，我们还是去法源寺吧。"

尹福心情沉重地点了点头，向李瑞东等人道："忙了一夜，三位也够累的，我看，三位还是先回府休息吧。马贵这儿，叶先生已经将毒给控制住了，暂时没事，我们现在去法源寺，等几天我再到府上拜望。"

三人一看，事情也只能如此，便道了告辞。

尹福送三人出去，拉住李瑞东，道："李爷，我估计暂时脱不开身，麻烦您到我师弟程廷华那儿，把晚上的事告诉他，免得让八卦门的弟兄们挂念，待会儿就让他们到肃王府致远堂找我。"

李瑞东点头道："寿鹏，你放心，事情总有解决之道。沙弥远的行踪，我会着人打听，一有消息，立刻通知你。"

尹福紧握了一下李瑞东的手，一切话尽在不言中了。李瑞东、杨班侯、吴鉴泉三人各自回府，这里尹福和叶潜套上马车，带上马贵，直奔法源寺。

出宣武门往南到菜市口，再进教子胡同往南到头，拐进西砖胡同，就看见法源寺矗立在那里。法源寺是北京城历史最悠久的古刹之一。大唐贞观十七年，唐太宗李世民亲征高句丽，撤军回幽州时，在这里悼念因为征东而死的将士，于是决定在这里修建一座寺。贞观十九年下诏，历经高宗朝，到武后万岁通天元年才建成，秉承李世民的遗意，赐名悯忠寺。天宝十四年，安禄山在寺庙东南隅建塔，明正统二年，改名为崇福寺。清雍正十二年，被赐名为法源寺。

元朝的诗人张翥曾写诗赞道："百级危梯溯碧空，凭栏浩浩纳长风。金银宫阙诸天上，锦绣山川一气中。事往前朝僧自老，魂来沧海鬼犹雄。只怜春色城南苑，寂寞余花落旧红。"乾隆五十四年，乾隆皇帝亲自临幸，并赐御书"法海真源"匾额，还赐了一首御制诗："最古燕京寺，由来称悯忠。沧桑已阅久，因革率南穷。名允法源称，实看像教崇。甲寅创雍正，戊戌葺乾隆。是日落成庆，初春瞻礼躬。所期资福力，寰宇屡绥丰。"

两甲子之后，又是戊戌年，尹福与叶潜叩开了法源寺的大门。法源寺并排的三座大门，每座都是对开两扇，门顶上是厚重的屋檐，门与门之间是高墙，墙头上也铺的是琉璃瓦，中间的门是最大的，左右各有一只石狮子。

刃心法师得到通报，已经迅快地到法源寺门前迎接叶潜和尹福，两个沙弥将马贵从车上抬下。叶潜让马车等在门外，自己随刃心法师走进了法源寺。

一进山门，迎面而立的是天王殿，左右钟鼓二楼掩映在苍松翠柏当中，一株文官果树长得茂盛非凡，尹福不由得多看了几眼。刃心法师道：“这是株奇树，先开花后长叶，花瓣为白色，斑点由黄变红，果实可食。因为它的花朵像古人束发的冠，得名‘文冠’，好事者又谐为‘文官’。”

尹福等人穿过天王殿、大雄宝殿、悯忠台、净业堂、大悲坛，走进藏经阁，即见银杏一株，枝叶婆娑，荫覆半院，阶前种着两株西府海棠。出了藏经阁，就来到后面一座幽深的庭院，翠藤拖曳，幽雅素净。

走进堂中，却见是硬木桌椅，一张木床，摆着几个书柜，堆满了佛经典籍、唐诗汉文诸书。

叶潜在旁道：“刃心法师，马贵的毒伤，您看如何处理？”

刃心法师俯身看了床榻上马贵的伤口，由于经过叶潜的处理，毒气暂时没有蔓延，但伤口黑紫，一股臭气扑鼻而来。刃心法师微皱眉头，低头一阵沉思，尹福和叶潜不敢打扰，室内顿时一片寂静。

良久，刃心法师抬起头道：“事到如今，我也只能试一试了。”

刃心法师站起身来，让尹福、叶潜稍待，自己却走出屋门。不一会儿，刃心法师回来，手中托着一个锦盒，打开锦盒，从中取出一枚大如李子、色泽黑暗的药丸，顿时一股腥臭扑鼻而来。

刃心法师慨叹道：“这枚药丸我已珍藏多年，一向不敢轻用，老实说，若非这位马施主伤得如此严重，我也不会取出。”

尹福问道：“这是什么药？”

刃心法师微微一笑道：“这是老衲采集十三种毒物，费时三年才炮制出的丹药‘一点雪’！”

尹福大惊道：“采集毒物制成，岂非是毒药，怎么可以轻试？”

刃心法师道：“这五毒神砂本无解药，何况此时马施主命在顷刻，已然经不起任何耽搁，性命既已难保，又何不放手冒险一试，以毒攻毒！”

尹福一时无语，五内如焚，不禁求助似的望了叶潜一眼。叶潜也是沉吟，见尹福向他望过来，便无奈道：“刃心法师言之有理，马贵的生机将绝，不如死马当活马医，置于死地而后生。”

尹福听叶潜亦如此说，不由得长叹一声，道：“请大师施药。”

刃心法师于是撬开马贵的嘴，在尹福焦虑的目光中，将这颗“一点雪”灌了下去，然后将马贵身子放平，才对尹福和叶潜道：“是否成功，还要到三天后才能知道。我们且先出去，这里自有僧人照料。”

尹福眼见事情如此，也别无他法，便和叶潜答应一声，准备退出房门。一转身，尹福忽然看到东墙上挂着一幅字，上书：“无端过去生中事，兜上朦胧业眼来。灯下骷髅谁一剑，尊前尸冢梦三槐。金裘喷血和天斗，云竹闻歌匝地哀。徐甲傥容心忏悔，愿身成骨骨成灰。”落款是“戊戌岁初游法源寺，录旧作一首”。字体刚健，运笔如飞。

尹福平日对于佛学道藏多有涉猎，此时一读此诗，不禁惊呆了，思忖着：这作者是谁？此诗写得沉郁哀艳，字字都是有道之作，最末两句“徐甲傥容心忏悔，愿身成骨骨成灰”透露出了此人为求大成果而不惜粉身碎骨的大志向，实在是不得了的胸襟呀！

刃心法师见尹福注目诗作，良久不移，便问：“尹施主也喜此诗？”

尹福忙道：“不敢，让大师见笑。在下只是觉得此人对佛道之学钻研甚深，但为人却又气魄甚大，因此不免多看了几眼，但不知此诗出自哪位居士之手？”

刃心法师微笑道：“此人是老衲的一位方外之交，乃是湖北巡抚谭继洵之子，谭嗣同。”

尹福惊道：“原来是壮飞先生，果然出手不凡！壮飞先生天纵奇才，豪情如雪，我一向是很佩服的。”

刃心法师笑道：“平素不知尹施主对佛经也有心得，老衲就此诗倒要请教一二。”

尹福摆手道：“在下焉敢在大师面前妄言。”

刃心法师道：“无妨，无妨。”

尹福又定睛看了一遍，用手一指壁上的诗作，道：“佛门说三世转生，是谓三生。《集异门论》说三世是过去世、未来世、现在世。白居易诗有‘世说三生如不谬，共疑巢许是前身’。谭嗣同先生写‘无端过去生中事，兜上朦胧业眼来’，自然是指前生之事，无始无终的，忽然显现此生。佛门所说的生死轮回，是由‘业’决定。‘业’包括行动上的‘业’，就是‘身业’；语言上的‘业’，就是‘口业’‘语业’；思想上的‘业’，就是‘意业’。业有善有恶。由‘业’生出的是‘业力’，是指善恶报应的一种不可抗拒的力量，这种力量来自‘业因’,达成‘业果’‘业报’。‘业因’是前世给今生的报应。由于前世有‘业因’，所以前世的无始无终的许多事，在朦胧之间，尽入眼底。当今太后和朝堂上小人们，逆天行事，歌舞升平，只是想盘踞高位，位三公而对三槐，满朝行尸走肉，一如《庄子》所指的‘骷髅’，早该把他们清除。贾岛的诗说：‘撞钟饮酒行射天，金虎蹙裘喷血斑。’在小人在位、违反天意的时局里，我跟他们展开一场苦战，悲歌慷慨，动地而来，但这又算什么？生在鼎食之家，我的一切都得自吾土吾民，我不是我，我只是一具枯骨，今天在尚有血肉生命的时候，我要忏悔，我要发愿牺牲自己：愿我的肉体化为枯骨，枯骨化为灰烬，为百姓献身。”

刃心法师连连点头，口宣佛号：“阿弥陀佛。”

尹福又赞道：“这诗的整个意思落在最后‘徐甲傥容心忏悔，愿身成骨骨成灰’上。这是用晋朝葛洪《神仙传》的典故。徐甲是老子的仆人，跟了老子许多年，可是从没拿到薪水，有一天他忍不住了，向老子算总账，说老子欠他多少多少。老子一言不发，把徐甲化为一具枯骨。这时徐甲恍然大悟：他清楚知道，原来自己只不过是一具枯骨，他的血肉生命怎么来的，还不明白吗？区区人间小事，还计较什么。于是他忏悔了。壮飞先生引徐甲的故事，是说他要为大目标奋斗，只有大目标，才有意义，其他人间小事，都是没有意义的。”

刃心法师双手合十，道：“善哉，善哉，尹施主真是谭居士的知己。此诗老衲反复读了数遍，终因身在方外始终无法体会出谭居士的磅礴心境。”

尹福谦声道：“尹寿鹏一介武人，怎敢妄自揣测壮飞先生的胸怀，只是就诗作表面胡言几句而已。不过，对于壮飞先生为国为民的心境，我是更加佩服了！”

尹福同叶潜告辞，刃心法师将他们送至法源寺门前。

叶潜见尹福面带忧色，双眉微皱，便安慰道：“尹爷不必过于担心，出家人以救人为本愿，刃心法师既然敢用药，必然有几分把握，若无把握又怎会轻易以马贵性命冒险？尹爷还须耐心等待。”

尹福叹道：“但愿一切如叶先生所料。”

第九章

红粉相逢客 忽遇卖花卿

尹福在法源寺与叶潜分别之后，放缓脚步向前行去。正是朝阳初升，行抵宣武门外，尹福觉得腹中有些饥饿，见路旁矮屋之前飘挂着一个圆形招子，心想：先到那边吃点东西再说。

尹福几步来到近前，店前搭一席棚，红布围子已经褪色，店内并排摆着六张小方桌。尹福心想：此处如果不是靠近城门，真是难得有生意。

这时最里边的一张，已经坐着三位客人。尹福很奇怪，天光尚未大亮，吃饭的人还不少。尹福随便找了一个靠门边的座位坐下，与最里边的三人正呈斜对角度。店主是一对朴实的中年夫妻，一见客人上门，急忙过来招呼。尹福要了份炒肝，几个小包子，又要了碟灌肠。女店主先将筷碟送上，并端了一杯热茶摆在尹福面前。

正在此时，一阵蹄声忽骤，顷刻之间到了店外，蹄声戛然而止。众人不禁齐齐注意外面，始才看清是一匹枣红色的良驹，同时，听到一个清脆的声音道："掌柜的，借桶水饮马好吗？"一位俊俏的小伙子，正由马背上飘身而下。只见他穿一件二蓝直罗的夹袍，里面是玄色宁绸的套裤，打着极挺括的裹腿，簇新的双梁缎鞋白布袜，头上戴一顶青缎小帽，帽檐上缝着个碧玉的"寿"字。但那鹅蛋脸、悬胆鼻、灵活的眼睛，明眼人一眼就可以看出这是个女扮男装的姑娘。

男店主边忙边笑应道："水桶在席棚边柱子上挂着，您随意用。"

尹福听着声音很熟，抬头仔细一看，原来正是刑部尚书廖寿恒的孙女廖映雪。廖映雪此时也看到了尹福，惊喜地喊道："尹爷。"

尹福连忙站起，道："廖……廖公子，这么早你怎么到这儿了？难道又出京了，刚刚回来？"

廖映雪咯咯一笑，清晨静谧，银铃似的声音显得尤为动人，道："尹爷真是猜得准。不过在这地界儿，您可别叫我公子了，称呼我为映雪就成。"

廖映雪把水桶送到马前，身子一扭，就坐到了尹福的桌旁。

廖映雪嘻嘻笑道："您怎么这么早在城门外吃炒肝？"

尹福对这个姑娘很头痛，又不好不回答，只得含混着说："我一个朋友住在法源寺，昨晚我去探望他，所以就住在那里了。”

适在此时，忽听店内最里边三位酒客之一道：“就这么办，我先行一步了。”说着，便闻立起声与坐凳移动的轻响声。

尹福无意中向后扭头一看，见此人年龄约在四十岁以上，身体臃肿行动蹒跚，身着一件旧短夹袄，腰间系着一根带子，头上戴着一顶帽子，压得很低，遮去了多半张脸，想是由于饮酒过多，发着赤红色，胸前上端两个扣子未扣，上胸袒露，亦呈赭红之色，步履不稳地向店外行去。

廖映雪亦被此人醉醺引起注意，向那边看了一眼，皱眉道：“大清早的喝什么酒？”

醉汉行未几步，猛地一个踉跄向前抢出，正斜向尹福坐处撞来。尹福正想伸手，见他右手一碰尹福桌角，身子晃了两晃，又自行立直，嘴里尚含糊不清地道：“我没有醉，倒不了，倒不了，他们才醉了哩……”

接着，见他左脚向前又一迈步，无巧不巧的，左脚正碰在店门下之木槛上。这次重心一失，见他抢出两步仍未立稳，全身疾然向廖映雪撞去，并在他身子前行之际，双手如钩交替着向廖映雪腰间抓去，同时嚷道：“我实在没有喝醉，是门槛他妈的拉我的脚……”

尹福见状心中一动，暗忖：这不是“武松醉跌”中的武醉招数吗？

廖映雪由于变生仓促，突遭袭击，一时间略显慌乱，匆忙中猛一闪身，堪堪避过双掌，面色一红，叱道：“你这人怎么如此无礼？”

醉汉最初抢出的姿势，是异常疾猛，只见他单手向地面轻轻一点，仅抢前一步，又巧妙地立起，醉眼乜斜，含糊地一笑，道：“俺没醉，俺今天不过多喝了一点儿，怎能说是无礼……”说着身子一晃，上半身随着画一半弧，右手由腋下疾伸而出，又向廖映雪抓去，这一仰脸，整张脸露了出来。

廖映雪疾挥一掌，啐道：“原来是你！”

那醉汉也不答话，仍是东摇西摆一溜歪斜，但是出手竟分外狠辣。廖映雪虽然掌腿齐出，动作如风，但亦未占到半点便宜。这时，与醉汉同桌的二人，也都走出店外，立在席棚之下，店主夫妇已吓得手足无措，在屋内团团打转，不知如何才好。只有尹福仍是静坐原处未动。在那醉汉与廖映雪初一交手之时，尹福本待出手，但见廖映雪与那醉汉过了数招之后，尹福便放下了心，那醉汉固然招数狠辣，但廖映雪却尽可应付得来。

醉汉中指、无名指、小指弯曲，拇指和食指张开略屈，形成蟹钳状，乃是醉拳中有名的“顶心拳”，手法以点拳为主，包括点、击、掐、闯、压、带、格、缠八种技击法，两手如矢，跌滚翻扑，在一招“借杯敬酒”后，猛一回头喝道：“你们先把她的马废了。”

与醉汉同来的两人，均在三十岁年纪，短装打扮，二人互看一眼，直向廖映雪那匹枣红骏马扑去。前面一人伸手想抓马缰，后面之人已迅捷地自腰间摸出一把雪亮匕首。

在前面之人手指即将接近马之际，突见一个人影蹿出，立掌如刀，击落了后面之人的匕首，口中道：“二位何必同一个哑巴牲畜过不去。”身子一旋一转，四指微屈，虎口圆撑，一招“青龙现爪”直击那人的面门，正是八卦掌的成名招数！尹福终于出手了。

廖映雪见尹福出手相助，心中一喜，没了后顾之忧，动作愈加绵密。双手一分，打的是峨眉余家拳中的一路“攀花拳”，其动作模仿蜂蝶飞舞花丛之态，轻盈灵巧，纵跳闪躲，沾手连发，连连抢攻。

那两人哪里是尹福的对手，二人夹攻尹福，本以为可以抵挡一阵，却没料到在尹福的左旋右转之下，顿时失去了攻击重点，被尹福接连的两掌打翻在地。

醉汉看那两人被尹福击倒，猛地一下收了式子，不打了。

此时醉汉满面怒容，已毫无适才醉醺醺的样子，看了两个同伴一眼，又深深看了尹福一眼，嘴角微微一动，欲言又止，却转头对廖映雪道：“丫头，没想到你在这儿还有个帮手。不过这件事没完，秦天羽、宫九公两位爷要我告诉你，今天晌午之前，他们在德胜门外马店等你，如果你不去，二位爷自会去峨眉山找知真老和尚算账……”

廖映雪见他看破了自己的男装打扮，将嘴一撇，道：“本姑娘难道害怕了那两个老怪物不成？”

那醉汉恼怒地哼了一声，将两个同伴架起，一探鼻息，知道两人只是晕过去了，回头对尹福道：“谢阁下手下留情。”带着二人如飞而去。

廖映雪一见尹福，难为情地含笑道：“多谢您啦！”然后，螓首微垂，双手揉着衣角，显得非常忸怩，刚才在打斗中的那种刁钻泼辣之态，丝毫皆无。

尹福暗忖：这个姑娘真是奇怪，性格更是不可揣测，在顷刻之间，竟判若两人……

廖映雪忽地双手抱拳，装腔作势地学着江湖口吻道："多谢尹爷相助之恩，山高水长，永铭在心。"又俏皮一笑道，"您看我像江湖上的豪杰吗？"

尹福被她逗得一笑，道："江湖都是我们这些粗人混饭吃的地方，如果有办法，没人愿意跑江湖。姑娘出身官宦世家，又是书香门第，又何必与江湖上的俗人相比。"旋又皱眉道："姑娘为何会与这般武林人物发生纠葛？"

廖映雪偏头咯咯一笑道："那才好玩呢，昨天您和张三爷走后，我妈要到通州给我姨母送一块衣服料子，我跟着一起坐车去。我嫌气闷，换了男装，出了永定门就改骑马。刚到通州，在大街上见刚才那个醉汉丁暮阳仗着是荣禄府的侍卫，吃东西不给钱，我看着气不过，半夜在他身边抢了一个小布包，不知里面是什么。结果他们死缠活缠，非要想再夺回去，我就偏偏不给他们……"

廖映雪边说边从腰间取出一个小布包，打开一看，是一方砚台，砚作古琴之形，砚面内凹，砚池和砚堂相通，砚池雕有螭纹，托在掌中，雕工精美，在阳光下一照，文雅可爱。

廖映雪顿时发出了一声惊叹，道："好漂亮的琴砚，难怪那些人紧追我不放了。不过这是文人书房里的东西，这些练武的人要它作甚？"

尹福却已经愣住了，他虽然没有见过这件东西，但看这件东西的形状和质地，分明就是皇宫中丢失的那件至宝松花琴砚，整件东西与太监王商描述的一般无二！

尹福轻嘘了一口气，肃容道："请给我看一看。"

廖映雪见尹福紧盯住她手上的东西不放，很是奇怪，便道："我不过觉着好玩，但是我并不稀罕此物，听说这东西还有很多用处呢，你如果喜欢，我就送给你吧。"说罢便递给了尹福。

尹福诚恳道："我不是喜欢这方琴砚，而是它可能关系着一件朝廷中的大事。"

廖映雪听了很是疑惑，两只乌溜溜的眼珠询问似的看着尹福。

尹福将松花琴砚拿在手中，在砚池中的螭纹上轻轻摸了摸，感觉有一些松动，心中一喜，用力一按，一声轻响，琴砚果真从侧面裂成了两片！

廖映雪在旁惊讶道："原来这里面还有机关呢，可你怎么知道的？"

却见尹福面色凝重，轻轻将琴砚分开，里面空无一物，密诏不见了！

尹福心中骤然一阵悲凉，他心中本存在着万一的想法，希望荣禄虽然盗去了松花琴砚却不懂打开机关的方法，密诏保证不失。眼下看来，密诏已经被人取走，松花琴砚虽然落回自己的手中，可是没了任何意义。

廖映雪看尹福神情变得非常阴沉，忙问道："尹爷，你怎么了？"

尹福忙收摄心神，摇首道："没什么，廖姑娘，这件东西乃是皇宫之物，你还是交给我收着，还回宫里，以免给你惹来祸端。"

廖映雪瞥了尹福一眼，见他说得郑重，笑道："那好吧，我本来准备送你了，你爱怎么办就怎么办吧！"

尹福又问道："刚才那醉汉所说的秦天羽、宫九公是何人，为何要插手此事？"

廖映雪道："听师父说，秦天羽久居新疆，很少离窝外出；宫九公为甘凉道上有名大盗。二人是师兄弟，同是鹰爪门的拳术传人，一个是凶残寡情，一个是狠毒暴戾。那个醉汉丁暮阳好像是他们师父的侄子。"

尹福微微一笑道："没想到姑娘的武林见闻多胜尹福，日后有暇愿多多指教。"

廖映雪脸色一红，道："师父虽然不让我走江湖，但他对我讲述的武林掌故很多，我对此二人记忆较深。师父说秦天羽为人黑心孤僻，终生只有一个弟子，有一次偶然触怒了他，被他当场以鹰爪力杀死，因此如今他无一传人。秦天羽和宫九公曾在甘凉一带劫杀一家富户，于一夜之间屠杀三十一条人命，凶残无比。此事当时震惊遐迩，汉中大侠胡九曾对其搜捕，但由于他能事先见机，逃避无踪。"

尹福惊道："这两人如此凶残，姑娘如何应付？"

廖映雪螓首又微微一低，轻声道："你很关心我啊？"

尹福一愣，半晌才道："我只是担心姑娘不是他们的对手。"

气氛一时有些尴尬，尹福暗自思忖：密诏没有下落，这秦天羽、宫九公、丁暮阳明显又是被荣禄笼络的武林高手，恐怕又是沙弥远引荐而来，我应当去会一会他们，探探情况。况且廖映雪一人面对这两个凶人也实在让人不放心，我还是陪她走一趟吧！可是这……尹福又看了廖映雪一眼，目光正好与廖映雪一碰，尹福没来由地感到一阵心慌。

廖映雪岔开话题道："不过秦天羽、宫九公二人一向不在一起，今天同时在京城露面，此中因果真是无法猜到了。"

尹福叹道："依我看，两人的野心远不止于此。"

廖映雪盯住尹福，怀疑道："你好像知道很多事？"

尹福微笑未答，却道："左右无事，我陪姑娘到德胜门外走一趟如何？"

廖映雪一喜，雀跃道："当真？我早就知道尹爷不是无情之人。"话音一落，才醒悟大有语病，面色又是一红，低下了头。

尹福轻咳了一声，向店主道："算账。"

出德胜门外便是马店。明朝时朝廷常和蒙古部落进行茶马交易，由于地处北郊，且水草丰美，这里逐渐成为季节性贩马的集散地。康熙年间，这里渐渐形成村落。乾隆年间，从蒙古进贡的马匹都圈养在此地，供上驷院的官员挑选，剩余的大部就地变卖。人住店、马入圈的旅店应运而生，因此获名"马店"。嘉庆、道光年间，部分马店南迁至关厢一带。贩羊业继而兴起，羊店存栏总数最高达万余，逐渐成为集市，但大部分仍很荒凉。不知为何，廖映雪非要换回女装，尹福只得陪她找了家客栈换了衣服，二人赶到这里时，刚过辰时，远远望着丁暮阳正在集市外的柏树林前站着。

丁暮阳见两人到了，对廖映雪道："算你丫头识相。"又看了尹福一眼："这位爷看来是铁了心要蹚这趟浑水了。"

廖映雪冷笑道："别以为你拿那两个怪物压我，姑娘就怕了，我只是不愿意给师父找麻烦而已。"

丁暮阳不悦地道："丫头，你既然来了，一切恐怕都由不得你了。我问你，那方琴砚在哪里？"

廖映雪反唇相讥道："姑娘爱放哪里就放哪里，天宫里，地府里，土地爷爷眼角里，你管得着吗？"

丁暮阳面带怒容，只有尹福暗中忍俊不禁。

丁暮阳怒道："你知道那是何人之物吗？"

廖映雪回答道："天下物是天下人所有，在谁手里就是谁的，哪能硬为它固定一个主人呢？"

丁暮阳厉声道："丫头，你知道你坏了我家大人的大事吗？"

廖映雪冷笑道："许你们抢别人的，不许姑娘抢你们的吗？"

丁暮阳气愤至极，忽听一声轻响发自身后，接着一阵哈哈大笑，声震丛林、响彻云空，飞鸟纷纷惊离窝巢。笑声一停，廖映雪面色突变，遂闻有人沉声道："好个牙尖嘴利的丫头，我说这丫头胆子这么大，原来寻了个男人给她做帮手。"

廖映雪连羞带气，俏脸由红变白。

尹福疾然回头，见在两丈之外站定两人。尹福在未转身之前，由声音的浑厚，猜想发话之人必是一彪形大汉，及至看清，恰恰相反，原来发话之人，是一又瘦又矮的干老头儿。一件土布大褂仅及膝边，下巴上留着一撮疏黄的山羊胡子。旁边站着一个满头白发、皱纹满面的高大老人，右手拄着一根九节杖，两眼看着尹、廖二人。

矮老头儿站在旁边，仅达到他的胸间。

丁暮阳上前深施一礼，问候道："秦老前辈，宫老前辈。"

干老头儿宫九公并未在意尹福，只大咧咧地对廖映雪道："你是峨眉山知真和尚的徒弟吗？"

廖映雪冷静地打量了下对面之人，道："是怎么样，不是又怎么样？"

宫九公微哼一声，道："丫头，你说话要留神一点儿，老子可不是丁暮阳……"

宫九公尚未说完，廖映雪即插嘴说道："姑娘看你们全是自充尊长，倚老卖老的老家伙，教人见了就恶心……"

忽听一声断喝，一股劲风疾扑而至。宫九公一闪而到，右手猛向廖映雪左肩抓去，声到人至，先来一个措手不及，廖映雪顿时慌乱。正在此际，廖映雪忽觉左腕被人一带，不由自主地横跨五步，尹福仍立面前，但宫九公右手竟然抓空，正对尹福怒目而视。

这时，那高大老人秦天羽立在原地说道："阁下好俊的八卦掌功夫，不知怎么称呼？"

尹福向秦天羽微一躬身道："在下尹福。"

只见宫九公一阵大笑，侧面向秦天羽道："今天可凑巧啦，正好遇上董老公的徒弟。"秦天羽并未答话，仅在鼻孔中哼了一声。

宫九公面带愠怒地问尹福道："八卦门的人如何会与峨眉派攀上交情？"

尹福亦略带不悦道："同为武林同道，这还不够吗？"

宫九公一声怒叱道："小子，我先给你来个以武会友。"说着，身子微晃，手脚齐发，一口气向尹福击出一掌，端的是快疾无比。

尹福猛转疾闪，还了一掌，二人往复拼斗，瞬息之间对拆二十余招。

鹰爪门拳术，属于象形拳。因鹰为猛禽类之一，性子凶猛，鹰爪锋利，鹰爪拳是运用爪的抓力，所以鹰爪拳与别家拳术迥异，以抓打擒拿，分筋错骨为主。

尹福暗忖：今日之事恐难善了，即使与宫九公分出胜负，那秦天羽又不知纠缠至何时方休。

正在宫九公击出三爪，疾然扑来之际，尹福双足一点，身子倒拔而起，疾然仰身向后画一半弧，在适当部位又疾转身，向秦天羽扑去，一边大喊道："秦天羽你也一同来吧！"

秦天羽猛一晃身，呼的一声挥出一杖，口中骂道："好小子，老子不找你，你倒先伺候起老子来啦！"随着连挥三杖，将尹福迫落在一丈之外。接着舞杖如风，一片杖影，向尹福罩去。

于是，三个人影将整片空场全部占满，杖风呼啸，掌影如山，但是尹福周旋于两大高手之间，毫无半点吃力之态。

十余招之后，杖风掌风声音更大，立在场边观战的廖映雪，几乎已无法立足。

尹福用眼角一扫，见廖映雪面色苍白，心知她抵受不住杖风掌风的冲击，掌势不停，口中喊道："廖姑娘，你先走！"

廖映雪却宛若未闻，面色虽然更白，却依然在侧柏旁挺立着。

打斗到百招上，宫九公大喝一声，全身疾如风车般一旋，横着转出五步。在此一旋之间，已由三种角度猛力抓出三爪，尹福突觉有三股劲力，如同三个敌人，由三处不同方位急袭而来。

尹福猛退三步，同时双掌亦交互拍出，此时所处位置，正在宫九公与秦天羽之间。秦天羽一眼看出便宜，嘿然一笑，道："小子，再接老子两杖。"接着嗡然一响，"横扫千军"拦腰击来，尹福单脚一点，来杖扫空。秦天羽健腕一抖，九节杖在空中画出一道圆弧，中间毫不停滞，由"横扫千军"一变而为"泰山压顶"，直向尹福砸下。

尹福人影一晃，一声巨响，九节杖砸在地上。秦天羽手腕再抖，九节杖拔地而起。

秦天羽还没来得及变招，尹福已力贯右臂，疾伸右掌，猛向杖头击去。嘭嘭两声大响，秦天羽的杖头被尹福掌力击断，宫九公被尹福两掌震得疾退三步，顿觉内脏翻腾，血气上涌。尹福这时仍然卓立当地，瞅着对方，含笑不语。

秦天羽目射箭光，沉声道："好小子，有你的，今天算是阴沟里翻了船，这笔烂账咱们搁着以后再算。"

说罢，又回头瞪了丁暮阳一眼，道："丁暮阳，咱们走啦，还等什么？"

丁暮阳迟疑道："可大人交代的东西还在这丫头手里。"

宫九公冷哼道："这你担心什么，沙大爷自有安排。"

丁暮阳不敢再说，随后二人身形一晃，绝尘而去。

待秦天羽、宫九公、丁暮阳三人去后，廖映雪一纵上前，双手紧握着尹福的手臂，激动地道："尹爷，你真了不起。"

尹福手臂突被廖映雪一双小手紧紧握住，同时感觉到一股幽香直冲鼻端，顿时满面通红，窘态毕露，急得半个字都说不出。

廖映雪也同时发觉自己一个黄花少女竟去抓住一个男子的失态行为，赶紧放手，一时羞得抬不起头。

还是尹福先行开口说道："廖姑娘，我没事。"

廖映雪笑道："你的功夫可真俊，真没想到，秦天羽、宫九公名气虽大，还是败在你的掌下，落荒而逃。"

尹福面露苦笑，道："你错了……"说到这里，他脸上忽地涌起一片青色，寒战不已。原来，刚才他已受了暗伤，他怕廖映雪见了受惊，一直咬牙强忍，但这情形又有谁看不出来？廖映雪与他相隔二三尺远，却也能感觉到他身上散发出的寒气，大惊道："你……你……这是怎的了？"

尹福默默解下上衣，只见肋下有一个深蓝色的爪印，宛若用靛青绘在身上一般，煞是可怖。尹福用手按住伤口，忍痛冷笑道："好个鹰爪掌力！"

廖映雪见了他身上的掌伤，顿时脸色变得苍白，眼眶中泪珠莹然，道："你……你受了伤，重不重？"

尹福摇了摇头，并未回答她的话，反问道："刚才在动手时，我要你离开，你为何不走？"廖映雪不假思索道："你为救我与人搏命，我帮不上忙，已是惭愧至极，哪有再一走了之的道理？”

廖映雪眼圈一红，哽咽道：“此事是因我而起，你若有个闪失，我……我又有何颜面活下去……”

尹福听她说得又是诚挚又是伤心，不由得大为感动，胸中一热，牵动肋下的内伤发作，只觉得天旋地转，喉头一咸，猛地喷出一口鲜血。

廖映雪见状大惊，尹福正想劝慰几句，突然体内寒气攻心，一口气几乎喘不过来。尹福鲜血喷出，胸口反而觉得有些松动，顾不得说话，忙盘膝坐在地上，催动丹田中的氤氲紫气，将鹰爪掌力的阴寒之气逼出来。一会儿，尹福头顶便如蒸笼一般有白气冒出，廖映雪不敢打搅，在一旁紧张地看着他。只见尹福肋下的深蓝色的掌印，在内气功的运转之下，渐渐由深转浅，自青而灰，终于消失不见了。

尹福缓缓站起身，才发现自己的衣衫都被汗水湿透了。

廖映雪见尹福的脸色虽依然苍白，但眉心笼罩的那层青气却已消退，知道他行功疗伤完毕，忙问：“伤得怎样？可……可全好了吗？”

尹福起身掸了掸衣上沾的尘土，淡淡一笑，道：“鹰爪掌力，当世有几人消受得起？这次总算我命大，死不了啦！”

尹福抬头看了看天，不知不觉已过了多半个时辰，太阳已升在当头，便向廖映雪道：“已经快中午了，这便走吧。”

正是中午时分，秋老虎的骄阳，炎热难当，往前行去，一会儿二人都出了汗。廖映雪见眼前有几棵大槐树，遮成了大片阴影，难得有些凉意，她看了尹福一眼，喘了一口气道：“在这里歇一会儿吧！”

一阵风吹了过来，廖映雪笑道：“好凉快！”往前面走了几步，便往摆在树荫下的一条长板凳上坐了下来。

一对老夫妇在卖酸梅汤和西瓜，切开的西瓜，红彤彤的脆瓜瓤儿，一个小孩用蒲扇来回扇着，撵着苍蝇。

“我要喝酸梅汤！”廖映雪小声地在尹福耳朵边上说。尹福看廖映雪面上一层细汗，却并不是很焦渴的样子，见廖映雪正关心地看着自己，心中一动，思忖：难道她是怕我伤后太辛苦，所以才要歇息？

尹福心中不禁一颤，感觉有些局促，忙向那小孩招招手，唤来两碗酸梅汤。他故意躲开了廖映雪的眼光，目光特别注意这两只碗干不干净，如此一来，这两只碗倒是非干净不可了。二人轻啜着酸梅汤，廖映雪连喝带笑，叽叽嘎嘎地向尹福说个不停。正在此时，身后忽然传来乱蹄践踏声，两骑快马风驰电掣地已来到了眼前。

马跑得太快了，马上的人像忽然想到了什么，陡地收住了缰绳，长嘶声里，两匹牲口频频打转。德胜门城外的官道上，顿时弥漫起大片尘土，看上去就像是悬挂在当空一面极大的黄色纱帐，久久不散……

骑在马上的两个人，头戴着大草帽，满脸阴诡彪悍之气，随着团团打转的马势，有意无意地向着尹福和廖映雪的面上看了几眼，随即叱呵一声，各自策马而去。转瞬间，便剩下了两骑背影。

廖映雪转向尹福，狐疑道："这两个人是跟着我们的？"

尹福眉头一紧，道："还不知道，不过就快要知道了！"说罢站起来，往桌子上丢下几个制钱，笑道："廖姑娘，我的伤已经没事了，我们走吧！我请你吃蒸羊肉。"

廖映雪用意被拆穿，脸上不禁一红，道："我早就知道你没事了，我其实就是喜欢喝酸梅汤。"遂端起碗来，将酸梅汤一饮而尽，笑嘻嘻地说："走吧！"

京城的蒸羊肉以德胜门关厢路西的最为有名。蒸羊肉发明人为道光年间的薛三巴，清真教人，就住在德胜门外马店。京城有仿制薛家的蒸羊肉，但味道远不如薛家所做。薛家的蒸羊肉，乃是选取极精致羊肉，切成大方块，生肉上抹好黄酱，加花椒五香料，入瓮闷渍三日，取出上屉蒸熟，此时味已浸透，入口酥化，仿佛吃乳酪。

奔波半天，廖映雪感觉吃到了一顿最合乎自己口味的饭菜。坐在薛家的羊肉馆里，透过敞开的窗户，偶尔有一阵风吹来，却驱不散眼前的酷热。

尹福和廖映雪二人都已吃饱，喝着茉莉花茶。

廖映雪看着尹福，微微含笑道："好了，尹爷，你总可以告诉我了，我抢丁暮阳的那方松花琴砚究竟隐藏着什么秘密？"

尹福摇了一下头，悦声道："现在还说不准，再等等看看……"

廖映雪道："秦天羽、宫九公多少年没有在江湖中露面了，如今为这方琴砚竟然亲自动了手。还有他们两人说的'沙大爷自有安排'，这沙大爷又是谁？"

尹福道："你听得倒仔细，不过我还是不能告诉你，因为有些事我也没想明白。"

廖映雪哼了一声，斜过眼睛来，睨着尹福只是笑。尹福那湛湛神采的一双眼睛，却始终向隔有一层竹帘外的官道望去。外面人声嘈杂，有些闲人在薛家羊肉馆的门口行拳猜酒，原已乱作一团，在这么多嘈杂的声音里，廖映雪却听到了另一种声音，声音虽然不大，却清新诱人。

那是叫卖鲜花的声音，清脆地喊道："清香淡雅的秋海棠！"

廖映雪笑靥可人地望着尹福道："你可以为我做一件事吗？"

尹福笑道："买花？"

廖映雪诧异道："你怎么知道？"

尹福微笑道："因为我也听见了！"

尹福不但早已听见，而且也看见了。透过竹帘的丝丝空隙，尹福虽不能看得十分清楚，却也有七分轮廓。一身青布衣裤，腰上扎着根彩带，个头儿偏高一些，肤色略黑，身后拖着一条大辫子，正是个卖花姑娘。她手里挽着个花篮，像是一只飞舞花丛的蝴蝶，一会儿东，一会儿西，把一串串淡雅清香的秋海棠，送到了客人手上。

这只"燕子"终于来到了帘外，清晰地呼唤道："买花呀，秋海棠！"竹帘半掀，探进来卖花姑娘半个身子，娇笑道："这位爷，姑奶奶，要不要秋海棠？新摘的，好香！"

廖映雪才点了一下头，她便进来了。黑红黑红的一张脸蛋，嵌着双活溜溜的大眼睛，眉毛又黑又细，怪机灵的样子，甜甜地一笑，道："要花吗？"便来到了廖映雪近前。她篮子里全是秋海棠，一串一串都早已扎好，屋子里立时散放着郁郁花香。廖映雪微笑着伸手，正准备向篮子里拿花，尹福突然道："慢着！"

卖花的辫子姑娘神色微微一变，道："这位爷……"

尹福面色如常，道："拿来先让我瞧瞧！"

辫子姑娘应了一声，迟疑了一下，便向着尹福面前走来，口中道："这位爷也要买花？"卖花的辫子姑娘说着话在尹福面前站定，一双黑白分明的眸子在尹福脸上转着。

尹福道："我要先看一看！"

辫子姑娘道："您嗅嗅看，好香呢！"不待尹福伸手，她便先在篮子里拿了一串。

尹福接过来，迟迟不闻。辫子姑娘笑了一笑，却是不说话。这串秋海棠看起来较别串略有不同，白中透粉，看上去更为娇艳。

尹福抬头看向眼前的辫子姑娘，道："好美的花！你做这卖花的生意多久了？"

辫子姑娘笑道："很久了，总有六七年了。"

尹福目光炯炯地直瞧着她，道："只是你一个人？"

辫子姑娘声音放低了道："不，还有我娘。"她抬起头，怪不自然地笑着："这花好香，您嗅嗅看。"

尹福摇摇头道："这花太香了，怕是嗅不得！"

辫子姑娘忽然睁大了眼睛，委屈道："为……什么？"

尹福陡然沉下了脸，冷然道："因为花里有毒！一嗅之下，我这条老命便没有了！"话声出口，陡地一掌，直向辫子姑娘脸上击来。

辫子姑娘像是早已留了心眼，尹福掌式方出，她随即娇叱一声，随着她仰起的头，一片飞云般的灵巧，呼的一声竟翻了出去。在这一霎间，竹帘子唰地倒卷而起，有两个人影，剪波双燕般同时闪了进来，一左一右，在同一个时间里，直扑尹福。一根鞭杆，一根齐眉棍，在不及一瞥的空隙，双双直奔着尹福身上招呼过来。

插在尹福腰间的判官笔，随着尹福转动的手势，已经闪电般掣出。叮当两声，双双架住了左右来犯的两件兵器。尹福脚下是摆扣步，由臂及掌，由掌及笔，八卦掌的内力从笔上透出，虽只是一震之力，两个人亦吃受不住，双双被反弹出去，足有两丈之远。

就在两名汉子近身的同时，那个辫子姑娘燕子般地轻移，已到了廖映雪座前，一声娇笑道："廖姑娘，跟我走吧！"兰花般的手势霍地翻起，直向廖映雪肩上抓来。廖映雪心里一急，将手里端着的茶碗，连着里面盛的茶水，一股脑便向着辫子姑娘身上砸来。辫子姑娘侧身一让，茶碗砸在了墙上，茶汁、碗碎片四下飞溅。

这一下虽不曾伤着了辫子姑娘，却阻拦了她的逼近之势。在这一瞬间，尹福已闪身过来，判官笔分心就刺，直逼向辫子姑娘前心。辫子姑娘神色陡然一变，识得厉害，一个旋身飞向屋角，空出的地方便由后来闯入的两名汉子补上。

鞭杆、齐眉棍左右同临，似有雷霆万钧之势，却在尹福亮开的门户里，双双后退一步，停止了前进的架势。辫子姑娘身子一个打转，步向中间。如此一来，她与两名汉子，便自然形成了三面夹击的阵势，正把尹福与廖映雪围在了中间。

辫子姑娘一双水汪汪的眼睛紧盯着尹福，声音清脆却不失凌厉，喝道："打开窗子说亮话吧！姓尹的，我知道你，给你报个字号吧……"说到这里，眼睛微微一眯，口气非常老练，道："昆仑山下斜阳低，花自飘落水自流。没吃过猪肉，总看过猪跑吧！同我们结梁子，对你可是没有好处。"几句话一经出口，这个看来小小年岁的黑俏姑娘，顿时变成另一种形象，再也不是方才提篮卖花、娇声嫩语的姑娘了。

随着她向前踏进一步，手势微扬，铮的一声作响，花篮里的秋海棠倾出如雨，散落一旁。她伸手从篮子里拿出一对两端细而扁平，中间略粗，穿着圆环的器械，敢情是属于江湖奇门器械之一的峨眉刺！辫子姑娘张开手掌，将圆环套于中指，一经施展起来，运用手腕的抖劲和手指的拨动使针刺转动，一截青锋，烁烁闪动，看起来厉害得很。

尹福倒是没有小瞧这个辫子姑娘，自忖道：看样子来头不小，应是惯于发号施令的一个头儿。尹福原已心里动了疑念，待到她自报名号之后，更自断定所料不差。

尹福抱拳微笑道："想不到姑娘年纪轻轻，竟然是昆仑山青灵谷中人，执掌一方，尹寿鹏真是失敬了！"

西北昆仑山青灵谷，乃是西北地区一群武术大师的聚居之地。他们的先人为避战乱，隐居青灵谷，所练习的都是西北地区流传的传统武术，如八门拳、鞭杆、风磨棍等。青灵谷经过数代传授，出了不少高手，逐渐成为武林中的一个重要门派。

辫子姑娘挑了一下眉毛，浅浅笑道："尹爷，你用不着给我客套，你的大名，我早有个耳闻。你是见过大阵势的人，哪里会把我们看在眼里？"

辫子姑娘停了一下，又继续道："话可又说回来了，你虽然威名久著，今天的情形可就不一样，小妹奉命行事，说得多有不当，还要请尹爷千万不要怪罪！"

尹福正待答话，却见帘外已挤满了人。京城的人原本就喜欢看热闹，屋里这么一打斗，周边的闲人就都看热闹来了。

辫子姑娘眉头皱了一下，娇声道："齐老，外面怎么回事儿？您给管管！"

这一嗓子还真管用，帘外立刻有一个哑哑的声音应了一声。尹福心中一动，忖道：这个声音好熟悉。但一时半会儿却没有想起来。外面那个人很快便把拥挤在帘外的一干闲人驱开，很多人怕多事，干脆结账离开。

尹福注目辫子姑娘，搭上她方才话题道："今日情形又是如何？姑娘奉什么命？又行何事？倒要请教！"

说话之时，尹福立掌当胸，沉肩坠肘，双臂渐呈环抱之势，正是八卦掌的"狮子掌"，一股气势早已充斥室内，对面三人一时都有感受。

第十章

乘虚伤壮士　比武一夕惊

辫子姑娘年纪虽是甚轻，在昆仑山青灵谷中，却是能独当一面的人物，人称“巧手飞燕”，非寻常人物。听尹福如此一问，她笑了一声，道：“尹爷这是明知故问。好吧，我干脆就告诉你，我们青灵谷受‘插翅金蝎’沙弥远的引荐，现在已经受聘于直隶总督荣禄大人，你和沙弥远的梁子我们也知道，本来早晚咱们都得见见面……”

辫子姑娘眼神一瞟，看向廖映雪，笑意更浓：“我们奉命来请廖映雪姑娘，却不知，二位竟然巧聚在了一块儿，倒是难得的很……”

她秀眉一挑，索性又道：“尹爷的八卦掌，我早有耳闻，小妹自问不是你的对手，但是，今天的情形，可就有些儿不同了……”

尹福冷然道：“今天有什么不同？”

辫子姑娘哈哈笑道：“还用说吗？”

辫子姑娘眼珠一转，瞟向廖映雪道：“这位廖姑娘，虽然是峨眉山知真老和尚的徒弟，可她的功夫在我们眼中，也算不得什么，真要打起来，她能帮上你什么忙吗？恐怕是个大累赘吧！”

廖映雪气不过，嗔道：“别吓唬人，我可不怕你们！再说，你们到底想干什么？”

辫子姑娘神情一变，冷冷地道：“你当然不知道为什么，本来事情与你无关，谁让你在通州如此多事，硬要搅和进来！”

廖映雪气得哼了一声，道：“不就是块破琴砚吗？我本来没有什么兴趣，可现在姑娘就是不还你们了！”

辫子姑娘倏地眼睛发亮，冷笑道：“听听这说话的口气！”目光又转向尹福道：“怎么样，尹爷，我们来谈谈斤两，只要你肯把这位姑娘留下来，今儿我们决计不与你为难，可以任你自去。至于以后见面又怎么样，那可是以后的事情了，怎么样？”

廖映雪立时转向尹福望去，流露出急迫的眼神，仿佛甚是担心尹福真的会把她留下来似的。

尹福慢吞吞地说：“这几句话，倒也有些道理……”

廖映雪顿时神情一震，道：“什么？”

尹福又慢吞吞接下去说道：“只是这事情既是关于廖姑娘自己的事情，我又怎能代她做主？”

辫子姑娘道：“不能代她做主？”

尹福笑道：“当然只有问她本人了。”

尹福说罢，索性好整以暇，将判官笔插回腰带，双掌放下，摆出一副偃旗休兵，一切听令于廖映雪自己决定的姿态。

辫子姑娘虽然并不肯定对方这话的真实性究竟如何，眼见尹福收了双掌，却是实情。她此行早已有万全准备，手下“青灵八刀”都已出动，真要一声喊打，尹福就算八卦掌威力再大，也未必就真的稳操胜券，倒也不必示弱。

辫子姑娘微微含笑，转向廖映雪道：“尹爷这话说的有理，眼下便只有听姑娘一言了。”

辫子姑娘嘴角微翘，又带有几分傲气地道：“我不妨先把眼前情形向二位说一下，这里里外外，都是我们的人。只要我招呼一声，要多少有多少，尹爷也许可以毫不费事地杀出这间饭馆，那又有什么用呢？为廖姑娘的安全着想，我以为你还是留下来的好……”

尹福点头道：“这话很是有理，只是还是那一句话，请恕我不便为她做主。”

廖映雪气得身子微颤，道：“有理个屁！”廖映雪一时口不择言，说了素日不曾上口的脏字，待到话已出口，才自发觉，一时大为窘迫。

廖映雪诗书传家，类似方才出口的那类字眼，决计在禁止之列，眼前由于心恨尹福，一时脱口道出，发觉不妥却已不能改口，一时竟为之呆住了。

尹福听了，莞尔一笑，转向辫子姑娘道：“这位姑娘既说‘有理个屁’，显然是对于你所提出的条件不以为然了。”

辫子姑娘一双大眼睛逼向廖映雪，道：“话虽不错，我却希望这位姑娘亲口说出。怎么样，廖姑娘，愿意留下来还是不愿意？”

廖映雪一时发窘，竟远没有平日里的豪爽和快言快语，偏偏尹福又重复了一遍她所说的话，一时更加窘迫，狠狠地向着尹福瞪了一眼。

偏偏尹福竟是视而不见，反向对面辫子姑娘奚落道：“她已经说了一个屁字，还要她再说一次，你才相信吗？”

此言一出，廖映雪只气得哼了一声，干脆掉过身子，赌气坐了下来。这番表态，辫子姑娘直看得如坠五里雾中。她当然不知，尹福并不曾把她眼前这阵仗看在眼里，是以逗趣廖映雪。

这番逗趣，是因为廖映雪性格颇有豪气，敢爱敢恨，从不掩饰对尹福的敬慕，可尹福家室儿女俱全，所以尹福始终回避着廖映雪。此时，尹福故意让廖映雪生气，也是警惕自己不要与廖映雪走得太近。尹福如此的想法，局外人如辫子姑娘者，自是不知所以，莫怪乎有些莫名其妙，只以为尹福故意羞辱拿她开心，一时气得脸色通红。

辫子姑娘后退一步，道："这么说，你们是不答应了？"铮然一声作响，右手抖动峨眉刺再次摆出了架势，上面的针刺冷森森，极是锋利，看着也是吓人。

此时尹福才摆出了本来的态度，身势轻移，站在了廖映雪前，道："姑娘，你报个'蔓儿'吧？"

尹福说话时，一只右手再次放在了判官笔上，森森的目光直射向面前的三人。

辫子姑娘哼了一声，向后面退了一步，道："看来，你们是敬酒不吃吃罚酒了！"

尹福深沉的目光直视着辫子姑娘，道："我问你的名字！尹某掌下不打无名之人！"

辫子姑娘只是冷笑。她身边那个手持齐眉棍的汉子，却嘿嘿笑道："小子，你连昆仑山青灵谷中的'巧手飞燕'宋灵雨姑娘的大名都不知道，就敢撒野，岂不是找死？"

尹福目光转向这人，点头道："我确实是在找死，老兄的大名，还有这一位？"目光随即也照顾到了持鞭杆的另一名汉子。

两个人这时虽然不再戴帽，尹福却在第一眼看见他们时即已认出，正是方才与廖映雪路边小憩时，看见的那两个头戴草帽，匆匆策马而过的人。

持齐眉棍的汉子显然自信过甚，更不知尹福何许人也，聆听之下，傲然笑道："你老子姓马名飞，这位是吴忠。姓尹的……"

辫子姑娘宋灵雨忽然插口道："对尹爷不可无礼！"

马飞挑动着浓而短的眉毛，有些不服，却不敢与宋灵雨违逆，躬身道了声："是！"

尹福微微一笑，道："既然自称老子，当然武功高强，尹某就先向这位'老子'请教了……"

"巧手飞燕"宋灵雨皱了一下眉，缓缓道："尹爷还请三思，举手不留情，一旦动起手来，尹爷或将无妨，这位小姐……"

廖映雪嗔道："要打就打，少拿我当挡箭牌，我才不怕呢！"

宋灵雨睨着她哼了一声道："好吧，既然这样，那就得罪了！"那一条搭垂在她前胸的辫子，忽地自行撂起，蛇一般在空中绕了个弯儿，盘在了她的颈项之上。

双方一番对答，看似无聊，却有必要。直到这一刻，尹福觉得差不多了，才不惜出手。宋灵雨做了一个不十分显著的暗示，马飞、吴忠已双双扑身而上。前者一根齐眉棍，后者是一根鞭杆，两种器械一股脑直向尹福的身上袭来。

尹福身子一俯，双掌一分，气势如虹，直扑向前面的宋灵雨。宋灵雨悚然一惊，急忙后退。却哪里知道，尹福的掌势波谲云诡，极其不测。

尹福这一掌看似直逼宋灵雨，其实却兼及侧翼，宋灵雨急中不察，被迫闪身后退，脚下方移，已知不妥，慌不迭再次进身，却已是慢了一步。尹福使出八卦掌的游身之法，一连三式，极是凌厉，虚实相间，有鬼神不测之妙。

"巧手飞燕"宋灵雨发觉不妙，急欲补救，其势已有所不及，眼看着尹福的掌势动作凌厉非常。马飞、吴忠一时被他掌法所慑，禁不住顿了一顿。便只是这么一顿的时间，已经被尹福乘隙而入。

鞭杆又称为短棍，俗称三尺鞭杆，主要招数有搬、扎、扭、扣、刮、略、挑、点、劈、挂、缠、提、揸、滑、绞、压等法。长短适宜，运用方便，泼辣迅猛，两头并用，换手掉棒，变化多样，特别适宜激烈格斗。

可此刻，吴忠手上的鞭杆遇到了功夫远在他之上的尹福，鞭杆运用起来远没有平日里那么得心应手。吴忠手中的鞭杆直直地迎着尹福，却只见眼前一花，觉着手腕上一痛，鞭杆已脱手飞出。几乎在同一个时间，尹福的手掌却闪向了另一面的马飞，顺他的齐眉棍切了进去。马飞大吃一惊，慌不迭往后就退，可来不及了，尹福这一式"分光捉影"，原就是专为了对付他的。但只见尹福身法如电，掌势转换间，马飞拿着齐眉棍的右手手腕，被尹福一招直臂腕打击断。马飞惨叫一声，一连几个踉跄，差一点儿倒了下去。

在这一瞬，尹福已转身托住了廖映雪右臂，喊道："我们出去！"声出人起，二人一纵身，已蹿出了窗外。

果不其然，宋灵雨言之不虚，窗外早有埋伏。尹福、廖映雪身方落地，大片刀光闪动，一个既成的八人阵势，霎时间呈现出来。不仅如此，两侧道旁连同屋角、瓦檐，都有人严阵以待。

八个青衣人、八口充满了异族风情的弯刀，配合着一定的脚步，一拥而上，呈现出一个八角阵势。几乎在这同时，八口刀自空而落，分向二人包抄过去。正是昆仑山青灵谷中的"青灵八刀"。

人影连闪，"巧手飞燕"宋灵雨、吴忠以及受伤几至面无人色的马飞，相继纵身而出。宋灵雨身子方自纵出，旋即飘身纵上屋顶，尖声喝道："慢着！"

随着呵斥，众人顿时止住了攻势，看她如何发号施令。所有人的眼睛，都集中在尹福、廖映雪的身上。廖映雪紧紧抓住了尹福，却不知这个举动给尹福带来了许多拘束与不安，特别是这么多双眼睛，都向他盯着的时候，尹福觉得脸上有点儿发烧。

宋灵雨抱着一双胳膊，笑道："哟，好亲热呀，怪不得难舍难分呢！既然这样，两个人都留下来算了……我们倒也省事了。怎么样？还要我们动手吗？"

廖映雪听见宋灵雨这么说，忙放开了尹福，狠狠向宋灵雨瞪了一眼，道："你这个丫头真讨厌，我真想撕你的嘴！"

尹福一双眸子早已把现场每一个人都照顾到了。就实而论，眼前这个阵势，他并不曾看在眼里，倒是对面瓦脊间的几支强弩有些讨厌。这些对于尹福来说，并无顾虑，加上了一个廖映雪，可就不同，略有不慎，可就不堪设想。这么想着，着实不敢轻举妄动。

宋灵雨面色一沉，玉手一挥，"青灵八刀"的八角阵势围了上来，八个人十六只眼，精气内蕴，各具狰狞。

宋灵雨呵呵一笑，道："尹爷果然要敬酒不吃吃罚酒了。"她身子一飘，从屋顶便扑到了廖映雪一边。尹福心头一惊，待要向廖映雪身边靠近的一瞬，对方那个凌厉的八角阵势已自展开。

一股疾风发自侧面，银光璀璨里，一口刀已兜头落下。几乎在同时，尹福的判官笔有如一道银蛇，铮然作响声中，已与对方刀刃迎在了一块儿。像是早有先见之明，尹福步若蹚泥，沉腰坠肘，整个身子一个疾转，避开了另一个方向的刀锋。

陡然间，八人的身子往后一撤，按先天八卦的方向以整齐划一的动作，脚下按着先天八卦的图式，方位丝毫不乱，闪电般地切了进来。八方一式，雷霆万钧，堪称猛厉至极。顾上失下，顾左失右，顾左右便又保不住头顶。尹福却笑了，八卦门弟子毕生精研先天八卦和后天八卦的正反相生之学，这个阵势既然以先天八卦为主，却已落在了尹福的意料之中。尹福脚下走起了九宫步，越奔越快，似一条巨鳝般滑溜，在拉长而扭曲了的一个"之"字形的姿态里，突地逸出刀阵，却是千钧一发，险到了极点。

"呀！"一声娇呼，正是廖映雪的声音，原来她已着了宋灵雨一掌。

尹福闻声而惊，待要向廖映雪奔去，猛地，一只手掌直向他当胸拍了过来。妙在这只手的全然无声，事实上，更厉害的却在于它的乘虚而入。尹福怎么也没有料到，在自己惊魂未定的一瞬，却又来了如此一只手。

就算在平常时候，尹福想要化解这一式奇招也非容易，更何况他这一瞬惊魂未定，又受惊于廖映雪的那一声呼，总之这一刻的形势，对于尹福是大大的不妙！就在尹福双掌斜分，闪身迂回的一刹那，左面肩头上一阵奇痛——尹福被拍中了一掌。

尹福定睛看：这个人长得十分丑陋。一张扁平的脸，上面圆圆的两个黑眼眶，只有黑眼珠在放光，皮肤黑里带紫，扁平的朝天鼻，脸上还起着一层白色的鸡皮疙瘩，像刚煺去了毛的冻鸡。尹福不禁一惊，叫道："齐三，是你？"

宋灵雨在旁娇笑道："齐老，好功夫！"

原来这个齐三是颐和园的太监，人称齐三老爷。此人阴险毒辣，诡计多端，年轻时就是江洋大盗。他闯少林，斗武当，上昆仑，访九华，闹青城，惊峨眉，神出鬼没，凶猛非常。后来因惹上官司，自愿净身入宫。慈禧太后见他武功高强，就让他担任了颐和园护卫总管。尹福与齐三都在宫中供职，彼此都很熟识，但因为齐三为人阴毒，尹福不愿与他结交。有一次，齐三无故责罚一名小太监，将小太监打得奄奄一息，恰逢尹福路过，便出手制止了齐三的施暴，齐三从此记恨上了尹福。同时，齐三对尹福得到光绪帝的信任也很不服气，所以他一直想找个机会把尹福置于死地。

尹福这才醒悟，原来刚才在店外为宋灵雨赶开看热闹人群的正是这个齐三老爷，难怪自己听这个声音觉得耳熟。

齐三哈哈笑着对尹福道："尹教头，没料到会是我吧？"

尹福“呸”了一声，道：“齐三，你果然是无耻之徒，你不替太后护驾，却来做荣禄的走狗，居然还要暗算伤人，真是无耻之尤！”

齐三冷笑道：“尹教头的嘴挺硬啊！”说着话，双掌带动风声向尹福打来，那旁边八个人也呐喊助威，挥舞手中的单刀一拥上前。

齐三酝酿良久，用了十足力气，这一下乘虚而入，以为一定能击中尹福的心腹要害，万万没有想到，尹福仍有旋转余地，以致十拿九稳地出手，百密一疏，仍然有了差池，没有击中尹福前心要害。饶是这样，却也非同小可，尹福只觉着一阵奇痛钻心，仿佛是左面整个肩头连骨头都碎了。这般情势迫使得尹福腾身而起，一声长啸，倏地掠上屋顶，跳出了包围圈子。

齐三一声冷笑，道：“想跑？没门。”转身对宋灵雨道：“宋丫头，你先把这个丫头带走，我去追尹福，除了这个碍事的家伙，荣禄大人的事就没那么麻烦了！”

廖映雪此时已被“巧手飞燕”宋灵雨制住，眼看着齐三带着“八刀”也跃上了屋顶，循着尹福的身影紧紧追了下去。

宋灵雨笑靥如花，道：“廖姑娘，你还是乖乖跟我走吧！”

廖映雪几乎要哭出来，但她是个心性豪放的姑娘，心思一转，这眼眶里的泪唰地一下又回去了，恨声道：“臭丫头，走就走，看你能把我怎么样！”

齐三老爷这一掌堪称厉害至极，若换在另一个人身上，怕是早已骨碎筋摧，只有死路一条。

尹福识得厉害，尽量不让左半边身子使力，蹿入小巷，奔跑起来。尹福的心境却是无比紊乱，他忘不了廖映雪临危一瞬间的那一声呼喊，心中深深为没能保护廖映雪而感到懊恼。略一回头，却发现齐三和“青灵八刀”在后面紧追不放。尹福心中暗恨，脚下使力，越奔越快。八卦门的弟子都在腿上下过苦功，轻功自然不在话下，可尹福左肩头的伤势影响了奔跑的速度。接连穿过几条小巷，可齐三和“青灵八刀”还没有被甩掉。奔跑了快一个时辰，眼瞅着已经到了南城。

在一条胡同里，尹福看见有一家的院门没关严，身形一晃，跳进了院子。这家人可能正在午睡，没人惊醒，尹福暗道侥幸，忙从这家的后院墙翻了过去。院墙后面，是一个狭窄的夹道。尹福从夹道攀上高房，向东面走去。穿过几道院落，来到了一个规模宽宏的大院。尹福正准备仔细打量一下，却觉得自己脚下一软，身子栽了下去，掉在一个大网里。尹福在网里双足一用力，往上一跃，落下时却还在网里，接连跃了几次，都没有跳出网。此时，他深怪自己粗心大意，竟没有注意房上的机关。他试跃的这几次，已然触动了网上拴的铜铃。只听铃声清脆，一群青衣皂裤的镖师赶到，手持兵器把他围在了当中，为首的是一个三十余岁的青年汉子，身材瘦小，脑后留着一条干枯的小辫，精神旺盛，左手托着一杆长杆旱烟锅。

一名手持梢子棍的镖师对那名青年汉子道："于爷，这怕是来咱们镖局踩盘子的朋友吧！"

尹福一打量，暗自叫苦，自己慌不择路，误闯了别家镖局，看来人家拿自己当仇家看了。

大网徐徐放下，离地还有三尺时，尹福一用力，轻轻从网中跳了出来。青年汉子赞了一声"好功夫"，说道："登云换影的朋友，不必风声草动的，有拉杆挂子在窑，只可远求，不可近取。"

尹福暗自苦笑道："这些人真拿我当贼了，居然给我调起侃儿了。"

"调侃儿"就是讲黑话，又叫"春点"。"登云换影的朋友"，是说高来高去的人。"不必风声草动的，有拉杆挂子在窑"，是说来的人不用瞎琢磨，有押镖的镖师在此。"只可远求，不可近取"，是说这里的主意打不得，往别处去发财。

尹福在江湖上闯荡几十年，"春点"还是听得懂。刚要回答，转念一想："我如果拿'春点'回答，他们恐怕还得拿我当贼，还是把话说白了吧！"尹福微一凝神，澄静思虑，装作听不懂，拱手道："各位达官爷，尹某被仇家追杀，走错了路，才会误闯贵镖局，请各位包涵！"这一番话，惹得这些镖师哄堂大笑。

其中一个镖师哂道："瞅你也老大不小的了，怎么还说这种骗小孩都不信的话，有大白天走错门的吗？"

尹福庄重道："尹某句句属实，并无欺瞒之意。"

一名手持钢刀的镖师对那个青年汉子道："于爷，我看他分明是强盗，成心来架咱们镖局的'梁子'。"

那汉子点点头，吸了几口旱烟，烟雾缭绕，空气中弥漫起一股浓烈的烟草味，然后一挥手，道："绑了，先押起来！"

顿时就有几名镖师近身要擒住尹福，尹福岂能让这些人近身，身形一转，已将这几个人击倒在地。

众人一见，分外吃惊，不禁为尹福出色的功夫喝了声彩，但见那汉子微微冷笑，端着长杆烟锅，左一横右一横飞出了六支点穴针朝尹福咽喉天突、廉泉两处穴道打来。

尹福这才知道这杆烟锅有如此功用，看来亦是一件奇门兵器。

尹福眼见六支针飞来，发现自己左后方有一棵古桑，足有三人合抱之粗，倏地将身形一转，避过了三支点穴针，另外三支钉在了古桑树上。

那汉子这时才微有些吃惊，一皱双眉，将烟锅直朝尹福心口戳来，尹福镇定若恒，在这间不容发的空隙中，右手从腰间取出判官笔一格，判官笔与长杆烟锅相撞，发出了一声脆亮的响声。

尹福暗自赞叹，此人好深厚的内力。

那汉子顺手将大襟提起，往腰间一掖，左手仍托着长杆烟锅，右手腕子猛地往上一翻，使了个崩拳。

尹福猛地向前一扑，进步连环三掌，“迎风推扇”“倒拽风舟”“二郎担山”，谁知那汉子身手敏捷，动似狸猫，快如猿猴，一晃身就闪过尹福的三掌。

尹福紧跟着一招“青龙探爪”，左掌隐于肘后，右掌在前，劲力直透掌缘，劈向那汉子的面门。那汉子用了一个含胸掩肘，上身一缩，略一侧身，左手在前，托着长杆旱烟锅，往下一压尹福的右掌。尹福觉得仿佛有千斤的重力压在右臂上，不由得将身子往前一倾，正好那汉子的右掌往前一伸一抬，用了一招“苍鹰掐嗉”，呈环形掌正要袭向自己的咽喉。尹福左肩受伤，不能使大力气，右臂被那汉子压着，只得使了招“回头望月”，左脚向外一撤，成了一个仆步，右掌顺势下沉，化开了这一招，但尹福却已退了一步。

众镖师不明真伪，以为尹福败了，发出一阵喝彩声。唯有那汉子心里疑惑，尹福左掌应出招而没有出，所以并没有进击，反而也退了几步。

尹福不禁苦笑，暗道这场争斗真是好没来由，误闯人家镖局，虽然解释，却并不能让人相信，实是甚为无奈。

那汉子的面色却是惊异不定，一杆烟锅在手中缓缓转动，突地问道：“八卦掌练到阁下这个境界，已是旷世难睹，阁下必非无名之辈，请赐告真名！”

尹福抱愧道：“在下便是八卦门的尹福。”

那汉子双目一亮，露出异样的神采，上下打量着尹福，半信半疑地问道：“怎么，您就是八卦门的掌门尹爷？”

尹福苦笑道：“尹福有什么好的，我何必冒充他？”

那汉子不禁失声叫道：“这真是大水冲了龙王庙，一家人不认一家人啊。早就听闻尹爷之名，只是一直没得机会拜见，今日初次见面倒动起手来了。唉，不打不相识啊！”

尹福看了看那汉子，又回想了一下刚才那名镖师对他的称呼“于爷”，猛地恍然大悟，道：“这里就是‘会友镖局’吧？”

那汉子满面春风地笑道：“没错。”

尹福看着那汉子，问道：“那您就是于鉴先生了？”

那汉子道：“我就是‘小辫于’啊！”

尹福摇头笑道：“真没想到于鉴先生这么年轻。”

于鉴无奈地笑道：“其实我已经四十大几的了，可人长得年轻，没办法。”

原来此处便是京城八大镖局中最红火的“会友镖局”，位于前门外粮食店街。尹福由北城跑到了南城，不知不觉到了这座镖局的房上。于鉴是会友镖局的著名镖师，乃是三皇炮捶拳“于派”创始人于连登的第六子。

三皇炮捶也是中华武术的传统拳法，历史悠久，起源年代难以考证，武林中人便传说“三皇”指的是伏羲、神农、黄帝这三皇，所以三皇炮捶拳老谱上写道：“自盘古三皇治世，实为创业之祖，是以有济世之才者，必有文武之道，习文必有武，练武必有文理，文武兼备，可为全矣。”

三皇炮捶拳“宋派”创始人宋迈伦于道光二十五年创办了北京“会友镖局”，由弟子孙德运、张殿华，侄子宋彩臣主持。又在自己的家乡冀县创办了“南会友镖局”，由弟子袁长顺、卢玉濮主持。

同治五年，宋迈伦师弟于连登的六子于鉴来京城找宋迈伦谋生。于鉴深得其父真传，拜宋迈伦为师后，得“宋派”的奥妙，更是拳技精绝，功达上乘。自此于鉴即在北京传授“于派”的三皇炮捶，同时也担任着会友镖局的镖师。

尹福笑道：“于先生在京城是如雷贯耳的人物，一直无缘相识，今日真是不打不成交啊！”于鉴已听尹福说了被齐三老爷暗算的经过，不禁面上一红，道：“真是不好意思，我险些做出落井下石的事来，尹爷多包涵。”

于鉴看尹福受了伤，忙将尹福的衣服揭开，露出左肩，只见肩头肌肉高高隆起，瘀青了一大块。于鉴用手轻轻捏了捏，道：“不妨事，没伤筋骨。”然后从柜中取出金疮药膏给尹福敷上。药膏敷上，尹福顿觉火辣辣的伤处一阵清凉，左臂动了两下，居然恢复了不少。尹福喜道：“于先生，您这是什么药，真管事儿。”

于鉴道：“这是叶潜先生为我配的金疮药膏，最能拔毒散瘀。不过主要还是尹爷您的功夫好，换了别人，骨头非断了不可，我这金疮药膏再管用也没用啊！”

尹福赞道：“别提我的功夫了，您的三皇炮捶以太极之理为本，以气为先，神意气劲，协调统一，刚柔相济，快猛巧捷，飘忽轻灵。演练起来却是朴实简练，沉稳刚劲，内力充实，气势勇猛，技法独特，今天我总算见识到了！”

于鉴大笑道：“尹爷，今天咱们初次见面，不打不相识，不打不成交，您的八卦掌也真了不起，神龙见首不见尾一般，真是奇妙。相请不如偶遇，今儿个您就先别走了，我给您设宴压惊！”

尹福本待推辞，却见于鉴盛意拳拳，一片真心相留，便答应留下不走，想想自己托李瑞东去告知程廷华去肃王府致远堂找自己，自己在这儿一时又走不了，便请于鉴派人到花市四条的程记眼镜铺把师弟程廷华也请过来。

于鉴听后更是高兴，他与程廷华住的虽然相隔不远，却并不相识，彼此也是闻名已久，忙派一名镖师去程记眼镜铺请程廷华。

于鉴看尹福甚感疲乏，便将尹福安排至一间客房，让他躺在床上歇息了一会儿。

尹福躺在床上，心中的烦躁是有增无减，马维祺的仇没报成，马贵的性命也危在旦夕，现在连廖映雪姑娘也丢了，只追回了空无一物的松花琴砚。尹福从未觉得如此懊丧过，思前想后，也未筹划出一条可行之策，一种疲累感侵袭全身。尹福苦笑一声，忙抛开一切，收摄心神，闭目调息，逐渐入定。

时间不知过去了多久，尹福被一阵敲门声唤醒，听见有人叫道：“尹爷，开门。”

尹福微一凝神，原来是于鉴，忙翻身下床，把门打开。

就见于鉴满脸兴奋，连声道：“今儿我这里真成了‘群英会’了。尹爷，请一位程廷华，却多请来两位英雄人物，我说怎么今天早上会友镖局树上的喜鹊喳喳直叫呢！”

尹福一愣，这是怎么回事？是什么人能让见多识广的“小辫于”这么兴奋？

此时，午后的日光自窗外映入他的眼帘。于鉴身后是程廷华，程廷华背后还跟着两个人，却故意背过了身，看不清面貌。

尹福疑惑道：“廷华，这两位朋友是谁？”

程廷华将背后两人拉过来，笑对尹福道：“尹大哥，你看，这是谁来了？”

程廷华昨晚回到花市四条的家中，心中不免为尹福会见杨班侯的结果挂心，既不知杨班侯是否能查到沙弥远的下落，也为尹福追查松花琴砚的事担忧。刚进家门，就有徒弟李文彪告知有客来访，已在内宅的客厅候了老大一会儿了。

程廷华忖道：会是谁来找我呢？迈步便往里面走，快走至客厅时，就见一个青年迎了出来，给程廷华见礼。

这个青年三十余岁，身长肩阔，体魄健壮，神态安详，面容英俊，英气外露。程廷华定睛看时，心中一喜，道：“福全，你什么时候到的京城？”

这个青年是程廷华的弟子，姓孙名福全，字禄堂，直隶完县人，生于咸丰九年。年轻时即拜在形意拳大师郭云深高足李魁垣门下习练形意拳，以后又跟从郭云深进修。到北京拜程廷华为师学习八卦掌，艺成后到处访名师，行侠江湖，足迹遍布大江南北。后来孙禄堂又向郝为真学习武氏太极拳，深得三大内家拳的真传，因此孙禄堂有意独创一门孙氏太极拳。至于成功则是二十年后之事了，但此时的孙禄堂不折不扣正是一位心雄万夫、艺业出众的武学奇才。孙禄堂重视实战，与各家各派的众多高手较过技，其中有少林派的洪拳名家、通臂拳名家，以及翻子拳、螳螂拳、南拳、猴拳……各路名家，无一不败在他的手下。于是，孙禄堂声名大震，又兼他文学极好，所以被誉为“文武两道之雄”。在武林中，又被称为“虎头少保天下第一手”。

孙禄堂平时练功甚勤，每日晚上将燃着的线香绑在手指上睡觉，线香烧到他的手指，就将他惊醒，所以每天都是天还未亮，他就已经起来练拳了。

程廷华很喜欢这个弟子，但孙禄堂满师后一直在江湖历练，程廷华已多年未见他了。对于他的一些情况，程廷华也都是从一些江湖朋友的口中得知的，听到他游侠江南，锄强扶弱的事迹，程廷华也是深感自豪，现在一见孙禄堂来了，不禁欢喜万分。

孙禄堂感慨道：“这几年禄堂在江湖行走，未能常来看望师父，心中颇为抱愧，望师父恕罪！”

程廷华欣然笑道："你来了我高兴还来不及，怎会怪你？啊，对了……"

程廷华突然想起，李文彪刚才说的是两位客人，便问道："福全，是谁同你一起来了？"

孙禄堂神秘一笑，道："您是绝对想不到，进来一看便知。"

程廷华倒被弄了个满腹好奇，迈步走进客厅，就听一个洪亮的嗓音说道："'眼镜程'，咱们有日子没见面了，你倒是不显老啊！"

程廷华凝神一看，客厅里端坐一位老者，岁近七旬，身材瘦小，却生得眉宽额广，双目如电，赤面白须。

程廷华简直是喜出望外，此人正是形意拳大师，有着"崩拳大师不倒翁"之称的郭云深！

程廷华上前一把握住郭云深的手，喜道："郭先生，你怎么有空儿来京城呢？"

郭云深原名峪生，直隶深县东安庄村人，后移居马庄村，同程廷华的故乡程家村相去不远，因此两人既是同乡，又是宿识。

郭云深哈哈大笑道："我本是去山西太谷县访车毅斋回来，在路上遇到了福全，福全要到京城来看望你，我左右家中也无事，又好久没有看到京城的好朋友，便随福全一起来了。"程廷华喜道："那敢情好，咱们也多时不见，等我通知京城里的各位同道，大家伙儿肯定高兴。"

郭云深是何等精明的人，见程廷华强作欢颜，眉宇间流露出一种郁悒之色，不由得问道："应芳，你到底遇到了何事？为何面带忧色？这天底下还有什么事能难住'眼镜程'的吗？"

程廷华苦笑道："这是我八卦门里的一点儿事，本不想惊动郭先生，没想到还是让您给看出来了。"

孙禄堂也在一旁插话道："师父，八卦门究竟发生了什么事情？"

程廷华不免摇头叹息，于是便将这两日来发生的事情告诉了郭云深和孙禄堂。

郭云深听后不禁勃然大怒道："沙弥远暗算杀人实在是欺人太甚，他分明就是被'后党'中人所笼络，借此报复八卦门。"

程廷华同意道："我看亦是如此，正因为尹大哥同情'维新党'，'后党'便想借此机会铲除尹大哥，削弱'维新党'的臂助。"孙禄堂问道："不知尹爷今晚能否查探到沙弥远的行踪？"

程廷华沉吟道："现在还不知道，不过以杨班侯的人脉，在北京城查找一个人行踪，应该问题不大！"

程廷华和郭云深、孙禄堂秉烛夜谈，多数还是为了尹福今晚的行动担心，眼见天色已晚，程廷华便安排二人在自己家中住下。

第二日，程廷华与郭云深、孙禄堂等了一早晨，也没等到尹福的消息。他们又怎知尹福激战了半夜，此时正为马贵的生死存亡担忧不已呢！

程廷华不禁有些心焦，正在这时，听到门外有人通报，说李瑞东李爷到了。程廷华噌地站起身来，道："快请！"

李瑞东和杨班侯、吴鉴泉在叶潜家同尹福分手后，在道上喝了碗豆汁儿，吃了俩焦圈，便往东华门自己家的方向行去，因为尹福嘱托他到程记眼镜铺知会程廷华，所以他特地从花市绕了过去，直奔程记眼镜铺。

李瑞东迈步走进了客厅，见程廷华上前迎接，身后便是郭云深和孙禄堂。

李瑞东与二人亦是好友，此时见到二人也是非常高兴，道："云深兄、福全，咱们多久未曾谋面了？怕有四五年了吧？"

郭云深也是哈哈大笑，与李瑞东甚是亲热。

大家落座后，李瑞东便将昨晚发生的事告诉了三人。

程廷华一听马贵身中五毒神砂，不由得面色大变，及至听说叶潜提议将马贵送到法源寺刃心法师处救治，眉目才稍见舒缓，道："刃心法师精研医术，我也常听江湖同道提起，马贵在法源寺性命应当可保无虞。"

郭云深怒斥道："这沙弥远如此凶毒，不除此人，武林中将无宁日了！"

程廷华转过身对李瑞东道："李爷仗义相助，程应芳在此谢过。李爷昨晚也忙了一夜，身子应已乏累，不妨先回府歇息，我们则去找尹大哥，看看马贵的伤势。"

李瑞东点头道："如此也好，有事时尽管来找我，我'鼻子李'义不容辞！"

程廷华道："到时候自当劳烦李爷。"

当下李瑞东告辞回府，程廷华皱眉道："我看尹师兄自法源寺回去，肯定已经歇息了，不妨让他多歇一会儿，昨晚也够他累的。现在已经过了巳时，咱们还是吃过午饭再去吧。"

郭云深一听也有道理，沉思了一下，道："尹爷激战半夜确实不易，现在他没差人过来，应无急事，我们就等过了晌午再去见尹爷。"

第十一章

闲饮烤肉季 崩拳千里征

程廷华与郭云深、孙禄堂三人多时不见，自然亲热不已。程廷华道："天已晌午，也甭在家吃了，我请郭先生到什刹海'烤肉季'一聚，喝上几杯，顺便为郭先生和福全接风！"郭云深、孙禄堂自无异议，三人离开了花市程记眼镜铺，信步朝什刹海而来。

什刹海在北海之后，据《天咫偶闻》记载："都人士游踪，多集于什刹海，以其去市较近，故裙屐争趋。长夏夕阴，火伞初敛。柳荫水曲，团扇风荷。几席纵横，茶瓜狼藉，玻璃十顷，卷浪溶溶。菡萏一枝，飘香冉冉。想唐代曲江，不过如是。"

北京曾有"燕京小八景"之说，这什刹海就占去了"银锭观山""石闸听瀑"两景。环岸名园古寺，不胜枚举。后海北岸有康熙朝大学士明珠的府第，西段通称积水潭；南岸有普济寺，是万寿寺的下院，轩窗洞敞，松荫匝地，曲径通幽。这一带人文藏盛，景物繁华，名园、茶楼、酒肆、王府点缀其中。这些园子大都建有楼台，以观湖景。有不少旗民也夹岸而居。沿海还有不少亭台、古桥和寺庙，如望湖亭、望海楼、银锭桥等。银锭桥西北的广化寺是元代建的寺院，有和尚栖身。庆云楼、天香楼、望苏楼、会贤堂、集香居、清音茶社等环湖而建，集香居楼上有题联："小楼春雨龙华寺，野水秋风虾菜亭。"情趣意境，取之不尽。

程廷华、郭云深、孙禄堂三人漫步来到什刹海东岸，夏末秋初，别有一番景象。

程廷华叹道："这里名园荟萃，风景幽美，要是夏日风景更佳。元代书画家赵松雪有诗云'轻燕受风迎落絮，游鱼吹浪动新荷'。明代诗人于慎行说'西城别苑胜瀛洲，十里平湖静不流。岸草离迷桥畔雨，宫槐隐映水边楼'。国朝的大词人纳兰性德曾住湖北岸。"

程廷华又指着那些小摊对孙禄堂道："你听听，这些小贩的叫卖可有意思了。"孙禄堂侧耳一听，果然有趣。

剃头的匠人，不时拨动一只大钢镊子，其声嗡嗡，叫道："唤头！"耍猴的敲一面大锣，哐哐作响。卖酸梅粉、桃脯、果子干、玫瑰枣的，专敲两只小铜碗。卖铁壶的用一铁棍敲打壶底，其声如鼓。磨剪刀的，以铜铁片连成五页，随走随振动，把号筒吹得呜呜作响。卖猪头肉的吆喝着："炸面粉……肉！"卖各种糖块的小贩推一辆小车，小车上有个方盘，内粘各种彩环。另有一个布袋，内盛棋子样儿的骰子。要买骰子的人每次抓四枚骰子，与方盘中的彩球相对，合则得彩。那小贩吆喝着："抓彩来，得彩，好抓来，又好得，抱子加一彩！"

孙禄堂被这热闹的景象吸引了，他又看那粘扇面的臂挎小箱、边走边晃动小铁铃串儿，发出叮当的声响。卖炭的则手摇大货郎鼓，其声嘣嘣。卖煤油、香油、酱油、醋的敲一个大木梆子为号。卖豌豆糕的手里敲着一面小铜锣。跑旱船的锣鼓铙一齐敲。修脚的手持两个小木板，说着快板书……

什刹海前海与后海之间，有一石桥横锁，桥面上的石板之间，镶嵌着一个个凿成银锭形的铁块，形成别致的图案，这就是有名的银锭桥。过了银锭桥，程廷华叫道："'烤肉季'到了。"郭云深猛闻一股烤肉的香气，但见有栋精致的小楼出现在面前，上书"烤肉季"三个金黄大字。

三个人进了烤肉季，一个胖子走了过来，叫道："程爷，你们几位呀？"程廷华道："一共三位，季傻子，你可要好好照应。"此人正是烤肉季老板季宗斌，这个铺子就是由他的父亲季彩德创办的。季彩德在咸丰年间从通县牛堡屯来此设摊烤肉，烤肉季由此而来。季彩德死后，其子季宗斌继承父业，由于他为人忠厚老实，人们叫他"季傻子"。

季宗斌一哈腰，憨笑道："三位请上楼，有雅座。怎么，今日是程爷请客了？我来亲自伺候你们。"

三个人上了二楼，拣一个雅座坐下。郭云深见那大圆桌上放着一口板沿大铁锅，锅沿有一个大铁圈，放着铁条炙子，铁圈留一火口，是投木柴用的，旁边放着松柴和柏木柴。

不一会儿，季宗斌端着羊肉片和作料上楼来，他笑着道："这可是张家口一带黑头团尾的'西口'绵羊，体重四十多斤呢，切的是'上脑'和'后腿'两个部位，可鲜嫩了！老几位来点儿什么酒？隔壁就是酒铺。"

程廷华问郭云深和孙禄堂道："郭先生和福全的意思呢？"

郭云深捻须道："来斤老白干就行。"孙禄堂点点头，道："我酒量不行，听师爷的。"

季宗斌下楼，一会儿端上来几把砂酒壶和一盘热气腾腾的吊炉烧饼，口中急呼道："爷几个快趁热烤上吧，保管味儿正！"说着下楼忙乎去了。

三个人边烤边喝，程廷华道："我和尹大哥最爱吃这儿的烤肉，跟这里都混熟了。载沣王爷也喜欢吃烤肉，他经常点名要吃季傻子烤的肉，每次都是季傻子用小手推车，拉着烤肉的炙子、肉片、调料和木柴，前去应差。文人墨客来这里的更多了，这烤肉季的买卖十分热火。"

三个人边吃边议论最近发生的一些事情，不免唏嘘一阵。这时季宗斌走上楼来，瞧瞧郭云深和孙禄堂道："刚才听伙计们说，这二位中一位是'崩拳不倒翁'郭先生，一位是'虎头少保天下第一手'孙禄堂，都是武林中了不起的英雄人物，所以我上来给几位满杯酒！"

三人谢过，季宗斌满完酒，坐下问道："我一直听来往的武林中人说起郭云深先生'半步崩拳走天下'的事，一直很好奇，今天正好碰到郭云深先生在这儿，能不能给我讲讲？"郭云深一笑道："我那不成材的经历，说来做甚，还是不提了。"

程廷华笑道："既然季老板想要知道，不妨咱们就聊聊。我先说，有说得不对的地方，郭爷给补充。"

季宗斌连连称是，郭云深在旁捻须微笑不语。

就听程廷华说道："同治六年，'神拳'李洛能先生从山西太谷将形意拳练成，回到自己直隶羊窝乡豆王庄村的老家。当时直隶的武林高手都前来拜访，言谈中，这些武林同道都希望李洛能先生在家乡课徒授武。而李洛能先生也想把形意拳在直隶留下一脉，于是便答应了大家的要求。"

孙禄堂在旁插言道："当时消息传出，整个北方武林都轰动了，直隶许多爱好武术的年轻人纷纷赶到深县，恳求李洛能先生传授形意拳。然而李洛能先生择徒的标准过于严格，许多人都被李洛能婉言谢绝，送出了李门，但也有坚持不走的，这其中就有我的师爷郭云深。"

郭云深的拜师并不是一帆风顺的。

少年时的郭云深性格刚烈，好勇斗狠，比较急躁。马庄离李洛能住的豆王庄村并不远，是邻乡，所以郭云深大清早就赶到了李洛能家中，求见李洛能。李洛能一看郭云深的精气神和身形体魄，心中不禁赞道："这是习武的美质良材呀！”

李洛能又一望郭云深眉宇间的勃勃英气，就知道此人乃是性格刚烈、好勇斗狠之辈，心中就有了不喜之意，便道：“郭大侠，我这形意拳其实也没什么大不了的，您的先天条件太好，别让我把您给耽误了，您还是另请高明吧！”

郭云深并非蠢钝之人，自然听得出这是李洛能的推托之词，急忙跪下道：“师父，弟子乃是诚心诚意学拳，求您收录。”

李洛能还是坚辞不允，郭云深却跪在地上不肯起来，把李洛能弄得没有办法，只得勉强答应，但授拳时并不专心传授。李洛能忖道：如此一来，过一段时间你自己还不走了？

但郭云深为人心诚志坚，每天看李洛能习练崩拳一式，便揣摩自行偷练，如是长达三年之久，李洛能冷眼旁观，并不置评。直到有一天晚上，李洛能无意中发现郭云深因练拳时劳累过度，睡觉时从床上摔下还未醒转，终于被感动，便将形意拳倾囊而授。

郭云深自得李洛能真心传拳后，习练更是备尝艰辛，行走坐卧无一刻不在练功。李洛能有时外出访客会友，其他弟子都乘此机会偷闲，但郭云深依旧恭谨侍奉，不离李洛能身边。当李洛能与客人交谈时，郭云深便站定形意桩功于李洛能身后聆听，当李洛能外出访友时，郭云深便打着崩拳在李洛能骑的青驴后紧跟。

如是十数年间，郭云深的功夫已是出类拔萃，被李洛能许为最得意的弟子。

郭云深虽然身材矮小，但体格健壮，精力超人。同治年间，郭云深因捕盗有功，被深县县令钱锡寀聘为上宾，但不久，盗匪为了报复，派刺客暗中刺杀郭云深，那郭云深的反应是何等之快，刃未及身，已然觉醒，回身一个“安身炮”击去，将其当场打死。

按照惯例，本应判处郭云深重刑，但钱锡寀认为郭云深虽然杀人，却是迫于无奈，于是申请判为误伤人命，监禁三年，投入大牢。

在牢狱中，郭云深仍然苦练崩拳，但因为戴着脚镣不便，只能进一步退半步，于是，郭云深为了习练之便，因地制宜将李洛能所传的跨步崩拳改为半步崩拳。

白天，郭云深在牢狱中练半步崩拳，到了晚上，则被钱锡寀偷偷放出，教习钱锡寀之子钱砚堂拳术。这样过了三年，郭云深便获自由，此时，他所创的半步崩拳绝技已练至炉火纯青的地步了。

郭云深出狱后，去拜见师父李洛能，李洛能看见郭云深出狱十分高兴，便留郭云深在家喝酒庆祝。席间，李洛能问道：“云深，你在狱中待了这些年，功夫恐怕荒废了吧？”

郭云深略带酒意，哈哈一笑，道：“师父，弟子不仅没有荒废，还因为牢里练拳不便，将您传的跨步崩拳改为半步崩拳了。”

李洛能一听大为惊奇，便叫郭云深练来看看。郭云深乘着酒意走到院中的半截土墙前，一招半步崩拳猛击在墙身上，就见土墙摇晃了一下，应声而倒。

李洛能一看，大喜过望，连连道：“改得好，改得好，当真是艺无止境呀！云深，你这半步崩拳再练下去，定能达到无懈可击的地步，刚猛率直，实有力拔泰山之力，你已经可以出去到外面闯荡了，试试你的半步崩拳到底有没有敌手。”

郭云深一听李洛能的话，非常兴奋，问道：“师父，我该向哪个方向走？”

李洛能肃容道：“你从深县出发，一直往北走，迎战直隶、关东各派武林高手，不许碰一个钉子！”

郭云深点了点头，拜别师父。第二天一早，他便收拾好行装，登上了征程。

自深县出发，郭云深每到一地，遍访当地高手，切磋技艺。果然，他那一式半步崩拳犀利无比，无人可挡，纷纷在郭云深的拳下拜服认输。郭云深没遇到敌手，一路便行到了直隶安国县。

郭云深照例向人打听，问此地最出色的武术家是谁？

被问的人不假思索，道：“张树德，张爷，那功夫在我们这儿算拔了尖了！”

郭云深道：“那我想拜会张爷，他家怎么走啊？”

那人看了看郭云深，见他身材矮小，心知他也是找张树德比武的，忍不住道：“张爷的功夫那是出类拔萃的，我看你就不用去了。”

郭云深微笑道：“没关系，总得见识见识。”

那人无法，便告诉了张树德家的地址。

郭云深到张树德家一通报姓名，张树德就知道了，因为郭云深半步崩拳远征的事，此时已然传遍了江湖，张树德急忙迎出。

郭云深同张树德寒暄过后，便提出比武。

张树德的武术是世家家传，也就是祖传的武艺，被称作“家伙门”，属于练器械的，张树德忖道：郭云深号称半步崩拳，那拳上的功夫肯定是极深的，如果比拳我是必输无疑，还是比家伙吧！

张树德便说道："郭师父，您以拳闻名，不过到了我这儿，我练的是长兵器，您看，咱们不如切磋一下长兵器？"

郭云深一听，道："行啊，没问题，不知张爷要比什么兵器？"

张树德哈哈一笑，道："为不伤和气，咱们比最普通的白蜡杆子。"

郭云深道："好！"

两人跳到院中，各取了一根白蜡杆子，便交起手来。

郭云深的形意拳门里常用的兵刃有凤翅镋、三才剑、连环刀、连环棍，所以郭云深在兵刃上也下过苦功。

白蜡杆子，乃是武术里最常见的一种器械，长达丈许，粗如儿臂，从外边看，只是根普通的杆子，任谁也能抄起来舞几下，但事实上，能将白蜡杆子使得好的，实在非高手不成。因为它讲究的是"千斤不压梢"，全看腕力的运用是否得当，谓之"杆子点"，有"划、拿、崩、压、劈、砸、盖、挑、扎"口诀，使得开的时候，这根大杆子能被耍得软如面条，泼水不进。白蜡杆子在武术器械里乃是化腐朽为神奇的兵器，张树德偏挑白蜡杆子来与郭云深比较，其用意不问可知。

谁想到，郭云深在器械上并不弱于拳术。二人这下可打了个棋逢对手、将遇良才，缠了个难解难分，突然，就见郭云深陡然虚晃一招，跳出圈外。

张树德讶道："怎么，郭师父，不打了？"

郭云深哈哈一笑，道："张爷，刚才你的杆子在我杆子上一颤一划，我的手腕差点儿没躲开，没怎么明白，咱们换根竹竿再来一回。"

张树德看了郭云深一眼，没有言语，抄起两根竹竿，顺手扔给郭云深一根，两人又打了起来。

这一回打了有三十多回合，又是难解难分。张树德果然又使出这一招，竹竿在郭云深的竹竿上一颤一划，直击郭云深的手腕，没想到郭云深手腕一翻，竹竿挑起，却砸在了张树德的腕子上。张树德的竹竿应声而落。

张树德叹道："没使白蜡杆子，使我少受了委屈呀！"

此时，张树德才明白郭云深刚才换竹竿比武的用意，郭云深本已识破张树德的招式，但若用白蜡杆子击在手腕上，不免令张树德的手腕受伤，才提出换竹竿来比。体悟了郭云深的用心，张树德不禁对郭云深十分感佩。

这时却听郭云深道："张爷，咱们再比拳吧。"

张树德摇头道："不用了，兵刃上我比不过你，拳术上更别提了。这样吧，我拜你为师，学形意拳。"

郭云深忙道："不可，张爷，如果想练形意拳的话，我可以代师收徒。"

于是，张树德便拜李洛能为师，称郭云深为师兄。

张树德的年纪比郭云深大，但功夫不如郭云深，又刚入形意门，因此称郭云深为师兄。

郭云深之所以不收张树德为徒，乃是因为张树德是北方有名的武林高手，如果拜郭云深为师，则显得屈辱多了。郭云深乃是讲义气之人，不能如此难为武林同道。

第二日，郭云深拜别张树德，继续北行，来到了保定府。

保定府有一位著名的武术家叫李魁垣，提起李魁垣，武林中没有一个不夸赞的。

李魁垣，又叫李殿英，是直隶涞水县山后店上村人，武艺超群，为人刚勇正义。自幼喜读书，善书法，犹工小楷，师从易州许师学习弹腿和八极拳，功力深厚，在保定开设泰安镖局，是个有名的镖师。他自己所护的镖车上只要插上李魁垣的黑镖旗，即使李魁垣不在，也没人敢动，畅行无阻。

李魁垣如此了得，他的弟子也跟着沾光，正所谓，一人得道，鸡犬升天。这些人经常自负地对别人说道："我们师父的武功连打带卖。"意思是李魁垣与人交手时无人能敌，即使把武功用来卖艺也可捞到大把的银子。

郭云深进了保定城，便到了保定城最有名、最热闹的炮台街。

郭云深正在暗想如何去找李魁垣时，恰巧看到街边一家名叫"嘉木斋"的茶馆里坐着一伙人正在喝茶。郭云深从茶馆门前一过，看见了这伙人，心里就知道这伙人是"挂子行"的，忖道：大概他们就知道李魁垣在何处。于是他便迈步走进了嘉木斋。

郭云深来到这伙人跟前，一抱拳，客气地问道："敢问几位，知道保定府有一位李魁垣师父在何处吗？"

其中一个大个子从鼻子里哼了一声，道："那是我师父，你找他干什么？"说着还跷起一条腿来回晃着。

郭云深微微一笑："没什么，我是特地来拜访他的。"说罢便走到旁边的一张桌子旁。

茶馆的伙计走过来，点头哈腰地道："您来点儿什么茶？"

郭云深问道："你这里都有什么茶？"

伙计嘻嘻一笑，道："那可就多了，好的有苏州的碧螺春、杭州的龙井、黄山的云雾、洞庭湖的白毫、信阳的毛尖、安徽的瓜片、福建的铁观音、武夷山的大红袍。普通的，咱这儿有绿茶、红茶、香片；再次的，咱们这儿有茶叶末子，交钱就喝。"

郭云深被伙计逗得一乐，笑道："那好吧，咱北方人就爱喝香片，就来壶香片吧，要茉莉花的。"

伙计应了一声，不大一会儿就端了一壶茶放在了郭云深的面前。

郭云深端起茶壶便往碗中倒茶，壶口对着茶碗，但茶水却流了一桌子，始终倒不进碗里去。

郭云深侧目一看，见旁边那张桌子的一个身材魁伟、方额阔面的大汉正在向他茶壶缓缓吹气。郭云深微微一笑，将手放在茶碗上一按，就见茶碗慢慢地陷进了桌面，渐渐没到了碗口。

旁边喝茶的人不知是怎么回事，见到郭云深露了这一手功夫，不禁齐声喝彩。

那大汉见状有点儿沉不住气，冷哼一声，走到郭云深桌子旁，一伸右脚，茶碗一下子就从桌子中弹出来了，他一拳击过去，茶碗已碎，随手抓起碎片，轻轻一搓，碎片成为碎末纷纷落下。

郭云深不慌不忙，镇定自若，拱手道："不知兄弟何处得罪了你？"

那大汉一阵大笑道："我就是李魁垣。"说罢扬手向郭云深肩头拍去，郭云深见他来势迅猛，身形一晃，以"单展翅"化解了这一招。李魁垣一见郭云深如此轻易地便避开了这一招，也是大为惊讶，将轻敌之心收起，喝道："果然了得，再接我一拳！"说着话，口中"哼"的一声，以声助势，双拳呈"黄鹰双抢爪"之势，疾攻郭云深的面门。

李魁垣所练的八极拳乃是一种近身短打的拳术，发力常在方寸之间，在嘉木斋茶馆的小范围内搏斗，并未感到不便，所以招招抢攻。

郭云深见李魁垣这招使得神充气足，也不由得暗中喝了声彩，身形微展，用“风摆荷叶”让开拳势，转身一个“退步劈拳”击向李魁垣。

八极拳即戚继光《纪效新书》中的“巴子拳”，因该拳仅屈紧拇指、食指，其余三指半握，拳状似耙，故此得名。明末清初时，改称八极拳，取八极为八方极远之意，又要求习武者精益求精，以达极致。据考，其名家最早为康熙年间山东海丰人吴钟。吴钟的八极拳学自一位名叫“懒披袈”的僧人，艺业大成后，曾游侠于北京，与康熙十四皇子胤禵比武。他把枪头涂上白粉，结果将胤禵的双眉染白，却未损其肌肤分毫，因此世人称吴钟为“神枪”。

八极拳动作简捷，发劲刚猛，有十字劲、缠丝劲、沉坠劲、撞靠劲等，其中以向“四面八方外撑”的十字劲为主要劲法。发力时常以气催力，以声助势,发声常伴“哼”“哈”二音。其基本手法有挑、插、冲、贯、砸、推、刁、搓、削、架、压等，下盘步法以马步、弓步、并步居多，注重震脚、蹍步，处处紧迫硬攻。

此刻李魁垣见郭云深拳势威猛，勇不可当，虽心神不免受其影响，但八极拳讲究以短制长，常以习练砸步和马步撑掌桩功为基础，并以“搂贴撞靠功”锻炼近身搏击的体能，所以，他慌而不乱，忙以“迎风朝阳手”化去了这一记劈拳，有惊无险。

郭云深见李魁垣退了一步，顺势前行，一招“推窗望月”，拳势如排山倒海般袭向李魁垣的前胸。

李魁垣自知遇上了强敌，施展开八极拳中的“六大开”，即顶、抱、担、提、挎、缠，寸步不让与郭云深斗了个旗鼓相当。

转瞬间，二人已打了二十余个回合。李魁垣吼声连连，拳拳急迫，郭云深险险避过了一招“霸王硬折缰”，舌绽春雷，发一声喊，向前猛跨一步，一招“半步崩拳”攻向李魁垣。李魁垣顿觉气息为之一滞，周围的空气仿佛一下被抽干了，只感到郭云深的拳头挂着劲风离自己越来越近。

李魁垣断喝一声“哈”，以八极拳最刚猛无俦的一招“猛虎硬爬山”，硬架了出去。

二拳相交，二人毫无花假地硬拼了一招，发出了一声巨响。李魁垣觉得重心一下消失，再也扎不住马步，身子腾空而起，一个跟头倒翻出去。但李魁垣神志未失，在空中越过了两张桌子，猛一凌腰，唰地使了招“白鹤亮翅”，稳稳地落在了地上。

李魁垣心中大为敬佩，但面上却不动声色地问道：“阁下何人？”

郭云深从容道："在下郭云深。"

李魁垣大吃一惊，道："哦，你就是郭云深！"

郭云深微笑点头，道："不错，正是在下。"

李魁垣冷哼了声，道："好，就凭你这一下子，明天我们就在保定莲池书院比武。我会知会保定城内武林道上的朋友，咱们比个高低，让保定府的武林高手们评评谁的功夫深。"

说罢二人击掌为誓，各自离开了嘉木斋茶馆。

保定的莲池书院建于雍正十一年，原为元朝张柔的莲花池故址，池上有临漪亭，又有君子亭、柳塘、两溪、北潭等名目，乃是保定城的名胜。

李魁垣要和郭云深比武的消息不胫而走。第二天，莲池书院内人山人海，大家都来看李魁垣和郭云深的比武。比武还未开始，围观的人已经是议论纷纷，莫衷一是，猜不透谁输谁赢。

不一会儿，就见李魁垣大踏步走到场中，朗声说道："各位武林同道，我李魁垣走南闯北多少年，从未败过谁手。昨天在嘉木斋茶馆，有个要'半步崩拳打遍天下'的狂妄家伙郭云深，给了我一下子，但并没有把我打散了架，我没怎么服气，所以今天我同他要在此处比试一下，看看究竟谁的功夫更深。"

郭云深也大步走到场中，朝四周一抱拳，道："各位武林中的朋友，在下郭云深，也没什么高明的功夫，只不过会几下乡下人的庄稼拳，听说李魁垣师父的功夫不错，所以特来请教。李魁垣师父最出色的功夫，一是八极拳，一是弹腿，既然昨日在下已然领教过了李师父的八极拳，因此，在下愿意做个提议，再来领教一下李师父的弹腿功夫。"

郭云深转过身面对李魁垣道："李师父，你先照我的肚子来一脚。"

李魁垣暗忖，郭云深这不是拿命闹着玩吗？便连连摆手道："不行，不行，这样比试，动辄就有性命之忧，咱们还是比拳脚吧。"

郭云深淡淡一笑道："没事，你尽管踢就是了。"

李魁垣看郭云深随随便便地站在那里，胸前空门大露，还是不好意思下脚，又再次推辞道："这如何使得？"

郭云深道："没关系，我让你踢，你就踢，别那么犹犹豫豫的。"

周围的人也都劝李魁垣道："既然他让你踢，你就踢，踢死了也不怪你，我们大家为你做见证，你就踢吧！"

李魁垣这才点了点头，整整衣服，下定决心道："那好，我就踢。"

李魁垣紧走几步，吸了一口气，抬腿就朝郭云深的小腹踢去，砰的一声踢在了郭云深的小腹上。这一腿李魁垣也不愿意闹出人命，因此只用了五成劲儿，未敢使出全力，再看郭云深，却宛若没事人一样，连动也不动。

李魁垣不禁大惊失色，心中不免暗赞道："看不出这姓郭的还真有些功夫！"

他再次运劲儿，这次用的是七成力，又是砰的一声响过，一腿结结实实落在郭云深小腹之上，再看郭云深依旧稳如泰山，若无其事一般。

郭云深哂道："李师父，你尽管踢，何必如此胆小呢？"

此时围观的人已开始议论纷纷，李魁垣不禁老脸一红，心里却是一阵打鼓，忖道：刚才我那一腿虽然只有七成劲道，即使是铁板亦可踢弯，这姓郭的怎么还是无事？看来此次我还真是遇到对手了。

李魁垣平静了一下心情，肃容道："郭师父的功夫果然了得，在下佩服之至，这一次在下可要尽全力了！"

郭云深道："李师父放心出腿便是。"

李魁垣这次将全身的劲力贯于双腿之上，腾空而起，一条腿向郭云深袭来，但此乃虚招，半空中这条腿收回，另一条腿迅猛踢出，重重地踢在郭云深腹部上。这一招正是李魁垣弹腿的成名绝技"鸳鸯腿"！

这一腿实有千斤的力气，李魁垣以此招不知败过多少英雄豪杰。然而再看郭云深，气沉丹田，厉喝一声道："走——"只见李魁垣一下子被弹出两丈外，摔得鼻青脸肿，郭云深却纹丝未动，周围的观者一阵大哗。

李魁垣佩服得五体投地，忖道：这是何等高深的功力，我与之相比差得太远了！

李魁垣急忙跪伏于地，道："李魁垣比之郭先生的功夫，实如草萤与皓月争辉，李魁垣诚心拜服，从今日起，愿拜郭先生为师。"

郭云深见他言辞恳切，急忙将他扶起，当众收他为徒，此事顿时轰动了整个保定城。保定府还有个著名的武术家名叫洪四把，他是少林罗汉拳大师平敬一的师弟，同为南宫县孟六的弟子。郭云深与李魁垣比武那天，洪四把恰巧有事，不在保定城，回来后听说了这件事，又问及当时比武的情况，洪四把不禁暴跳道："李魁垣也太草包了，怎么一下就拜郭云深为师？不行，他郭云深算什么东西，我非要同他比试比试！"

于是洪四把当天就找到了郭云深，盛气凌人，约定第二天午时在直隶总督府门前的炮台上比武。

翌日中午，炮台四周被围得水泄不通，两丈多长的台子上，洪四把已早早地等候了。郭云深到来时引起了一阵轰动，就见他一纵身跃上炮台，平静道：“上手吧！”

洪四把也不客气，一步跨出，使出“黑虎试爪”，照郭云深就是一拳。但他的拳还不曾落在郭云深的身上，郭云深已然吐气开声，一个半步崩拳，以迅雷不及掩耳之势猛然击出，旁观众人分明觉出有一股劲风，盘上旋下，劲猛异常。

这一拳打在洪四把身上，洪四把一下就被打出一丈开外，挣扎了半天，也爬不起来。

台下顿时轰然而动，发出了一片赞叹声，人人都道：“郭云深的崩拳，真乃神力！”

自此保定府练武术的英雄豪杰、武林高手，没有一个不服郭云深的。

郭云深在保定府住了两年，向李魁垣等人传授形意拳，使得形意拳在保定府开始兴盛起来。郭云深不忘师父之命，告别众弟子，上路北行，继续征程。

李魁垣因拜郭云深为师，学得形意拳，更是如虎添翼。他昼夜勤习，无半点儿懈怠，于形意拳上颇有所得，成为郭门最得意的弟子之一。

出保定府再向北，郭云深就来到了直隶的易县。这易县濒临易水，乃先秦古燕国之地，燕王喜二十八年，荆轲西赴咸阳刺杀秦王嬴政，燕太子丹为其送行，“满座衣冠似雪”便是在这易水边上。后来唐人骆宾王曾有诗道：“此地别燕丹，壮士发冲冠。昔时人已没，今日水犹寒。”由此亦可见这易县自古便多慷慨悲歌之士。

然而郭云深一到易县，便听说了一件不平之事。原来易县有一个武术名家叫刘孝能，此人是县城的一名屠夫，开着一家肉铺，经常倚仗着身有功夫欺行霸市，并且卖肉时常缺斤短两。别人责问他，他便将眼一瞪，道：“嗨，不就差那么一刀吗？又怎么样？”因为他拳术了得，别人一般都不敢惹他，只能忍气吞声。

郭云深向别人打听清楚，怒火中烧，便径直去刘记肉铺找刘孝能。

到了刘记肉铺，郭云深见一条大汉正在卖肉，便问道：“你就是刘孝能？”

刘孝能道："不错，我就是。"

郭云深淡淡道："听说你卖肉常缺斤短两？"

刘孝能将双眼一翻，恶声道："怎么着，这关你什么事？"

郭云深从容道："你无非仗恃着拳术横行，你出来，我们比试比试。"

刘孝能哪里受过这种气，一个箭步从肉铺中蹿出，挥拳就向郭云深攻去，郭云深还没等他近身，一个崩拳就将他击出一丈之外。刘孝能甚是硬朗，一咬牙从地上猛地爬起，又合身扑上，却连郭云深何时出拳都未看清楚，就又被打出一丈开外。

刘孝能这才知道遇上了高手，下意识地问道："你是谁？"

郭云深笑道："我叫郭云深，你是否听过？"

刘孝能大吃一惊，心服口服，跪伏于地要拜郭云深为师。

郭云深道："你年岁较大，我不能收你为徒，但我可以代师收徒，传你形意拳。但前提是你不可恃技横行，卖肉缺斤短两！"

刘孝能面带惭愧地连连道："不敢，不敢，以后一定公平买卖。"

郭云深便又留在易县传授形意拳，易县的著名武术家刘勇奇、周明泰、许占鳌、张聘斋等也都拜郭云深为师。

一年后，郭云深离开易县继续北行，到达了直隶涞水县，才知道涞水县有个名叫郑虚烟的"螳螂拳"高手，组织了一个"螳螂拳会"，自命会首，自称"王郎在世"，并且在涞水附近网罗了大批市井无赖，收为弟子，倚仗着人多势大，为所欲为，干尽丧尽天良、抢男霸女之事。涞水县的百姓对他恨之入骨，但畏于他的功夫和势力，敢怒不敢言。

郭云深听到这件事，实是怒火满胸，深恶痛绝，放出风声，要亲赴螳螂拳会挑战郑虚烟。

这郑虚烟自幼习武，常自恃勇力，横行乡里，后来赴山东烟台拜入当世有"螳螂王"之称的螳螂拳大师范旭东门下，苦学螳螂拳。但还未满师时，就被范旭东看出其人心术不正，被逐出门外。但郑虚烟的确是习武奇才，虽未满师，却已颇得范旭东的真传，回到涞水，打败了涞水地面上的众多武林高手，更加不可一世，骄矜凌人，做下不少令人发指的恶事。

郭云深要挑战郑虚烟之事此时已然传入郑虚烟的耳中，但郑虚烟自大惯了，并未将之放在眼中，忖道：这郭云深真是寿星公上吊嫌命长，今天我非把你干掉，扬扬威名不可。

郑虚烟正在与徒子徒孙吹嘘自己的神功盖世时，突然，一个壮汉跌跌撞撞从外面跑进来，气喘吁吁地喊道："郭云深来……来了！"

郑虚烟心中一惊，表面却是极其镇静地道："为师在此，你慌什么？他在干什么？"

那壮汉面露迟疑之色，嗫嚅道："他把咱们螳螂拳会的牌子给劈了。"

郑虚烟双眼一瞪，怪叫道："什么？这姓郭的好大的胆子，今天我非灭了他！"

说罢他便跳起身来，带领一帮徒子徒孙气势汹汹地走出大门，正见郭云深气宇轩昂地站在门前，脚下踩的正是"螳螂拳会"的牌子。

郑虚烟自恃是在自己的地盘，将一双凶睛睁得老大，恶狠狠地盯着郭云深。

郭云深傲然而立，横眉冷对。

四目相交时，郑虚烟不免打了个寒战，暗忖：这姓郭的眼睛好亮。霎时间，自己仿佛完全被郭云深看透了一般，再也沉不住气了，怪叫道："郭先生远道而来，为何要踢我的牌子？"

郭云深冷冷道："习武者的武德是什么？执戈卫国，戍边守土，不惜杀身以成仁；仗剑为民，除暴安良，不惜舍生以取义。尔等不忠不孝，奸盗邪淫，欺师灭祖，以武欺人，实乃市井无赖之徒，蝇营狗苟之辈。你们这些无法无天、残害百姓的武林败类，根本不配谈拳论武……"

郭云深此时气涌如山，断喝道："郑虚烟，今日我要你难逃公道！"

郑虚烟也是大怒，纵身跃到郭云深面前，运气于拳狠狠击向郭云深的左肋。

郭云深虎步轻移，闪开了这一拳，冷笑道："我倒要领教一下你这酒色之徒的螳螂拳有多大威力。"

第十二章

竹帘留墨迹　形意天下鸣

螳螂拳在武术中属于象形拳的一种，传说此拳创自明末山东即墨人王郎。

王郎自幼嗜武，曾学艺于少林寺，后又游访天下，寻求明师。一日，在山林中见一螳螂捕蝉之技甚巧，王郎遂以草戏之，螳螂以前足双勾，上下左右运用灵活自如，勾砍劈削，刁踩闪漏，扑捉腾挪，头正颈直，疾如雷霆，沉而力实。

王郎触景生情，悟出以短击长之理，取其势，意其形，用其巧，遂成螳螂拳绝技。王郎之后，螳螂拳又衍生出不同派别。

走七星步，出手迅猛，称为七星螳螂，又称“罗汉螳螂”“硬螳螂”；出手三五个动作连贯，势似梅花五瓣，称为“梅花螳螂”，又因其式连绵不断，劲力较柔，又称“太极螳螂”或“太极梅花螳螂”；以六合门路为基础，以内三合、外三合为定意，称为“六合螳螂”，又称“马猴螳螂”。

山东烟台的“螳螂王”范旭东精于梅花螳螂拳和七星螳螂拳，技法高超，曾北赴西伯利亚，参加过俄罗斯人举办的拳击摔跤比赛，以螳螂拳击败了众多对手，大扬中华武术之雄风。

世人传说，王郎创立螳螂拳时，曾吸收了十七种拳术，计有宋太祖的长拳、韩通的通臂拳、郑恩的缠封、温元的短拳、马籍的短打、张恒的猴拳、黄粘的靠身、约张的两掌飞疾、高怀德的摔捋硬崩、刘兴的勾搂捋手、谭方的滚漏贯耳、燕青的拈拿跌法、林冲的鸳鸯脚、孟苏的七星连拳、崔连的窝裹炮捶、杨滚的滚踩直入、金相的磕手通拳。

此传说真假不论，更可能多是后人牵强附会的解释。但由此亦可想见螳螂拳的确是集多家之所长而创，威力不凡，乃武林中一门绝学。

郑虚烟一见郭云深让开这一击，顺势一个蹦步，来了一招“镜里藏花”，直奔郭云深面门。

郭云深不慌不忙，一个“蛇行式”倏地跃至一丈多远。

二人在螳螂拳会大门前这一来一往，快似疾风，迅如电闪，郭云深不禁叹道：“好个梅花螳螂拳！又好个郑虚烟呀！只可惜走上了邪路，空负了这一身好本领。”

郭云深一招“青龙探爪”，往起一腾身，用右拳锁住郑虚烟的喉咙，郑虚烟又一个蹦步，将头一侧，躲过了郭云深的拳头，招式一变，使出了“梅花手”。螳螂拳集中了多家近身搏击拳术的所长，所以号称“崩步到八肘，神仙也难躲”，又说“拦截到胸腰，鬼神也难逃”。“梅花手”即五个连发的技法，如五瓣梅花，昂首怒放，两只利爪齐向郭云深的心窝、肋下和面门戳来。

郭云深一个“狸猫倒上树”闪开，心与意合、意与气合、气与力合、肩与胯合、肘与膝合、手与足合，六合贯通，形意统一，浑然一体。只见他步法矫健，劲力刚猛，其形若鸡腿、龙身、熊膀、鹰捉、虎抱头，全身关节形曲力直，神松意紧，神犹雾豹，气若腾蛟。一连三个半步崩拳，拳拳到肉，将郑虚烟打得连滚带爬，苦不堪言。

郑虚烟连中三拳，性发如狂，自恃身高力大，索性咬紧牙关，硬桥硬马，决定与郭云深硬拼到底。

几招过后，郑虚烟突然一脚向郭云深胯下踢来，郭云深从容鹤步，借郑虚烟前冲之力，右手一扬，将郑虚烟丢了出去，滚出两丈多远。

郑虚烟倒在地上，一时间挣扎不起，猛见一个弟子将一把钢刀扔了过来，他急忙抓住，一个“鲤鱼打挺”跃起，抡刀向郭云深劈来。郭云深见他手提钢刀来势凶猛，只是冷然一笑，步踏中门，迈步如铁犁行地，落地如巨树栽根，以“风摆荷叶”让过钢刀，左手顺势将钢刀夺过，右手一个“进步炮拳”，轰在郑虚烟当胸，郑虚烟痛嘶一声，再次摔出。

郑虚烟功夫虽然了得，但多年的酒色生涯已侵蚀了他的身心，此时早已满头大汗，骨软筋疲，而他那些徒子徒孙早已吓得目瞪口呆。眼见郭云深手提钢刀，威风凛凛地走过来，郑虚烟再也顾不得往日威风，翻过身来，跪在郭云深面前，连连磕头，口中喊道：“郭先生饶命呀！我愿意解散螳螂拳会，从此改邪归正，只求您老饶我一命。”

郭云深恨声道：“呸！以你的所作所为，死十次也不够……”

郑虚烟磕头如捣蒜道：“郭先生，俗话说，‘浪子回头金不换’，您饶恕我，我愿拜您为师。我若是再不改好，就是欺师灭祖，您那时再杀我也不迟啊！”

郭云深目光似电，扫视这些会众，吓得这些人心惊胆战，纷纷后退，于是双目紧盯郑虚烟，道：“你这话可是真心？”

郑虚烟连声道：“是真心，是真心。”

郭云深不禁一时沉吟："那么……"

就在郭云深略一犹豫的一瞬间，郑虚烟猛然就地一滚，脱离了郭云深的拳脚范围，自怀中掏出一支适才来不及使用的火铳，对准了郭云深，口中恶声骂道："姓郭的，别忘了，明年的今日，就是你的周年。"

郭云深此时愤恨至极，双目中寒光一闪，杀机大起，说时迟，那时快，一个"黑虎出洞"，跃至郑虚烟面前，还未等郑虚烟反应过来，郭云深手中的钢刀已经劈落。

只听郭云深斥道："你改不了啦！"

刀锋过处，血光四溅，郑虚烟火铳还未发出，已被郭云深砍掉了脑袋，尸身栽倒在地。郭云深拾起火铳，对众会徒厉声喝道："我杀死郑虚烟，与尔等无关，还不速速散去，郭云深自会投案自首。"

霎时间，二百多个会徒犹如漏网之鱼，一哄而散。

郭云深来到涞水县衙，投案自首道："人是我所杀，但郑虚烟暗算我在先，迫于无奈，我才将其杀死。"

涞水知县一见出了人命案子，急忙去查看杀人现场，并将郭云深押入监牢。

不料，监牢的牢头是郑虚烟的徒弟，他得知师父被杀，看见郭云深便恨得牙痒痒，下令要将郭云深绑在犯人撒尿的大尿桶上。

郭云深厉声喝道："郭某犯的乃是国法，该如何处置我，自有国家决断，尔等胆敢用此非刑，休怪郭某不客气。"

牢头正想找碴儿，一听这句话，把眼一瞪，从鼻中哼了一声，道："好小子，你还敢回嘴？"抡起手中的棍棒就向郭云深头上打去。

郭云深双目炯炯，气升丹田，两臂一用力，断喝道："开！"一下子就将枷锁给掰开了。牢头一看，吓得"妈呀"一声，这才知道郭云深武功盖世，不可欺侮。魂飞魄散之下，急忙跪下道："郭爷爷，饶命，饶命呀！"

郭云深淡淡道："你起来吧，也不必害怕，我不杀你，你只要不欺负我就行。"

牢头颤声答道："不敢啦，我再也不敢啦。"

郭云深将双手伸出道："还是给我戴上枷锁吧。"牢头战战兢兢又找了一副枷锁，哆嗦着给郭云深戴上。

涞水县百姓得知郭云深因杀了郑虚烟才进了大牢，纷纷赶到县衙为他求情。涞水知县刚刚上任，正为郑虚烟等人横行不法而头痛，郭云深为他解决了这件事，心中也颇为感佩，不免就有了开脱之意。

恰巧郭云深在易县收的弟子刘勇奇是易县清西陵的护陵军将、皇粮庄头，人称刘五老爷，他听说郭云深入狱的消息，急急忙忙赶来会见涞水知县，劈头问道："郭云深的案子，你打算如何处置？"

涞水知县见皇粮庄头亲自来了，不敢怠慢，道："敢问他与您老是什么关系？"

刘勇奇道："他是我的武术老师。"

涞水知县一听，顺水推舟，便道："郭先生属于自卫，理应从轻发落。"于是便将郭云深的死刑申请为狱中监禁六年。刘勇奇这才满意，到狱中看望了郭云深，又给郭云深留下了一些银子，才返回了易县。

在涞水百姓心目中郭云深是惩奸除恶的大英雄，都托狱卒照顾，所以郭云深在狱中就比较自由，不怎么受限制。不久，李魁垣的弟子孙禄堂赶到了涞水，在监狱中侍候郭云深，向郭云深学了六年形意拳。郭云深在狱中也练了六载内气功。

六年后，郭云深刑满释放，郭云深众弟子都到涞水县接他，师徒们在酒楼开怀畅饮时，许占鳌问道："师父，您什么时候走？"

郭云深重重地哼了声，大声道："不走了，在牢房蹲了六年，这口气我出不来，我要在这儿待上半年，把涞水县的武林高手全都打趴下。"

众弟子闻听，轰然叫好，声动四壁。可是到了第二天，郭云深师徒却神不知鬼不觉地离开了涞水县。原来，郭云深乃是粗中有细之人，知道被杀的郑虚烟在附近的朋友、徒弟还很多，这伙人不会轻易让自己离开，于是便故意放出风声，不离开涞水，以迷惑对方，然后悄悄率众弟子夤夜离开，免遭暗算。

事情果然被郭云深料中，在郭云深走后，这伙人才醒悟上当，但为时已晚。郭云深声东击西，夜走涞水的事，很快传遍了江湖。

历经千辛万苦，郭云深终于到达了北京，首先就到蒜市口西街维记德煤铺找到了马维祺，马维祺是何等骄横之人，立刻便答应比武较量。结果，马维祺也没能接得住郭云深的半步崩拳，呕了一口鲜血。这时尹福和程廷华接到郭云深进京的消息，急忙赶过来，制止了二人的比武，避免了伤亡结怨。

程廷华与郭云深是同乡，便以尹福为首，同八卦掌的师兄弟在广和居设宴，为郭云深到京接风洗尘。

师兄弟中的何五在席间不服郭云深的“半步崩拳打遍天下”，在郭云深背后冷不防地一掌击去，想一掌将郭云深制伏。郭云深猛觉背后一股冷风袭到，知道有人暗算，回身就是一个崩拳，将何五打倒在地，口吐白沫，不省人事。尹福知道这是何五不对，暗算郭云深在先，便不好与郭云深计较，就叫其他的几位师兄弟扶他去看病。却听郭云深笑道：“这位兄台没有大碍，你们不必管他，休息一下就好，我刚才打他时估量着手劲儿呢！”

尹福、程廷华等人一听，不禁大为惊叹，郭云深如此刚猛迅疾的崩拳竟然已经达到了收发于心的地步！

郭云深连打了两名八卦门的弟子，为的就是引八卦掌始祖董海川出来，与他亲自较量。然而出乎郭云深的意料之外，董海川竟没有找他。郭云深这下可有些沉不住气，急得在寓居的客店中团团转。他几次到肃王府登门拜访，门房都回道：“董爷出去了。”

郭云深知道这是董海川有意回避，心中忖道：我非找到董海川，与他亲手较量不可。击倒了他，就等于将太极拳宗师杨露禅、三皇炮捶大师宋迈伦也击倒了，才等于击败了武林中的超一流高手，那么形意拳便可当之无愧天下无敌了。

这天晚上，郭云深正在客店中读书，忽听屋外竹门帘被啪啪啪地敲了三下。郭云深立刻就蹿了出去，游目四顾，却未发现周围有任何人，不禁大惑不解。回到屋中时不由得大吃一惊，只见屋内书桌上放着一张字条，上面用端正的小楷写着“董海川回拜”五个字，墨迹未干，墨香犹存。

郭云深暗自慨叹道：“这是何等功夫，已然达到了意到劲到的境界。我只是出屋的一个来回，董海川就从窗外跳入，写好了字，又跃窗而出，我竟丝毫未曾察觉，连人家的人影也未看到。原本以为我在天下武林中无人能敌，现在看起来真是天外有天，人外有人啊！董海川远比我有修养，不与我亲自交手，使我十年来的北征，没有败绩，从而保住了我‘半步崩拳打遍天下’的美誉。”

郭云深想到这里，迈步走到院中，看到夜空中月朗星稀，便对着一轮皓月朗声说道：“董海川先生，您的心意，郭云深拜领了！”

几日后，郭云深离开北京返回故乡深县。

烤肉季烤肉的腾腾热气中，程廷华将面前的酒一饮而尽，道："就这样，郭云深先生从深县出发到达北京，经历近十年，一路上击败了众多武林高手，打出了形意拳的威风。边打边教，使得形意拳更为武术界所瞩目，也使得郭云深先生'半步崩拳打遍天下'之名威震天下，获得了'崩拳大师不倒翁'的称号。"

季宗斌赞叹道："郭云深先生果真不愧一代宗师呀！"

郭云深谦声道："季老板真是谬赞了，我比师尊李洛能先生差得太远了。"

几人连说带吃，看时间已经到了未时，程廷华从怀中摸出银两付了账，三个人便下了楼。季宗斌将三人送出烤肉季门口，说道："三位都是身怀绝技之人，今日幸会，能否献一小技，让兄弟我也开开眼。"

程廷华瞧瞧郭云深、孙禄堂，笑道："怎么样，二位给季老板个面子？"二人点了点头。孙禄堂叫一声"着"，一纵身跃起七八尺高，一抬手，竟把那烤肉季的匾额摘了下来。众人一片喝彩。季宗斌急得直摇手，叫道："别砸了我的牌子，我们季家还指着它吃饭！"孙禄堂笑了一笑，又一纵身，众人还没明白怎么回事，那烤肉季匾额又端端正正地挂在上面。季宗斌吐了吐舌头："好家伙，真是名不虚传！"

郭云深抬头瞧瞧，但见烤肉季门额上多了两颗大铁钉，这是季宗斌挂门帘用的，便一抚须髯道："季老板，我看这两颗大铁钉挺碍事，扎着人可不得了，我给您钉进去。"说着，运足了气，一纵身，一步跃起，一拳朝那铁钉砸去。只听噗的一声，那铁钉牢牢实实地钉了进去。郭云深又一纵身，一伸手，另一个铁钉进去后，竟从门框内飞出，不偏不斜正好钉在屋内墙上武财神赵公明画像的玉带上。季宗斌见了，目瞪口呆，众人又是一片叫好。三人哈哈大笑，道声"告辞"，回到了花市四条的程记眼镜铺。刚一进门，会友镖局的镖师也到了，说明来意，三人便跟随这名镖师来到了会友镖局。

于鉴对于郭云深和孙禄堂闻名已久，今天见两人和程廷华一起到了会友镖局更是高兴，忙吩咐趟子手准备酒菜。尹福、程廷华等人中午已经吃过了饭，所以于鉴只安排了麻酱凉面。趟子手搬来一坛花雕酒，又端上来一盘茶油鱼干，一碗煮栗子，一盘凉拌粉皮，装了一碗瓜、藕、莲子、菱角，作为下酒菜。

于鉴举杯道："今天能够得见这么多英雄人物，真是令我会友镖局蓬荜生辉，来，我于镜堂先敬诸位一杯！”

几人端起酒杯一饮而尽。郭云深哈哈笑道：“我对‘小辫于’的名字也是久仰了的，今日一见果然名不虚传！”

程廷华在旁道：“尹大哥，昨晚上的事我已经听‘鼻子李’说过了，不知现在马贵的伤势如何？”

尹福皱眉道：“还躺在法源寺生死未卜。”

程廷华愕然道：“怎么，刃心法师也治不好？”

尹福摇首道：“刃心法师用了以毒攻毒的方法，不过是否见效，尚待三日后才知道！”郭云深朗声道：“沙弥远不过一介鼠辈，何劳尹爷如此忧烦！这件事既然让我遇上了，断没有置身事外的道理，我和福全愿供尹爷驱策！”

尹福感动道：“郭先生言重了，尹福如何敢当！郭先生仗义出手，我八卦掌兄弟已是感激不尽，又怎敢言‘驱策’二字！”

孙禄堂见尹福、程廷华有些忧心，便话题一转，问于鉴道：“早就听闻三皇炮捶拳的威名，我一直想了解一下这种拳术的源流，今儿个正好碰到于先生，您给我聊聊吧！”

于鉴仰脖灌了一杯酒，笑道：“其实三皇炮捶拳传递的脉络很清晰，距今也不过三百年。据传明末清初时，直隶冀县南冯管村有位武艺精湛的英雄乔三秀，拜嵩山少林寺的普照和尚为师，学得三皇炮捶拳，并得普照和尚叮嘱，不可轻易传人，因此乔三秀遵照师尊嘱咐，至垂暮之年才传给其子乔鹤龄。当时冀县赵家庄有一学武奇才，姓宋名彦超，字迈伦，生于嘉庆十四年。其父宋奇策是当朝大学士，共有四子，宋迈伦为长子，其伯父宋奇斌为本地庠生，堂伯宋奇彪是武举。宋迈伦九岁跟随宋奇彪习武，由于勤奋刻苦，二十岁即中武秀才。宋迈伦四处求教，广访名师，云游天下，遍览名山大川，寻访奇才异能之士。宋迈伦赴四川，登临峨眉山时，巧遇乔鹤龄，二人年龄相差虽然悬殊，但却彼此相见恨晚，见面后站立谈论了一昼夜，竟毫无倦意。乔鹤龄非常赞叹，说：‘我遍游天下，没有遇到能传我拳术的人，今天所幸遇到了你！’宋迈伦见乔鹤龄形貌古怪，二目隐射寒光，行走若飞，谈吐文雅，料定是位身怀绝技的人，当即拜乔鹤龄为师，专习三皇炮捶拳和枪术。与他同期学艺的同门还有于连登、张文彩、王双奎三人，其中最出色的当属宋迈伦和于连登。”

程廷华插言道：“于连登便是你的父亲了。”

于鉴道："正是。宋师伯和我父亲在乔鹤龄祖师身故后，各自返回家乡苦练，终于根据自身的特点和喜好，在习练中发挥各自特长，发展出了拳理一致，拳式大同小异，却各有特点的'于''宋'两派。宋迈伦师伯所创的'夫子三拱手'成为三皇炮捶拳的独特招法，平时不露形色，状若书生，仿似给对方行礼，面带微笑，若动手时，则如猛虎向前，所向无敌。武谚有云'月棍年刀，久练的枪'。宋师伯更独创出了'赵云勇战枪'枪法，俺们俗称'赵云三十六点大枪'。"

孙禄堂听得眉飞色舞，赞道："宋迈伦老先生太了不起啦！"

于鉴往郭云深碗里夹了块鱼干，说道："道光二十五年，宋迈伦师伯进京入皇宫神机营，准备报效国家。神机营乃皇宫的护卫营，当时由人称'七王'的醇亲王，也就是当今皇上的亲生父亲奕譞管辖。营中高手如云，著名的教头两千余人，宋师伯当众与众教头比武，双拳之下竟无敌手。醇亲王看后连连称赞'真是神拳呀！'赐宋师伯五品蓝翎顶戴，'神拳'之名不胫而走。"

郭云深问道："我听说八卦门董海川先生和宋迈伦先生也是至交？"

尹福在旁接道："不错，当时宋迈伦先生与师尊在京城相会，二人互相许为知己，结为挚友。我曾看过二人在宴会上用筷子比武较量。师尊喊：'着打！'宋迈伦先生喝道：'打不着！'二筷相交，齐声折断，二人当时抚掌大笑，互称绝艺。"

于鉴叹道："宋迈伦师伯在京城目睹朝廷腐败，感到自己虽有报国之心，却无报国之门，便灰心功名，将三皇炮捶拳广为传授，并亲手创办了今天的会友镖局。"

郭云深笑道："如果不是这样，又哪儿来的会友镖局！经历了这么多年的江湖风雨，会友镖局已经是京城中经营时间最长、信誉最高、规模最大的镖局了！"

于鉴点了点头道："郭先生说的是呀！"

几人又喝了一巡酒，相互聊了聊江湖上的奇闻轶事，又谈论了一阵武术上的心得，笑声不断，逸兴遄飞，大有相见恨晚之感。

于鉴道："刚才我说了说三皇炮捶拳，今天有人称'崩拳不倒翁'的郭先生在这儿，您还不跟我们说说形意拳的故事？"

郭云深哈哈笑道："好，今天我也替形意拳扬扬名，尹爷和廷华千万不要见笑。”

程廷华道：“我等洗耳恭听。”

郭云深清了清嗓子，道：“形意拳也是咱们拳术中重要的一支，与太极拳、八卦掌并称为三大内家拳，主要以锻炼内在的精、气、神、意、劲为宗旨，原名心意六合拳。形意拳要求外形与内意高度统一，内为养身之术，形为运用之道，以意行事，以意领先，以气催力，化拙为巧，易僵为灵，刚柔相济，阴阳相伴，虚实兼备，内外兼修，使内意、内气、内劲与外形、外气、外力相结合。其静若处子，动似雷鸣，轻如狸猫，迅如猛虎。在劲力上，重意不重力，求其气催血动，贯通全身。以意运气，意到气到，气至劲达。技击时，横裹其力，纵放其势，上攻下随，下攻上领，上下若和，中节乃攻。勾挂撩劈，踩踏蹬踢，斩截裹挎，起钻落翻，右旋左旋，动静相兼，有莫测之变幻，无穷之妙用。

“形意拳练的是五行拳和十二形拳。五行拳体现金、木、水、火、土五行相克的原理，称为劈拳、崩拳、钻拳、炮拳、横拳。十二形拳是模仿十二种动物动作特征所创，称为龙形拳、虎形拳、熊形拳、蛇形拳、鲐形拳、鹰形拳、马形拳、鹞形拳、猴形拳、燕形拳、鸡形拳、鼍形拳。除此之外尚有五行连环拳、杂式捶、四把捶、八式拳、十二肱捶、安身炮等。”

郭云深顿了一下，喝了杯酒，道：“至于形意拳的来历，则比太极拳、八卦掌、三皇炮捶拳的源流来得更为扑朔迷离。”

明朝末年，山西蒲州诸冯里北义平村有一奇人，姓姬名际可，字龙峰，生于明万历三十年，自幼熟读诗书，武技勇猛绝伦。他家道小康，院落十座，都是高大房舍，每间前后檐都露有房椽十五根，每日姬际可练功时，跨上战马，飞奔过房檐，在这瞬间，以掌中大枪点戳房椽，枪枪不漏，以至于姬家多座院落的房椽，都是根根可见扎痕，因此人称“神枪”。传说中，有一夜，姬际可在村西边练功时，得遇一老者，与之较量，数次不敌，老者对他说道：“你力法尚佳，但眼神不及，你走到溪边洗洗眼吧！”姬际可真的到河边把眼洗了，顿时觉得清亮，回来再看老者时，已然不见踪影。姬际可以后再练功，双目如电，功夫因而大成。

姬际可后来出走南方，遍访技击名家，先至西湖，又到峨眉，一无所得。

旋又转道汉中，逾秦岭，进入终南山。姬际可落魄江湖，自觉毫无寸进，既不能遂平生之志，又不能重返故园，遂生遁世之心，于是越群山、探古洞，在终南山玉柱峰下，寻得一座坍塌残破古刹，决意以终南山作为归宿之地。结果在古刹西配殿承尘之上，得一木匣，木匣之上嵌有“汤阴岳氏”四字，木匣中有一册《六合拳经》，传自南宋抗金名将岳飞。拳谱之中，阐释五行变化之原理，阴阳造化之枢机，起落进退虚实之奥妙，武技精华尽集于此。

姬际可悉心研习，勤加修炼，创出了鸡腿、龙身、熊膀、鹰捉、虎抱头的拳术，有夜马奔槽、熊膀、虎捕兔、燕子取水、鹞子钻林等十二大势，在当地被尊为“际可拳”。后姬际可遍访天下名家，修炼拳术，于康熙二十八年逝世。姬际可将拳术定名为“心意六合拳”，后人为其立像，像两旁题有一联，上联是“创业本艰难要留好样子孙”，下联是“守成非容易不可负愧祖宗”。

姬际可的传人为曹继武。曹继武生于康熙八年，名日玮，直隶大兴人，也有说是河南济源人，又说是安徽池州人。曹继武曾在康熙三十二年举顺天府乡试第一，第二年甲戌科殿试，被康熙钦点为武状元，随后授三等侍卫，入值禁中。康熙三十六年，随康熙帝亲征噶尔丹，因为侍驾勤劳，有蟒衣酒果的赏赐。康熙三十九年，曹继武担任山西利民路参将，后特旨迁陕西靖远卫副将、兴安总兵大都督。曹继武晚年引退，在池州、洛阳等地传拳，弟子甚多。其弟子马学礼，亦为心意拳一代宗师，传人有马三元、张志诚等人，后来成为形意拳的河南派。

山西祁县人戴隆邦是祁县戴氏意拳的嫡系传人，是丹枫阁主人戴廷栻的后辈。

戴廷栻祖辈、父辈皆为明朝官员，他秉承祖训“戴家食禄大明，皇恩浩荡，大清是夷族入侵，犯我汉室。戴家儿孙不做清朝官，不做清朝事，有志者再度反清复明”。清顺治十七年，戴廷栻在祁县城内南街建造丹枫阁，此阁三间四层，规模宏大，蔚为壮观。丹枫阁名为文人诗社，暗中以“反清复明”为宗旨，广泛结交天下名士，成为各方豪杰向往之处，一时声名大震，成为清朝初年反清复明的一大营垒，地下活动长达十六七年之久。世有“南有水绘园，北有丹枫阁”之称。名士顾炎武、傅山与丹枫阁主人密切交往，将南拳、绵掌以及气功养生法传与戴家子弟，结合戴家本身的拳法，形成了独具风格的戴氏意拳。

戴隆邦是戴家直系子弟，自幼习武，气力过人。承继家学戴氏意拳后，他自山西至池州，又拜曹继武为师，从学十载，技艺大成，得心意拳真传，成为山西心意拳一代宗师，得到后人尊崇。

乾隆年间，戴隆邦遵从曹继武师命返回祁县，在家族内部秘传拳法，但他武功超群的名声仍然流传出去，不时招来民间武林高手上门比武。每逢比武，戴隆邦从不用绝招伤人，只是以艺服人，点到为止，因而博得德艺双绝的赞语。赞语不胫而走，引起了清军绿营兵卒的注意，一些千总、把总之类的低级武官也相继登门造访。对此，戴隆邦婉拒谢客，因为戴家祖训，不和清朝打交道。

有一新任的千总，武举出身，武艺高强，为人豪爽，从不为非作歹和仗势欺人，在百姓中声誉较好。他听说了戴隆邦的功夫了得，特来拜访。戴隆邦对此人也有所闻，知道是个习武行家，也就破例会面。

两人互有心机，都声称以武会友，不谈其他事情。谈得投机，便进内院看看。内院是练功场，墙边埋着木桩，千总问道："戴先生练的长拳还是短打？"

戴隆邦回道："在下练的是家传心意拳。"

千总笑道："好嘛，心意拳厉害！"一边说一边走向木桩，定身运气，咔嚓一声，碗口粗的檀木轴断为两截。千总回头道："兄弟酷好习武，比武的规矩也知道，虽说点到为止，但万一失手，打断胳膊抬回去，死了拉回去，不打官司不偿命。先生不必顾虑，动手吧。"

戴隆邦退无可退，只得当场拉开架势，互展技艺。戴隆邦虽也想展示自己的功夫，让这位千总见识一下心意拳的厉害，但并不想出手伤人，所以不主动攻击，只是化解对方的来手和破坏对方的重心。时间一长，千总渐落下风，就在被戴隆邦掌风逼得行将倒地之际，戴隆邦迅速将他托起，道："到此为止吧！"

千总感激戴隆邦给他留了面子，回去后即吩咐手下兵卒不要惹是生非，更不要骚扰戴先生。此后一段时间，绿营士兵和百姓都感谢二人的武德和义气，彼此相安无事，乡邻村舍偷鸡摸狗的事情少了，秩序安宁了许多。

戴隆邦武名大传，太原府四邻各县的武术高手纷纷上门切磋，夸奖他是三晋大地的武林巨擘。时间一长，祁县衙门的官员和绿营军官渐渐产生了担忧和疑虑，戴家是名门望族，子弟们却文不科举、武不从军，意欲何为？

戴隆邦有鉴于此，在乾隆末年，率长子戴文良、次子戴文雄，在河南赊家店开设了车马大店兼镖局。虽然戴隆邦威名远扬，镖路沿途朋友也不找碴儿，但还是出了大事。据传，戴家曾接过一支诡秘的“商镖”，声称价值连城，丢失则性命难保。镖讯被“红胡子”匪寇知悉，几十名匪寇便埋伏在鄂界等候夺镖。双方遭遇后，尽管戴家报出了镖局名号，但这些匪寇却毫不相让，仍然杀气腾腾，必欲夺下此镖。他们一拥而上，大开杀戒，双方一场激战，杀得血肉横飞，匪寇死伤者甚众，年迈的戴隆邦对此大为不忍，决心归隐家乡。

回到祁县的戴隆邦，因为广交武林朋友，掌握了诸多拳法精粹，领悟了各门拳经要义，磨砺了各式拳招技法，决定创拳立谱，写出了有理有势、图文并茂的《戴家心意拳》。就在拳定谱成之年，却发生了一场惨祸。

当年劫镖未遂而惨遭失败的“红胡子”，不服惨败，前来祁县报复，纠集百十号人马包围了戴家大院。在戴隆邦父子的奋力反击下，匪寇败走，但长子戴文良却下落不明。三天之后，在潞安府近郊找到尸体，被匪寇点了“天灯”，烧成“炭人”。

戴隆邦伤心悲痛之余，为避免祸及乡邻，临终时嘱咐，封了拳门，内功心法不传外姓之人。

戴隆邦之后，次子戴文雄融会拳谱，为心意拳、形意拳等支系的衍化发展奠定了武学基础。戴文雄生于清乾隆四十二年，卒于同治二年，表字叶梦，排行老二，乳名二驴，又名二闾，自幼随父习武，因家传之故，少年时即以作风儒雅、武艺出众而闻名于当地。

嘉庆十一年，戴文雄子承父业独力支撑赊家店镖局。他原本家学深厚，又兼勤勉好学，技艺日精，拳汇八方，技臻无为，人号“神拳二闾”。

戴文雄押镖从未有失，行走大江南北，亦罕逢敌手，素有“二闾之镖行天下”的口碑，民间亦有“戴文雄的拳盖山西，左二把的脚天下走，安晋源出口不用吼”的俗语。史学界又习惯将戴文雄与山西文水左二把、山西平遥王正清并称为武术界“华北三杰”。

心意拳经姬际可、曹继武、戴隆邦三世相传，并经戴文雄再创后，其拳学体系的严谨、系统和完善程度已远超前人，柔在动中、刚在用中、刚柔相济、练养并蓄，风格和特点更加鲜明。

祁县当地有句口头禅叫“戴文雄走镖，万无一失”。此话不仅说他武功超群，而且夸他以艺服人、以德感人，朋友遍地，彼此相互照应。但“上得山多终遇虎”,走镖久了,难免就会出岔子。有一年,镖局有支急镖须即刻转天津,由戴文雄领人押镖上路。

河南到天津,沧州是必经之地。沧州乃武术之乡,素有“镖不喊沧”之说。欲过此地,要么报号拜码头,要么三战高手,倘不偃旗息鼓喊镖过沧,必遭劫镖。戴文雄素知此规,本欲遵矩而行,不料随行的一个趟子手却因不知此规而误喊了一声镖号,随即便招来一群执兵刃之人的围堵。戴文雄知道是己方先破了规矩,婉言道歉。对方虽无劫镖的举动,却声称要在武功上定胜负。询问之后,方知领头的是本地著名武林高手尹玉文。

尹玉文久闻戴隆邦父子的名声,声明比武是要交朋友,不为镖货,只为领教戴家心意拳,或胜或败,放行无疑。双方商定先由手下比试。头场交战两刀对擂,对手落败;第二个使用“大杆子”,同样落败。尹玉文见两人败北,便亲自上阵,徒手进场与戴文雄较量。

尹玉文攻势凌厉,戴文雄的掌式变幻莫测,你来我往,此进彼退。就在尹玉文得机猛进之际,结果被戴文雄一招“金龙合口”拉倒在地。尹玉文只觉此招奇妙,于是便梅开二度覆辙而行,戴文雄疾速换招,又以“追炮”将尹玉文打倒在地。尹玉文心中不服,改用连环腿发起猛攻,并且是专攻戴文雄的下盘。对此,戴文雄也并非无招可破,但他觉得对方武功高强,名震一方,切磋中应采取艺中见义、拳中见情的方法,义服对手,决不可以重手相加,撕破情面。否则,尹玉文的名声将毁于一旦,而这条镖路也将不再会留有余地。

戴文雄想到这里,身形一矮,一个“旱地拔葱”跳上镖车,不等尹玉文跃起再攻,便又使个“美人挂画”贴上陡墙。尹玉文还在纳闷戴文雄为何不战而走,戴文雄已经反弹出去上了门楼。这一下,尹玉文方如梦初醒,看清戴文雄内功精深,既显露了高超武功,又给自己留下了面子,这样的高手不能为仇只能结交。二人从此结为挚友,镖局也畅通了这条无人不头痛的镖路。戴文雄镖喊沧州、义服尹玉文的故事也被传为武林佳话。

戴文雄心意拳名震武林,引起了一个人的注意,此人便是郭云深的师父李洛能。

李洛能是直隶深县羊窝乡豆王庄人,又名李飞羽,字能然,嘉庆十三年生人。李洛能平生酷爱武术,曾学艺于沧州,有了较深的武术造诣。道光十六年,李洛能听说戴文雄的功夫颇具威名,不远千里从直隶深县来到山西祁县，求戴文雄传他心意拳。然而，戴文雄以戴氏心意拳不轻易外传为名，将他拒于门外。

李洛能不知何故，只好乘兴而来，扫兴而返。李洛能回到客店，带着疑团在夜阑人静时向店主仔细询问。店主见他求艺心切，情真意诚，便将几十年前，戴家因拳惹祸，戴文良横死，戴隆邦痛定思痛，立下“拳不外传”的家规，告知了李洛能。别说河北人叩不开戴家之门，就连邻里故旧也再难学到戴家拳了。

李洛能听后，连呼可惜！但他决心研习心意拳，于是便打定主意，先在附近租种了两亩地。干起种菜卖菜营生，每早挑菜沿街叫卖，一方面维持生计，一方面等待时机。因他种菜务农之技优于当地，故又被当地称他为“老农”，他晚年自号老农，即由此而来。

李洛能伺机接触到了戴家的厨师，日复一日按时送去鲜嫩的蔬菜，说是敬佩戴先生的为人，彼此交个友，隔两三月才结算一次菜钱。厨师不知道李洛能的心计，见他忠厚老实，就商定了这桩买卖。李洛能三月不结算，半年不要钱，直到吃上冬菜，又推说年终再清账。

厨师把这事儿禀报戴文雄之后，戴文雄觉得卖菜人有点儿古怪，便约见这个菜贩。戴文雄叫账房先生给李洛能结账。账房先生将结好的钱送到李洛能手中，李洛能却执意不受，只是跪在地上，不断给戴文雄磕头。

戴文雄此时已认出了李洛能，心中明白，李洛能这是要他传授心意拳，不免就有些恼火，忖道：你这不是让我吃人嘴软吗？你拿这个要挟我，可也太小瞧我戴文雄了！

戴文雄于是把脸一沉，道：“这钱你必须收下，你做买卖，你卖我买，我给钱是应当的，但你休想让我以此授你心意拳。”

李洛能却还是不肯收下，一个劲儿地给戴文雄磕头。

双方正在僵持不下的时候，戴文雄的母亲要出门，恰巧看到了这个情形，便问戴文雄道：“儿啊，这是怎么回事？”

戴文雄事母至孝，不敢隐瞒，便将李洛能苦学求艺的事说了。

戴母深明大义，不禁怫然不悦道：“人家从直隶不远千里来到这里，等你这么长时间，又吃了人家不要钱的菜，你怎么能不教人家？”

戴文雄恭声道：“这心意拳，父亲临终有遗训，不让我轻易传人。”

戴母愤然道："人要有良心，没良心的坏人的确不应该传，但难道这有良心的好人也不该传了？这李洛能如此诚心，你怎能不传拳术呢？"

戴文雄是孝子，无奈之下便遵从母命，对李洛能道："得了，你跟我到堂屋来说话吧。"李洛能来时推了一车专给戴家送的过年菜，一听这话，谢过戴母，高兴得两手将车端起，一跃而跨进戴家大门。

戴文雄见他如此力量过人，也知他是条好汉，进屋寒暄过后，戴文雄便道："你想学拳也不是不可以，但我吃了你的菜必须给钱。"

说罢他将桌上的一叠铜钱拿起来，用两指一夹，便等李洛能来拿。

李洛能看出戴文雄的意思，立即上前，一把将铜钱扣在手中，用尽力气往外拉，但李洛能已然汗流满面了，铜钱却是纹丝未动，李洛能只好放手，累得直喘气。

戴文雄笑道："看来这钱你是拿不回去了。"说着，顺手将铜钱往地上一丢，就见铜钱已然全部碎裂，没有一枚完整的了。

李洛能见状，大吃一惊，急忙跪下，口称"师父"。

戴文雄将他拉起，对他冷然道："我教你心意拳可以，但你不能叫我师父，我不能收你为徒。如果你答应便留下，否则请你另谋他处。"

李洛能无奈之下，只得答应，以后便在戴文雄门下学拳。一个桩功，一趟劈拳，昼夜不分地足足苦练了两年。

这一日，恰逢戴母八十大寿，亲朋好友以及戴氏门下的众弟子都来拜寿。李洛能在心中甚是感激戴母，当初如果不是戴母的一句话，自己再多卖两年的菜，戴文雄也不一定教他心意拳，自然也备礼前往。

戴母年轻时也是练家子，寿酒喝完以后，一时兴起，便对戴文雄道："儿啊，让你的门下弟子都练趟拳，让娘瞅瞅，给娘助助兴！"

戴文雄对母亲的话不敢有违，便叫戴家弟子逐一在寿堂前演武。

轮到李洛能时，李洛能便练了一趟劈拳，戴母对拳理知之极深，自是分得出精微粗拙，见他练法出众，劲力刚猛，不禁夸赞不已，旁边的人也纷纷喝彩。戴母于是便叫李洛能再次献技，李洛能于是又练了一趟劈拳，戴母很是奇怪，便问道："李洛能，你怎么总是练这趟劈拳呢？"

李洛能答道："弟子只学过此拳。"

戴母闻听大怒，转头便向戴文雄问道："这是怎么回事，李洛能为何两年只习得一趟拳法？”

戴文雄一时诺诺不语。

戴母一见更为生气，一拍桌子，吓得戴文雄急忙跪下，戴母沉声道：“儿啊，你刚才可看仔细了，两年之间能将劈拳使到如此地步的，你门下弟子哪个能比得上？李洛能分明是个武学奇才啊！我看这心意拳能否发扬光大，还得看人家李洛能的呢！”

戴文雄得母亲教训，只得当场收李洛能为徒。尽管如此，由于“拳不外传”的父训在先，戴文雄在教习戴家心意拳时，还是对李洛能做了很大程度的保留，只传授了他“三体势”功架序列的功技法式，而对其他功架序列的功技法式如摩精摸劲、浑圆抱一、两仪势、四象势、六合势等功架序列做了审慎的保留。

八年间，李洛能得到戴文雄的悉心传艺，功力大进，深得戴文雄真传，将心意桩功、五行拳和十二形拳练得纯熟。

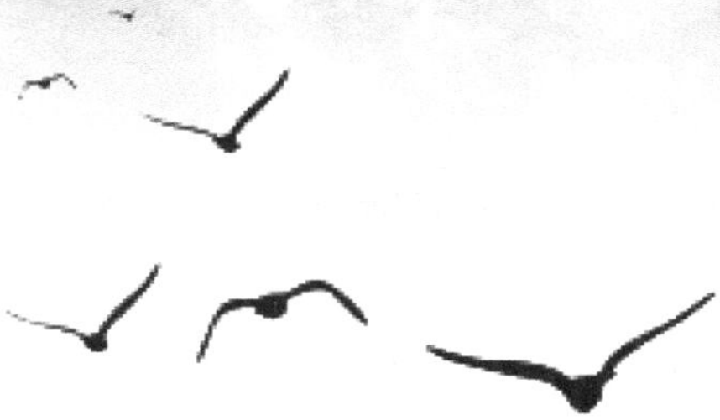

第十三章

何子落棋局
仗剑荣府行

李洛能四十三岁，随师父戴文雄出外走镖，四十七岁时被山西太谷的富商孟孛如聘为护院拳师。

当时太谷县富商云集，因此保镖业甚是兴盛，武林高手相当多，有很多都是有名的武术家。李洛能初到此地，心知没有惊人的技业是站不住脚的，因此一刻也不敢松懈，一面加紧拜访各路高手，一面加紧自己的修炼。

这一日，当地有名的高手“铁掌”冯啸白酒后非要和李洛能决个高低。

这冯啸白既号“铁掌”，外家掌上的功夫实已到登峰造极的地步，掌到处开碑裂石。李洛能不愿与他结怨，忙谦声退让，而冯啸白一见李洛能退让，更加不肯放过，一定要与李洛能动手比试。

李洛能被逼无奈，只得答应。二人一搭把，李洛能便以闪避脱化的手法，使冯啸白的掌功无法施展，连打了几个回合，冯啸白连李洛能的衣衫角也未碰到。冯啸白斗性骤起，连环鸳鸯脚加连环推山掌并用，招招直逼李洛能。

李洛能左避右闪，险些中招，他便以避实就虚之法连用劈、钻、崩、炮、横进击，头、肩、肘、手、胯、膝俱用，使冯啸白眼花缭乱。冯啸白企图一手以推山掌虚进，另一手则以“贯耳”猛击李洛能头部，李洛能俯身践步，突然一个侧身炮拳将冯啸白击出一丈多远，李洛能急忙一个纵步上前，一把拉住冯啸白的身子，谦声道：“若不是你多喝了几盅，我的脑袋早就搬家了。”

此时冯啸白的酒早就醒了，心知李洛能给自己留面子，便赞叹道：“看来我的‘铁掌’还不如你的‘神拳’呀！”

经此一役，李洛能“神拳”之名始得外传，盛名播于武林。

李洛能平时与人交手，对手从来看不清是何招法，人已被击倒。李洛能出手击人，能使人凌空而起，旋转而跌，或飘然而去，远扑而倒，随心所欲。

有这么几则故事可见李洛能功夫的神奇。

一年夏天，李洛能坐着板凳在院中乘凉，有个大汉潜至他背后，突然以拳猛击他的后背，不料刚一出手，大汉的身体已被弹出丈外，跌倒于地，把几个花盆都砸碎了，腿部也被花盆所伤。大汉站起来惊道：“这次我是相信李洛能是打不得的了。”

一年中秋，李洛能身带重金返家，在路上遇到几个吃横粮的，从背后突然袭击，李洛能回身旋转一圈，疾如旋风扫地，几人同时跌倒，手中所持兵器全都脱手而飞，个个摔得鼻青脸肿。李洛能哈哈一笑道："大家要钱何必如此。"说罢面容一肃，道："若再行不义之事，恐怕跌倒就再也爬不起来了！"随后，从包袱里取出一串铜钱，掷于地上，道："几位拿去喝酒吧。"说罢扬长而去。

还有一次，李洛能有一好友，对李洛能暗中不服，在屋中同李洛能聊着天的时候，见李洛能没有防备，猛然出手捉向李洛能的后背，想将李洛能举起。不料他才一出手，自己的身子却腾空斜上而起，头颅撞进纸糊的顶棚之内，尘落满脸，落下时仍是直落于地，没有跌倒。内家拳有"打人如挂画"的境界，李洛能的拳技实在是当之无愧。

咸丰五年，李洛能开始收徒，他的第一门徒就是太谷县人车永宏。车永宏以字行，人们皆称车毅斋。同年，李洛能开始改进心意拳。李洛能认为弓步变化不灵，鸡步又显得支绌，通过多次实践，遂改弓步为形意半马步。以后又对心意桩功以阴阳为母，鸡腿、龙身、熊膀、猴相的道理，按六合、八字、九把的要求，将出势"鹰捉，虎抱头"改为形意三体式桩功。其歌诀曰："三体一站四象分，下部鸡腿中龙身。熊膀猴相在上体，形意拳中此为根。起手鹰捉虎抱头，身成六式寓意深。"

形意拳练时要求以意领气，气沉丹田，上松下实，锻炼脚、眼、步的稳固和姿势正确。要求包裹严密，利于出击，是谓"一桩三顶功"，并把阴阳、四象、六合等法贯穿于整个形意拳法之中。

在此基础上，李洛能又创造出了盘根八法，练时以前扑、后踩、上提、下按、外云、内抱、左捧、右裹为八个基本方法。其歌诀曰："盘根三步岂无因，配合分明天地人，要把此身高位置，先从本实求精神。根株相带阵相固，盘结多端类有人。猿臂封侯谁可恨，千钧一举见其神。"

不久，李洛能又将五行拳"把把不离鹰捉"改为每拳以左右相连而使动作贯通，突出五行各拳的特点，并以拧转步将劈、钻、崩、炮、横连接演练，名为五行连环拳。同时，他将心意拳中的挪步龙形、跃步龙形、踩步龙形，综合为挪、跃、踩三结合的龙形练法，并与弟子车毅斋创编了五行生克拳，对于心意拳的改革实是厥功甚伟。

李洛能见车毅斋在拳术上的造诣远迈前人，便将他送至祁县戴文雄处深造,戴文雄临终前将《心意拳谱》赠给了车毅斋。李洛能和车毅斋对拳谱中“此拳以心意诚于中，肢体形于外”的论述做了认真的研习，认为可用“形”取代“心”,而且心意拳在练法上有“象形取意”之意,用“形意”之名更为贴切,因此心意拳便改为形意拳。

光绪十四年，日本人板山太郎在天津设擂。板山气焰十分嚣张，国人皆盼武林中人教训此人。车毅斋为了国家荣誉亲赴天津，以形意剑术大败板山太郎。朝廷授予车毅斋“花翎五品军功”，以示嘉奖。车毅斋、贺运亨、李广亨等李洛能的五位弟子自此在太谷县传授形意拳,民间有“五星聚太谷”之称。太谷成为形意名流的荟萃地，所以太谷有形意拳发祥地之称。

会友镖局中，郭云深说罢形意拳渊源，众人听得击节赞赏，不免又多喝了几杯。

于鉴恍然道:“我说武林中怎么有时称‘心意拳’，有时又叫‘形意拳’，原来是这么回事啊！”

郭云深抚了下须髯，说道:“师尊李洛能先生在山西的传人里除车毅斋最为出色外，最了不起的当数宋世荣。宋世荣是直隶宛平县人，光绪十九年迁至太谷，以开设钟表铺为生。他的拳法以轻灵迅变见长，他的五行拳及十二形拳已至炉火纯青之境，各尽其妙，极为传神。他练蛇形拳，能练出蛇的性能，回身左转，右手能握住右足跟，向右转，左手能握住左足跟。回身停式，身形宛如蛇盘一团，开步习练时，其形蜿蜒弯转，如蛇拨草而行。他练燕形拳，身子擦地，能从板凳下一掠而过，出去一丈远，真如飞燕掠水一般。练‘狸猫倒上树’一招，身子往上一跃，手能平贴于墙，如钉挂于墙。”

孙禄堂道:“师爷，这招您也教过我。”

郭云深点了点头，又道:“除了武功，宋世荣实为山西形意门中的才子。他为人博学多艺，喜昆曲，好围棋，通医道，精周易。年近八十尚身体健壮，精神充足，一如少年，每与人谈论拳术之妙，依然眉飞色舞，口述其理，身演其形，令人难以相信他为八十老叟。”

几人说说笑笑，一坛花雕酒已经见了底。于鉴这时发现，一直以来尹福虽然面上强作欢容，同大家有说有笑，但双眉却总是紧皱着。于鉴关心地问道:

“尹爷，心事重重又为哪般？”

程廷华在旁道：“尹大哥还是在为最近发生的事忧心呢！”于是，程廷华便把最近发生的马维祺被杀、松花琴砚失窃的事说了一遍。于鉴这才恍然。

尹福说道：“惭愧，让大家为我担忧了。”

程廷华问道：“尹大哥，我们下一步该如何行止？”

尹福没有直接回答程廷华，却问道：“沙弥远的行踪咱们还得查，却不知‘樊十’他们对荣禄府的监视有何发现？”

程廷华摇首道：“并无任何可疑的人出入，但荣禄府的护卫力量却明显加强，出现了很多武林高手。”

尹福不禁双眉紧锁，沉吟道：“我估摸着廖映雪姑娘应该被抓进了荣禄府，他们在廖姑娘身上找不到松花琴砚，应该不会对廖姑娘下手。只是我不明白，琴砚中的诏书已经被拿走了，他们还苦追不放这块琴砚干什么？”

程廷华用双指轻轻敲击着桌面，说道：“依我看来，荣禄这么做的用意无非两个，一个是琴砚中还当真藏着咱们不知道的秘密；另外一个，就是让咱们以为琴砚中还藏着秘密，吸引咱们的注意力，好方便他们行事，这正是一条……”

尹福、郭云深、孙禄堂、于鉴齐声道：“声东击西之计。”

尹福长嘘了一口气，道：“廷华说得不错，我们现在全部的力量都用来追查沙弥远和松花琴砚，对‘维新党’人的关注就会减少。沙弥远是‘后党’聘请的高手，因此可以猜想一下‘后党’广招武林高手的目的是什么？我现在颇为担心‘后党’会对‘维新党’人动手，刺杀康有为先生他们可要比刺杀咱们容易得多呀！”

这句话令郭、程、孙、于四人为之一震，不约而同相顾点头。

尹福双眉一挑，当机立断道：“廖映雪姑娘因为我被荣禄府的武士抓走，我必须救她出来，晚上廷华、郭先生陪我亲自去一趟荣禄府。马贵的伤势也甚是重要，法源寺还没有咱们的人，在那里活动也比在城里方便，我看以后我们就到法源寺集齐，顺便也可以照顾马贵。现在廷华和郭先生、孙福全先一步到法源寺看看马贵的情况，至于八卦门的其他兄弟就由史六通知。我去趟源顺镖局见见‘大刀’王五，商议一下如何设法保护康先生等人。”

于鉴说道：“有什么需要我们会友镖局帮忙的，尹爷只管吩咐。”

程廷华连连点头，道：“尹大哥言之有理，事不宜迟，咱们现在分头行动吧！”

“大刀”王五在京城乃是响当当的一条好汉，他姓王名正谊，字子斌，直隶沧州人。沧州乃我国有名的武术之乡，王正谊自幼喜好拳脚。十二岁时在一家烧饼铺当学徒，这家烧饼铺离沧州的盛兴镖局很近，因此，王正谊一有空，便到镖局去看镖师习武，久而久之，王正谊也能打一些套路。这些都被盛兴镖局的创始人双刀李凤岗看在眼中，感到这个孩子是可造之才，便收他为徒。

李凤岗是回族人，善使双刀，因此在武林中被称为“双刀李”。他自幼跟其叔父李冠铭学六合拳，不分寒暑，刻苦学艺，对于六合拳门的各类拳术、各种器械，无不精通。

王正谊拜双刀李凤岗为师，在师兄弟中排行第五，人们遂称他为王五。王五艺成后开始押镖，但即使遇上强徒，他还是以惊人武功制伏对方，力求血不沾刃。江湖上尊称他为侠义之士。

同治五年，王五来到北京，在东珠市口西半壁街，买下了几间房子。第二年，王五创办了“源顺号”镖局。这个镖局开创虽然晚于其他几家镖局，但由于王五的声誉和信誉好，很快便跻身于京城八大镖局之中，房屋也扩大到拥有三四十间房屋的内外大院，镖师发展到五十多人。

源顺镖局走镖路线，旱路由北京到济南、开封、太原、榆次、张家口等，水路由北京朝阳门经通州到运河驶至天津。

王五为源顺镖局立下几条规矩，一是押送银两多的重要镖车，由王五亲自走镖。二是江湖上的朋友来访只要提到是大刀王五的朋友，就要盛情款待，赠送盘缠，周济困难。三是年年要冬施棉衣，夏施单衣，逢年过节时，套上马车，周济困难的穷人。

由于他师父李凤岗是回族人，王五还多次出面为北京回、汉两族的纠纷进行调节。北京城的百姓，提起“大刀”王五，没有不敬佩的，赠送了许多“德容感化”“尚武”“济贫”的大匾。

王五最敬清官廉吏、忠臣义士，平生保护好官甚多。光绪二十一年，甲午海战战败，御史安维峻严参李鸿章，指责李鸿章“不但误国，而且卖国”，列举罪状达二十条之多，同时词连慈禧太后，又指责李莲英左右太后的懿旨。

安维峻是甘肃秦安人，生平刚直不阿，由翰林改任御史，曾一年上过六十余个折子，一向以敢言为权贵侧目。安维峻此举激怒了慈禧太后，结果下了一道懿旨："军国要事，仰承懿训遵行，天下共谅。乃安维峻封奏，托诸传闻，竟有'皇太后遇事牵制'之语，妄言无忌，恐开离间之端，着即革职，发往军台效力。"

"发往军台效力"就是充军。安维峻虽获严遣，但仗义执言之名声震海内，饯行赠别，慕名相访者，不计其数。可安维峻此去，家眷何人照顾？流费如何筹措？一路之上更会有人得而甘心，又如何保护？这些切身要事，却都由王五仗义为他打算了。

王五千里跋涉，将安维峻送到新疆戍所，回京以后，名声更盛，京城百姓都呼为"京城大侠"。

王五交游广阔，上至达官贵人、商贾巨富，下至三教九流、五行八作，俱有来往。王五家住香车胡同时，结识了当时家住烂缦胡同的礼部二品官谭继洵，谭继洵三子谭嗣同曾染瘟疫，重病一场，病愈后身体羸弱，谭继洵便让谭嗣同随王五习武强身。谭嗣同与王五及镖局中的镖师"通臂猿"胡七胡致廷甚是相得，后来谭继洵离京任湖北巡抚，谭嗣同遂告别王五、胡七，随父南行。

光绪二十二年，三十一岁的谭嗣同入资为江苏候补知府，在南京候缺。次年，谭嗣同帮助湖南巡抚陈宝箴、按察使黄遵宪等人设立时务学堂，筹办新政，创办《时务报》并任主笔，宣传变法。受到他思想影响的，还有他夫人李闰娘的好友、数年后因反抗清廷而英勇就义的"鉴湖女侠"秋瑾，而他与梁启超在时务学堂教授的学生中，就有二十年后名动民国的将军蔡锷。

今年初，光绪下旨，召谭嗣同赴京共商国是，浏阳父老盈街相送。谭嗣同至京城后，经常到王五的源顺镖局来，有时经夜长谈后，不回浏阳会馆，就宿在王五这里。六月间，谭嗣同被光绪召见，授四品衔的军机章京，康有为、梁启超、林旭等人也经常到源顺镖局与他商议变法之策。在他们的影响下，王五也认同了他们的观点，认为只有维新变法才能救中国。

尹福住的肃王府在东交民巷附近，离东珠市口半壁街的源顺镖局很近，不大一会儿，尹福已看见黑底金字"源顺号"的大匾高悬门首，红绸子绾成花，披在匾上。大门右上角高挂一面杏黄色方旗，上绣"源顺镖局"四个大字。

尹福问门房老苍头道："五爷在家吗？"

由于尹福常在闲暇时来做客，门房老苍头认识尹福，笑道："是尹爷呀，您进去吧，我们镖头在家。”

尹福迈步走了进去，只见大门道东侧上方挂着“德容感化”的大匾，西侧挂着江湖大侠马三保等人送的“义重解骖”的大匾，门首里边还悬着贫苦百姓送的“尚武”“济贫”等匾额。

尹福乃是熟客，就直奔后面王五的住房，恰巧碰见王五的妻子章含月从后面出来，一见尹福不由得愣了一下，转瞬笑道：“呦，哪阵风把尹教头给吹来了？”

尹福也笑道：“大嫂子别拿我打趣儿了，我这常来常往的还需要什么风呀！”接着问道：“五爷在后面吧？”章含月点了点头道：“在客厅里，正同康先生他们谈事呢。”

话音未了，只听有女子娇声唤道：“您就是尹福先生吗？”

尹福回头一瞧，只见是个秀丽姑娘，风姿绰约，亭亭玉立。

尹福有点儿诧异，说道：“姑娘找我有何事？”

女子道：“我就是被‘小辫梁’梁爷救出来的俞颖乔。我听说梁爷的案子挺棘手，一是杀的人太多，二是赵六的家人往上面送了不少银两，刑部要将梁爷判死罪。”

尹福皱眉道：“的确如此，不过我和张三爷已经去拜托过了刑部尚书廖寿恒大人，廖大人已经答应帮忙。”

俞颖乔双手合十，望天祝告道：“希望老天爷保佑，梁爷吉人自有天相。”

这时，从院内走出一位中年壮汉，满面风霜，浓眉大眼，头缠白布，身穿杏黄长衫，身躯魁梧。

俞颖乔见到他，亲热地拉着他的手道：“爹，他就是梁爷的师兄，八卦门的掌门人尹福先生。”

原来这位壮汉就是宁夏汤瓶拳高手俞天龙。俞天龙因为沙弥远假冒程廷华劫了自己的镖银，并被沙弥远打得重伤呕血，一月前来到京城，寻找“大刀”王五，帮他找程廷华报仇。王五见到俞天龙，自然高兴万分。听过俞天龙的叙述，王五就知道俞天龙上了人家的当，因为王五同程廷华乃是好友，既知道程廷华不是劫镖的人，也知道程廷华没有离开过京城。王五将自己的看法告诉俞天龙，俞天龙半信半疑，但因为相信王五，所以也没有去程记眼镜铺找程廷华复仇。昨日，俞颖乔在程廷华和梁振圃的弟子王成斋的陪同下来到源顺镖局，终于见到俞天龙，父女俩凄凄切切，各叙一番离愁别绪。俞天龙见到了程廷华，才知道自己的确错怪了人，程廷华也告知了俞天龙，他的仇人是沙弥远。

俞天龙惭愧道："我没有搞清楚就前来京城找八卦门的弟子报仇，却让八卦门的弟子救了我的女儿，而我险些做出'亲者痛，仇者快'的事情，真是愧对尹爷！"

尹福摆手道："俞镖头言重了，要怪就怪沙弥远这个奸贼。沙弥远也是我八卦掌弟子的仇人，我等同仇敌忾，定会为俞镖头报仇。"

尹福与俞天龙寒暄了几句，迈步就直奔王五后院的客厅。

走进客厅，尹福发现厅里除了浓眉大眼、满面虬髯的王五外，还有数人，尹福一看认识，正是康有为、杨锐、林旭、梁启超、谭嗣同、刘光第等人。另一人面容长得甚为俊俏，穿一件宝蓝缎子的夹袍，上套枣红宁绸琵琶襟的坎肩，黑缎的小帽上嵌着一块翡翠，脸上总带着些腼腆的神色，颇有些脂粉气，隐隐约约让尹福觉得甚是眼熟，但一时间却怎么也想不起来了。

王五一见尹福，呵呵笑道："尹爷，你怎么到了？"

尹福叹道："正是为诸位大人的急事啊。"

尹福说着，向康有为等人一拱手，道："见过诸位大人。"

谭嗣同哈哈一笑，道："尹爷，我和五哥是刎颈之交，你既是五哥的朋友，也就是我的好友，何必多礼。"

却见那个长相俊俏的人过来对尹福一礼，不自觉露了个身段，左手中的绢帕凌空飞扬，宛然像是铁镜公主见萧太后的礼，就听他腼腆道："见过尹教头。"

尹福急忙回了一礼，心中尚有疑惑，暗忖：此人是谁?

王五看出了尹福的疑虑，笑道："尹爷，你不会不认识他吧？他是'想九霄'啊！"

此言一出，尹福才恍然大悟，原来此人便是一代名伶想九霄。

想九霄原名田际云，直隶高阳人，十二岁入涿州双顺和科班，习秦腔花旦及小生，十四五岁时已誉满京城，时人赞其"发亢引声，一座尽惊叹"。他在光绪十八年被清廷选为内廷供奉，出入宫廷为慈禧太后演戏，同时也担任了梨园会首，成为清朝亡前最后一任会首。他最初的艺名叫"响九霄"，这"想"字一改，大有深意，田际云虽身在梨园，却深以出条子陪客人侑酒，为人视如玩物为耻，所以洁身自好，慷慨仗义，在梨园界颇受人尊敬。

尹福供职于宫廷，因此有机会看过田际云的戏，但那时看到的只是台上田际云的扮相，台下的田际云并不曾见过，现在经王五一提，方始憬悟。

但是，尹福仍不免奇怪，田际云为何到了源顺镖局，还同王五、康有为等人高谈阔论？谭嗣同见尹福面露诧异之色，猜到了他心中的疑问，便对尹福正色道："尹爷，田际云先生其实也是支持我'维新党'的豪杰。"

尹福一听更是意想不到，却见田际云在旁脸一仰，眉目俱动，道："国家已然满目疮痍，值此内忧外患之际，康先生等人为求国家富强，不计个人功名，维新图治，变法自强，凡我炎黄子孙应该人人挺身而出。田某虽为一伶人，然而国家兴亡匹夫有责，怎肯只求自身安逸，而忘却天下大事。"

尹福听罢心中不禁十分钦佩，一代伶人有此胸襟，实在难得。尹福肃然起敬道："一向听闻田先生坚毅果决，急公好义，今日一见，方知传言不虚。田先生出身伶界，思想却高于伶界，久后史书上必将书有田先生大名。"

田际云的脸一红，像个妞儿般急忙道："尹教头过誉了。"

王五这时问尹福道："尹爷，你刚才说有急事而来，是何急事？"

尹福将自己的猜测说出："我看'后党'极有可能派遣刺客暗杀诸位先生，我来此就是为了通知五爷，想办法提防一下，别让'后党'的人得了手。"

王五叹道："尹爷的来意与田先生的来意简直不谋而合，尹爷的猜测并没有错，田先生在颐和园演戏时，亦探听到了一些风声，因此赶过来通知我们。"

尹福"哦"了一声，道："田先生不计自身安危，探听消息，实令尹福佩服！"

田际云细声道："哪里，田某只是做了应做之事。"说罢站起身来，向诸人一抱拳，道："田某此次出来，没有任何人知晓，我同谭叫天在北城还有个堂会，所以田某必须尽快赶过去，以免让人起疑，就先行告辞了。"

王五闻言道："既然如此，田先生速归，免得招人疑窦。"

田际云道过"不送"，径自离开了源顺镖局。

送走田际云，"维新党"诸人继续商议。林旭今年才二十四岁，在几人之中年纪最轻，他在旁说道："昨晚我和杨锐大人共同去颐和园谒见皇上，皇上再次写了一份密诏，让我等筹思良策。"

刘光第道："密诏中有'朕位且尚不能保，何况其他？'的话语，皇上说出如此仓皇无奈的话，可见情势已经到了凶险无比的地步。事实上，所谓的妥筹良策，咱们都明白，到了图穷匕见的时候了。咱们上下奔走了五天，局势却越来越恶化，这良策也无从筹起。”

尹福心中一痛，打开了林旭递过的密诏。这次的密诏中，除了涉及袁世凯的内容，光绪皇帝的措辞明显平静了很多，竟透露出一丝诀别的味道。政治斗争就是这样残酷无情，一步行错便是人鬼殊途。

一时间，屋子里的气氛有些凝重起来。康有为、刘光第等人面上都现了泪水，此时大家心头升腾的是一种别样的激情，从相互注视的目光中，仿佛都看到了相似的决心——铤而走险！

康有为揩了揩泪水，道：“为今之计，只能去找袁世凯，让他起兵勤王。”

此言一出，刘光第、林旭、梁启超等人纷纷赞成，要袁世凯举兵诛杀荣禄，随后进京包围颐和园，囚禁西太后。杨锐更是咬牙切齿要杀太后。

尹福有些诧异地看着杨锐。尹福知道在军机四卿中，杨锐由湖广总督张之洞推荐，是出名的保守派，与谭嗣同矛盾尤烈，经常指责谭嗣同太过激进，祸国不浅。此次皇帝让杨锐带出密诏已经让尹福颇感意外，此时杨锐要杀太后的话一出口，更是让尹福惊诧：这杨锐怎么也激进如此了？

尹福更未料到一向激进的谭嗣同却提出了反对。谭嗣同反对如此铤而走险。在他看来，局势并未到刀兵相见的地步，慈禧太后应该也不想大开杀戒，她应该是想通过政治方式解决问题的，皇帝可能被架空，他们也可能被罢黜，但青山尚在，事尚有可为。如今这样铤而走险，一旦事败，皇帝或死或囚，他们也永无翻身之日了。

“维新党”诸人又纷纷劝说谭嗣同同意举事，稳重如刘光第者也加入了劝说行列，康有为更是以君臣大义相责。谭嗣同原本也举棋不定，此时架不住众人的哭谏死劝，同意了计划。袁世凯现在正住在法华寺，而前往的说客，自然又是非谭嗣同莫属。谭嗣同为人豪侠，是诸君子中唯一能对军旅之事说得上话的人，他不去谁去呢？

为安众人之心，康有为又出示了一封前几日袁世凯写给他的书信。由于“维新党”对袁世凯大加提拔，他的官衔从三品按察使越级升为二品候补侍郎，袁世凯感激涕零，写信给康有为表达对“维新党”的效忠之意，信中袁世凯提到了“要为‘维新党’赴汤蹈火，亦所不辞”。

谭嗣同思虑了一下，道：“值此紧急关头，为防止‘后党’的人对咱们突施暗算，诸君还是暂避一下。长素兄，你还住在松筠庵吗？”

松筠庵本是明朝大臣杨椒山的故宅，园林秀丽，景色清幽，位于宣武门外达智桥校场口三条二号，乃是“维新党”人云集之地，更是康有为当年领导“公车上书”的策源地。最近康有为忙于推行新政，没有住在南海会馆，一直住在此处。

康有为点了点头，道：“有何不妥？”

谭嗣同道：“保险起见，还是更换一下住处。”

王五很兴奋，诸君子的秘议只听得他面色雪白，随后又是一片潮红。尹福在旁看到，暗想：如此大事，当真是凶险万分的性命之搏，举国的命运也就在此之中，怎不让人激动兴奋甚至紧张呢？自己胸中一股热流也不由得涌动起来。

王五高声道：“我看先让康先生到严复先生家中暂避一下，复生你们几位就住在源顺镖局，我看哪一个不要命的敢到我这里来撒野……”

刚说到这里，王五双眼寒光逼人，吐气开声，道：“着。”手一扬，只听窗外一声闷哼，屋中的康有为等人脸立刻都白了。尹福、王五、谭嗣同三人赶到门外看时，来人却踪迹全无。谭嗣同骇然道：“好快的身手！”

王五沉声道：“看来这帮人要动手了，这里也不安全。事不宜迟，我让‘通臂猿’胡七保护康先生，再派几位镖师保护诸位大人。”

康有为对尹福道：“尹教头是皇上的亲信，取信于袁世凯，还请尹教头陪同复生同去。”

尹福慨然道：“此事当仁不让，我愿陪同壮飞先生走上一遭。”

梁启超年轻的脸因兴奋而微微发红，也在旁道：“我也愿和谭复生同去，如果袁世凯答应，我与他一起赴天津，一来防止他变卦，二来也可监听消息。”

谭嗣同点了点头，道：“既然如此，今日午夜，辛苦卓如陪我同去。”

商议已毕，康有为等人告辞出了源顺镖局，以“通臂猿”胡七为首的几位镖师紧跟其后，暗中保护。

众人退去，屋中只剩下谭嗣同、尹福、王五三人。谭嗣同面带忧色，一时沉默不语。二人不敢打搅他，屋子里于是一片寂静。

谭嗣同站起身，在屋中踱了踱步，叹道：“我本来视富贵如浮云，鄙功名如敝屣，更是早已把个人的身家性命置之度外，只因为看到国家的满目疮痍，方才赴京与康长素共筹救国之道。建立起一个民主自由的社会，履行佛陀所倡导的众生平等的学说，走向康长素所阐述的由小康而臻于大同的世界，更是我一生的愿望，只是瞻念前途，成败难料，此次维新成固欣然，若是失败，恐怕……”

谭嗣同的话语微微停顿了一下，双眸闪过了一种异样的光芒，继续道：“……恐怕只有革命才能救中国。”

尹福和王五一愣，不懂这是什么意思，困惑道：“革命？”

谭嗣同点了点头，道：“对，革命！我在湖南有一个好朋友，他姓黄，名叫黄轸，今年才二十五岁，但他文已中过秀才，武能空手入白刃，等闲之人不能近身，他就相信只有革命才能救中国，他是支持孙文主张的……对了，你们知道孙文吗？”

尹福微点了点头，道：“不是很清楚，只是听说孙文造反，要废除皇帝。”

王五奇道：“没了皇上，谁来管国家大事？”

谭嗣同听了哈哈一笑，道：“西洋很多国家就是没有皇帝的，国家大事由老百姓选举的人做主。”

尹福和王五互相对视了一眼，感到很难理解。

尹福沉思了一下，道：“壮飞先生，你刚才面有忧色，可是担忧袁世凯？在我看来，此事最大的凶险便在这袁某人身上。”尹福想了想，又说道：“一则他是否真能死心效忠；二则……即使他效全力，以七千名新建陆军要对抗董福祥一万五千多名甘军，诛杀荣禄，也并非易事。此事不动则已，动则必须奇袭！”

谭嗣同点头说道：“尹教头说的是啊！要让袁慰庭冲破重重封锁来包围颐和园，这可能过于乐观，但只要他能诛杀荣禄，我们就能胜券在握！”言罢，他的拳头重重地砸在桌子上。

尹福离开源顺镖局，赶到法源寺，看到程廷华、郭云深、孙禄堂、刘凤春、史继栋以及一些八卦门的众门人都已在法源寺等候了。尹福看了一下马贵，刃心法师的药已经起了效果，他的伤势已基本控制住，正在沉沉的熟睡当中。尹福从马贵房中出来，对大家嘱咐了一番。等天色一暗下来，尹福与程廷华、郭云深便往交道口菊儿胡同的荣禄府赶来。

此时还不到初更，三人潜入了荣禄府后花园。月亮高高悬挂在深蓝色的夜空上，向大地散射着银色的光华。身边草丛中虫声繁密如落雨，珍珠似的露珠，从白杨肥大而嫩绿的叶子上，从爬在老槐树上重重地下垂着的淡紫色的藤萝花穗上，悄悄地降落下来，飘荡着浓郁的花香。繁密的星如同海水里漂起的小火花闪闪烁烁的，跳动着细小的光点。楼阁、台榭、亭子、小桥在幽静的睡眠里，披着银色的薄纱。

尹福三人从后门进来，他恐怕里面有埋伏，先往里面投了一颗问路石，石头滚了进去，没有引起反应。后门满是碧森森的绿竹，风引竹梢，窸窣有声。

一道窄窄石阶，蜿蜒向前，时而掩隐在竹影婆娑之间。有明灭灯火串联其间，乍看之下，宛若一天星辰。

三人伫立竹下，不敢大意。这时见前道灯光晃动，走出来个年老的苏拉差役，披着件汗褂，一只手提着篮子，一只手打着个灯笼，一路上步履蹒跚，显然酒喝多了。

婆娑树影，正好为三人隐身，倒不虑为他人发现。

老差役一路歪行来，一边行走，嘴里也不闲着："酱汁鸭方，酱牛肉……"看来这一趟子差事，是专门为去外面买酱汁鸭方和酱牛肉了。后面一人哑着嗓子大声嚷道："老福，老福……"前行的老差役扶着棵松树，缓缓回过身子："啥事儿？"

哑嗓子的人喊道："给捎两斤猪头肉来，厨房要……"

老福"哼"了一声，道："知道啦。"

说话哑嗓子的人，是个高大的胖子，身上围着油兮兮的围裙，看起来是厨房的一个伙夫。

尽管是过了晚饭时间，厨房里依然十分热闹，七八个灶台，炉火不熄。几名打着赤膊的汉子，双刀齐飞，俎板雷鸣，正在边剁肉边聊天："今儿个，上面交代下来，消夜点心鸡肉三鲜馅儿的馄饨，外带糖三角、豆沙包儿。"

三个人一连越过了两层房舍，踏进了内院。当前一片院子，深邃辽阔，更不知何人所居。一式繁花高拱的落地罩门，挡住了眼前去路。在拱门两侧，矮小的冬青灌木，一路蜿蜒，形成了形势上的一道阻拦，用以区分内外，一般闲杂人等，自是不能擅入。

三人隐身暗处，尹福心里却是举棋不定。荣禄府高堂邃宇，连槛层轩，若非轻车熟路，乍然上来，又去哪里摸索？却见两名戈什哈，打着灯笼，由一边岔道走出。尹福急忙收身，打量二人，一色的青巾扎头，各人挂着腰刀，背荷长弓，看来应是府中例行巡夜查更的人。两个人一路行来，嘴里胡乱说着闲话，目光所及便只是灯笼照射方丈之处，却不意尹福忽地自暗处闪了出来。其中之一拔刀不及，已被尹福飞起右手，击中腋下，蓦地双腿一软，便自倒了下来。另一人刀势方自掣出了一半，只觉着肩上一麻，已被程廷华一只手抓了个结实，手里的这口刀便到了程廷华手上。这口刀随即架在了他的脖子上，只吓得这人头上青筋直跳，全身连连战抖不已，道："你……是谁？要干什么……"

程廷华寒声道："想活命就照实直说，要不然让你人头落地！"话声出口，刀势加力，锋利的刃口，几乎已经切进了他的脖子里，便只得一连声地讨起饶来。

尹福右脚挑动，把地上被点了穴道的一个，挑落暗处，就势把地上的一盏灯笼踏熄，刀势前送，迫得这个人不得不移步向前，走向暗中站定。

程廷华喝道："把灯吹了！"

那人还真听话，刀既架在脖子上，吹灯笼还真不方便，费了老半天的劲儿，方自弄熄了。灯笼既熄，黑黝黝一片，啥也看不清楚，倒是那口刀，冰冷的刀锋接触在脖子上，令人印象深刻。只觉着两排牙连连战抖，要不是程廷华一只手用力地抓着他，这个人整个就瘫软了下来。

郭云深问道："今儿个有一个被带进府来的姑娘，你们把她藏在什么地方？"

那人口吃道："哪……一个姑……娘？"

尹福问道："'插翅金蝎'沙弥远，现在哪里？"

那人道："荣禄大人有命令来，沙大爷去天津了。"

虽是在暗中，尹福三人却也把他打量得很清楚，这两句话料是不虚。尹福心里不禁打了个突，忖道：沙弥远不是要进颐和园当差吗？荣禄这么急找他去天津干什么？

尹福又问道："好吧，我只问你，太监齐三和那个'巧手飞燕'宋灵雨现在哪里？"

那人发了一阵子怔，才点头道："刚才在西跨院商量事情，现在哪里，我可就不知道了。"

三人目光一对，相互点了点头。郭云深打量着他，说道："今天夜里，你用不着查更了，就睡在这里吧！”

郭云深右手一翻，一拳击在那人的后颈上。那人哼也没哼，和他那个同伴身子一软，便自瘫了下来，随即人事不省，昏沉沉地睡了过去。

程廷华伸了一下大拇指，赞许郭云深这招使得利落。

三人不敢耽搁，施展轻功绝技，按照那个巡更所示，一路兔起鹘落，来到了西跨院。此时此刻，西跨院灯火阑珊，早已没了人。尹福原以为不费吹灰之力，便可查知廖映雪下落，却不知还是真不容易。

三人退出了西跨院，尹福四顾茫茫，一时真不知何所去从。突然，尹福发现西跨院树丛掩映间隐约有一道角门。尹福、程廷华、郭云深三人推开角门，眼前一道水磨方砖的垂直甬道，直通向前面的一处石楼，灯月之下，花叶扶疏，时有微风，飘散着郁郁清芬。却有两个护卫，站立甬道尽头，那里立着一个六角形的门，门内显然又是一重院落。

三人蹑足潜踪来至门前，两个护卫忙问道：“什么人？”

尹福笑道：“兄弟，来打个招呼！”

二人一愣，却已被郭云深和程廷华一招打翻在地。

三人将两个护卫搬到墙根立好，推开了院门。这是一个不大的院落，北屋还亮着灯，隐隐约约可以听见人语的对话声。三人游目四顾，并未发现另有埋伏，便潜到了窗前。尹福轻轻抬头，透过花格的窗棂子往里面瞧，看到两个女人正在说话，一个是“巧手飞燕”宋灵雨，另一个便是他们今天晚上要找的廖映雪！

第十四章

豪杰折群丑 法华结同盟

尹福听到屋里的“巧手飞燕”宋灵雨笑了一声，说道：“闹了半天，廖姑娘也饿了吧？我已经吩咐厨房给你弄了鸡肉三鲜馅儿的馄饨，外带糖三角、豆沙包儿，咱们边消夜边聊。”

廖映雪说道：“得了，你们把姑娘我抓来，我告诉你，我没有你们要的东西，你们还不把我放了？”

“巧手飞燕”宋灵雨无论廖映雪如何起急，始终面带微笑，道：“你没有，可把你扔下不管的尹教头手里有啊。唉，真是痴情女子负心汉，这么无情把你撇下不理，我都替你伤心哪。”

此言一出，屋里廖映雪羞红了脸，屋外尹福也感到有些尴尬，突然发现程廷华和郭云深神色古怪地望着他。尹福忙正色地指了指里面，示意准备进去救人。

廖映雪哼道：“你们暗算了尹爷，以为我不知道吗？告诉你，那方琴砚尹爷早拆开看过了，里面什么都没有。”

宋灵雨眉头一皱，道：“尹福已经拆开看过了？怎么会没有东西呢？”旋又笑道：“管他有没有，沙弥远让我们一定要把它交到荣禄大人手中，结果我们出了岔子，没法交代。没办法，我只能拿姑娘你去找尹教头交换松花琴砚了。”

廖映雪用一声轻轻叹息，打断了她的话，道：“你把我看错了，也看错了尹爷！”

宋灵雨奇道：“这话怎么说的？”

廖映雪道：“你以为我在尹爷心中很重吗？我和他虽然才认识三天，却知道在他心里，道义比什么都重，只要违反了侠义准则，他是宁死不从的。再者说，他的心里根本就没有我的位置……”

宋灵雨冷笑道：“呦，姑娘你的相思不就无处寄了吗？”

廖映雪的眼睛忽然红了，她摇摇头道：“你又错了，我绝不是那样执着儿女私情的人……不错，我是对尹爷有好感，可这不是我的生活全部……我的心太高，志气很大，很希望能做一番事业，有一番作为，只是……人家总是把我当成一个女人……”

宋灵雨有些茫然地看着她。

廖映雪看着她微微一笑，道："你大概很不明白我这几句话的意思吧，其实一个人的强弱并不在外表的身体，或是男人、女人，而是在这个人里面的意志力和他的勇气见识及作为……我自信这三样都不会输给任何一个人。偏偏我却是感到寂寞，无所作为……这才是我最大的遗憾。"

宋灵雨一双眸子闪烁着诧异之色，望着廖映雪，道："我真没想到你这么有想法，让我好生佩服。"

室外传过来一声嘹亮的喝彩声："好！这才是我心目中的侠女英雄！"

珠帘卷处，先后闯进来了三个人。

房子里的两个女人，俱吓了一跳。只是当廖映雪看清了前者清瘦的外貌，早已惊喜不已地叫了起来。

廖映雪霍地扑身向前，情不自禁地握住了来人双手，唤了一声："尹爷……"便不由自主地倒在那人身上嘤然作声，哭了起来。

廖映雪泣道："尹爷……我只当是这一辈子再也瞧不着你了……"说着，竟自语不成句地又哭了起来。

尹福有些尴尬地轻轻在她背上拍了一下，道："姑娘女中豪杰，不当做此小儿女态。来，我为你引见两位好朋友！"

这么一说，才使得廖映雪忽然警觉，敢情眼前还有两个外人，忙慌不迭地自抽身而起。尹福介绍道："这是江湖上人称'崩拳大师不倒翁'的郭云深先生，这是我师弟程廷华。"

廖映雪忙向郭云深和程廷华施了一福，道："久仰二位大名。"

郭云深捋须笑道："姑娘英风豪气，我也听寿鹏说起过。"

程廷华哈哈笑道："姑娘，你与我尹师哥当真是有缘啊！"

廖映雪心知刚才与宋灵雨的对话已经被三人听去，又羞又急，道："这……"斜过眼睛来，向尹福瞟着，脸上可是怪害臊的。

"巧手飞燕"宋灵雨在旁咳嗽了一声，道："几位叙完旧了吗？"双眉一挑，道："尹教头，齐三老爷说你会来，我还不信，没想到你还真到了。甭说别的，我也不为已甚，你把松花琴砚留下，我就让你们离去。以后见面，咱们是敌是友，另当别论！"

尹福冷笑道："宋姑娘，你可知这松花琴砚乃是皇宫大内的御用之物，它被沙弥远从宫里盗出，已是犯了弥天大罪。实话告诉你，这方琴砚里面的秘密已经被荣禄知晓，沙弥远还让你们追寻这块琴砚只是吸引我们的注意力而已，没安什么好心，他的目的是刺杀‘维新党’人。秦天羽、宫九公他们不在府中，恐怕都被派出去当杀手了吧？齐三太监是太后的心腹，沙弥远是荣禄的心腹，你是谁的心腹？这方琴砚牵涉朝中政治势力的变化，如果出了问题，你们都是第一个替罪羊！”

稍停了一下，尹福又道：“尹某平生从不虚言，个中真意，姑娘可以自己斟酌。”

这一番话说得宋灵雨面上阵红阵白，惊疑不定，叹道：“无论你怎么说，你们都走不了。刚才你们一进屋，我已经按动消息机关，齐三老爷他们已经过来了。”

话音刚落，就见屋外灯火通明，一个阴冷的声音响起：“尹福，你还是乖乖束手就擒吧，三老爷也许会考虑饶你一命。”

几人窜出屋，见这座院落已经被团团围住，为首的便是齐三。齐三身旁的人，尹福也认识，正是鹰爪门拳术的传人丁暮阳。宋灵雨手下的“青灵八刀”站在两人的身后，周围的人都是荣禄府的侍卫。

尹福冷冷道：“齐三，别废话了，咱们手底下见真章吧。”

郭云深在旁朗声道：“久闻京城齐三老爷的威名，不知可敢与我郭云深比试比试？”

齐三哂然道：“旁人怕你郭云深的半步崩拳，你三老爷却不怕，咱们较量较量。”说着话，腾身跃起，宛如鹰隼一般，双掌如剪，直扑郭云深。

郭云深不慌不忙，摆了个形意拳中的三体式，蓄势发力，一招“野马夺蹄”，右脚疾速向齐三左脚踩去。齐三急收左腿，闪过这凶猛的一踩，不料郭云深随即变成“金鸡抖翎”，左脚蹬向齐三腹部，右拳直击齐三头顶。

齐三没料到郭云深变势如此之快，右手一拂，化开郭云深的蹬击，但脑袋闪得却稍滞了一点儿，太监帽子竟被郭云深打落在地。

对于练武的人来讲，这帽子的掉落，最是一件令人懊恼的事儿。戴在头顶上的帽子让人家打掉了，那么肩头上扛着的这颗脑袋岂不成了寄存的物件，又能留得几时呢，齐三能不急吗？

齐三怪叫一声，抢步上前，出手就是一招“青龙探爪”，左右二掌交替连击，如游龙出洞一般，一气呵成，迅猛无比，却是武当派内家拳术“六合八法”的路数。

郭云深见齐三力透指尖，出掌带风，招招凶狠，一个“飞踹平摔”，闪开攻击，顺手一个“安身炮”击向齐三。齐三以“摘星换斗”化开，双掌向下直插郭云深双目。郭云深闪头拧身躲过，接着就是向前一个跨步，“半步崩拳”直捣齐三胸膛。这一拳既猛又快，齐三来不及躲闪，急忙凝神，双掌封住门户，“闭门推月”硬接了这一拳。齐三功力非凡，底盘稳固，饶是这样，还是后退了两步，双臂也不由得一震，虎口一阵发麻，深感郭云深“半步崩拳”名不虚传，其劲力之大，非同小可。

齐三招亏一手，但不敢发怒，急忙调神凝气。内家武功讲究心稳神定，稍一暴躁，破绽百出。于是稳住下盘，以守为攻，静待郭云深发招攻击。

旁边廖映雪看得眉飞色舞，道：“一直就听武林传说，郭云深先生的‘半步崩拳’打遍天下无敌手，今日一见，果然名不虚传，崩拳力道至阳至刚，发力迅猛，这形意拳太高明了。”尹福笑道：“待会儿回去，让廷华给你讲郭云深先生‘半步崩拳走天下’的故事。”

廖映雪欣喜道：“太好了，我就喜欢听武术故事。”

旁边程廷华也与丁暮阳斗了起来。丁暮阳见他的对手身穿宝蓝色缎子直裰，在灯光映衬之下，闪闪而有光泽，却把前面一片大襟挽至腰间，露着里面月白色的缎子裤脚，足踝处绑扎得极为利落，衬着英俊的面容，端的是个漂亮人物。丁暮阳暗中冷笑：“好个小白脸。”双手弯曲成钩，抓向程廷华。

丁暮阳的鹰爪拳法，简而快捷，以抓打擒拿、分筋错骨、点穴闭气为主。贯力足，贯劲整，以刚为主，刚柔相济。有阴、阳、刚、柔、弹、寸、脆七种劲力。摔人与擒拿纯用阴、脆二力。抓用寸力阴力，打用阳、刚、弹、寸、脆五种合力，翻崩用弹力，分筋错骨用阴、寸、脆三力，沾衣打脉用阴柔合力。号、拿、降、守用阴刚力，七劲混合，其变化实难有隙可乘。

程廷华不敢大意，转动身形，步法轻盈，避开丁暮阳攻来一抓。瞬间已然转到丁暮阳的背后，扬手直击其颈下大椎穴。这正是八卦掌独到之处。走圈转掌，在动中求变，不攻敌之前，而攻敌之侧翼、后方，即避其锋芒，击其空门，采用迂回圆滑之势。这一掌看似轻飘，力道却极沉厚，只听掌声猎猎，有如狂风扯旗。

丁暮阳轻啸一声，伏身一转，单手撑地，双腿如剪，来扫程廷华下盘。

程廷华稍退反进，腾身而起，对准扫腿之势见老的丁暮阳，双脚风驰电掣般连环踢出。正是八卦掌的“暗腿”。丁暮阳借双腿回旋之力，双掌击地，身形随之而起，一式“倒卧柳梢头”，双掌反击向程廷华的小腹。这一式出人意料，更是狠辣十分。程廷华身在空中，难变招式，看掌已到身前，急忙吐气收腹，落掌相迎。

双掌相击，铿然有声！丁暮阳揉搓双掌，痛楚难当，心下不觉骇然：自己这一双手平日里碎砖如常事，击到程廷华掌上，却像打到钢铁上一般。没想到这“小白脸”竟有如此功夫，当真了得！

程廷华岂会给他喘息机会，双足一落地，立刻腾身而起，双掌疾攻，一式“风轮劈掌”直奔丁暮阳而去。

这“风轮劈掌”攻上三路，取两肩并头，空中幻化三个变式，丁暮阳见他掌影如山，有若狂风扫叶，不禁一骇，当下也无暇多想，急忙跨步闪身，右掌击出，直劈程廷华胸口。哪料程廷华正等他这一招！只看他左掌一隐，右掌忽地弹出，直击丁暮阳腋下空门，丁暮阳察之已不及，这一掌正中肩窝。他身形一个趔趄，右臂肩胛骨早已被打裂开来，痛楚难当，急忙向后疾退。程廷华稍一拧身，身形似箭般射向丁暮阳，右手收而不发，左手如刀，若苍鹰猎兔，直斩丁暮阳咽喉。

丁暮阳忙以左手相格，手臂竟在这一劈之下折断。丁暮阳咬牙忍痛，已是汗出如浆，失却两臂，失尽先机，步法稍显乱象。程廷华抓住时机，左掌轻点，晃丁暮阳面门，右掌势如洪涛骇浪呼啸而出！这一式，乃是八卦掌“迎风推扇”，正中丁暮阳小腹。丁暮阳一声闷哼，口中飙出一股鲜血，倒退三四步，他强稳气血，堪堪未倒。岂料面前一花，一片掌影，程廷华第二掌“托枪打虎”已追至胸前，丁暮阳口中鲜血狂喷，目眦欲裂！程廷华紧跟追击，双掌化为“金丝抹眉”，势如开山破石，怒涛惊天，一掌正中丁暮阳面门！

程廷华身子一晃，双脚轻轻落地，收气吐纳，神光内敛，转眼间变得气定神闲，有如秋日湖水般平静。七步外丁暮阳摔落在地，早已动弹不得，不省人事。这还是程廷华掌下留情，收了几分力道，否则丁暮阳非得当场毙命。

这边厢，齐三与郭云深已打了四十余个回合，脚步已经有些散乱，此刻见丁暮阳被程廷华打倒在地，生死不知，顿时慌了神，高叫道：“宋灵雨，你还不和‘青灵八刀’快点儿出手！”宋灵雨自双方动起手来，始终旁观，这时见齐三高声喊自己，这才咯咯笑道：“齐三老爷，您瞎好吧。”高声喝道：“青灵八刀！”

“青灵八刀”齐声应道：“有！”

宋灵雨冷笑道：“我们回昆仑山去，这京城中的恩怨我们不理了，我们两不相帮，免得被别人卖了，我们还都不知道呢！”

宋灵雨玉手一挥，七个人腾身上了屋顶，消失在茫茫的夜色中，就听宋灵雨的声音传来：“齐三老爷，你告诉沙弥远，这辈子他不回新疆便罢，若回新疆，昆仑山青灵谷绝不与他善罢甘休。”

宋灵雨这一手，是在场所有的人都没有想到的。最气急败坏的当属齐三老爷了，这一下真是惊怒交迸，不由得破口大骂：“好你个臭丫头，三老爷非宰了你不可！”他这一慌神，郭云深却更气定神闲了。说时迟，那时快，郭云深一个“狸猫倒上树”，猛转回身，随即一个崩拳打出，齐三拧身跃起，跃出一丈多远。郭云深一个“蛇形式”，仿似箭矢离弦，不容齐三转身，一拳击中了齐三的后背，只听扑通一声，齐三已然一个狗抢屎摔倒在地。荣禄府的侍卫见齐三也被打趴下了，一下就围了上来。尹福、郭云深、程廷华哪里将他们放在眼中，“视人如蒿草，打人如行路”，几个照面，就拨拉躺下好几个。

廖映雪尚在旁边拍掌叫好，尹福一把拉住廖映雪，道：“姑娘，别喊了，咱们快走吧！”几人连打带闯，起落间已到了外院墙前。

夜幕里，人声乱嚣。尹福、郭云深、程廷华、廖映雪直扑西面爬满藤花的院墙。

灯光照射下，扑过来两名侍卫举刀就砍。尹福等人自不会把他们看在眼里，指天画地里，势若飞虹倒卷。

两个侍卫刀势方出，简直连对方是个什么长相都未及看清，已被几人的招式击中，双双惨叫一声，坠落墙头之下。

有人大声叱道：“放箭！”

却在箭矢未发前的一瞬间，几个人已腾身而起，就此一路飞纵，倏起倏落，星丸跳掷般，消失在沉沉夜色之间。

秋夜的北京，谁也没料到轰地一个惊雷从天边响过，瓢泼大雨便无遮无拦地泻了下来。粗线条的雨点砸在京城的长街上，眨眼的工夫便积满了水，然后新的雨线便在积水的街上溅出一圈圈的涟漪。

法华寺原是北京东城郊一座香火旺盛的大庙，咸丰帝在世时，西方列强攻入北京，在这儿放了一把大火，从此便衰败下去。眼下，这座庙已被袁世凯的新军所征用。因为这儿是天津和北京必经之路，加上袁世凯的军队驻在天津小站，他将这儿当作与北京的联络地点，他来北京办事也自然住在这儿。

长街口，谭嗣同和梁启超正兴奋地撑着油纸伞向法华寺走去。随着一道闪电刺过长空，刹那间掀起的光明照到前面建筑的大门上，清清楚楚显示着“法华寺”三个字。

梁启超问道：“复生对劝说袁慰庭有几分把握？”

谭嗣同目光深邃，目光仿佛要穿透眼前的雨雾，道：“袁世凯为人虽然很难看透，但遍观满朝将领，也只有他思想比较开明，值此非常之际，也只有试上一试。正如康长素所说，从以前他对维新的态度来看，希望应该是比较大的。”

梁启超兴奋道：“如此皇上有希望得救，中国也就有希望得救了！”

黑暗中一个又硬又锐的声音冷冷道：“可是谁来救你们呢？”这声音竟似有形物质一般，直奔二人耳膜，让人极是难受。

谭嗣同惊道：“什么人？”他想极力看清眼前的人影，可是密集的雨线打得让人眼睛睁不开。

那一道黑影往前走了两步，冷笑道：“我叫费扬阿，今日奉命来取二位先生的性命。”

谭嗣同喝道：“你奉何人之命？”

费扬阿双目阴冷，道：“祖宗之法乃我大清立国之本，你们变法动摇国本，便是乱党贼子，祸国殃民，人人得而诛之。”

梁启超惊道：“你是荣禄手下？”

费扬阿一声冷笑：“恁多废话，康有为仗着有‘通臂猿’胡七做保镖，你们呢？哈哈，拿命来！”

话一说完，身形一展，已经跳至半空，腿呈十字，迅雷般向谭嗣同踢出三腿。这三腿对付普通人来说，可以瞬间要了他的性命。可是谭嗣同不是，谭嗣同身子下蹲，一扭腰，右手伏地，竟然从地上滑了过去。

梁启超惊呼道："复生兄，你没事吧？"

费扬阿双眉一立，道："看来还有点儿小瞧了你。"

因为靠近了，谭、梁二人这才发现这个杀手也不过三十左右，很清秀的一张脸，身上的衣衫都湿透了，可散发着一股彪悍之气。

费扬阿双掌一错，冷笑道："谭爷，你的那两手功夫是在天桥跑江湖卖药的那儿学来的吧？不管用！"

费扬阿一个跃步，右拳直劈谭嗣同颈部。这一下比刚才又快了何止三倍，若是劈实了，必然颈骨断裂。

就听一个声音叱道："住手！"

趁费扬阿一愣的时候，街旁的屋檐上飞出一人，在空中衣袂带风，拳脚并用，已经和费扬阿拆了三拳三脚。越到后来越快，谭嗣同和梁启超只听得呼呼风声，拳脚交错，突然声音人影戛然而止。

费扬阿已经匍匐在三尺开外，屋檐上的那人正在谭嗣同二人的身边，正是尹福。

费扬阿慢慢地站起来，嘴角有道血丝流出，又很快被雨水洗刷。他缓缓道："原来是八卦掌尹爷。尹爷威名在外，只是没想到却是个偷袭暗算的小人。"

尹福哂道："我早料到你们这些人会对二位先生不利，为了引你们出来，所以始终在暗中保护。费扬阿，你的梅花拳功夫在京师已是数一数二，却趁着谭、梁二位先生落单，来捡便宜。遇上了我，算你倒霉。"

费扬阿不服气道："荣禄大人说了，'维新党'变法乱政，天下百姓都恨透了。如果让'维新党'变法成功，我们这些旗人都要家破人亡。我这是替太后杀了他！"他现出激烈的神情，深长呼吸、摇摇晃晃地冲着过来，出拳却甚是无力，显而易见已经受了重伤。

原来两个多月前，变法伊始，光绪令军机四卿颁发上谕：京中裁撤詹事府、通政司、光禄寺、鸿胪寺、太常寺、太仆寺、大理寺等衙门，外省则裁撤湖北、广东、云南三省的巡抚，裁撤东河总督及不办运务的粮道等官，对不裁撤的衙门，如总理衙门、兵部、吏部、各督府衙门等下了减冗员的任务。绿营兵是逐步裁汰，旗人则给三年的时间过渡，允其自下诏之日起自谋生计。

这几道诏书一发，引起的震动可想而知。绿营兵与旗人普遍感到惶恐不安，发疯一样地诅咒变法。在旗的人当时有两百多万，绿营兵连带家属也有一百多万，这些人心怀怨恨，痛骂变法断了他们的生路。合并衙门裁汰冗员由于涉及的面宽，牵扯到的官员也是不少，每个官员又都养着一大家子人，因而许多官员也是合家不安，怨恨气恼，大骂变法不止。

并衙门、汰冗员、裁绿营，允旗人自谋生计，这一系列的上谕诏令颁布之后，朝野震骇，一齐惊呼，涉及者痛骂变法不止，光绪帝却不为之动摇，痛下决心，非把这几件事彻底办好。当时旗人的生活其实并不好，但毕竟还领着国家给的钱粮，因此很多旗人痛骂维新变法，大发牢骚，非常消极地对抗变法。

撤并衙门、裁汰冗员更是难办得多。京中的詹事府、鸿胪寺、太常寺、大理寺等老衙门，聚集了许多资历高、年龄大的老臣，这些老臣胡子白了，腰也弯了，行动蹒跚，但恃其资历年龄对抗圣旨，坚决守在衙门不走，以示抗议。

光绪帝大怒，便下令赶这些人出来，然后封了他们的衙门。其实光绪帝对这些老官都是有特殊政策的，他们即便被汰，俸禄却一点儿不少，但他们一直在吵闹当中，一些旗人甚至挑唆本族人反对维新变法。

费扬阿就是这样的一个人，国家大事他不懂，但他知道家里的铁秆庄稼要倒，家里人天天哭天抹泪，这些费扬阿全都看在眼里。

费扬阿是满洲正白旗人，祖辈从龙入关，因军功受封过“骁骑校”，到费扬阿这一代，职位让其他支袭了，但在他的潜意识里，旗人就是要比汉人高贵。变法之后，让他们家的人如同汉人一样去四处钻营找生计，他觉得是一种耻辱。于是，他分外痛恨维新变法，觉得天下大乱的根源就是这些“维新党”人。

费扬阿因为是正白旗人，七折八拐和荣禄套上了亲戚，因为他武术练得不错，就在荣禄府当武士，颇得荣禄信任。分派人手刺杀“维新党”人时，费扬阿心恨“维新”，就主动承担了刺杀任务。

费扬阿功夫虽然不错，但远不是尹福的对手。尹福的八卦掌又称“硬八卦”，专破内家劲力，劲力直达五脏六腑，费扬阿哪里承受得住？他还能站得起来，全靠年轻力壮硬挺着一口气支撑。费扬阿勉力与尹福又交了三招，砰地一下身子再次飞出去，在泥泞的水中滑出好远。

尹福叹了口气，道：“壮飞先生，卓如先生，走吧。”

谭、梁二人望着匍匐在地上缓缓移动的费扬阿，面色都有些阴晴不定。

梁启超苦笑了一下，道：“我们就这么不被人理解吗？”

谭嗣同直立当场，摇头道："替天行道本身是没有错，问题是谁才是道义呢？我们为天下人而变法，可他却认为他是为天下人杀我。尹教头，你看到了吗？变法对于他们来说，是这么的可怕啊。可是他们对传统的忠诚又让我们感到可怕。当年日本弹丸之地，为了维新变法，新旧两党都以刀刃杀出自己的理想之路，今夜我算是体会到了。"

尹福与谭嗣同、梁启超冒雨赶到法华寺时，天已经起更了。守在门外的新军一见谭嗣同亮出军机处腰牌，立即报给值班的副将徐世昌。徐世昌看了谭嗣同的帖子，知道他就是眼下最红的军机"四京卿"之一，自然不敢怠慢，立即让谭、尹、梁三人进了大门边的值房休息，自己亲自去向袁世凯通报。

袁世凯正在卧室里秉烛读书，听徐世昌来报军机处章京谭嗣同和名士梁启超在门外求见，心里顿生疑虑。心想，自己与这位小军机素无来往，深夜造访，必定有什么重要事情。谭嗣同和梁启超是皇上身边新党中的骨干，本该立即请他进来，按徐世昌说的那样："跟他交个朋友嘛，都是用得着的人。"但想到眼下时局非常微妙，帝后两党剑拔弩张，北京不比天津小站，棋错一步满盘皆输，想来想去，觉得多一事不如少一事。最后他向徐世昌挥挥手，让他挡驾不见。

徐世昌进了值房，向三人表示歉意，道："对不住二位大人，袁大人睡下了。"

谭嗣同坚持要见袁世凯，道："睡下也请袁慰庭起来，劳驾。"

徐世昌露出为难的表情，迟疑道："我们大人的脾气……"

谭嗣同道："你只管传我的话，有什么事我替你担当。"

徐世昌还是觉得很为难，道："袁大人睡觉一向比较沉，恐怕叫不醒……"

尹福灵机一动，走到徐世昌面前，冷言道："徐大人，你告诉袁大人，说谭大人有圣旨在身，见也得见，不见也得见！"

徐世昌一听有圣旨，慌忙转身跑了，来到袁世凯下榻的东厢房。袁世凯听说有圣旨，心里一愣，当下问他们来了多少人。当他听说连同谭嗣同、梁启超和尹福总共只有三个人，心里觉得不对劲儿，认为这不合传旨的规矩。

徐世昌问道："如果是假的，是不是抓起来？"

袁世凯沉吟片刻，道："既不抓，也不接。"这种时候袁世凯觉得不能冒得罪任何一方的危险，因此最好的办法就是将来人打发走。

徐世昌匆匆回到值房，一定要他们离开，苦笑道："谭大人，卑职叫了，叫不醒。”

谭嗣同火了，喝道：“看来得我亲自去叫。”谭嗣同和梁启超抢上一步出了值房门，向袁世凯下榻处走去。

徐世昌喊道：“营中自有军规，你等不得擅越！”

徐世昌连忙追出去，拦住谭嗣同。门外几名新军也闻声冲过来，尹福冲上前，伸手抓住徐世昌，掏出自己的侍卫腰牌在他面前一晃，厉声喝道：“这是皇上赏的，徐大人，请不要造次！”

徐世昌无奈，知道来人非同寻常，只得挥挥手，命令手下新军让谭嗣同和梁启超进了东厢房外的大殿。

谭、梁二人大步进了东厢房，只见袁世凯身穿箭衣坐在床沿，显然徐世昌说他已经睡下是一种搪塞。不过，谭嗣同深信，只要当面见到袁世凯，打消他的疑虑，他一定会站在皇上这边的，袁世凯不但参加过支持皇上新政的强学会，而且捐过银子，加上他所训练的北洋新军，与洋人、洋务接触频繁，对光绪在朝廷革旧布新、富国强兵的国策由衷地赞成，否则皇上也不会于危急中寄希望于他。

尽管袁世凯对谭嗣同和梁启超突然闯进卧室感到吃惊，但他心里早有预感，谭嗣同带来了他既想看见又怕看见的圣旨。他渴望有朝一日能借助光绪的重用，成为朝廷的栋梁，因此他一直示好于康有为，甚至在康有为第一次谒见光绪时为他上下打点，还让他寄宿在自己的海淀别业。另一方面，他也感到说不出的恐惧，担心光绪皇帝对手的实力太大，一旦事发不成，他将会人头落地，家破人亡。

谭嗣同、梁启超、袁世凯都听说过对方的名字，但却是头一次在这种非同寻常的情况下见面。

他们互相注视着对方，一面揣摩对方的心思，一面稳住自己的情绪。

袁世凯稳住神，从床前站起，友好地向谭嗣同走过去，热情道：“谭大人，梁先生！”

谭嗣同和梁启超一起拱了拱手，道：“袁侍郎，袁大人。”

谭嗣同打量着这位三十九岁的新军首领，在袁世凯那张保养得很好的脸上看到一丝游疑的笑意，为赢得对方的好感，他先抬举起对方，道：“一向无缘识荆，今天一见，果然丰采不凡。”

尽管三人第一次见面，却像老熟人似的在茶几边聊起来。由个人琐事谈及朝廷大事，从强学会说到新政，由谭嗣同在湖南办学、梁启超著书变法说到袁世凯在小站训练新军等，三人越谈越投机，一致认为当今中国已病入膏肓，新政是唯一起死回生的办法。

谭嗣同见时机成熟，当即从椅子上站起，道："袁世凯接旨！"

袁世凯心里一沉，立刻跪下，谭嗣同郑重地从怀里取出密诏，递给对方。

谭嗣同道："这是皇上派人秘密带出来的密诏，请袁大人默读。"

袁世凯跪在地上，接过密诏，认真读着。他越读越感到情势危急，将圣旨一连看了两遍，然后站在那儿沉吟不语。

梁启超朗声道："大清国的生死存亡，四百兆黎民的浮沉，全都在此一举。皇上正在等着袁大人的决断！"

袁世凯举着手上的密诏，狐疑道："谭大人，圣旨兄弟也见过几道，应该是朱笔，可是这道密诏是墨笔写的。"

谭嗣同双眉一挑，寒声道："你怀疑我假传圣旨？"

袁世凯笑笑，道："言重了。不怕谭大人在意，你我素昧平生，从无交往，今天头一回见面儿，您就出这么大的题目。你想想，这事要搁在您身上，您信吗？"

谭嗣同一再强调，现在是非常时刻，唯有以非常手段处置，但他不得不承认袁世凯的疑虑是非常合乎情理的。袁世凯见对方沉默不语，便说："如果诏书是真的，皇上明天召见兄弟的时候，可以当面宣诏，至于今晚的事，就算没这回事儿。"

袁世凯抱拳道："谭大人，您也没来过，咱们也没见过。您请吧！"

谭嗣同没想到对方会下逐客令，瞪起双眼，道："袁世凯！这么说，难道皇上看错了人？"

袁世凯道："谭大人，就凭你假传圣旨，我就能把你抓起来！"

谭嗣同当即面色一变，将腰间的匕首取出扔在地上，冷笑道："请吧。"

袁世凯见谭嗣同拔出匕首，心中一惊，待见谭嗣同将匕首扔在地上，又犹豫起来，迟疑道："谭大人不说还有宫中侍卫随你一起来的，为什么不让他进来做证？"

谭嗣同猛地拍着脑门，心道：该死！我几乎忘了尹教头了。

梁启超忙转身叫门外的尹福，尹福与徐世昌正在门外等候，听见梁启超叫他，立即推门走进。徐世昌不放心，紧跟着尹福一起走进东厢房。尹福一进门，袁世凯一打量，便认出他是光绪身边的武术教师。

尹福抱拳行礼，道：“袁大人！”

袁世凯双手抓住尹福的手，长长地松了一口气，道：“尹教头！怎么不早进来，差点儿错怪了谭大人。”

袁世凯一边招呼尹福，一边叫徐世昌出去，徐世昌见他们认识，知道有要紧事，连忙退出。袁世凯特意走过去，关上房门，插上门闩，然后走到谭嗣同面前，深深抱拳作揖：“谭大人，恕袁某刚才失礼了。你放心，营救皇上，袁某万死不辞！”

谭嗣同心里一块石头终于落下，半开玩笑地说道：“今日可以救皇上的人，只有你了！你如果想救就来救，如果不想救，请现在就把我和卓如绑到颐和园去杀了，那样你可以获得荣华富贵。”

袁世凯肃容道：“你把世凯当成什么人了？我们都是共同为皇上效劳的人，我和你一样，都受到皇上特殊的宠爱，救护皇上是我们大家的责任！谭大人，你说怎么办吧？”

谭嗣同道：“根据情报，荣禄密谋在天津阅兵的时候杀害皇帝，你如果能够一军顶两军，保护皇上，恢复皇上的皇权，清除皇帝身边居心叵测的大臣，肃清宫廷里的反对势力，你就完成了一件惊世之举！”

袁世凯道：“如果在阅兵的时候有人胆敢谋害皇上，我一定命令官兵杀奸贼，我也会拼死营救皇上。”

梁启超在旁插言道：“荣禄平时待你不错，你会将他怎么处置？”

袁世凯冷笑一声，道：“如果他敢谋害皇上，我杀荣禄如同杀一条狗！”

谭嗣同心中一动，心想，光绪果然没有看错袁世凯，此乃朝廷之幸事。他显然被袁世凯的决心和真诚所打动，连声说好。

袁世凯又沉吟片刻，道：“不过我军队的枪弹火药，全部由荣禄掌握，而各营的官兵也多属荣禄的人，我现在连夜赶回小站，等我回天津后选一些可靠的将官，再准备点弹药，三日之内发兵北京，解皇上之难。”

谭、梁二人大喜，梁启超也提出了要和袁世凯共赴天津的要求，袁世凯表现出欣喜的样子，连声道：“有卓如先生为我参赞，我就更有把握了。”

谭嗣同、尹福二人告辞，临行前，梁启超低声对二人道：“我到天津后，会想办法监视袁世凯，防止他变卦，也方便我行事。如无特殊情况，我会借宿在天津的文庙。”

二人从法华寺出来，大雨已经逐渐停止了，回到城里，已经二更多天了，为了安全起见，尹福没让谭嗣同回浏阳会馆，吩咐车夫将车直接拉到源顺镖局。

王五听罢尹福和谭嗣同与袁世凯相会的一番经历，欣慰道：“看来皇上可保无虞，康先生的变法离成功不远了。”转眼又疑惑道：“却不知皇上为何在这时让康先生出京呢？”

谭嗣同、尹福一惊，忙问王五这又是怎么一回事。

原来今日傍晚，光绪得珍妃的帮助，托了珍妃的心腹太监王商带密诏出宫，切切嘱托康有为速去上海办报。康有为不同意走，林旭、康广仁等劝他遵从圣旨，以免圣上担忧。

林旭、康广仁虽然齐声催促，但康有为仍然愁眉不展，道：“我走了，圣上的安危又怎么办？”

林旭道：“京城这里有谭复生与卓如照料一切，你放心上路便是。”

康有为叹了口气，同意了众人的意见，决定处理完北京的几件事后，明日一早即由北京乘火车到天津，再乘轮船赶往上海。

谭嗣同听罢这段事，沉思了半晌，点头道：“康长素应当遵旨南下。京城这几天肯定险恶异常，必定有一场龙争虎斗。‘后党’不到最后时候，是不敢动皇帝的。但要害康长素就不必那么谨慎了。上海有租界，若风声不好，康长素可随时入租界内躲避。这是皇上为了保护他想出来的办法啊！”

王五却忧心道：“康先生安全了，可卓如先生一个人陪同袁世凯去天津，实在让人不放心啊！”

尹福沉吟了一下，道：“袁世凯的火车明天才开，干脆，五爷给我备匹快马，我去一趟天津，去北洋大臣衙门探听一下荣禄的动静，顺便暗中保护梁先生。”

王五喜道：“这就好了，凭尹爷的身手，除了杨班侯、郭云深外，谁还能接你一掌之力？您一个人，顶得上千军万马！”

尹福挺身站起，道：“事不宜迟，我现在就动身。”

谭嗣同和王五将尹福送至源顺镖局的大门口，谭嗣同向尹福微一抱拳，一切感激的话尽在这拱手之间，二人目送尹福扳鞍上马，踏着夜色绝尘而去。

第十五章

君是拔刀客
焉能缚虎英

王五为尹福备的马，是王五自骑的一匹宝马，头至尾长一丈，蹄至背高八尺，耳如削竹，面如侧砖，目似朗珠，通体漆黑，四蹄雪白，名唤“乌云盖雪”。当真有“日行千里，夜走八百”之功，王五曾以之与火车赛跑，十里之内，连火车也追不上。

尹福凭着宫中的腰牌，出了永定门，直奔通县。刚刚看着大运河了，朦胧夜色中，借着月光突然看到前面有人正在打斗。尹福非常奇怪，暗忖：这半夜三更，谁在这里打斗？赶紧勒住了缰绳，翻身从马背上下来，悄悄掩至近前。过招的两人激斗正酣，全然没有发现有人在旁窥视。

尹福定睛看时，发现这两个人他都认识。其中一个是荣禄府的武士，鹰爪门的干瘦老头宫九公，另一个一身紫色劲装，手中拿着短剑，留着条辫子，长长地拖在身后，每有跳动，辫子先自甩起，一撂老高，正是刚刚与荣禄府翻脸的昆仑山青灵谷“巧手飞燕”宋灵雨姑娘。两个极快的人影，倏忽交叉而过，动如脱兔一般。就见宫九公一双干枯手掌，直向着宋灵雨用力砸下来。

宋灵雨霍地一个翻身，猝然飞起右脚，却以脚尖直向宫九公眉心点来。宫九公嘿地一笑，右手如封似闭，两根手指改向对方脚上抓去，手法利落、快捷，却很轻巧。

宋灵雨就空一个疾翻，落身于宫九公左侧，气得哼了一声，猛地一个下腰，脑后长辫唰地飞撩而起，挟着一股凌厉尖风，直向宫九公脸上拍过来。

原来她这条长发辫子缠有金丝银线，眼前这一抽之力，很是厉害，只可惜宫九公的身子滑溜得紧，轻轻一个点头，便闪开了对方状若长鞭的一式急抽。

暗中窥视的尹福，冷眼旁观之下，看出宋灵雨虽说身法不弱，那一条长长发辫更是诡异莫测，但是宫九公若非是心存玩耍，便是另有居心，要不然断不会拖延如此之久。

猛然间，宫九公嘿地一笑，随着他左手的一个飞转之势，宋灵雨那一条黑油油的大辫子，已被抓在了他的手里。不用说，这一抓之力，劲道极大，以至宋灵雨脚下一个急跄，几乎倒了下去。宋灵雨心里一惊，往后一挺，登时，一条发辫被扯了个笔直。双方力道都强，可就借着这条辫子较起了劲儿。

宫九公目光闪烁，脸现狡笑，左手转两转，已把对方辫子绑在了手上，硬是要迫使宋灵雨俯首认栽了不可。宋灵雨功夫本不错，可惜今日遇见了宫九公，确非易与之辈。宋灵雨越是头上不松，宫九公手上越是加劲儿。渐渐地，宋灵雨已现不支，再坚持片刻，她已发出了吁吁娇喘之声，粉颈间已经布满了汗珠。

宫九公嘿嘿冷笑两声，道："好倔强的丫头，你的这点身手，居然敢背叛荣禄大人。今天落在了你家宫大爷手里，丫头，你认命了吧！"

尹福这才明白，宫九公这是奉命来处置宋灵雨的。

宋灵雨吃力地抬起了脸，双眼直似要喷出血来的样子，道："姓宫的，你……你想把本姑娘怎么样？"

宫九公语气轻浮地道："嘿嘿……好说。齐三老爷命我来取你性命，不过看在你这小模样的份儿，宫大爷岂能亏得了你？少不得要尽情玩乐一番再杀了你，让你在死前也销魂！"宋灵雨咬牙切齿地道："姓宫的，姑娘今儿个落在你的手里，自认栽了，不过你也别得意过早。"

宫九公奸笑道："怎么着，想吓唬你宫大爷？告诉你，你宫大爷顶天立地的身子，是练功夫练大的，可不是吓大的！"说罢手下加了把劲，宋灵雨脚下不由自主向前迈了半步，口中颤声道："你想……怎么样？"

宫九公道："怎么样？不是已经告诉了你？"

宋灵雨低头道："姓宫的，你要是敢动我一下……你应该知道，姑娘身子后面的人，可是饶不了你。"

宫九公脸上现出了一种阴悍的狡笑，道："不就是昆仑山青灵谷吗？上有荣禄大人保护，只要我做得隐秘，没人会知道！"

尹福看宋灵雨危矣，正要准备出手，却见宋灵雨情急之间，豁了出去。随着她疾出的右手，一片亮光闪自后背，宋灵雨竟把紧握在宫九公手上的一根发辫，挥斩为二。

就是暗中观察的尹福，也吃了一惊，没有想到宋灵雨情急生变，竟然还有如此一手。宫九公更不曾料到有此一手，嘴里轻"咦"了一声。

"巧手飞燕"宋灵雨挥刀断发，心态之悲痛，可想而知，自是把眼前这个宫九公恨之入骨。发辫既断，更不可稍缓须臾。一式"寒鹰探爪"，峨眉刺奇光耀眼，随着她一个急蹿之势，猛地直向宫九公的当胸刺去。

宫九公就势打了个转，宋灵雨那很有力的一式狠刺，却是刺了个空。宋灵雨身后长发，此刻全数散了开来。跟着她一个拧身的妙姿，峨眉刺挟着一股尖锐疾风，直向宫九公的当头劈落下来，随着宫九公递出的左手，那一截缠握在手上的断辫，怪蛇似的飞了出去，不偏不倚，正好迎着了宋灵雨迎头劈下的刺锋，两下里一交接，顿时搭在一块，缠了个紧。

宫九公一式得手，更不留情，手腕力振之下，宋灵雨一声惊呼，手上的峨眉刺已脱手而出，嗖的一声，直飞出三数丈外。宫九公不再手下留情，低笑一声，脚下一式轻点，猛地逼向当前，干枯手掌化成鹰爪，作势向宋灵雨当胸抓去。

斜刺里忽地传出了一声冷笑，道："慢着！"

宫九公猝闻之下，蓦地一呆，止住了即将向对方的出手，紧接着肩头轻轻一晃，猛然回头，问道："你是谁？"说话的当儿，一只右手，已自缓缓收回。状如鸡爪，指尖朝下。

尹福哼了一声："连我你都不认识了？"

宫九公低沉地发出了一声冷笑，道："姓尹的，又是你？"

尹福脚下轻迈，倏地一个快闪，掠身于三尺之外，道："宫九公，咱们手底下见高低吧。"

一瞬间，宫九公一团疾风般地旋身而进，那一只状若鸡爪的右手，霍地反手拧起，一式"金风送爽"，直向尹福脸上抓去。

尹福的先见之明，使得他扑了个空，尖风一缕，险险乎擦着尹福面门滑了过去。看上去真是千钧一发，险到了极点。尹福以奇快身法，闪开了对方极具实力的一击，紧接着反身左转，呼地一下劈出一掌。这一掌，直袭宫九公后胯。宫九公也防着了，一个疾滚，两只手掌接触到了一块。像是一双闪翅而过的飞鹰，两个人倏地又分开来。

宫九公抢先进攻，使出双掌猛攻尹福。宫九公一出手便是一记"玉女穿梭"，左掌直取尹福中门。尹福见他来势汹汹，决定先避其锋，以八卦走圈让过。

宫九公以为尹福已然害怕，心中顿时起了轻敌之念，便不加提防，冲拳还环挥将过去。没有料到，尹福只一个八卦步便游到他身后，紧接一招"白蛇吐芯"，右掌取宫九公背心。宫九公大惊之下，迅速转身，左腿横扫，逼得尹福收招闪避。

宫九公直起身来，一声冷笑道："着打！"一声呵斥下，左手翻处，已抖开了一面刀衣。刀衣乍展，一片寒光闪处，从中疾飞出七把细小窄长的柳叶飞刀。

随着宫九公手势挥动，七把柳叶飞刀直循着尹福、宋灵雨二人立身之处飞掷而来。

尹福一惊，道："宋姑娘小心！"遂将判官笔扣在手中上下一撩，把迎向自己正面的三把飞刀磕向一旁。

却不料这飞刀刀势怪异，有一把飞刀去而复返，从尹福左肩头擦过，顿时皮开肉裂，留下了一道寸许来长的口子。这个奇怪的刀势，使得尹福为之一惊，一时反手抡笔，施展逆回力道，将余下的几把飞刀敲落在地上。那一边宋灵雨因不明刀性，左面股胯部位却被飞刀所伤，甚是痛苦。

宫九公见飞刀没有奏效，双掌一分，就如一只翔空大鹏扑将过去，"一鹤冲霄"直取尹福上盘。尹福以"鹞子钻天"挡开宫九公的勾手,趁他还未落地，一招"摆步挂掌"，挑他的左腿。宫九公没有避开，一个趔趄。尹福见他重心已失，又使出"大蟒翻身""摆步穿掌"，连环重击宫九公。

宫九公自知失利，便使出鹰爪拳的"孤鹰斜飞"，避开尹福锋芒。宫九公喘了一口气，回过神来，又来一招"童儿抓面"，双拳变爪，取尹福面门。尹福却以一记"反手下压"，压下他的攻势，紧接着以一个"扣步下插掌"，削他的右膝。宫九公退步避开。岂料尹福乘扣步之势转身，再来一个"白蛇吐芯"，左掌重击宫九公胸膛。此招出其不意，避无可避。宫九公胸口中掌，吐出了一大口鲜血来。尹福知道此人凶毒阴狠，凶残无比，手上命案累累。于是，尹福下手便不容情，身法如电，向前猛跨一步，右手中的判官笔向外一展，笔尖正中宫九公心口，宫九公惨叫一声，当场毙命！

尹福再看宋灵雨，发现并无大碍，才自放下心来。宋灵雨受伤后垂头不语，娇躯无力，一副沉沉欲睡模样。

通州大运河畔景致奇佳，即使在月夜里，也不能尽掩。湖侧杂生花树，翠草如茵，杨柳青青，柳枝儿垂及水面，偶有微风，摇曳起淡淡纱笼的一片迷离，却是波谲云诡，一如河面的烟波浩渺，看它不透。

歇了好一会儿，宋灵雨方才睁开了眼睛，微弱地道："谢谢尹教头拔刀相助。"

尹福只当她人事不省，既能说话，便自无妨，道："先别说话，告诉我伤在哪里?”

宋灵雨瞧他皱了一下眉头,无可奈何地哼了一声,才自讷讷道:“后面……”

宋灵雨后面胯骨部位,好像已经被鲜血染透,月色里看不清楚,尹福用手摸了一下,湿漉漉染了满手,一时却也不知如何是好。

却不料宋灵雨十分倔强,道:“流血了?”

尹福只得照实说道:“看样子伤得不轻!”

宋灵雨一笑道:“不要紧……”说时她反过手来摸了一下,终是不便,无奈地道:“尹教头,你就好人做到底吧,瞧瞧看有什么东西在里面没有?”

一面说,她已摸索着由身侧豹皮革囊里取出了千里火,递给尹福。尹福迟疑了一下,接过来迎风一晃,呼地亮着了,火光闪烁里,才看清楚了。宋灵雨真是伤得不轻,整个后胯下股,全为鲜血所染,把一条葱色的裤子大半截都染红了。

尹福借助于眼前火光,仔细辨认之下,才知伤在后胯的凤尾穴上,偏差少许,就是尾椎骨节。

尹福为之庆幸道:“真是好险,差一点儿你便成了终身残废,这辈子就别想再动了。”宋灵雨吓了一跳,怯生生道:“这么严重?”

尹福安慰道:“没有伤到要害,现在已是无妨。”随即以右手掌心紧紧贴附伤处,一面运施内力,一抚一按,紧跟着向外一扬,噗的一声,已把深入肉内的那枚暗器拔了出来。随着暗器的拔出,涌出了一股瘀血。

宋灵雨呻吟了一声,身子疼得直打战,把早抓在手里的一个小小药瓶,反手递向尹福道:“这里有药……”

尹福重新为她止住了流血,把接过的伤药为她敷上少许。自个儿动手在她革囊里拿了条布带和一些棉花,迅速包扎妥当。一切迅速、利落,倒也得心应手。熄了千里火,尹福步向河边,就着河水,把手上血清洗干净。再回来时,宋灵雨显然已大见轻松。

宋灵雨睁圆了一双眼睛,正自向着尹福直直地瞅着。神态之间,显然对尹福大是感激。宋灵雨轻轻一叹道:“万没想到,此次来到京城,险些被自己效命的一方所杀,却被自己敌对的一方所救,人生遇合,真是神奇。尹教头这番道义相助,让我终生感激不尽。”

尹福一笑说:“那倒不必,宋姑娘不是和‘青灵八刀’要返回昆仑山吗?

又为何一人落单，被宫九公那老怪物追上了？”

宋灵雨眨了一下眼睛，叹道：“我没有想到‘青灵八刀’之中已经有两个人被齐三老爷收买，暗中将我的行踪泄露给了荣禄府中的人。我们刚出京城，宫九公率领的荣禄府武士就追了上来，我们敌不过，被打散了。宫九公对我紧追不放，一定要取我性命，如果不是遇到尹教头，我恐怕再也没命回昆仑山了。”

尹福问道：“那姑娘现在怎么办？”

宋灵雨站起来，走了几步，道：“我的伤势应该不碍事，只是流血多了些，休息一会儿，我的人应该就会找过来。”

尹福点了点头，又道：“姑娘在京城附近是否还有自己的人？我师弟阮珍谷在保定，如果姑娘没有合适的人，可以去保定找我师弟。你的伤要休养几天，最好隐居一时，否则伤口裂开，就不好痊愈了。”

宋灵雨微微惊愕了一下，浅浅一笑，道：“多谢尹教头了，我们青灵谷在京城还有几个朋友，隐居不成问题。”

这时，远处有人影晃动，口中轻轻呼唤宋灵雨的名字。宋灵雨喜道：“是我们的人。”

尹福打量了一下，为首的两个果然是“青灵八刀”的人，便对宋灵雨道：“我先告辞了，姑娘多多保重。我还要对姑娘说一句，官场上的政治斗争，远比寻常江湖恩怨危险得多，姑娘以后最好能避则避，不要再多纠缠。如今天下动荡，处江湖之远，比接近庙堂要自在潇洒得多。”

宋灵雨点了点头，看着尹福远去的身影，一双明眸逐渐柔和起来，掺杂了几缕异样。

尹福上马之后便直奔通州，一会儿穿河西务，过武清，二百多里的路程，不到三个时辰已然赶到天津，此时天光刚刚放亮。

天津在金朝时名叫直沽寨，元朝开海道，成为水旱码头，名为海津镇，明初恢复旧名，为与大直沽区别，改名小直沽。燕王朱棣南征时，取“天汉津梁”之意，遂名天津。

判断时间，袁世凯的火车此时尚未从北京发出，尹福就在天津南门里的“隆裕盛”客店投店，准备待会儿去接应梁启超。

昨晚几乎又奔波了一夜，尹福感到周身有些疲倦，所以在院中的空地上走了一趟八卦掌。六十四掌打完，尹福身上微出了点儿汗，精神也为之一振，却听客店门前吵嚷声甚大，不禁有些奇怪，忖道：天还没亮，大清早的人怎么都起来了？

尹福来到隆裕盛客店前的大街上一看，发现人来人往，不约而同地往一个方向赶去，一个个神色匆忙的样子，心中不由得起了疑惑，就跟着这些人向前行去。

尹福入针市街，往北一拐，穿过一条胡同，就来到一条青石铺路的整洁雅静的巷子，这条巷子便是天津货栈汇集的竹竿巷。

这些人来到一座高大的青砖瓦顶房舍前，就不再走了，聚成一大群，仿佛在争看什么热闹。

尹福杂在人群中一望，这才有些明白。这间房舍的两扇红漆的大门上，高挂着一黑底金字的大匾，上面写着“怀庆药栈”四个颜体大字，在紧闭的大门前却立着一对大石碾子，每个都约有八九百斤重，恰好堵住了怀庆药栈的大门口，所以人们在此围观，看看里面的人怎么办。

尹福暗自忖道：这两个石碾子是谁这么恶作剧，怎么给放到了人家的大门前？

于是尹福便问旁边看热闹的一个人，这是怎么一回事。

那个人斜了尹福一眼，道：“外来的吧？”

尹福应道：“正是。”

那个人哼了一声，撇着嘴道：“你知道这怀庆药栈里住的是谁吗？”

尹福道：“不知，请老兄告知。”

那个人道：“我告诉你，让你也长长见识，怀庆药栈里住的是咱天津卫的武术大师‘黄面虎’霍元甲霍四爷。都说霍四爷神力惊人，可是谁也没见过，这不，昨晚上这条街上的二三十个棒小伙子连推带拽把这两个石碾子弄到药栈门口，一边一个立好了，就为看霍四爷的神威。所以今儿天没亮，俺们就在这里等了。”

尹福听了这才恍然，不禁有些好笑，心想，天下还有这样试人力气的。不过他也是久闻天津迷踪拳大师霍元甲的威名，至此也不由得动了好奇之心，想要看看霍元甲如何挪动这两个大石碾子。

不大会儿，大门开了，出来的像是药栈里的厨子，手里拎着一个篮子，想是清早起来要出去买菜。他一看这两个大石碾子，不由得一怔，再一看药栈的门前围了这么多人，于是明白了，这是来试霍四爷功夫的，急忙关上门，跑了进去。

门再次打开时，从药栈里面走出一个人来，此时旭日初升，正照在这个人的身上。只见他身材中等，面似淡金，两道剑眉，一双虎目，双眸中隐泛精光，渊渟岳峙般站在门口。

尹福就听周围人窃窃私语道："霍四爷出来了。"

霍元甲端详了一下这一对石碾子，抱拳对围观的人群道："各位乡亲，请闪一闪，待会儿别让碾子给碰着！"

众人一听呼啦一下，就在怀庆药栈的大门前让出一大片空地。

再看霍元甲顺手将袍子的前襟撩起，侧过身体，左腿踢出，就见那右面的石碾子直接倒下滚了一丈多远，落在街上，这时已是一片喝彩之声。霍元甲宛若未闻，不疾不徐又将右腿一起，这回竟将左面的石碾子踢得直跳了起来，接连翻了几个跟斗，也摔出一丈多远，却是直立在了街上。这一下，整条巷子爆发出了雷鸣般的掌声。

尹福也看得有些呆了，忖道：内家拳虽然讲究先天之力无穷，不过要打这死杵于地的石碾子，也是没办法的事。这霍元甲的确是神力惊人，外家的功夫恐怕已然练到登峰造极之境了。

尹福情不自禁之下，失声喝道："好惊人的力气呀！"

霍元甲此时正向人群告罪，准备进去，听到了这句喝喊，下意识地向发声之人瞧去，见一人面容清瘦，剑眉朗目，一身蓝布衣衫，斯斯文文的，不带丝毫霸气。霍元甲略一打量，就看出此人精气内敛，乃是练内家功夫的，忙上前道："元甲适才献丑，让先生见笑了！"

尹福拱手道："在下早就听闻天津霍四爷之名，恨未识荆，今日一见，果真是名不虚传。在下尹福，见过霍四爷。"

霍元甲一听大喜，上前几步握住尹福的双手，道："原来是八卦掌的尹爷呀！您的大名元甲已是久仰的了，本来多次想赴北京拜会，都因冗事缠身，不得方便，今日长街巧遇，真是有缘！"

尹福也道："我对霍四爷也是久慕的，不想今日相遇，实是相见恨晚呀！"

霍元甲随口问道："尹爷到天津有何要事？"

尹福迟疑了一下，但想到霍元甲的好朋友农劲荪是谭嗣同的好友，霍元甲也是支持维新变法之人，便道："我来天津是为新政变法的事奔走。"

霍元甲是何等聪明之人，一看尹福的神色便晓得一些话在这里谈不方便，慨然道："既然路过怀庆药栈，元甲不能不尽一下地主之谊，请尹前辈喝杯茶再走。"

尹福见霍元甲如此盛意拳拳，不好推却，便随霍元甲走进了怀庆药栈。

霍元甲是天津静海县小南河村人，表字俊卿，生于同治七年。其父霍恩弟，年轻时乃是镖师，一身祖传的迷踪拳和一口雁翎刀在北方武林中也甚是有名。

迷踪拳又称燕青拳，传说此拳创自宋代燕青，燕青雪夜逃往梁山，一边前行，一边以树枝扫去足迹，后人取其意，遂以"迷踪"称之，青州一带的传人又称之为"燕青神捶"。迷踪拳注重眼法，既要注视一点，又要顾盼八方。动作圆活，轻灵敏捷，静如泰山，动如狂风。其劲力松紧交替，讲究出手如棉，触身似铁，姿势舒展，架势端正。基本的拳术套路有练手拳、罗汉拳、三步架、小进拳、五虎拳、豹拳、绵掌拳、八折拳、八打拳等，乃是博采众家，刚柔相济的一种拳术。

霍恩弟的迷踪拳是祖传绝技，霍家子孙，代代相承，遵有祖训，传子不传女，因此算是独门绝艺。

霍恩弟虽然身怀绝技，但因为他刚直不阿，疾恶如仇，干的又是保镖生涯，难免结下不少冤仇，所以到了中年，就不愿再干这刀头舔血的行当，返回家乡，一面耕种，一面教导子侄们的武艺。

霍恩弟共有子侄十人，按年龄排列为元贞、元善、元栋、元甲、元和、元卿、元良、元祥、元忠、元臣，但若仅从霍恩弟这一支来说，仅有三子，即元栋、元甲、元卿。

霍元甲自幼体质瘦弱，长得面黄肌瘦，到了十一二岁，还同七八岁的孩子一般矮小，他和同村的孩子争斗嬉戏，常常被比他小得多的孩子打翻在地，经常头破血流，哭着跑回家。霍恩弟气愤之余，也无办法，霍元甲受辱气不过，苦求霍恩弟教他习武。霍恩弟见他如此孱弱，料他不是学武的材料，反而不如不传，让他闭门踏实读书，在家务农算了，免得丢了霍家武林世家的名声。

霍元甲外柔内刚，见苦求无效，只得含泪离开了练武场，每日里砍柴、耕作，闭门读书，被排除在练武场之外。所以小南河村流传有一首歌谣，述说此事："霍家九虎一只羊，羊儿不让进武场。弟兄练功他长叹，砍柴挑水一边忙。”就这样过了十二年，有一日，霍家练武场来了一条大汉，此人姓杜名子平，来自河南，点名要见识见识霍家的迷踪拳。然而，当他看过霍家九个子侄演练完后，却默然不语，只是一个劲儿地冷笑。

霍恩弟不悦，问道：“小儿辈的拳脚，方家还入得眼吗？”

杜子平冷笑道：“见面不如闻名，江湖上忒多浮夸之辈！”

这句话将霍家子侄惹得勃然大怒，其中功夫最好的老六霍元卿跳出来要与他较量。万没想到，霍元卿下了场子仅走了几个回合，就被杜子平一腿扫在左臂上，跌出丈余，砰地一下摔在地上，挣扎不起。

这一来把霍恩弟迫得无法再忍，轻挪虎步，运气提神，要亲自下场。

却在这时，身穿长袍的霍元甲飞奔过来，伸手就向杜子平击去，口中还高声喝道：“杀鸡焉用牛刀，待孩儿代您出马！”

霍恩弟气得吹胡子瞪眼，差点儿没昏过去，眼见霍元甲与杜子平交起手来，却已来不及阻止了。

霍恩弟忖道：霍家的迷踪拳今日算栽到家了，十兄弟中武功最好的元卿都遭了惨败，元甲一天武术也没有练过，这不是去送死吗？

他有心制止比武，但是武林中有规矩，未见高低，三招未过，不得下场。问题是霍元甲能否撑过三招呢？

奇迹发生了，霍元甲不仅撑过了三招，而且进退合度，大有章法，门户谨严，全无败象，还与杜子平斗了个旗鼓相当！

霍恩弟大惊失色，忖道：元甲何时学得这等本领？

霍元甲的一招一式皆是迷踪拳的精华，但仔细观之又有点儿不像，他快似猿猴，矫若鹰鹞，闪转腾挪，蹿纵跳跃，丝毫不乱。

眼见二十余招过去了，还是胜负未分。众兄弟又惊又喜，眼睛都看花了，都在揣测霍元甲什么时候练就了这一身出色的武功。

杜子平见霍元甲出招飘忽，不禁暗暗焦心，手法便有些散乱。而霍元甲插裆套步，腿法踢、蹬、弹、缠，招招争先，仆步向前，以穿掌化去了杜子平自右至左击来的一拳，右腿一抬，已将杜子平踢得腾空而起，摔出两丈多远，半晌动弹不得。

霍元甲赶紧过去将杜子平扶起，连声致歉，杜子平满面羞愧，拜服而去。

众兄弟见杜子平走了，这才呼啦一下将霍元甲围了起来，你一言、我一语地追问，霍元甲也不知先答复谁，只好微微发笑。

霍恩弟却面沉似水，将霍元甲叫到祖宗神位前，让霍元甲如实将练功始末说出。

却原来这十二年间，霍元甲因被排斥学武，反而立下了壮志，一定要将武功学成。他每日里看过众兄弟练功，晚上便独自揣摩练习，发奋用功，刻苦操练，别人练两个时辰，他便练四个时辰。同时他又不墨守成规，广泛阅读其他拳术的拳谱，增添招数，结合内功，故而进步飞快。

霍元甲读书明理，为人虚怀若谷，绝技大成后，并不露声色，若不是今日见有人挑衅闹事，恐怕他仍然不会轻易炫耀自己的拳术。

霍恩弟了解后，不禁大为慨叹，没料到自己这个整天不言不语的儿子，竟用心如此之深，领悟力之强自不待言，难得的是竟然能够自出机杼，这一点高出同辈多矣。看来霍家迷踪拳的发扬光大，还要靠霍元甲呢！

光绪二十一年的腊月，霍元甲因日子过得有些窘困，挑着一担柴到天津卫去卖。他的柴担与众不同，一根特制的榆木扁担又长又厚，柴担足有三四百斤，可他挑着却轻松自在，这使行人议论纷纷，赞不绝口。

霍元甲来到西门外的西头弯子，生意还未开张，便有混混儿前来要什么过街钱、地皮钱，两人由口角到动起手来。混混儿哪是霍元甲的对手，当众出了丑，便一溜烟地跑了。一会儿工夫，一伙混混儿拿刀枪棍棒前来报复，霍元甲见势，也抽出扁担严阵以待。等到那一帮人包围上，他突然大喝一声，挥舞扁担左突右刺，前扫后抡，只听见风声呼呼响，混混儿们手里的武器也纷纷落地，接着，他又来了个“古树盘根”大扫堂，把扁担冲着混混儿们抡了一圈，混混儿们哇哇大叫着抱头逃窜。时间不长，又来了四十多人，把霍元甲团团围住。霍元甲也红了眼，他把扁担咔嚓一声断为两截，一手拿着一截，准备应战。就在这剑拔弩张的时候，忽听到有人大喝：“住手！”原来是混混儿的头目冯掌柜到了，他把霍元甲邀入家中，设宴款待，并想让他接手脚行，维持这块地盘。霍元甲答应回去和家人商量再定。

第二年的春天，霍元甲因生活窘迫，便到天津卫投奔了冯掌柜。他接手脚行以后，陆续取消了勒索农民和商贩们的苛捐杂税，招致了脚行里混混儿们的不满。恰在这时，霍元甲在天津卫结识了一位安徽人，此人姓农名劲荪，长霍元甲八岁，曾留学日本，饱读诗书，素怀大志，常忧国衰民弱受列强凌辱，思想进步，乃是谭嗣同的好友。

农劲荪为人义气深重，酷爱武术，广交武林豪杰，欲振兴民族之魂，与霍元甲一谈，侃侃而言，颇有相见恨晚之感。农劲荪在竹竿巷开了一家怀庆药栈，聊以存身，以待天时，便邀霍元甲同他一道打理生意。因此，霍元甲便辞去了脚行的差事，常住在怀庆药栈中。

有一次，霍元甲和农劲荪来到海河边的一家茶馆，边喝茶边聊天。农劲荪知识渊博，他常给霍元甲讲一些中外的事，使霍元甲大开眼界，明白了不少道理，也激发了霍元甲爱国报国之心。二人谈兴正浓之时，忽闻河边有一阵嘈杂之声，原来是运皇粮的船只要在这里停泊。押粮的镖师李刚跳上岸来，转了一圈，没有找到打桩的地方，他有些着急，抬脚把一个席棚的立柱踢断了。席棚的主人是山东逃荒的，靠炸馃子为生，见席棚倒塌，便赶紧跑出来，向李刚求情。李刚不容分说，扯掉席棚，把木桩尖头朝下，以臂作锤，打起桩来。只见木桩一寸一寸地被打进地里，一下子惊动了不少人。那馃子铺的主人跪求李刚给点赔偿，李刚不耐烦地一脚把他踢开，在木桩上拴好缆绳，扬长而去。

霍元甲看到李刚如此嚣张跋扈，仗着一身功夫欺负平民百姓，不由得动了侠义心肠。霍元甲从茶馆走出，大喊一声道："那黑小子，回来赔钱！"

李刚自恃是皇家粮船的镖师，根本不把霍元甲放在眼里。他回转身来，对霍元甲道："浑小子，你是活腻了，敢在太岁头上动土！"当他得知对面的就是天津卫知名的武术大师霍元甲时，不由得倒吸了一口凉气。但他表面上不甘示弱，犹自道："姓霍的，别不识好歹，这事儿你还是别管的好。"

二人言语不合，终于动起手来。霍元甲见李刚身手不凡，便使出家传迷踪拳中的"闪步擗拦掌手雷"的式子，跳到李刚的背后，在其背猛出一铁砂掌，只见李刚朝前踉跄几步，哇的一声喷出一口鲜血，一头栽倒。

这时，船上的运粮官见镖师被打倒在地，大喊大叫，叫人捉拿霍元甲。霍元甲不便抵抗，任兵丁将自己捆了起来。农劲荪在旁急得顿足捶胸。正焦急间，忽见体仁阁大学士徐桐恰巧在此下船换轿，便冲上前去喊冤。徐桐问明情由，慨叹霍元甲是条好汉，又得知霍元甲是乡亲，便让人放了霍元甲。

前两天，怀庆药栈进了一批生地，每捆重五百斤。药栈里一个做挑夫的大汉金达官想和霍元甲较量较量，便一个人扛起这五百斤重的生地捆，一连扛了三趟，然后当着众伙计的面说道：“霍师父，人们都说你武艺高强、力大无比，今日你何不当众哥们儿的面露一手，也让我们开开眼？”霍元甲早就知道金达官在怀庆药栈里依仗力气大称王称霸，便想借此机会扫一扫他的威风。于是，霍元甲向他笑了笑，找了一根最粗最沉的木杠，挑起两大捆生地，不慌不忙地走进库房。伙计们见他力挑千斤，无不咋舌喝彩，金达官羞得满面通红，第二天就离职不干了。没想到，金达官心中还是不服，撺掇了二三十个小伙子，又将两个石碾子挪到了怀庆药栈的门口，想难为难为霍元甲。结果霍元甲神力惊人，两脚就将石碾子踢了出去。

霍元甲邀得尹福走进怀庆药栈，将尹福让入客厅。

客厅很是宽敞，方砖铺地，明柱顶立，正中摆着条案，上面放着山石盆景。桌子的两侧放的是太师椅，正面的墙上悬着一幅“苍茫山河”的中堂，左右悬有一联：“泉在山清，万里朝宗终到海；松经岁古，百年培养自凌云。”

霍元甲请尹福上首坐了，仆人奉上茶来，两人谈了些武术上的事，显得颇为投机。尹福便将此行来天津的目的告诉了霍元甲。

霍元甲欣然道：“尹教头为维新变法而奔走，正是为国家强盛而奔走，元甲内心十分佩服，有需要我帮忙的地方，尹教头只管开口。”

尹福笑道：“早就听闻霍四爷思想开明，武功盖世，尹某才觉得佩服哪。”

尹福忖道：看来江湖传言不虚，霍元甲的确见面胜似闻名，若不是我身有要事，我非得同他多盘桓一些时候不可！

尹、霍二人正说着话，忽然见从外面走进两个人来，都不过二十八九岁的样子，年岁稍大的一个身材魁梧，满面英气；另一个则是面白唇红，英俊潇洒，顾盼之间极有气势。

就听霍元甲指着魁梧的青年道：“这是小徒刘振声。”又一指那个英俊的青年道：“这位则是振声的外甥赵玉堂。”然后对这二人道：“这位前辈便是北京八卦门的掌门人，尹福先生，你们还不赶快拜见。”

刘振声朗声道：“我听人说师父在客厅会客，便同玉堂过来拜见，没想到是尹先生。得见尊颜，振声幸甚，与玉堂在此有礼了！”

刘振声说着话，便和赵玉堂拜了下去，尹福急忙把二人扶起，道：“不必行此大礼！”

第十六章

关东生盗案　黑白孰可明

刘振声和赵玉堂二人起身后，尹福双目紧盯住至今仍一言未发的赵玉堂，问道："这位少年英雄叫赵玉堂？"

英俊青年恭声道："晚辈正是赵玉堂。"

尹福又追问道："可是关东哈尔滨的赵玉堂？"

霍元甲在旁道："玉堂正是从哈尔滨赶来，奉他母亲之命来看望振声的。"

尹福看着沉默寡言的赵玉堂，不禁感叹道："果真是英雄出少年！我本以为赵玉堂怎么也得年近三旬，却没料到竟然如此年轻！"

霍元甲奇道："尹爷也知道玉堂的名字？"

尹福说道："我也是听关东来的朋友说起的。据我朋友说，赵玉堂三字，在东北三省的武林中，可以称得上是皓月当空，如雷贯耳。他年纪虽然不大，武功却高得出奇，在哈尔滨无人不知，无人不晓。"

一番话将赵玉堂说得反而不好意思起来，道："尹先生谬赞了，赵某的区区名声算得了什么，怎么能当得起尹先生如此夸奖，太令我惭愧了。"

霍元甲道："玉堂小小年纪，便博得大名，其实并非他之所愿，也全是生活所迫呀！"

此言一出，赵玉堂神色黯然，苦笑不语。

尹福微微愕然，道："霍四爷何出此言？"

霍元甲叠起指头，不慌不忙，手指着赵玉堂，说了一段赵玉堂独身闯荡江湖的故事。

赵玉堂原是天津人氏，光绪元年生，其父早逝，由他的寡母辛苦拉扯长大。他自幼体弱，十四岁上被山东帽儿山奇僧慈云大师带走，收为弟子，教他习武强身，并且传授他绝顶的轻身功夫。待得五年后赵玉堂艺成回家，才发现母亲因为思念儿子已经将双目哭瞎，家中已经是家徒四壁，全靠娘家兄弟刘振声接济才不致冻饿而死。

赵玉堂一见家中一无所有，母亲十二月的天气还穿着一件破烂不堪的棉袄，自己虽然有一身功夫，但怀中却连一文钱也没有，于是便到同村本家的一家富户借钱过年。那家富户一见赵玉堂衣衫褴褛，不仅没有借钱给赵玉堂，反而将他羞辱一顿赶出了大门。

赵玉堂在回家的路上越想越生气，甚是愤恨，把心一横，就生出了偏激的想法。当天晚上，赵玉堂飞身到了富户的家中，不费丝毫力气盗了六百两银子，拿回了家。

以赵玉堂的轻身功夫，十丈高的山崖可以任意上下，并且踏雪无痕，区区民居简直不在话下。这家富户丢失了银两，连一丝踪迹都找不到，只好自认倒霉。

赵玉堂得了六百两银子，高兴地过了一个年，他母亲问起银子的来历，他胡诌了几个理由，搪塞过去。他母亲能盼得儿子回来，已是高兴万分，又怎会深究其他，问了几句后，也就不再理会了。

赵玉堂虽然是穷苦出身，但钱财来得过于容易，也不知道爱惜，随手乱花，见了贫苦之人，三五十两地拿过去，也不心疼。这样又岂能禁得起花销？不过几月时间，手中又是干干净净的了。

赵玉堂忖道：这村中的富户，能有多少钱？我拿了他六百两银子，估计他已经心疼坏了，这种人嫌贫爱富，稍微惩戒一下就可以了。要说有钱，还是大客商，我去劫一些来，也算不得什么。走镖的全靠交情，但我同哪家镖局镖行也没有交情，只要我高兴，谁的镖我都可以动，看他们能奈我何！

主意打定，赵玉堂便走上了劫镖这一行。他功夫了得，又来去如风，经常是镖师连他的人影还未看清，所护的镖已被他劫走了。如果碰到镖货笨重，赵玉堂便等到镖车落了店，夜间动手。

总而言之，直隶、山东这一道上的镖行没有被他劫过的很少。他若不起心劫夺便罢，若是起心劫夺，这趟镖便绝无保全的希望。一时间北地武林都盛传出了这么一个独行大盗，无人可挡。

如此一来，每月一两次，或者两三月一次，他竟悄无声息地劫了两年。不过赵玉堂也有个习惯，就是他从来不劫银镖，只向珠宝这些“红货”下手，并且每次拿走的数目都不大，多则三五千，少则三五百，镖行也赔得起，竟然任他逍遥了。

可世上没有不透风的墙。赵玉堂家一直穷困，赵玉堂又没有正当的职业，但这两年来却陡然而富，衣饰华丽，用度挥霍，又怎能不惹人怀疑？赵玉堂生性机警，觉出苗头不对，便对他的母亲言道，他有位朋友在关东哈尔滨为他谋了一个差事，所以要和母亲一同搬到哈尔滨。赵母听他如此说，又怎会拦挡？于是赵玉堂当夜在一富绅家中盗去六十两黄金，第二天，就带着母亲奔赴哈尔滨去了。

六十两黄金，经不起赵玉堂几月花销，不到半年，手中的黄金告罄。而做惯了没本钱买卖的人，一到穷困之时，难免又要重操旧业，赵玉堂也不例外，再次复出作案。

哈尔滨是满语，原意是"晒网场"。清朝末年，由于朝廷积弱，黑龙江流域的大片土地都被沙俄以租借为名，强行掠夺而去，因此哈尔滨的俄国大商家极多。但不论房屋如何高大，银钱收藏得如何隐秘，在赵玉堂的眼中就如同不设防一般，窃盗起来不费吹灰之力。

就这样，数月之间，哈尔滨的警察署，三五千的窃案不知接了多少，俄国人用尽了侦探方法，也没能查出这个飞贼是何人。

哈尔滨一时惊传出了飞贼，稍有积蓄的无不自危。而赵玉堂也因为案子多了，知道难免有败露的时候，怕到时连累母亲，就在城外买了一所房子，单独住在那里。

俗话说得好："要想人不知，除非己莫为。"哈尔滨既频生大案，而每次被盗之家都是窗不开、门不启、墙不破，仅仅有时屋瓦破碎一两片而已，多数时连屋上都无痕迹。如此一来，俄国警察也觉威信扫地，自然开始认真追查办理。

案件的负责者是哈尔滨警察署的侦探长霍尔斯托夫，此人乃是沙俄有名的拳击家，为人沉默寡言，但机智绝伦，言出必准。这次的案子使他大丢脸面，但他经过几个月的艰苦搜寻，终于让他访到了赵玉堂的踪迹，并且还了解到赵玉堂的身世，知道此人乃是中国的武林高手，善于高来高去，本领极大，不易捉拿。于是他便不动声色地借研究中国武术为名，聘请了四位武林高手，又挑选了两百名精干的警察，荷枪实弹地将赵玉堂的房屋悄悄围了个水泄不通。事先霍尔斯托夫已对警察吩咐道："今天我们要捉拿之人，本领极大，他若拒捕，你们务必将其击毙，不必留活口！"

这些警察将枪弹全都顶上膛，随时准备乱枪齐发。

此时已是三更时分，又是下弦月，照得树荫人影都模糊不清，霍尔斯托夫将手枪取出，走在前面，那四个武林高手也各持应手的器械，跟在后面。

霍尔斯托夫上前拍门，口中居然操着浓浓的天津味儿，道：“玉堂，玉堂，我有事儿找你，快开门！”

赵玉堂此时已然警觉，又听到有人以天津话喊他的名字，不禁一怔，忖道：哈尔滨晓得我名字的没有几人，会说天津话的更是一个没有，他是谁呢？

心中略一踌躇，再想到自己所犯的案子，心中已然雪亮。他将身伏下，贴地静听，此时正是夜半时分，四野无声，这两百多人的呼吸声、鞋擦地声、枪机扳动声无一遗漏，尽收耳底。赵玉堂不禁冷笑一声，心道：终于来了！口中却镇静地答道：“赵玉堂在这儿，等一会儿！”

霍尔斯托夫以为赵玉堂要来开门，将手枪指住大门，食指扣紧扳机，只等赵玉堂开门。赵玉堂将门闩一抽，房门随手拉开，自己却藏身门后，待门开到一半时，猛起一脚踢去，哗啦一声巨响，木门已被他踢散，木屑四散。

霍尔斯托夫只见门开却不见有人现身，紧跟着又是一声巨响，房门四散，不由得退了一步。就在这电光石火的一刹那，赵玉堂挺身一跃，已然像大鸟一般从霍尔斯托夫头上飞了过去。

霍尔斯托夫犹未发觉，双目仍紧盯屋内，尚以为赵玉堂仍在里面，猛开了两枪，带头冲了进去。

那四名武林高手也一声大喊，跟着霍尔斯托夫冲了进去。

霍尔斯托夫打开手电一看，踪迹皆无，大叫道：“糟糕，让他跑了！”

却听门外一时枪声大作，那四人喜道：“好啊，这下他准跑不了啦！”

霍尔斯托夫面色凝重，摇首叹道：“胡乱发枪，没有准备，决计伤不到此人。唉！此次打草惊蛇，想再寻到他的踪迹，真是谈何容易！此人不除，哈尔滨将永无宁日了！”

霍尔斯托夫迈步出了屋门，见众警察正四散追捕，不由得摇了摇头，吹了一声哨子，将众警察集齐。猛听得遥遥有一阵大笑声传来，道：“玉堂少陪了，今日有此雅兴，他日必将登门拜访！”

霍尔斯托夫骇然道：“这声音约莫已在里许开外，如此轻功，世所难见呀！”

第二天，霍尔斯托夫将那四名武林高手请到面前，道：“中国有句古话，叫‘重赏之下，必有勇夫’，今日警察局悬赏五千捉拿赵玉堂，就算打死了也有三千。时间可以长些，但活要见人，死要见尸。”

四人面面相觑，半晌无言，其中一个道：“长官，赵玉堂的功夫，我们昨晚已经见识过了，这不是我们这些人可以对付得了的。以前不知也就算了，现在真的不敢与他作对，如果把他惹火了，恐怕连命都得搭进去。”

霍尔斯托夫见他们推托，也知他们的确远不是赵玉堂的敌手，只得无奈作罢。

霍尔斯托夫独自寻思了半天，实在没有别的办法，快到中午时分，亲自带人将赵玉堂母亲抓了来。

这种事情在中国历史上原本很是平常，一个人犯罪，逮不到他时，就将他的亲属逮捕，迫他归案。但霍尔斯托夫是俄国人，他是按俄国的法律来办事，俄国的法律并不追究犯罪人家属的责任，没有中国“一人获罪，祸及九族”这一套，因此霍尔斯托夫也是犹豫了许久才决定这么办。但他心中也是毫无把握，因为即使赵玉堂不来投案，他也无权将赵母治罪，最后只能将她送回。

他没有料到这招对于赵玉堂来说，倒是十分管用，到了下午，赵玉堂果然前来投案自首。霍尔斯托夫见他面容俊秀，神态温文，很容易让人产生好感，便领他去见警察署长。

赵玉堂见一张大办公桌后面坐着一个五十多岁的俄国人，料知他就是警察署长，就见霍尔斯托夫说了一些话，赵玉堂听不懂，想来定是俄语。那警察署长听霍尔斯托夫说完，颇为惊奇地打量着赵玉堂。

霍尔斯托夫问赵玉堂道：“被窃之家大多门窗墙壁未有损坏，你是如何做到的？”

赵玉堂答道：“这门功夫在中国江湖中叫‘摘天窗儿’，我会蹿房越脊的功夫，到了房上，用自备的工具掀瓦挑顶子，弄个窟窿，用绳索捋着下去。临走的时候，还把天窗抹饰了，外行人看不出痕迹来。我还可以钻窗户、钻烟筒，我的软功运用起来，把一领席卷起来，有锅盖粗细，放在桌上，远远地一蹿，身子能钻进席筒，一钻而过。两只手一扶地，还能退回去，两条腿入席筒，再退回来。由窗户、烟筒进屋子，眨眼之间就能办到。”

霍尔斯托夫又问道：“昨晚上你是从何处逃脱的？”

赵玉堂一笑道：“我就是从你头顶上逃脱的。”

霍尔斯托夫听了甚为惊讶，又向警察署长说了几句，然后又问道：“你既然有这等武功，干何事不可，为何要扰乱社会治安，违犯法律？”

赵玉堂苦笑道：“除了窃盗，没有用得上我这身功夫的地方。我家中又没有什么产业，如果不去行窃，我和母亲便衣食无着。”

霍尔斯托夫肃容道：“你到了这里，知不知道要接受刑罚？”

赵玉堂颓然道：“知道，我情愿接受惩处，但只求你们将我母亲送回。”

霍尔斯托夫道：“这个不必你要求，你既然来了，我们自然会将你母亲送回。但你如果服刑役，你母亲岂非又要忍受冻饿之苦？”

赵玉堂一时无言以对，沉默不语。

霍尔斯托夫说道：“如果你有一份固定的工作，每月有定时的饷银发放，你还愿意为盗吗？”

赵玉堂不悦道：“大人此话费解，若我有此工作，生计也有了着落，又何必为盗？”

霍尔斯托夫回头对警察署长说了几句，署长也对他说了几句，霍尔斯托夫便问道：“你刚才说这话可是真心诚意？”

赵玉堂道：“那是自然。”

霍尔斯托夫哈哈一阵畅笑，原来他刚才已经向警察署长保荐赵玉堂，让赵玉堂担任哈尔滨火车站的人夫总管，管理人夫。

“人的名，树的影。”赵玉堂的名字在哈尔滨连三岁孩童都知道，那火车站上二三百的人夫中，有不少人都是练过武术的，心中对赵玉堂是钦敬已久，有这样的高人来当总管，哪里还有不欢迎的道理！

赵玉堂上任之日，这些人便集体备酒为赵玉堂接风。席间，有一个人夫站起来向赵玉堂问道：“我们都久仰总管的大名了，真是如雷贯耳，听说总管独自一人，被俄国探长领着两百多警察围住，竟然还是被总管逃脱了，开了几十枪，一点儿都没伤着您。我们就心想，大概总管会隐身法，要么就是障眼法，要不然，几十枪连鸟都打下来了，何况是人！”赵玉堂笑道：“我不会隐身法，更不会障眼法，凭的都是真功夫。”

一个人夫问道：“那你这又是为什么能逃脱呢？”

赵玉堂思索了一下，道：“这原因嘛，想来大致有这么几条，首先是那天晚上天比较黑，警察们看不清楚。其次是我冲出来得比较突然，令他们措手不及，等他们想要瞄准时，我早已去远了。最危险的，应该是刚出门的时候，我先将大门踢散，把霍尔斯托夫探长惊退几步，他本来当门堵着，他如果不退，我一出现，必先遭他一枪。至于说快，当初我在帽儿山学艺时，还真曾在空中捉过飞鸟，这不算一回事！”

这番话说得众人夫都有些将信将疑，那问话的人夫赔着笑道：“总管赏脸让我们见识见识吧？”

其他人也跟着起哄，非让赵玉堂展露几手功夫。

赵玉堂也只得站起，游目四顾，正不知用何方法让他们见识自己的轻功时，忽听一声汽笛嘶鸣，有一列火车进站了。

赵玉堂指着火车笑道：“有了！”

他领着二三百人夫来到火车道旁，见火车虽因进站减速，但仍是相当迅疾，赵玉堂指着火车道：“诸位请看，我要在这火车疾驰时，从车厢的连接缝间，横穿过去！”

话犹未了，火车已到达近前，众人只觉得眼前一花，赵玉堂已失去了踪影。待火车过去后，才看见赵玉堂从对面走过来。

这一手功夫把这些人骇得直吐舌头，却听赵玉堂笑道：“诸位看清楚了吗？”

众人大为叹服，都道：“我们只见总管身形一晃，就不见了！”

赵玉堂道：“你们看见我身子晃了晃，算是真的看见了，至于如何过去的，那已经超越人眼视物的极限，是看不清的。”

自此，赵玉堂在哈尔滨火车站管理人夫，声名日增，关东三省的武林豪杰多来拜会，赵玉堂的威名在哈尔滨已是妇孺皆知。

尹福对于赵玉堂的名字曾多次听江湖朋友提起过，今日得见威名久著的赵玉堂，竟然如此年少，不免生出了“英雄出少年”的浩叹。

赵玉堂谦道：“尹先生过奖，玉堂只是机缘巧合，显露了几次本领，被人以讹传讹，故神其说而已。”

四人在怀庆药栈的客厅中又畅谈了一会儿，霍元甲霍然笑道：“玉堂的轻功我们已是久闻了，只是一直没有亲眼见过，今日有尹爷在此，你不妨让我们开开眼界。”

赵玉堂道：“这些都是旁人的夸赞，如何作数？这些许轻功，怎敢在前辈面前卖弄。”尹福也好奇道：“久听传闻，相逢不易，玉堂又何必谦虚呢？”

赵玉堂无奈，便道：“既然如此，玉堂就献丑了，请前辈到院中来。”

四人出了客厅，在院子中站定，赵玉堂又道了声：“献丑！”

只见他双脚一垫，宛如俊鹘凌空，已飞身跃上了正厅的屋脊，距离他纵跳之地，足有五丈的远近，尹福、霍元甲、刘振声三人不禁失声叫道："好！"

话音未落，赵玉堂又已飞身跃下，仍然落在原地，毫无声息。

尹福赞叹道："霍四爷，这种轻功才称得上是'轻如狸猫，巧似猿猴'，我看当今之世，论轻功一项，能及得上玉堂的，只怕是很少了。"

霍元甲亦是连连点头称是。

尹福在怀庆药栈又耽搁了一会儿，要与霍元甲师徒道别。霍元甲知他要前去北洋大臣衙门查探消息，沉思了一下，对尹福道："尹爷，元甲有一句话不知当讲不当讲？"

尹福笑道："霍四爷太客气了，你我倾盖如故，有话只讲当面。"其原话"白头如新，倾盖如故"是《史记》里的一句话，意思是有的人认识一辈子了，还如同新结识的一样，而有的人只是在道边停车时交谈几句，在这片刻工夫，却像认识了很久一样。尹福怕霍元甲有什么话不方便说，故而引用了这两句话，表示自己与霍元甲相识虽短，却已莫逆于心。

霍元甲听后，于是慨然道："尹爷勿怪我交浅言深。元甲问一句，尹爷此刻是否要去北洋大臣衙门？"

尹福沉吟了一下，道："正是。"

霍元甲庄容道："如此白日，想要潜进衙门，并不是一件容易的事，况且尹爷对天津的道路并不是十分熟悉，如遇到非常情况，逃走也并不容易。"

尹福疑惑道："霍四爷的意思是……"

霍元甲诚恳道："我想向你举荐一个人。"霍元甲指着赵玉堂，说道："玉堂本身是天津人，又做侠盗多年，轻功无双，如果让他潜入衙门探听消息，可要比尹爷你合适得多了。"

尹福迟疑道："这……"

霍元甲道："尹爷有何疑虑？"

尹福叹道："我只是怕让玉堂吃了我的'挂落'。"

赵玉堂在旁笑道："尹爷多虑了，既然同为武林中人，为朋友两肋插刀都可以，吃'挂落'算得了什么。"

尹福沉思良久，断然道："好吧。玉堂，我告诉你我此行的目的。"尹福将赵玉堂叫到一旁，把自己此行的前因后果及自己要前去北洋大臣衙门的目的述说了一遍。

赵玉堂听罢，双眉一挑，道："能为'维新党'做一些事情，赵某还有什么可犹豫的。正是'固所愿也，不敢请耳'，您就在霍四爷这里等我的消息吧！"

尹福告诫道："可不要因艺高人胆大而轻敌！"

赵玉堂点了点头，回屋略一收拾，便离开了怀庆药栈。

袁世凯从天津老龙头火车站下车伊始，即对梁启超说，为避人耳目，自己要先回小站的"新建陆军"营地，让梁启超去文庙等待自己。梁启超见袁世凯一脸冷峻之色，无奈只得同意。袁世凯派人将梁启超送到文庙，自己却并没有回小站，而是骑着马直驰金刚桥北洋大臣衙门，求见荣禄。

荣禄是满洲正白旗人，姓瓜尔佳氏，被慈禧太后倚为膀臂，时人称其"得太后信仗眷顾之隆，一时无比，事无巨细，常待一言决焉"。荣禄如此得慈禧太后宠信，外界纷纷猜测他与慈禧太后之间有层无可究诘却疑云重重的关系。

大约二十年前，慈禧太后得了一场大病，御医会诊，束手无策，下诏命各省举荐名医。直隶总督李鸿章举荐前任山东泰武临道薛福辰，山西巡抚曾国荃举荐现任山西阳曲县知县汪守正，两人进京请脉，诊断出慈禧太后所患的是"骨蒸"重症，悉心处方，渐有起色。慈禧特降懿旨："薛福辰超擢顺天府尹，汪守正升任天津知府。"这一恩遇，既是对两人的奖励，也是为了在宫禁之中诊治方便。

按照皇室规矩，帝后违和，所有脉案药方，每天都要交到"内奏事处"，供大臣阅看。大臣之中有深通医道的人，觉得脉案非常高明，处方却不见得出色，甚至有时候有药不对症的情形。日子一久，这里面的猫腻才被人识破。却原来慈禧太后所患的是一种不能告人的病：小产血崩，经水淋漓。皇太后小产是天下奇闻，御医相互之间三缄其口，开方下药之间，也就只能无的放矢，药不对症了。

薛福辰和汪守正，毕竟是读书做官，史书中也有相似的情形，二人心中就有了计较：病症看出来，既然不能说就不说！对外界只说征象相似，是由积劳积郁而起的"骨蒸"病，把治小产血崩、经水不净的药，隐藏在治骨蒸的方子中。用"说真方、卖假药"的诀窍，对症下药，果然收到了疗效。

这就又出现了一个疑问：如果说慈禧太后是武则天，谁又是她的面首呢？底下议论纷纷，其中最引人注意的，就是这位面容俊俏、平素衣着讲究的荣禄。

然而二十年前的荣禄，并没有如人猜测的加官晋爵，反倒因为受贿，从俗称“九门提督”的步军统领，一降而为副将。荣禄见机迅速称病奏请开缺，闭门闲居，到光绪十二年才外放为西安将军。

西安将军是个闲冷的缺分，善于钻营的荣禄却一干八年，直到光绪二十年，慈禧太后六十大寿，他进京祝寿，正好遇到恭亲王复起。恭亲王知道荣禄的本事，就保举他重回步军统领衙门，兼总理各国事务大臣，第二年调任兵部尚书，就此扶摇直上。光绪二十二年升协办大学士，今年四月二十三日光绪帝下诏“明定国是”，决意变法维新的第十天，由慈禧太后授意，升荣禄为文渊阁大学士，实授为直隶总督兼北洋大臣。

直隶总督一直被称为“疆臣领袖”，只因直隶总督的重要性在于兼领北洋大臣。从光绪初年，李鸿章任直隶总督，一意讲求坚甲利兵以来，北洋大臣更掌握了举国主要的兵力。慈禧太后派荣禄出任北洋大臣，手握重兵看护京畿，用意便是如有情况，就足以置“维新党”于死地！

荣禄手下有三员大将，一位叫董福祥，字星五，甘肃固原的回族人。同治初年，西北回民起义，董福祥是其中的头目之一，后来他被左宗棠西征最得力的将领刘松山所败，投诚改编，在平回民起义中建了大功。如今官拜甘肃提督、加尚书衔、赏太子少保，其部称为“甘军”，是一支骁勇善战但风纪很坏的骑兵军队。

再一位是聂士成，字功亭，出身淮军，是李鸿章的同乡。甲午年，朝鲜东学党作乱，中日同时发兵援朝，聂士成随提督叶志超率师东渡，用一支孤军守摩天岭，设伏大败日军，斩了日将富刚三造，是淮军的名将。聂士成又通文字，匹马巡边，写有《东游纪程》，算是儒将，所部号为“武毅军”，半仿德国式的操法，实力也颇为可观。

另一位就是袁世凯。甲午中日之战以后，袁世凯虽然有一个浙江温处道的实缺，却不愿赴任，因为道员升监司、升巡抚，起码也得十年的工夫，袁世凯热心功名，一心只想走终南捷径。袁世凯上了条陈，主张练一支新军。李鸿藻和荣禄接纳了他的建议，招募了七千人，在天津以南名叫小站的新农镇上，屯驻操练，名为“新建陆军”，洋鼓洋号，整治一新，颇受荣禄欣赏。

袁世凯开始在小站练兵，是光绪二十一年冬天，袁世凯刚升任为直隶按察使。三年下来，很有些成效，因而也很对康有为的心思。这年六月间，康有为数次派人到小站来活动，袁世凯不说成，也不说不成。这样到了七月里，光绪帝新政发布。七月十九日，礼部主事王照专折参劾本部堂官怀塔布、许应骙等阻挠他的条陈，不愿代奏，结果礼部满汉尚书、左右侍郎一律被革职。京中各衙门的长官，称为“堂官”，部里满汉尚书、侍郎共是六员，通称“六堂”。这礼部六堂,尽皆被革职,与光绪十年恭王以下的军机大臣全班被逐相似，都是有清开国以来，史无前例的事。

七月二十日上谕:“内阁候补侍读杨锐、刑部候补主事刘光第、内阁候补中书林旭、江苏候补知府谭嗣同，均赏加四品卿衔，在军机章京上行走，参与新政事宜。”一切大政，都由“四京卿”拟议，发号施令，亦由“四京卿”拟上谕交内阁明发，或交兵部寄递各省。

这等于光绪帝另外组织了一个政府，原来的军机处，就像雍正七年以后的内阁一样，变得有名无实了。

“后党”通过各种途径向在颐和园颐养的慈禧太后进言，非采取决绝的手段不可。慈禧只是冷笑，一无表示。七月二十六日，突然有一道电谕:“命直隶总督荣禄，传按察使袁世凯来京陛见。”袁世凯是七月二十九日到京的。

今天，已经是八月初五，袁世凯才回天津，算起来前后在京逗留了七天。

荣禄一见面就道贺道:“恭喜，恭喜！慰庭，我已经看到八月初一的上谕了。”

八月初一光绪帝下上谕，嘉许袁世凯“办事勤奋，校练认真”，开缺以侍郎候补，“责成专办练兵事务，所有应办事宜，着随时具奏”。这是所谓“大用”的开始，应该道贺。可是袁世凯知道，在这道上谕中，荣禄最重视的是“责成专办练兵事务”这句话，如今的兵权在荣禄手里，也就是在慈禧太后手里，而光绪想假手于他夺太后的兵权，荣禄就必得为太后、为他自己保护兵权。

昨夜谭嗣同的来访，更进一步使袁世凯认定，局势已经是一桶火药，导火索在自己手里，一旦点燃，如何才能爆出一片锦绣前程，而不是被炸得粉身碎骨？袁世凯从午前十一点钟上火车，一直到此刻，两个时辰的考虑而始终不能委决的大疑难，是到了必须做决定的时候了。

事情急迫，无从考虑，唯一的办法就是用他平时信服实行的八字真言：见风使舵，随机应变。袁世凯下了火车，已经下定了决心，所以将梁启超遣离自己的身畔。

此刻，袁世凯心里闪电似的在转着念头，口中还做礼貌上的应酬，道：“这都是大帅的栽培。”垂手请了个安，表示道谢。

荣禄道：“不敢当，不敢当！皇上的特达之知，于我何干？却不知京里的天气怎么样？”

这样一句空泛的寒暄，大出袁世凯的意料。不过略想一想，不难明白，恐怕正是荣禄存着戒心之故，自己不必做何有弦外之音的回答，老老实实回答最好。

袁世凯恭谨道：“到的那天下雨，这几天很好。不过早晚已大有秋意了。”

荣禄道：“哦，你住在哪里？”

袁世凯道：“住在法华寺。”

荣禄点了点头，却接连不断地只谈些毫不相干的闲话。这种深沉得不可测的态度，使袁世凯大生警惕，如果再这样敷衍下去，荣禄会怎么想？他会不会在想：这小子，不知道在打什么主意？居心叵测，再不能信任了！

袁世凯这样一想，再也坐不住了，立即向左右看了一下，趋前两步，轻声说道：“世凯有几句紧要话，要密禀大帅。”

荣禄声色不动，只侧脸挥一挥手，说道：“都出去！”

旁边装水烟的听差领头、所有的侍从都退出签押房外站得远远的。房中的袁世凯退后一步，双膝跪倒，痛苦道：“世凯今天奉命而来，有件事万不敢办，亦不忍办，只有自己请死！”

荣禄笑了，笑里含着无尽的意味，袁世凯顿觉后脊梁一阵发凉。就听荣禄说道：“哦，什么事？让慰庭如此为难？”

袁世凯站起躬身道：“大帅请看！”

袁世凯从袖中抽出一纸递上，正是昨晚谭嗣同带来的密诏！荣禄一看是墨笔写的圣旨，不觉一怔，但立即恢复常态，坐在原处细看。待看到“荣禄密谋废立弑君，大逆不道！着派兵部候补侍郎袁世凯率本部兵驰往天津，宣读上谕，将荣禄立即正法。直隶总督、北洋大臣遗缺即着由袁世凯接任，钦此！”字样时，荣禄面上虽然没有变色，心中却是猛然一震。

袁世凯觉得这片刻工夫关系重大，全神贯注，仰面看着荣禄的脸色。先看他读密诏并不站起来，知道他心目中并无皇帝，迹象不妙！转念又想，这是还不知密诏内容之故。如果读完密诏，面现惊慌，有手足无措的模样，便不妨乘机要挟，或者有忧虑为难的神色，那就可以替他出主意，为人谋亦为己谋，好歹浑水摸鱼，捞点好处。若是既不惊、亦不忧，至少也会表示感谢，那就自己索性再说几句表示忠心的话，让荣禄承自己的情。

袁世凯的念头刚转完，荣禄已经读完密诏，随手放在书桌上，用水晶镇纸压住，平复了一下心境，故意板起脸道："臣子事君，雷霆雨露都是君恩。不过朝廷办事，有祖宗多少年传下来的规矩，承旨责在军机，定罪有吏部、刑部，问斩亦要绑到菜市口。如果我有罪，我一定进京自首，到刑部报到，岂能凭你袖子里一张纸，就可以'钦此、钦遵'的？"

这番话还没有听完，袁世凯就知道自己在政治上的本领，还差人一大截，眼看狂风暴雨已经起来，自己如果不赶紧收落帆，恐怕就有覆舟灭顶的危险！

袁世凯连忙气急败坏地道："大帅！世凯效忠不贰，耿耿忠心，唯天日可表。大帅如果误会世凯有异心，世凯只好死在大帅面前！"说到这里，痛哭失声。边哭边说，说他在京曾由皇帝召见三次，三次皆是偌大殿廷，唯有君臣二人的"独对"。第一次是八月初一，光绪垂询小站练兵的情形，当天就有"开缺以侍郎候补"的上谕。第二次是八月初二，光绪曾问到外洋的军事。接下来就是最重要的一天，八月初三，荣禄有电报到京，说英国和俄国在海参崴开仗，大沽口应加戒备，催袁世凯立即回任。就在八月初四的晚上，谭嗣同和梁启超来到法华寺，要求他带兵进京。

袁世凯哭诉道："一看密诏，世凯吓得魂飞天外，恨不得插翅飞回天津。那梁启超已经被送至文庙，暗中监视起来。世凯蒙大帅提拔之恩，无一日敢忘……"

荣禄冷冷地看着袁世凯哭诉，丝毫不动声色，待见袁世凯泣声渐歇，方自悠然道："慰庭，你且看看这是什么？"说着话，慢吞吞地也将一张字条递到了袁世凯的面前。

袁世凯尚在哭泣，此时接过这张字条一看，见是一张朱谕，上面写着让康有为寻找诛杀荣禄、进京勤王的人，顿时将袁世凯的哭声止住了。袁世凯万没想到还有这样一张朱谕落在荣禄的手里，当时全身冒了一阵冷汗，心中暗自庆幸："多亏自己见机快，否则前程尽毁不说，恐怕还会万劫不复。"他越想越怕，将哭的事情都给忘了。

荣禄见袁世凯面色苍白，魂不附体的样子，心中甚是得意，说道："这是皇上下的一封诏书，只不过还没有发出就已经落在了我的手中。我本意是想考验你一下，袁慰庭果然是赤胆忠心，没有辜负太后和我对你的期望。哈哈……”

袁世凯连忙说道：“世凯绝不敢忘大帅的恩德，如有吩咐，世凯愿效犬马之劳。”

荣禄温言道：“袁慰庭辛苦了，这一下将‘维新党’阴谋叛乱的事揭破于天下，功劳甚大。你暂且到后衙歇息一下吧，我是绝不会亏待你的。”说罢把茶碗端了起来。

这是官场规矩，端茶送客。袁世凯不敢再说，告辞退了出去。

荣禄见袁世凯出去了，才回头对身后屏风说了一声：“你可以出来了。”

话音未落，屏风后面走出了一个人，双目阴冷，身手矫健，正是“插翅金蝎”沙弥远！

荣禄道：“此次以袁世凯一人，而置‘维新党’于死地，沙弥远，你功居榜首。”

沙弥远叉手为礼，谄媚道：“那是大人料敌于机先，命在下潜入皇宫窥伺皇上，发现皇上和珍妃甚是看重那方松花琴砚。在下想，一方石砚有何珍贵？不放在书房，却要收于珍妃妆奁之内，还要牢牢锁上？在下也是灵机一动，才将其盗来。”

荣禄点点头，道：“算你机灵，也是多亏你勘破了琴砚的机关，这才拿住了袁世凯的把柄！”

沙弥远连忙道：“这些不过是一些江湖手段，在下只不过是个跑腿的粗人，哪及得上大人运筹帷幄，智珠在手。”

这一番话拍得恰到好处，荣禄甚是满意，点了点头，道：“沙弥远，你刚才也听见了，梁启超现在文庙，你去收拾一下。”声调转而压得极低：“记得亲自去，把梁启超解决了。手脚干净些，别留下什么马脚。”

第十七章

文庙行止处　行路忆峥嵘

袁世凯从荣禄房间出来，感到内心一阵发空，心情郁闷，百无聊赖。任何人做了叛徒，心情都不会好受，袁世凯亦是如此。虽然袁世凯不用再去执行谭嗣同布置的危险计划，也不必担心慈禧太后和荣禄的记恨，可是内心的负担却大大地增加了。

袁世凯走到后衙，自然有人将他领进了一间屋子。袁世凯在屋中左右一打量，发现这屋子布置得洋味十足，甚是豪华：英国式的卧具、法国式的沙发、俄罗斯风格的壁炉和挂毯、意大利式的雕塑和绘画、美国式的电灯和小摆设。正在疑惑之际，突听见身后一个柔媚的声音道："袁大人，没想到我们在这儿见面了。"

袁世凯一惊，回头看时，见一个美人正娉娉婷婷地从帷幕后面走出来，静静地站立在他的身旁，向他轻颦浅笑。袁世凯举目一看，这个美人打扮得与众不同，只见她上身穿一件银红色蝉羽纱西式紧身胸衣，下身着一条银红色紧身短裙，裸露出一双雪白丰腴的大腿，说不尽的万种风情。

袁世凯心情顿时放松了，心想：荣禄果然知我心意！这个女人正是自己的老情人赛金花！

赛金花原名曹梦兰，后改名为傅钰莲，小字彩云，本是苏州山塘的一名雏妓，在光绪初年被状元洪钧收为妾室。光绪七年，洪钧受到李鸿章的赏识，保荐他出使俄、德、奥、比四国，洪钧的夫人是个传统的中国妇女，从未与亲属以外的男子相见，又何况是洋人，便叫这曹梦兰随行。只是西洋一夫一妻，并无妾侍之说，曹梦兰也居然当起"公使夫人"来。

光绪十八年，洪钧因错绘中俄边境图被革职，郁郁而终。洪家不容曹梦兰存身，曹梦兰遂下堂复出，在上海高张艳帜，轰动了十里洋场。以后，苏州绅士陆润庠等人以赛金花在上海为娼，丢了苏州人的面子为由，将她赶出上海。

曹梦兰于是南葩北植，驻足天津，改名"赛金花"，更是艳动一方。袁世凯也是赛金花的裙下之臣，平时有事没事就往赛金花的家中跑，荣禄将赛金花接来陪伴袁世凯，其笼络之意甚是明显。

此刻，袁世凯被赛金花这种大胆的装束弄得有些神魂颠倒了，浑然忘怀了自己刚才那种郁闷的心情，伸出手臂揽住了赛金花的腰肢。赛金花轻轻推开了袁世凯，扭着腰肢走到一张小桌旁，斟了一杯法国香槟酒，递给袁世凯，笑道："恭喜袁大人，您这次可算是平步青云，马上就要大展宏图了。"

赛金花乃是出过洋的女子，思想并不陈旧，也颇为关心"新政"推行之事，知道袁世凯此次进京，得到了光绪帝的重用。袁世凯却一时没反应过来，诧异地问道："你何出此言，我有何值得恭喜之事？"

赛金花一甩长发，仰头笑道："袁大人还想瞒我？大人此次进京陛见，不是蒙皇上升恩，升为兵部候补侍郎了吗？"

袁世凯苦笑一声道："原来是这个事。常言道，无功受禄，必有灾祸。为此事我愁犹不及，何喜之有？"

赛金花抿着嘴一笑，道："袁大人支持维新变法，与康有为等人关系密切，等新政推行开来，手握兵权的您，就是中国的西乡隆盛，皇上肯定对您信任有加啊！"

孰料袁世凯冷笑一声，道："康有为？哼，恐怕皇上此时已经自身难保了！"

赛金花大惊，顿时睁圆了眼睛，道："袁大人何出此言，莫非维新变法之事有变？"

袁世凯神秘一笑道："我如果不是一下火车就直奔北洋大臣衙门，荣禄怎会安排你与我在此后衙相会？"

赛金花为之一愕，就算她对当前政治形势再不敏感，此刻心中亦猜出一二，心中甚为不齿袁世凯的行为。正在这时，窗户外面突然闪过一道人影，一个声音斥道："叛贼袁世凯授首。"就见从窗外倏地飞进一道寒光，直奔袁世凯。袁世凯幼年也练过功夫，"啊"地惊叫一声，急忙就地一滚，堪堪避过，回首再看时，一枚飞镖牢牢钉在酸枝木的椅子上，兀自颤动不休。赛金花已然吓得花容失色，扑到袁世凯的怀中，浑身打战，袁世凯高声喊道："有刺客！"

喊声未已，北洋大臣衙门的兵丁已经荷枪实弹地赶到，但当他们来到门外时，只见一道黑影已然远去，屋外只剩风吹树叶，地面上踪迹皆无。

天津的文庙始建于明朝正统元年，后来又在景泰、正德年间重修，当时称为卫学。清代雍正年间，天津升为府，另置天津县志，卫学改为府学。文庙自庙门而北分为泮池、棂星门、殿门、大成殿、崇圣祠。

八月的天气，白天西风掠过海河上游，从金黄的麦穗上吹过，把热气带向大海。到了晚上，已经是夜凉如水，薄雾弥漫，朦朦胧胧的，颇有一些诗画的意境。

梁启超此刻的心情却非常沉重，今年他才二十六岁，却已经名满天下。他自幼便被称为神童，四岁读四书，六岁读完五经，八岁作文，九岁写千言，十二岁考上秀才，十七岁就中了举人，自十八岁追随康有为奔走国事起，已是人人注目。他志求救世，于儒、墨、佛诸学更是无所不窥，智计更是无双，然而面对现在的局面他却是彷徨无计。

维新变法此时已到了生死存亡的一刻，与“后党”的冲突也变得日趋激烈。所谓“一子错，而满盘落索”，梁启超值此非常之际，却苦无回天之力，心中忐忑，坐卧难安。

这一日来，他满耳听到的都是荣禄枕戈待旦的传闻。下午，他赶到小站军营，结果袁世凯对他避而不见，每次都由袁世凯的心腹徐世昌和段祺瑞前来挡驾，所说的话也是含混不清、莫衷一是，梁启超只能黯然离去。

梁启超夜不能寐，辗转难眠，披衣起身，独自在院中踱步，抬头仰望当空皓月，不由得一阵怅惘，心忖：袁慰庭狐疑不决，此举必将陷皇上于危境，陷“维新党”于万劫不复之地！

倏然，梁启超猛被叮的一声脆响惊醒，他定睛看时，却原来是一支飞镖被击落在地。再一凝神，猛见院子当中有两个黑影厮杀起来。

梁启超看着眼前的这一幕惊疑不定，面色大变。

几个回合之后，其中一人明显不敌，而另一人面蒙黑布，掌势非凡，如蛟龙戏水，飘忽不定，后掌总伏于前肘之下，行步旋转，每一步踏出，方向全变，转起圈来，如风车一般，令对手无从捉摸。这时蒙面人忽地反身，一招“苍龙摆尾”重劈对手的后背，顺手一个顺势掌击在他的后颈大椎穴上，那人扑通一声栽倒在地。

蒙面人转身来到梁启超面前，梁启超心中大骇，但面上却强装镇定，问道：“阁下是何人？”

蒙面人笑道：“卓如先生，我是尹福。”

梁启超一听此人是尹福，心中的一块大石方才落了地，忙道：“尹教头，你可来了。卓如久闻尹教头技击无双，今日得见，手段果然名不虚传！”

尹福问道：“梁先生没有受伤吧？”

梁启超微微摇头，把袁世凯拒见之事告诉了尹福。

尹福一阵冷笑，道：“袁世凯这个反复无常的小人已经把皇上出卖了，今日袁世凯与梁先生分手之后，他其实并没有回小站，而是直接去了北洋大臣衙门，将昨晚壮飞先生给他的密诏交给了荣禄。”

梁启超惊得面容失色，双腿发软，道：“一子错，满盘皆落索，新政危矣！”

原来，白日里赵玉堂在袁世凯未到北洋大臣衙门前，已经先一步潜了进去。荣禄与袁世凯对话时，赵玉堂就伏在房顶之上，以他的轻功造诣，屏风后面的沙弥远竟然丝毫没有觉察到。

随后，心中甚是不齿袁世凯行为的赵玉堂跟踪来到赛金花的屋前，抖手给了袁世凯一镖，可惜被袁世凯躲过。刚想要再动手时，衙门里的兵丁已端着火枪赶到，赵玉堂只得离开。

回到怀庆药栈，尹福还在大厅焦急等待，赵玉堂便将自己看到的事原原本本告知了尹福。尹福听后同样也是大吃一惊，心悬梁启超的安危，急忙离开了怀庆药栈，前往文庙去见梁启超，没想到梁启超已经前去小站，要见袁世凯，尹福无奈只得在文庙等待。

梁启超回到文庙后，尹福发现周围已经有黑衣人在活动，便决定暂不打草惊蛇，引他们出来。晚上，尹福伏在殿顶注意动静，看见人影一闪，一道寒光袭向院中沉思的梁启超，不及犹豫，急忙也打出一枚飞蝗石，将其击落，救了梁启超。

梁启超听罢尹福所述，身躯一震，道：“尹爷，现在计将安出？”

尹福略一沉吟，道：“梁先生，此地已不可久留，咱们现在尽快离开这里，明早赶回北京，我担心维新之事有变。”

梁启超疑惑道：“荣禄的速度不会这么快吧？”

尹福跌足叹道：“最初我也是如此想，但此时已经有刺客暗杀梁先生，足证荣禄的‘后党’已决定要动手，要与‘维新党’拼个你死我活了！”

梁启超方寸大乱，彷徨无计道：“天色已晚，避向何处？”

尹福断然道：“此处离我师弟‘单刀’李存义家不远，就到他家去吧！”

梁启超亦听说过李存义在天津武林中的威名，遂点点头跟随尹福出了文庙。

尹、梁二人出了文庙，向李存义家走去。正走至一个小巷的路口，尹福功聚双目，猛见人影绰绰，心中不由得一紧。原来此处叫棋盘街，有七条胡同交叉其中，尹福还是一年前来过，此时在黑暗中竟迷失了路径。

突然，一辆堆着茅草的小车飞驰而来，车头露着两柄明晃晃的尖刀。尹福不及多想，一携梁启超，纵身避过，掌中的判官笔正点中推车人的咽喉，结果了他的性命。

梁启超被尹福拽到半空，还未晓得是怎么一回事，一个踉跄，又落到了地面。

却见那车上的茅草猛然一掀，跳出一条黑衣大汉，挥刀恶狠狠地向梁启超劈去。

尹福将梁启超掩在身后，一个闪步，左掌的判官笔疾点，右掌一招“孤雁出群”，掌、笔连环攻出。转瞬间，二人打了十几个回合，黑衣大汉不敌尹福的八卦掌，被尹福的“风轮劈掌”击中面门而亡。

尹福护着梁启超又拐进了一条胡同，却仍找不到出路，正自心急如焚之下，突见前面闪出一人，阴恻恻一笑，声若枭啼，道：“尹福，你拿命来吧！”

尹福凝神定睛一看，也是惊怒交迸，来者正是八卦门的大仇家：“插翅金蝎”沙弥远。

再看沙弥远双掌一错，一个“饿虎扑食”，向尹福攻了过来，双掌带起一阵阴风，旁观的梁启超亦感到肌肤一阵寒栗。

尹福掌中的判官笔笔尖一颤，直向沙弥远掌心的劳宫穴戳去，沙弥远不敢硬拼，撤掌回身，五指箕张，一招“五心连环”直取尹福的前胸。

尹福五指分开，拇指朝上，掌心向里，屈肘向身前呈环抱状，成为抱掌，脚下步随掌变，连环向沙弥远攻去。

沙弥远接连几个连环撤步，方才让开了尹福这几掌，却退了好几步。

尹福身躯一转，一换式，换为龙爪掌，一掌向前向上，手臂外旋上举，掌心向外，是为翻身掌，猛击沙弥远面门。

沙弥远侧身让过，左掌猛击尹福的软肋。

这时尹福却发现又有两个手持钢刀的大汉赶到，举刀向梁启超砍来。

尹福见此情况，猛一个退步，闪开沙弥远双掌，两枚飞蝗石分取二人。

尹福一向不以暗器闻名，这两支暗器飞至两条大汉面前，一个被击中太阳穴，当场应声倒地。而另一个大汉却用单刀向外一磕，将飞蝗石打落在地，稍一迟疑，又向梁启超砍去。梁启超未习过武功，连闪两刀，已是岌岌可危。

尹福想过去相救，但沙弥远招招狠毒，将他紧紧缠住，恨不得一下将尹福置于死地。眼看梁启超就要伤在刺客刀下，猛然听得一声叱喝道："何方鼠辈在此撒野，还不与我住手！"随着叱喝之声，从半空中跃下一个人来，落在巷子中。

尹福百忙中回头一看，见此人年约五十岁，肤色黧黑，高大粗壮，宽肩厚背，一张饱经风霜的四方脸上满是青胡楂子，铁钳似的大手中紧握着一柄锃亮耀眼的单刀。

尹福一见，大喜过望，叫道："李存义，快救人。"

李存义原名有毅，原字肃堂，后改名存义，字中元，直隶深县小营村人，生于道光二十七年。他秉性温厚，轻财好义，性喜武术，幼年练习长、短拳。三十八岁时拜"神拳"李洛能高徒刘奇兰为师，苦学形意拳，数年后，深得形意拳之精髓。

此后李存义闻听北京肃王府的董海川精于八卦掌，便进京求教。李存义与程廷华是同乡，来北京后就住在程记眼镜铺，并请程廷华介绍，想拜董海川为师。董海川知道李存义已精擅形意拳，便不肯收他为徒，后来经过尹福、程廷华、史继栋等弟子的恳请，董海川才同意收李存义为徒，教授他八卦掌。

光绪二十年，李存义在两江总督刘坤一帐下教兵丁习武，屡立功绩，不久即将升职，但他却自请辞退，回天津卫以走镖为业，往来各省。李存义护卫商队远行，每次遇到强盗，他都以掌中单刀一一击退，因此武林中人称"单刀李"。

尹福与沙弥远争斗之地和李存义家的后院仅一墙之隔，刚才李存义本在屋中读书，听得后院有动静，便提刀出来看看，恰巧遇到这千钧一发的时刻。

李存义一见是尹福，便不答话，挥刀就向袭击梁启超的大汉劈去。

那大汉一见李存义一刀劈到，赶紧摆刀相迎，一时间刀光大作。但他哪是李存义的对手，几个照面过后，就被李存义以一招"夜战八方"砍倒在地。

尹福一见李存义到了，心神大定，对沙弥远冷冷一笑，道："沙弥远，还我师弟命来！"尹福一进步，一招"迎风穿袖"朝沙弥远击来，沙弥远以毒砂掌护身，双掌也是一刻不停，招招抢攻。

尹福身体左转回身，左崩拳变掌，四指并拢，直扣沙弥远手腕。

沙弥远翻掌劈开，左掌虚晃，右掌自肋下猛起，攻向尹福。

二人拆招换式，斗在一起。

李存义这时护着梁启超，立在一旁观战。见尹福左掌右笔，精神抖擞，一招“野马闯槽”“狮子滚球”，又一招“倒拽风舟”“鹞子翻身”，不禁赞叹不已，喝道：“尹师兄，打得好！”尹福今日是使尽全力，要将沙弥远留下来，忖道：“这一次，无论如何也不能让你再跑了。”于是掌掌不落，笔笔不停，天风海雨一般向沙弥远袭来。

沙弥远苦练了三十年，终于练成了毒砂掌，自恃能以此与八卦掌争一日之短长。谁知遇到尹福，并不与他手掌接触，每次取的都是他的手腕与脖颈，且兼尹福掌力浑厚无比，将他克制得无法发挥。

沙弥远虽与尹福本领不相上下，但这时却不免慌了神，掌势一缓，又想施发五毒神砂。尹福见他毫无败象，掌势却是一缓，心中已料到了他又要使用歹毒暗器，哪里还容他出手，一招磨身掌，右臂内旋，左掌已疾快地劈向他的右肩。

沙弥远猝不及防，右肩已结结实实中了尹福一掌，踉踉跄跄地退了几步，又见尹福右手的判官笔已快似闪电般挑向腰间，沙弥远赶紧撤步，一把五毒神砂撒出，人已蹿上民房，没命地逃走了。

尹福身形一撤，让过毒砂，但就这么一缓，沙弥远的背影如旗花火箭般，几个起落，已然逃得远了，尹福知道追他不上，只得恨恨地一跺脚，道：“又让他跑了！”

李存义这才上前，道：“尹师兄，你什么时候到的天津，怎么也不告知我？”

尹福于是将这几日发生的事告诉了李存义。李存义这才恍然，痛骂沙弥远道：“早知如此，刚才我就不在一边旁观了。”

尹福摇头道：“这老小子异常滑溜，有你帮忙也不一定能留下他。再者说，这次主要目的是保护梁先生。”

尹福向惊魂未定的梁启超道：“尹福保护不力，让梁先生受惊了。”

梁启超感激地说：“若非尹爷和李义士相救，梁启超已丧命多时了。”

李存义道：“这些‘后党’杀手肯定不会就此罢休，说不定待会儿还会回来，现在天已快亮了，我去找辆马车，咱们赶快护送梁先生回京。”

尹福点头称是，李存义又跑回家中，不一会儿将一辆马车赶到了胡同口。

尹福与梁启超刚要迈步向胡同口走去，尹福的脚下却踢到一样东西，发出当啷一声，尹福本以为是刚才刺客掉落的钢刀，低头一看，却发现并非如此，尹福捡起来，才记起这大概是刚才同沙弥远打斗时从他腰间挑下来的。

尹福借着朦胧的月光一看，不禁惊喜地叫道：“我知道沙弥远藏身在何处了！”

梁启超望向尹福手中的东西，见是一件宽约三寸、长约六寸的铜牌，正面镌有“颐和园”三字，翻过来镌的是“乐寿堂一等侍卫，沙弥远”。

梁启超问道：“尹爷，这是何物？”

尹福哂道：“这是颐和园大内侍卫的腰牌，难怪那日小桃红听沙弥远说谋了个差事，找到了更好的栖身之所，原来他跑到颐和园当了侍卫。”

梁启超诧异道：“这一等侍卫非一般人能够担当，沙弥远甫进宫怎就会荣任一等？”

尹福冷笑道：“有直隶总督、北洋大臣荣禄亲自推荐，又正值慈禧太后用人之际，这有什么稀奇？”说罢，顺手将铜牌揣入怀中，又在地上的尸体上一翻，果真又翻出两个清宫侍卫的腰牌。

梁启超不禁仰天长叹道：“看来这次‘后党’是要彻底铲除我们了。皇上英明果决，奋发图强，力除旧弊，推行新政，中外瞩目，朝野沸腾，市井小巷也是议论纷纷，此原不足为怪，王安石言‘天命不足畏，祖宗不足法，人言不足恤’。若想改变千百年来的旧制，创建亘古未有之新神州，岂无身罹毁誉之厄？只可惜专制绵延太久，积弊难返，本复兴在望，却受制于如此一个垂老守旧的妇人之手。局势如此，谁又能挽狂澜于既倒，扶大厦于将倾？”

尹福知他忧心国事，但也无法相劝，只能暗叹，携同梁启超上了李存义备好的马车，飞驰而去。

车行辚辚，天放亮时，马车已出了天津城。

车内梁启超放下沉重心事，向尹福道：“尹教头和李义士均是仗义勇为的热血汉子，为了梁启超一人，竟不顾自身安危，我真不知如何感激才好。”

尹福慨然道：“我们这些武人所能做的都是一些小事，不论如何行侠仗义，打抱不平，救的永远只是一小部分人，卓如先生同康先生进行变法图强，救的并非是几个人，而是一个民族、一个国家，这才是真正的侠义行为，为国为民，才称得起是侠之大者。”

梁启超叹道：“尹教头过誉了，我只不过想竭尽自己的绵薄之力，以报效国家民族，使我神州大地终能建成自由、民主的新型立宪国家，屹立于世界强国之林而已。”

尹福赞道：“所谓‘义所当为’正是如此。”

梁启超摇头苦笑道：“书生之见，所虑不周，救国不成，反陷危局。奈何！奈何！”

叹息一声，梁启超问尹福道：“我常听人说起令师董先生的事迹，途中寂寥，尹爷就为我说说董先生的事迹吧。”

提起师尊，尹福眸子的光芒不禁暗淡下去，低声道：“先师才是真正的一代奇人。他一生光明磊落，疾恶如仇，为正义赴汤蹈火，在所不辞，正是我们这些弟子的楷模。”

董海川乃顺天府文安县朱家坞村人，生于嘉庆元年，幼年好武，历拜名师，精多种拳械，为人性情豪侠，远游天下，闯荡江湖，访友求师，足迹遍及名山大川。

董海川行至安徽九华山，遇到了毕澄霞道长。毕澄霞是一位隐遁深山，超脱红尘的世外高人。董海川得毕澄霞点拨，道艺兼修，朝夕苦练，将《周易》八卦图与武术相结合，创造出了掌法在上，步法在下，掌随步动，步随掌换，上下分明，错综其数，恰似卦象中阴爻阳爻、上天下地格局的八卦掌，开中国武学古今未有之奇观。八卦掌遂与太极拳、形意拳并称中国三大内家拳。

董海川艺成后曾在开封府任护军多年，除暴安良，行侠仗义。适值太平天国垂危之际，董海川赴南京谒见天王洪秀全，受洪秀全之托，入京城欲刺杀咸丰皇帝。

董海川胸怀推翻清廷，还我汉人江山之志向，遂斩断俗缘，自阉入宫，但始终不得机会下手。后来曾国藩的湘军江南大营已将南京攻破，洪秀全身死。消息传来，不啻于晴天霹雳，董海川只得发出壮志难酬的浩叹，坚忍于心。

后来，董海川到肃王府任杂役，有一日，肃王爷观看武师献技，宾客和府内人等于府中围观，以致庭路阻塞，肃王爷命董海川取茶奉客。因不易出入，董海川遂于另一庭院跃身跳过屋脊，捧茶盘凌空而落，为肃王爷和宾客献茶。

肃王爷不由得惊叹其敏捷，命他于庭院之中当众演练。

董海川从容演练，左旋右转，上下翻飞，神出鬼没，令肃王大为惊叹。

数年后，杨露禅挟太极拳之技，来京城扬威，与董海川连斗三日不分胜负。自此太极拳和八卦掌称雄于北京，往来学者日众。

董海川担任肃王府护卫总管后，一日，肃王爷与福晋正在阁楼之上纳凉，忽听得楼脊上有孩童嬉笑之声。开窗看时，原来是董海川背负孩子在楼脊上蹿来跳去，腾跃如飞。此时惊得一群麻雀噪于屋顶，董海川一跃身，伸手便抓了三只麻雀，肃王爷不禁喝彩道："真乃腾云驾雾之术也。"

董海川曾奉肃王爷之命到塞北征粮，途中遇到数十个蒙古强盗，手持利刃，将董海川围在当中。凭董海川武功，满可轻易走脱，可董海川却将子午阴阳钺拿在手中，厉声喝道："你们想干什么！"这群土匪道："要你的性命。"董海川怒道："尔等一群鼠辈，狂妄无礼，还不快滚！"有二匪持刀近前，道："你竟敢口出大言，拿命来！"说着持刀向董海川劈刺下来。董海川用子午阴阳钺一挂一还，二匪丧了性命。群匪一见，发声喊一拥而上，将董海川围在当中，刀枪并举。董海川用"穿花打柳"招式，顷刻间将群匪击毙十余人。众匪见董海川太厉害，便乱窜逃走。董海川腾步追赶，又杀十余人。有一头目想跑，董海川上前一脚将其踹倒。这样，群匪无一逃脱，董海川为此地除了一群祸害。

董海川晚年武技已至神化之境，其变化神速非常人所能及。他卧床之际，梁振圃为他盖衣，他惊而跃起，抽出壁上钢刀欲砍之，睁眼见是梁振圃，便弃刀又睡，第二日起来，全然不知晓此事。

又有一天晚上，董门八大弟子聚集董海川家中。董海川见众弟子齐聚一堂，功夫都长进不少，兴致大盛，便对他们道："今天我和你们捉个迷藏，咱们把灯熄了，谁能摸到我，我就另传他一手功夫。"八人哄然称好，于是就在黑屋子中东摸西摸，闹了好一会儿，大家都是互相猛捉猛撞，谁也没碰到董海川，点着灯看时，才知道董海川以两个手指钩住房椽，身体悬在半空中。

还有一次，董海川很高兴，对弟子们说："今天我再给你们露一手。"说完，瞬间不见了。大家回头一看，见董海川悬挂于墙壁上，众徒大惊。董海川飘然而下，说道："这一手叫'挂画'。"大家都非常好奇。

北京的夏天多雨，有一次接连下了好几天大雨，董海川在炕上盘膝打坐，闭目养神，忽然一面墙壁倒塌，尹福急忙去救，可董海川已然不在炕上，安坐在炕下的一张太师椅上，姿势神态，毫无变化。

秋天，董海川正在炕上午睡，史继栋的妻子陈锦婷怕他着凉，拿过一条被子，轻轻过去，要盖在他身上，不想刚走到炕沿举被要盖时，董海川已不见了。她一回身，看见董海川端坐在靠窗的椅子上，说道："女儿，怎么不先讲一声，让我吃了一惊。"

董海川对待门徒非常严格。阮珍谷为董海川门徒，功夫纯深，能高来高去，在宫殿上行走如履平地。他家住在保定，董海川曾告诫他："你的腾空走壁很好，但如果你干坏事，我就将你的脑袋割下来。"阮珍谷一听，心想：这可麻烦了，如果有坏人做了坏事，贴在我身上怎么办？过了半年，他来给董海川拜年，董海川见他手扶双拐，两腿一步三四寸地挪着往前走路，很奇怪，问道："你怎么啦？"阮珍谷道："老师，我的腿坏了，着了风寒治不了，只能拄着拐走。"董海川叹道："可惜！"又道："也好，免了是非。"每逢年三十晚上，阮珍谷总要由保定来北京肃王府给老师拜年，磕头后便回去。保定距北京三百六十余里，阮珍谷一夜往返，他的功夫可想而知。一直到董海川逝世，阮珍谷才将双拐扔掉，由此可见董海川管教徒弟之严了。

董海川所收之徒，多系带艺投师。收徒之前，必先使徒服之以艺，感之以德，五体投地，方始得列门墙。弟子全凯亭是一位旗人，拜董海川之前就懂得武术。后来他在肃王府当差，发现董海川两目如电，令人生畏，便觉得是位异人。一天夜里，他用舌舔破董海川房间的窗纸，以一目向里偷看。董海川向来盘腿打坐，一般不躺下睡觉。全凯亭偷看时，董海川早已察觉，便由口袋里撕一纸条放进嘴里嚼湿，向窗户吐出，经过小孔正打在全凯亭的眼上。全凯亭一惊之下急忙溜走。

第二天凌晨，全凯亭到董海川屋内跪下恳请拜师，董海川问道："你拜什么师？我什么也不会。"不肯收他。全凯亭长跪不起，董海川也不理他。到了晚饭时，董海川要去吃饭，全凯亭无奈之下才离开。全凯亭想，反正得再试试你。晚饭时，全凯亭持刀躲在墙角暗处，待董海川端着菜汤小盘走过时，突从董海川身后一刀劈下，董海川往后一抽身，顺其刀一脚将全凯亭蹬倒在地，而手托汤盘丝毫未洒，仍端着自顾自去吃饭。

全凯亭见了，跟着董海川进屋仍然跪下，道："老师不收我，我跪死也不起来。”就这样跪了一天一夜，董海川才答应收他为徒。全凯亭善绘画，现存董海川画像就是全凯亭所绘。

梁启超听尹福讲完董海川的事迹，不禁感叹道：“董老先生真是名不虚传，可惜，我是无缘拜见这位老英雄了，真是遗憾！”

尹福沉声道：“先师寿元将尽时，自己先已知道，他将我们众弟子叫至面前，自己端坐在太师椅上，以双臂做换掌式，叮嘱我们要将八卦掌发扬光大，永传不绝，这才含笑而逝。我们都知道，先师尚有抱负未竟，是带着难了的心思去的。”

梁启超慨声道：“一个人本有壮志凌云，却陷入困境，也只能徒呼奈何，含恨而殁了。”

尹福叹了口气，道：“先师曾经问我，人生最大的痛苦是什么？我不知该如何回答，便说不知，却见先师居然满眼泪水，悲怆地对我说‘是丧志！’又问我，人生最难得的品格是什么？我说‘敏而好学，孜孜不倦’，他摇摇头，对我说：‘尹福，记住，是坚忍。匹夫见辱，拔剑而起，挺身而斗，此不足为勇也。大丈夫能屈能伸，屈而不断，伸而不弯，才是真正的大丈夫！’我听了半晌说不出话来。从此我知道，鸿鹄有时比燕雀飞得还要低，但燕雀永远也飞不了鸿鹄那么高！”

梁启超默然点头，微闭双目，怅然道：“聪明人正因为聪明，因此他能巧妙地避过很多危难，最后成就一番功业。可是，聪明人绝对没有办法和那些遇难而上，最终击败所有畏难的愚人所创造的功业相比较。唉，傻子和聪明人很难界定，两者互换，且无长势！”

李存义驾车的功夫很高，手腕不抬，鞭子已挥了出去，手肘未弯，鞭子又收了回来，车行很是平稳。车厢后面，跟着王五的那匹“乌云盖雪”。自天津南门出发时，尹福从隆裕盛客店取了此马，此马神骏异常，虽然解开了缰绳，却并不自去，依然跟随其后。

颠簸了快一天，天色将近黄昏，远远地已经可以看到永定门的城楼了，李存义不由得松了口气。由于他们潜行匿迹，所以没有走京畿大道，因此走得很慢，出来得又比较匆忙，未备干粮清水，此时俱感到又饥又渴。梁启超虽未说出，尹福亦看了出来，便对驾车的李存义道：“存义，看看左右有没有人家。”

李存义“嗯”地答应了一声，车又行了一会儿，李存义忽然喊道：“有一口井！”接着，马车缓缓停了下来。

尹福掀开车帘，见前面是一个小村落，几十户人家，村口有一口水井。

尹福和梁启超跳下马车，活动了一下筋骨，来到了井台前，往下一看，深不可测。

李存义自言自语道：“这拿什么打水呀？”

尹福往四周望了望，对李存义道：“存义，你也快赶了一天车了，先陪梁先生歇歇，我到村子里去借个桶来。”

李存义应了声，便同梁启超坐在了井台上，尹福转身朝村中行去。

尹福到了一户人家门前，轻轻叩门，可是半天也无人应声。尹福只好又换了一户人家，敲门后却仍是毫无动静，不禁有些奇怪，忖道：“虽说天近黄昏，乡下人歇得早，但也不至于有人敲门也不开呀？”

尹福于是使劲儿一推门，门却应手而开，原来里面并未上闩。

尹福走进院中一看，猪圈、鸡窝里并无禽畜，院子里的藤架上也是空无一物。走进屋中，屋子里也是残席土炕，碎碗破锅，没有一人。尹福这才知道这是个空村，人早已不知逃到何处去了。尹福不禁暗叹，靠近号称“百善之都”京城的村庄尚且凋敝如此，天下百姓的生活也就可想而知了。

尹福无奈之下，只好找了一个未破的陶罐，用绳子拴住，走出院子，向村口走去。远远地看那马车仍旧停在原地，“乌云盖雪”却不见了，梁启超和李存义也不在井台处。

尹福环视周围，游目四顾，亦未发现二人的影子，心中不由得一紧，快步来到车前。刚要举手掀车帘，猛见车帘一动，心中突现警兆，身子如旋风般疾转，就看见一柄明晃晃的解腕尖刀横戳过来，险些刺中尹福的手臂。

尹福不禁大怒，见车帘一分，自里面跃出一个尖嘴猴腮的黑衣人，左右手各持一把尖刀，恶狠狠地扑了过来。尹福哪里会将他放在眼中，刃未及身，已一掌“拨云见日”拍在他的额头上，黑衣人哼也未哼，便栽倒在地上。

尹福在他腰间一搜，果然又是一块“大内侍卫”的腰牌，心想，到底让他们追上了。尹福又将这块腰牌收入怀中，俯下身子，察看地面，发现脚印凌乱，显示出不久之前发生过一场激烈的打斗。

刚刚站起身，尹福听到一阵马嘶，转过头看时，“乌云盖雪”风驰电掣般冲到自己的面前，人立起来，嘶聿聿一阵长鸣。尹福抚着马背，发现了几处伤痕，想是刚才有人要驾驭此马，骏马颇通人性，是以远远驰走，此时发现尹福，才奔了过来。

尹福抚了抚骏马的鬃毛，轻轻道：“马儿，马儿，你在此处等我，如果遇到危险，尽管跑，明白了吗？”

“乌云盖雪”一扬马头，想是懂了尹福话中之意。尹福为之一笑，凝神静气，顺着凌乱的脚印追去。

尹福追出不过里许的光景，发现地上有一只鞋，那是梁启超脚上的鞋子，尹福心里咯噔一下，急忙又向前追去。蹚过一条小溪，前面是一片树林，他钻进树林，听得前方有金铁交鸣、呼喊厮杀之声。尹福奔过去一看，七个黑衣人正在合力围攻李存义，李存义右臂淌血，刀交左手，兀自挥刀力战，已经是岌岌可危，而梁启超却不知去向。

为首的黑衣人，正是“插翅金蝎”沙弥远！

第十八章

白云生翻覆　臂圣扬威名

尹福一声断喝："贼子休得猖狂，尹福来也！"

沙弥远一见又是尹福，心中不免有了一些犹豫，七个人合斗一个李存义，刚刚取胜有望，如今再加上尹福，胜负又未可知了。何况昨晚上与尹福一战，沙弥远对于尹福浑厚的掌力充满畏惧之感，忖道：梁启超已然落入我们之手，又何必与他们缠战不休。

沙弥远发一声喊："弟兄们，撤乎！"说罢第一个跃出战圈，对尹福骂道："尹福，今日沙大爷暂且饶过你，待他日再取你性命！"转身向林外窜去。

剩下的六人一看沙弥远都走了，又怎甘落后，一声呼哨，纷纷飞奔而去。

李存义摆刀要追，尹福拦住他道："穷寇勿追，咱们还是找梁先生要紧！"

原来适才尹福到村中寻桶，李存义与梁启超在水井畔等候，猛听见沙弥远一声阴笑，带着七个人突然出现在面前，将梁、李二人困在当中。

沙弥远率人围攻李存义，趁他无暇分身之时，七人之中有一名道士，他过去一把将梁启超抓住，封了穴道，带走了。

李存义一见梁启超被劫，急忙舍下众人，紧紧追赶这个道士。但追了一程，沙弥远等人又再次将李存义缠住，伤了他右臂，令他不得脱身，梁启超遂不知去向。

尹福微感诧异，道："道士？"

李存义肯定道："的确是个道士！"

尹福略有所悟，问道："你同他过招，他使的是何派拳术？"

李存义回忆了一下，道："通臂，没错，道士使的是通臂拳！"

尹福沉吟一下，猛地道："果然不出我之所料。"

李存义问道："他是谁？"

尹福的瞳孔骤然收缩，语含不屑道："是那个武林败类，白云观道长高玉峒！"

白云观位于北京城外西南郊，已有一千多年的历史，乃是道教圣地。宋时北方道教称全真，白云观便是全真教十方丛林之元，号称"北方第一道观"，几百年来一直是北方道教的中心。

白云观始建于唐代开元年间，最初叫天长观，金代改名为太极宫，元时丘处机掌管道教时期，白云观兴盛发展，闻名于世。

丘处机是全真教教主王重阳的嫡传弟子，道号“长春子”，世称“长春真人”，居住终南山，颇负盛名。

蒙古成吉思汗曾派人招他北上，丘处机率领弟子十八人，跋涉万里，历经四年，终于到达西域，谒见成吉思汗。他力谏成吉思汗，得天下关键在于“不嗜杀人”四字，深得成吉思汗的赏识，赐号“神仙”，爵大宗师，令其掌管天下道教，赐居太极宫。

宫殿修葺完毕后，以丘处机的道号命名，改称长春宫。丘处机死后，以他的生辰正月十九日为“燕九节”以示纪念。时至今日，北京春节的传统庙会，尚有白云观庙会。

丘处机的弟子于他死后在长春宫东侧修建了白云观，后来长春宫并入了白云观，至清代几经修建，康熙、乾隆等皇帝还亲自题匾、写联、竖碑。乾隆戊申年瞻礼时所作的御制诗言道：“古观西郊外，迄今五百年。葺新不知几，有象那恒坚。前岁临真域，当春礼法筵。希敷万民福，宁渠为求仙。”这些都为白云观增添了异样的光彩。

然而就是这么一个修身养性的圣地，而今却被这一任的道长高玉峒变成了一处勾结官禁、卖官鬻爵的场所。

高玉峒狡诈狠毒，趋炎附势，兼且贪财如命，对慈禧太后巴结甚勤，白云观特制一种冬菜，极其香脆可口，高玉峒经常带去宫中孝敬。慈禧每次到白云观中行香，他都竭力奉承，侍候得慈禧眉开眼笑。他还以神仙之术迷惑慈禧，时常入宫数日不出，被慈禧太后封为总道教司。

高玉峒既得慈禧太后垂青，更同宫中的太监狼狈为奸，像总管李莲英、小德张都是他的朋党，宫中的太监几乎都受过戒，成为白云观的弟子。朝中权贵也趋之若鹜，纷纷寄名为观中弟子。外省官吏更是奔走其门，争相攀附，视之为终南捷径，以致门庭若市。有的达官贵人甚至争先恐后把自己的娇妻美妾和女儿给高玉峒认作义女，作为向上爬的阶梯。

高玉峒为人虽是如此不堪，但他的拳脚功夫却着实了得，他所习练的便是北京的传统拳术——通臂拳。

通臂拳自古即以北京、直隶为中心流传开来，因其拳法多为上肢动作，两臂宛若通臂猿舒使猿臂，圆抡摔拍，直出穿点，两臂串通如一，故名通臂拳。

通臂拳传说起源于战国，创始者姓白，名士口，字衣三，而“士口衣三”四字明显是“猿”字的字谜，显然这个传说不过是故神其说而已。然而“白猿通臂拳”确是通臂拳的本流，山东黄县人任十，将此拳传给北京皮货店的账房先生石鸿胜，经石鸿胜传授，后来以北京牛街的穆斯林习练者最多。

通臂拳的其他支派还有“劈挂通臂拳”“少林通臂拳”“祁家通臂拳”“五行通臂拳”等。

五行通臂拳就是上一任白云观道长韩屏山所创，乃是由祁家通臂拳的拳技发展而来，又称“少祁派”。以摔掌、拍掌、穿掌、劈掌、攒掌为基本手法，配以五行，用五行生克之理作为基础理论，其中摔掌属金，拍掌属木，穿掌属水，劈掌属火，攒掌属土。五行中“土”能生万物，故以攒掌为万法之本。

其下盘多用暗腿，以步藏腿，发腿不过膝。练到眼中可容手，脉络能通闭，胸腹能开合，肩臂能伸缩，伸者长一半，缩者使之无，即使有千斤之力者，也莫能移动其身。

高玉峒曾向韩屏山道长学习通臂拳，但不久韩屏山道长就看出高玉峒为人心术不正，不是正经的修真之士，传到一半时，便不肯再授。高玉峒心地歹毒，暗恨韩道长，悄悄在韩道长的饮食之中下了剧毒。高玉峒待韩道长毒发身亡后，不仅夺去了韩道长的《通臂拳谱》，还接任了白云观道长之位，把这千年香火之地，变成了如今这般模样。

尹福一听李存义的描述，稍一寻思，便猜到了高玉峒的身上，正自沉思之时，忽听李存义惊道：“尹师兄，你看！”

尹福顺着他的目光望去，只见在朦胧的夜色中，沿着一条土路上风驰电掣般贴地卷来一团黑影，愈卷愈急。

李存义睁大眼睛道：“像是个人？”

尹福微点了点头，就见那道人影两臂长得出奇，倒像是两个铁犁，飞速地晃动，两个膝盖不断撞击着肘部，两腿弯曲，双脚紧贴臀部，仿似圆球般自尹福视线中一闪而没。

李存义不禁赞叹道：“好俊的功夫啊！”

尹福脑海中蓦地灵光一闪，想起一个人来，暗自点了点头，对李存义道：

"存义，你手臂有伤，就不要再陪我奔波了。各位兄弟和朋友都在法源寺，你到法源寺去见廷华，三更时分，让他带几个人在万寿寺等我，同去颐和园擒杀沙弥远！"

李存义怀疑道："你独自一人去白云观救人，能成吗？"

尹福成竹在胸般，从容道："我心中自有分寸，高玉峒那几手三脚猫的功夫，还不放在我的眼里！"

尹福又将怀中的四块"大内侍卫"腰牌递给李存义，道："三更时分，外出城门不易，有这几块腰牌就好办了。"

李存义将信将疑，告别尹福，道了珍重，径自向法源寺行去。

尹福赶到白云观时，天色已然完全入夜，他绕到白云观的后花园，翻身跳了进去。

后花园中四外无人，在月光下显得幽静清雅，园中亭台楼阁、游廊假山交错其间，花木扶疏，颇有江南园林的特色。

假山石上刻有"云集园"三字，南面有个戒台，中间是个庭院，四周环绕游廊，将云集园分为东、中、西三部分。

西院由元辰殿西侧西南门进出，门上悬挂有"小蓬莱"匾额一块，上款是"光绪庚寅冬"，下款题的是"素云道人"。

西院西北角有一座曲尺形的两层小楼，彩漆彩绘，小巧玲珑，匾名"退居楼"，四周游廊与中部游廊相通，院南有云华仙馆，北侧有一花洞。

中院假山在云集山房北面，紧贴北院墙，俨然一扇屏风。

东院假山上则有一尖顶形凉亭，亭下有石刻"岳云箕秀""独秀"等字。

西院假山石刻最多、最秀。东南拐角处有一石门，上刻有"小有洞天"四字。山上有妙香亭，与东院的友鹤亭遥遥相对。

尹福绕向前面的丘祖殿，蓦然觉得大殿前一片火光，急忙隐住身形，定睛看时，不禁大吃一惊。

大殿前的一株古槐上绑着一人，不是别人，正是尹福要找的梁启超！

梁启超四周围着一群小道士，人人高举火把，照得丘祖殿前明亮如昼，梁启超面前正站着一个清瘦如猴的青衣道士。

就见这个道士手中拿着一柄尖刀，用刀身轻轻拍打着梁启超的脸颊，正狞笑地问道："小子，你就快要死了，还有什么话要交代的吗？"

梁启超冷笑问道："你是何人？"

道士纵声大笑，道："本道爷高玉峒，你也听说过我的名字吧。能死在我的手里，还算你家山有福呢！"

梁启超听到是这么一个败类，不禁"呸"了一声，道："高玉峒，你这弑师叛教、趋炎附势、人面兽心之徒，将这千年香火之地变作杀人屠场，不怕丘祖的双眼正盯着你？你犹不知'羞耻'二字，枉披了一张人皮，居然还自鸣得意，大模大样地自命不凡，老天真瞎了眼，生了你这样一个畜生！"

这番话把高玉峒骂得面容都扭曲了，一阵青，一阵白，高玉峒恶狠狠地笑了，露出两排黄牙，道："好小子，有骨气，我如果让你在天明之前咽了气，道爷我就不姓高！"

梁启超淡淡一笑，抬头望天，道："我虽死却流芳百世，胜过你活在世间遗臭万年。"

高玉峒上前一把将梁启超胸前衣襟撕开，露出胸膛，用手指着道："记着，今天就是你的忌日。"

梁启超朗声道："'出师未捷身先死'，乃是千古遗憾，梁启超衷心祝愿维新变法成功，我中华昂然屹立东方！"

高玉峒冷冷一笑，道："到阴间去给阎罗王变法吧！"举刀便要下手。

尹福在暗中一看，事不宜迟，抖手就是一枚飞蝗石，直逼高玉峒。

高玉峒果然不愧是通臂拳的高手，猛听身后风声急促，一回身，用手中尖刀一隔，将飞蝗石击落。

高玉峒顿觉虎口一麻，知道来者功力非凡，顾不得梁启超，急忙游目四顾，厉声高喝道："何人竟敢夜闯我白云观？"

尹福见事已至此，估量情势，知道不出面不行了，遂从暗中露出身形，一垫步，使了个"燕子穿林"，在群道的一片哗然声中，落在大殿前。

梁启超本来自忖无救，早已瞑目待死，此刻感到四周的变化，又将双目睁开，恰巧看到尹福落入场中，不禁惊喜道："尹教头！"

高玉峒嘿嘿一阵冷笑，阴沉着脸道："我以为是谁有这么大胆，原来是八卦门的尹福呀，深夜来此，找我高老道的别扭，恐怕也没那么容易吧！"

尹福沉声道："把梁先生放了！"

高玉峒"哼"了一声，从旁边小道士手中抽出一把长剑，绾了一个剑花，冷笑道："那就问问我这把剑答不答应。"说着话，一剑就朝尹福劈来。

尹福猛地一转身，已取出判官笔格住了高玉峒的长剑。

高玉峒一招"醉撒渔网"，右手持剑向左摆动，右腿屈膝，身子猛地向后仰跌，与此同时，左手向后呈弧形绕行摆动，手中剑向前劈砍。

尹福退了一步，以右手笔抵住长剑，左手掌疾劈高玉峒胸口，高玉峒腾空出剑，一招"青蛇吐芯"在空中朝尹福刺来。

尹福将身形一转，高玉峒一剑刺空，尹福步步进逼。

二人你来我往斗了十几个回合，高玉峒被尹福的一招"怀抱琵琶"将手中长剑击落，顺势将腰一塌，一个骑马蹲裆式，朝前猛跨一步，左手一晃，右拳直向尹福小腹击来。

尹福又岂能让他打到，进步拧腰，一招顺势掌攻过去。

一招未竟，尹福再一回身，又是一招翻身掌，高玉峒避无可避，只得硬接了这一掌。就见尹福身子纹丝不动，高玉峒却接连退了好几步，站不住桩步。

尹福冷冷一笑，道："高玉峒，虽然你窃得《通臂拳谱》，但你的功夫还差得远呢。"

高玉峒老脸一红，一声嘶吼，双拳一摆又要上冲。

尹福双手一分，顺项提顶，松肩垂肘，畅胸实腹，立腰溜臀，缩胯掰膝，十趾抓地，立好了八卦掌的门户，等着高玉峒过来。

恰在此时，就听空中一人高声叫道："尹爷且慢动手，将这个贼道交给我吧！"

话音未了，尹福就见一人似圆球挟裹着旋风一般贴地落在自己和高玉峒的面前。

此人站起身来却是个身材颀长、高大威猛的汉子，年约三十，气宇轩昂，向尹福道："适才相遇，未向尹爷见礼，还望尹爷恕罪！"

尹福一笑道："刚才我已经料到是你，知道你必来此处，所以我也没有追赶。"

二人相对大笑，将白云观中的群道视若无物，笑声在夜空中回荡，久久不散，震得群道双耳生疼，不少人不由自主地堵上了耳朵。

高玉峒面上突然现出恐惧之色，见那汉子笑声渐歇，双目寒光如锋，紧紧盯住高玉峒，冷笑道："高玉峒，你可认得我？"

高玉峒借着火光一看那汉子坚毅的面容，心中不禁打了个突，颤声道：“你……你是张策！”

那汉子又是一阵长笑，厉声道：“不错，我就是张策。我们虽然未曾谋面，却应该彼此知之甚深，怎么样，高玉峒，你拿命来吧！”

原来这名汉子，就是武林中赫赫有名的“臂圣”张策！

张策是直隶香河县马神庙人，表字秀林，始祖张信忠是汉军旗人，清朝初年从龙入关，定居于马神庙。

张策算是武林世家，代代习武，属少林派。张策幼年就跟随其父习武，神力惊人。有一次，庄里宰牛，一张六七十斤重的湿牛皮要晒在房顶上。几个人提皮架梯，手忙脚乱。张策见状，推开众人，拉架运气，只见他手提湿牛皮，腾空飞脚，双手一扬，刹那间，一张六七十斤重的湿牛皮赫然摊晒于房顶之上。

张策后来在通州大运河边遇到了通臂拳大师王占春。王占春是白云观道长韩屏山的得意弟子，一身通臂拳功夫已是青出于蓝，他见张策实乃可造之才，便代师收徒，悉心教授张策通臂拳。

张策练功一年四季坚持不懈，每天天不亮起床，身穿铁坎肩，足蹬铁板鞋，几十个套路的每一招式，都要练至上千遍。他脚上那双铁鞋，每只重二十斤，一般人别说穿着练功，拿着走一会儿也要累得浑身冒汗。于是，人们就送了他个绰号，叫“铁鞋”。

张策不负王占春的期望，不到二十岁，已将通臂拳练到了登峰造极之境。盘起拳来，形似猿猴，走步如蛇，抡臂劈掌虎虎生风，移步落脚时，地为之颤。引手捋带如古猿探臂，上步闪劈似巨斧开山，腰活如轴，肩动如扇，松肩扬臂似长鞭击物。

王占春见此情况，慨叹不已，道：“我已教不了你啦！”遂飘然远行，云游四方去了。

张策并不满足，又拜在杨露禅三子杨健侯门下，学习杨氏太极拳。又是不到几年时间，张策便独创了“太极通臂拳”，跺地地裂，推墙墙塌，运起功来，连苍蝇落在身上都飞不起来，实已至内家拳“蝇虫不能落，一羽不能加”的境界。

当时的河南总督锡良醉心武术，武技强横，不知天高地厚，自诩武功天下第一，凡是河南境内的知名武林高手，都被他请进衙门进行较量。

总督是朝廷命官，又是建衙开府的封疆大吏，与他比武的武林高手，谁也不敢真个与他较量，生怕赢了他，横祸加身。所以锡良与人比武竟是大获全胜，全无败绩，锡良更加以为自己武艺高强，遂强迫河南一带的武林豪杰向他磕头拜师。

张策知道此事后大为不忿，便从北京赶到开封的河南总督府，要与总督锡良比武较量。锡良睨了张策一眼，便语含轻蔑地笑道："你若能打败我，我便赏你纹银百两！"

张策淡淡道："在下只是来同总督大人切磋武功，并非为钱而来。"

锡良哼了一声，从怀中掏出鼻烟壶嗅了嗅，傲然道："等你打赢了我再说这话吧！"

二人遂来到河南总督府的演武厅，锡良还特地命人将百两纹银放在了场地的旁边。锡良随手将身上的长袍脱去，双掌一错，摆了个"鸳鸯手"的姿势，道："张先生请出招赐教！"

张策将大襟往腰带里一掖，远远拱手道："总督大人，在下与大人过招，愿先让大人三招，以示敬意，三招过后，请恕在下不恭！"

锡良眼高于顶，听了张策的话，不仅毫不领情，却觉得张策瞧他不起，侮辱了他，冷哼一声道："不必！"双脚一跃，宛若猛虎出洞一般，狠狠地攻向张策。

张策见他来势凶猛，不慌不忙，微微一笑，将身形一侧，以一招"金鸡抖翎"避开了锡良这一招。

锡良见一招无功，厉声大吼，如苍鹰搏兔，双手直取张策的咽喉。

张策依旧气定神闲，胜似闲庭信步，双腿一扭，仿佛蛟龙腾空，又闪过了这第二招。

锡良两招落空，连张策的衣衫也没有碰到，五内如焚，猛然一变身形，使出了绝技"金剪手"，快似闪电般自空中落下，攻向张策的面门要害。

张策这次却不再躲闪，犹如一尊铁塔般扎根于地面之上，右手挥掌击去，三掌相交，张策镇定如恒，反把锡良反弹得一个踉跄。

三招一过，锡良心中不免打鼓，猜不透张策的深浅，虎吼一声，步落中宫，双掌连环击出。

二人再一交手，张策双臂轻摆，一招"白猿献果"击打在锡良的手腕上。

锡良顿觉一股大力涌来，再也无法稳住自己的身形，被弹出两丈开外，挣扎不起。

张策急忙上前将锡良搀扶起来，谦声道：“对不起，在下失手了。”

锡良又羞又愧，一张脸涨得如同猪肝色，只得说道：“张先生的功夫厉害，真是名不虚传啊！”

锡良又命下人将那百两白银放到张策面前，对张策道：“张先生，这是我答应的白银。”张策傲然一笑，道：“比武过招，不过是朋友间的切磋，大人又何必当真？”

张策对于锡良的白银坚辞不受，告辞后洒然离开了河南总督府。

河南道上的武林豪杰闻讯，纷纷赶来为张策祝贺，张策却道：“河南武林中的高手如云，都不过是不愿开罪总督，一再相让而已。那总督锡良不知天高地厚，尚自以为武功盖世，实是可笑，却不知我与他比武中，只用了三分力道罢了！”

张策的轻功在武林中也是一绝，他提气轻身，踏在玻璃灯罩上，而灯罩无损，是以又有“铁鞋通臂东方大侠”之称。

武林中有一绰号“刀王”的豪杰何梦麟，刀法极精，一把单刀舞动起来，刀身可以不离自己前后左右的方寸之地，手、足、肩、臂与刀俱转，真正做到了《刀谱》上所说的“舒之可刃人于数步之外，敛之可转舞于座间”，绕身缠裹，远出长击，动似猛虎一般。

何梦麟找到了正在北京游历的张策，要与张策较量刀法，张策秉性谦和，推让不比，但禁不住何梦麟的一再要求，张策无奈之下只得答应，二人就在张策住的院子中交起手来。当时正值盛夏，二人均穿白布长衫，打了二十多个回合，张策猛一收势，跳出圈外，笑道：“何兄，不用比了，你已经输了！”

何梦麟正杀得兴起，见张策跃出圈外，还以为他胆怯不敢战了，气势汹汹地道：“咱们刚交手，你如何便说我输了？”

张策谦虚地一抱拳，道：“请何兄脱下大褂，自己看看就知道了。”

何梦麟非常疑惑地脱下长衫，仔细一看，大惊失色，原来他所穿的长衫背面已被张策用刀削得支离破碎，未曾伤及他的肌肤分毫，他竟然毫无所觉！

这种刀法便是张策擅使的“通臂刀法”中的“反背十三刀”，由于他轻功了得，纵跃无声，背后取人而使对方毫无察觉。

何梦麟自愧不如，慌忙跪倒认输。

张策连忙将他扶起，二人从此结交为好友。

张策的性格和善，以容让为怀，从不轻易伤人，永远都给对手留面子。张策闲居在家时，京东八县的武林高手常来拜访，论武盘道，当然也有特地赶来邀张策比武，想压倒张策，以求名扬天下的人。

这一年冬天，天阴得挺重，浓云压在天空下，层层叠叠的。渐渐下起了雪粒子，最初只是零星洒落，到后来就像天空中有一张巨大的细筛在筛面，随着飘风疾速地降落，不一会儿，田野间已似被盖上了一层白被。

张策正在家中看书，忽然听得门外有人喊他的名字，张策出门看时，却见一个道士正身体笔直地堵在自己家的门口。

张策拱手问道："道长尊姓大名，找我张策何事？"

道士冷冷道："贫道是武清县玄灵观的道长，道号青阳子，贫道俗家姓韩，你唤我韩青阳便是。我在武清县听说你号称'臂圣'，是以特来领教！"

张策谦声道："'臂圣'之称不过是个虚名而已，武林中的朋友胡乱称呼的，做不得数。"

韩青阳道："如此说来，我们就过过招吧。"

张策神态恭谨道："道长，您请看，这大雪纷飞的天气，还如何比武？干脆您进屋来，咱们围着火炉叙谈叙谈如何？"

韩青阳依旧面沉似水，道："不行，今天我非要和你比试个高低，叙谈就免了吧！"

张策摇首道："既然如此，张策认输还不行吗？道长请进屋。"

韩青阳从鼻孔中哼了一声，道："没有比试过，你怎能算输？张策，你不要恁多废话，划出道儿来吧！"

张策百般相劝，韩青阳却不依不饶，张策只得一抱拳，做了个请的手势，韩青阳二话不说，迈着八字步跟张策进了屋。

张策放下门帘，拉过一把椅子，递到韩青阳面前，道："请坐。"

韩青阳用手一扶椅子，发现轻飘飘的，再仔细一看，原来椅子竟是用秫秸秆扎成的，宣纸糊的椅面，不用说坐，就是屁股沾一下，椅子也得散了架。

韩青阳嘿嘿一笑，将内气一提，慢慢地坐在这把纸糊的椅子上，椅子竟纹丝未动。

韩青阳一声冷笑，道：“张策，就这一把椅子，你坐何处呀？”

张策上前拉起韩青阳，道：“是啊，就一把椅子，我看您也甭坐了。”

张策说着，用脚轻轻一抬，就见这把椅子拔地而起，钻进了顶棚，无影无踪了。

张策重新又拿过两把硬木椅子，让韩青阳坐下，说道：“您远道而来，先喝碗热水暖和暖和。”

张策随手从火炉上提起大铁壶，倒了一碗滚开的水，递给韩青阳。

韩青阳接过水碗，先运了运气，然后一张嘴，将这一碗开水喝了进去。

韩青阳将嘴一抹，递过空碗，道：“再来一碗。”

张策又倒上一碗，韩青阳一仰脖子，又喝了下去。这一碗水喝下，韩青阳头上就见了汗珠，呼吸也远没有刚才均匀了。

张策从炉子上端起壶又要倒第三碗，韩青阳连连摆手：“不喝了。”

张策并不强求，微微一笑，举起水壶，将壶嘴正对自己的嘴巴，一口气将剩下的半壶开水喝进肚中。接着，他又一声不响地取过炕上的棉袄，穿在身上，口中说道：“今儿这天气真冷啊。”围住火炉烤火。

再看韩青阳，面红耳赤，浑身冒虚汗，过会儿索性脱下道袍，呼呼地扇着。

张策烤了一阵，见韩青阳还是没降下温来，便站起身，笑道：“韩道长，我给您找个地方败败火！”

张策拉着韩青阳走出大门，眼前四野已是一片银白，雪花兀自纷纷扬扬下个不停。张策家的旁边有口池塘，如今三九的天气，早已冻得成了一块大冰坨。张策把韩青阳领到池塘冰面上，对韩青阳道：“韩道长，您看这地方怎么样？就在这儿凉快吧！”

韩青阳暗自运了一口气，将身上的道袍裹紧，侧着身子躺在了冰面上。

再看张策，不慌不忙地将身上的棉衣除下，只留下了贴身的小衣，赤着身子卧在冰面上。不一会儿，张策身边冒出热气，冰块竟紧跟着融化，身子也慢慢地下沉，张策还在口中喊道：“痛快，痛快！韩道长，我看您也脱了衣服来痛快痛快吧！”

韩青阳此时已然冻得舌头都有些麻了，结结巴巴地道：“服了，服了，不用再比了。”

张策哈哈大笑，跳起身来，将韩青阳拽出了冰面，连声道：“得罪，得罪。”

韩青阳满面羞愧，道："张大侠大人大量，在下惭愧。"

韩青阳便在张策家中留了一晚，彻夜畅谈，韩青阳深为张策虚怀若谷、谦抑自重的品格所折服。第二日，韩青阳告辞返回武清县，再不轻易以武技示人。

张策在武林中的名声越来越大，邻村有几个学武术的年轻人，总想找机会暗中见识见识，可张策从不显露武功，几人无法，就联袂来拜访张策。

走进张策家的院子，见到张策衣着朴素，面容坚毅，正独自在院子里踱步，宛若平常人一般，一点儿也看不出有何奇异之处。

其中一人问道："您就是'臂圣'张策张大侠？"

张策一笑，道："我便是张策，却不敢称什么大侠。"

张策的弟子韩占鳌听到有人进了院子，从屋中走出，把屋里的一把椅子搬出，放在张策的身后。

张策也未客气，便坐下了。

那年轻人道："在下几人都听说张大侠武艺绝伦，所以特地来此，想见识一下张大侠的功夫。"

张策摆手道："我有什么功夫可看的，那都是武林朋友的误传。"

有一个年轻人比较愣，咋咋呼呼地喊道："那我们也还是要见识见识！"

韩占鳌在张策身后忍不住了，叱道："就凭你们几个人也配与我师父交手？你们还是先打赢我再说吧！"说着话，就要纵身上前。

张策拦住韩占鳌，静声道："占鳌，我平日如何交代你的，怎可如此任性使气？退回去！"韩占鳌无奈，只得闭口不言，退在张策的身后。就见张策对几人道："比拳脚容易伤和气，我看这么着，你们几个一齐上，如果能从椅子上拉得动我，就算是我输了。"

几人一听，都忖道：我们练了这么多年功夫，别的长进不敢说，力气难道还没有吗？又怎会连一个人都拉不动？

于是几人一拥而上，各自站定一个方位，有拉胳膊的，有拽腿的，还有在张策身后使劲儿推的。空自忙活了半天，累得通身大汗，可张策端坐于椅中，依然面带微笑，岿然不动。这几人只得气喘吁吁罢了手。

张策回身对韩占鳌淡淡道："占鳌，进屋给我拿双鞋！"

几人这时低头一看，发现张策的两只鞋底粉碎，脚下的方砖也被踩得裂开，四条椅子腿，陷入砖里有一指多深。

内家功夫习练的基本目的，就是将人的身体修炼到通透之境。所谓“通透”，意即全身浑然一体，再没有关节、脉络等各处的隔断。犹如一根钉子般，若钉子身上有了“刻痕”，无法保持原本的浑然一体，使劲捶打时，势必在该处弯曲。如果没有了“刻痕”，再次捶打时，就可以将它全部钉入木中。

人的身体浑然一体后，消弭了身体后天造成的“刻痕”，如肌肉僵硬、血脉不畅、气息不通等，如同钉子般，即使承受多方压力，也可以轻易地将这压力随意转换改变。

张策的身体，就是转移这些力量的媒介。张策所做的，不过是将这几个人横竖不同的力量转到地下，是以这几人所耗费半天劲力的对象，不过是地面而已，自然丝毫无功。

几人拜服而去，张策武功盖世的传说则越传越广。张策平生比武，多次皆是被迫应战，如非迫不得已，即便对方讥讽他无能，亦不与人计较。

张策身怀傲骨，平生甘愿栖身于布衣之巷，从不与官宦之人来往，自由自在，实为武林的一位隐者。

但是张策这次前来白云观，却是动了无名之火。高玉峒毒害韩道长，劫夺《通臂拳谱》之事，武林中多有流传，但张策多年隐居乡间不出，不知此事。近日忽然接到师兄王占春的书信，言辞痛切，指斥高玉峒，张策虽由师兄王占春代师传艺，毕竟也算韩屏山道长的弟子，闻此言自是怒发冲冠，赶赴白云观为师复仇，清理门户。

尹福与张策原是宿识，因张策隐居，已多年未通音信了。傍晚时分，尹福突见张策侠踪出现在京畿的西南郊，稍一寻思，便悟透了其中的关键，料到张策今晚必定来找高玉峒复仇，所以才胸有成竹地让李存义放心，自己可以独自救人，而李存义不识张策，空自担了半天心。火光冉冉中，就听张策沉声道：“高玉峒，你还不速将《通臂拳谱》交出，在丘祖大殿前自杀谢罪！”

高玉峒不禁打了个寒战，却狡诈道：“张策，你与韩老道素未谋面，凭什么为他复仇？不过是名义上的事情罢了。你若是同我高玉峒交个朋友，我保你荣华富贵享之不尽，你又何必想不开呢？”

张策“呸”了一声，寒声道：“高玉峒，你简直就是披着人皮的畜生，即使韩道长与我没有任何关系，以你的作为，也是人人得而诛之。更何况今日我乃是奉师兄王占春之命，前来为白云观通臂拳一门清理门户！”

高玉峒面色大变，道：“王占春也来了？”

张策冷笑道：“王师兄游侠江南，并未回京。是以托付于我，铲除你这个败类。对付你这么个畜生，还需费什么力气？”

高玉峒一看今日之事无法善罢，一拳就向张策击来。拳沉势猛，出手极快，变化轻灵。张策见他一拳击来，不避不闪，一个“劈山炮”直击出去，双拳一交，高玉峒连退几步，面色惨白，显然已吃了亏。

通臂拳的动作一向大开大合，在长击中隐藏短打，劲法以“缩小绵软巧、冷弹脆快硬”为用，劲力由脊直透肩、肘、腕三关，毫不滞涩，直达手指。张策和高玉峒都是习练有年，这一交上手，动作迅快，纯任自然，式式连贯，左右式同，仿若行云流水一般，煞是好看。

尹福在一旁观看，甚是佩服，忖道：“张策‘臂圣’之名，果不虚传，肩、肘、腕三处之力，相贯一气，虚中含实，全身透空，丝毫无高玉峒左顾右盼的僵直之气。看来，高玉峒今晚是难逃公道了。”

尹福从容地转过身，为梁启超松开了绳索。旁边有小道士拥上来围攻尹福，但尹福是何许人也，岂是这几名小道士应付得了的。一时间，尹福单换掌、双换掌、转身掌、翻身掌、三穿掌、背身掌、双撞掌、撞身掌，八掌齐发，“行走如龙，回转如猴，换势似鹰，沉若虎坐”，明、暗、刚、柔诸诀齐施，双掌上下翻飞。旋踵间，尹福为慑敌之威，掌下已接连击毙四五个小道士。

剩下的道士一看尹福如此厉害，全都“妈呀”一声，其中一个发一声喊：“快跑呀，再晚一点儿，就见阎王啦！”

大概因为高玉峒平时待这些道士就极刻薄，今日见他落难，也并无相救之意，霎时间，群道抱头鼠窜，把个高玉峒独自留在了丘祖殿前。

高玉峒看见群道如此，不禁更为心慌，口中叱骂道：“他奶奶的，跑什么，待会儿看道爷不剥了你们的皮！”

尹福持笔护卫着梁启超，哂笑道：“高玉峒，这就是你众叛亲离的下场，看来，今天应该是你的忌日了。”

张策步法轻灵，左右如一，“四平炮”“单臂扇”“迎门掌”“裹身炮”连环击出，将高玉峒打得毫无还手之力，步步后退。

猛听得张策一声大吼，一招“跨虎登山”双拳齐齐撞中高玉峒的胸口，高玉峒哇的一声，一口鲜血吐出，一跤栽倒在地。

张策上前一步，举拳就要当头击落。

高玉峒乃贪生怕死之人，见此情景，急忙喊道："饶命，饶命啊！张策，你不要《通臂拳谱》了吗？"

张策拳势一收，冷笑道："一册《通臂拳谱》换不了你一条活命，没有这册《通臂拳谱》，通臂拳依旧可以流传后世！"说罢，一拳挂着劲风，已毫不留情地击出，高玉峒一声惨叫，就此结束了他罪恶的一生。

张策顺手在高玉峒怀中一搜，果然将他劫夺的《通臂拳谱》搜了出来。如此重要的东西，高玉峒又岂可不贴身收藏？张策为人只是忠厚，并非愚钝，知道高玉峒不过想借此逃命而已，所以毫不迟疑地取了他的性命。

第十九章

颐园锄金蝎　自然弹似冰

尹福走过去将梁启超介绍给张策，梁启超大名满天下，张策亦有所听闻，肃然起敬，道过了仰慕之情。

三人联袂走出白云观，尹福一抬头，皓月当空，繁星点点，已经是午夜时分了。尹福略一沉吟，自知还要赶到万寿寺与程廷华会合，梁启超看来只好托付给张策了。尹福问梁启超道："梁先生，你如今作何打算？"

梁启超沉吟道："我想先去看一下康先生。"

尹福摇头道："康先生已经离开了京城，受皇命去上海督办官报局，应该尚无危险。反而梁先生不如先找个地方暂避一下，听听风声再做道理！"

梁启超思索了一下，同意道："尹爷之话有理，我不如先躲避到日本公使馆去。日本的前首相伊藤博文先生曾表示支持维新变法，皇上多次召见他，被皇上聘为'维新顾问'，他曾对我们说过，万一情况不妙，他愿意给我们提供保护！"

尹福断然道："如此甚妙，先生就先到日本公使馆，谅荣禄之辈尚不敢得罪日本人！"尹福转身对张策肃容道："秀林兄，尹福还要赶到万寿寺，处理一件我八卦门的门户之事，想将梁先生托付于秀林兄，请秀林兄将梁先生护送进日本公使馆。"

张策慨然道："梁先生为国家舍生忘死，为小人所妒，张策虽隐居陋室，也是佩服，尹爷只管自去，梁先生明早必会毫发无伤地到达日本公使馆。"

尹福知道江湖上的好汉讲的就是一诺千金，张策既如此说，自是毫不犹豫地将保护梁启超的重任接了过去。尹福心中颇为感激，一切尽在不言中了。

尹福对梁启超道："张策兄在武林中人称'臂圣'，功夫在我之上，由他保护先生，安全自可放心，尹福还有俗事要做，须先行一步了！"

梁启超此刻颇有惜别之情，感激道："此番若非尹教头多次搭救，我已命赴黄泉多时矣！尹爷相救之德，容我异日补报！"

尹福打了一声呼哨招来"乌云盖雪"，作别梁启超、张策，纵马直奔万寿寺而去。

万寿寺位于西直门外七里处，乃是明万历五年大太监冯保修的，由于当时明朝的国库还很富足，因此万寿寺修建得甚是堂皇气派。为显特色，万历皇帝特地将明成祖朱棣为姚广孝铸的一口直径一丈二，重八万七千斤的华严钟，悬于寺内。

不过，这口大钟在乾隆六年就被迁至西直门外的觉生寺，北京人也从此管觉生寺改叫大钟寺。尹福之所以约在万寿寺前，正是因为沿着万寿寺前的河往西北走，就是颐和园。尹福赶到万寿寺时，程廷华刚到，随他来的是郭云深、孙禄堂和刘凤春。

尹福抱拳相见，欣然道："又要劳烦郭先生仗义出手！"

郭云深不以为然道："尹爷客气，义所当为而已！"

尹福转首问程廷华道："存义呢？"

程廷华答道："存义右臂有伤，我没有让他来。"

尹福又问道："马贵的伤势如何？"

程廷华坦然道："刃心法师说马贵已度过危险期，得脱大厄，现在只需多加调理，便可逐日恢复。"

尹福嘘了口气，放下了一重心事。

刘凤春在旁边兴奋道："尹师兄，你让李存义带来的'腰牌'管大用了，现在九门宵禁，没有它，我们赶过来不会这样方便！"

尹福这时才发现程廷华面容凝重，满目忧色，讶道："为何九门要实施宵禁？"

程廷华长叹道："'后党'已经完全动手，据'樊十'送来的消息，荣禄今天已回到京城，大军到了通州。今天晚上步军统领衙门和大兴、宛平两县的官兵，包围了米市胡同'南海会馆'，到处搜捕康有为先生。多亏康先生已经离开京城了，官兵只抓到了康先生的弟弟康广仁。目前九城紧闭，大肆搜捕'维新党'人，我们就是以缉捕康先生为名混出城的。听说慈禧太后昨日已经由颐和园坐船返回紫禁城西苑，皇上危矣！"

尹福身躯一震，暗道好险，若任由梁启超进城，岂非羊入虎口，绝无幸免？

尹福忽觉头脑一阵眩晕，恍惚中，他仿佛看到那个立志不做亡国之君的光绪帝在慈禧太后淫威下发抖的憔悴身影……他仿佛又看到珍妃那衰老了的容颜、黯然失神呆望天空的弱小躯体……他仿佛又看到了京郊那座破败不堪、人去屋空的残败村落……

尹福微微发出一声呻吟，一颗心如同风筝般一下子让风给吹得老远。他失神地站在那里，怔忡了良久，才听到耳畔传来程廷华的呼声。

尹福闭目凝神，常年的养气功夫发生了作用，他知道此时自己心绪绝不能乱，他还有很多事情要办。尹福勉强稳住了自己狂乱的心情，叹道：“局势如此，我等要尽力为之。现在我们都要到颐和园乐寿堂一探，希望能够除掉沙弥远，为维祺师弟报仇！”

郭云深在旁担心道：“尹爷，你没事吧？”

尹福心绪不宁，但面色平静道：“多谢郭先生关心，我刚才只是乍听噩耗，心神略有失控而已，现在已经无碍了。”

孙禄堂在旁插口道：“慈禧太后都回宫了，沙弥远还会留在颐和园吗？”

尹福沉声道：“沙弥远和我一样刚从天津赶回，不会知道京城的变化，所以他应当还会回到乐寿堂，我们不应给他喘息之机。”

程、郭、孙、刘四人点头称是，跟随尹福展开轻功身法，直向颐和园潜去。

颐和园包括万寿山、昆明湖，方圆十六里。辽代之前，万寿山不过是高梁河畔的一座小山，名叫金山，金章宗完颜璟在海陵王金山行宫的基础上，将玉泉山的水引到山脚下，取名金水池，成为昆明湖的前身。元代时，据说曾在金山挖出过一个大石瓮，所以金山又改称瓮山。

明朝弘治七年，明孝宗朱祐樘为给其乳母助圣夫人祈福，在瓮山上建了一座圆静寺。以后正德皇帝又贪图此地清幽，又兴建了不少行宫。

清乾隆十五年，乾隆帝为庆贺母亲孝圣皇太后六十寿辰，拆毁了圆静寺，改建大报恩延寿寺，改瓮山为万寿山，并将湖拓展，以备在湖中训练水军，仿汉武帝修建昆明湖的故事，将湖取名为昆明湖。万寿山、昆明湖总称清漪园。

咸丰十年，英法联军攻破了距离它二十里的圆明园，在抢掠一空后，一把大火燃烧了两日两夜，将所有带不去的东西付之一炬。英法联军当时烧出了兴致，顺手就把附近玉泉山的静明园、香山的静宜园、万寿山的清漪园，包括四十四处风景、八十一间大殿，统统带进了火海。

三十年后，光绪帝继位，独掌大权的慈禧太后想起了清漪园，她暗中下旨，将几千万两银子的海军军费挪用过来修建清漪园，重建成了美轮美奂的颐和园。

从此颐和园成了中国最大的园林，光绪帝亲政以后，慈禧便闲居于此，在山水美景之中，控制着紫禁城。然而，这次光绪帝的维新变法，无疑触到了慈禧的痛处，甚至令她从颐和园匆匆赶回了紫禁城。

尹福等五人在她离开的当天晚上，自后山潜入了颐和园的乐寿堂。

乐寿堂是慈禧太后的寝宫，由于沙弥远武功绝伦，所以慈禧太后将他安排在乐寿堂当值。乐寿堂位于万寿山的中麓，排云殿以东，碧瓦飞甍，重檐回栏，环绕着秀林修竹，规模宏丽。月光下的昆明湖水波光粼粼，宛若无数碎银在闪闪跃动，十七孔桥横卧波心，近处金碧辉煌的排云殿历历在目，远处清秀淡雅的鉴远堂、月波楼、涵虚堂掩映于郁郁葱葱的枝叶之间，煞是好看。宫殿林立，馆阁栉比，山光水色，相映成趣，使人如临仙境一般。

孙禄堂不禁冷笑道："这一大片园林画栋雕梁，秀幕珠帘，年年修饰，耗了几千万两银子，却只供慈禧一人欣赏，不知她是否能闻到百姓的血腥味呢？"

尹福感叹道："她把持朝政已逾三十年，如今皇上变法失败，还不是因为她的掣肘吗？"

五人纤尘不惊地伏在邀月门之外。邀月门是乐寿堂的西门，时间已然是四更天，天光马上就要亮了，但此时却正是一天中最黑暗的时候。

尹福跨进园门，绕过宛如屏风般的巨石"青芝岫"，悄悄往颐乐殿的偏厅一望，果然未出他之所料，厅内有一人在来回踱步，正是"插翅金蝎"沙弥远。尹福向四人做了个手势，意思是速战速决。

孙禄堂轻轻点点头，按照事前的约定，快步走到厅外，压低了声音叫道："沙大爷，沙大爷。"

沙弥远在厅内猛地抬头，问道："谁呀？"

孙禄堂按照尹福的嘱咐，回道："沙大爷，健锐营统领姜桂题将军，命小人来请沙大爷过去，有要事相商。"

沙弥远语声有些诧异，道："我和姜将军素无来往，找我何事？"

孙禄堂恭声道："这个小人就不大清楚了，不过听说是天津的荣制台有消息传来。"

沙弥远"哦"了一声，想是颇出意料之外，全未深思对方传令为何竟然没有走进厅内，迈步便走出了颐乐殿的偏厅。

沙弥远走到院中，双目睃巡，寻找传令之人，尹福五人如闪电惊雷一般迅速将沙弥远围在当中。

沙弥远定睛一看，大吃一惊，认得当先之人便是尹福，其他四人虽不全识得，但观其动作来势，必非庸手。

沙弥远的二十载苦修，此刻显现出来，他急忙收摄心神，屏气凝神，先发制人，一招“雄狮翻身”，跃步拧身，双掌若排云状，攻向尹福。

今日五人为防激战，各自准备了随身器械，谁都知道如果惊动了大内侍卫，其后果不堪想象。尹福依然是随身的判官笔，程廷华带的是八卦掌祖师董海川独创的子午鸳鸯钺，刘凤春带的也是八卦门的独有兵器乾坤圈。郭云深“半步崩拳”登峰造极，原不必使用兵器，但为防不测，还是将少年时的成名兵器，一尺二寸长的月牙剑带在了身边。至于孙禄堂则背了把长剑。

这一下动起手来，除了郭云深是以半步崩拳连珠轰击外，其他四人长短器械齐发，誓要将沙弥远置于死地。

上次在纱帽胡同，尹福、李瑞东、杨班侯、吴鉴泉、马贵五人围攻沙弥远，如果沙弥远没有五毒神砂保命的话，恐怕早已命丧多时了。这一次除尹福外，程廷华、刘凤春、郭云深、孙禄堂四人比之李瑞东、杨班侯、吴鉴泉、马贵四人不遑多让，甚至犹有过之。十余招后，沙弥远的招数便见散乱，他想再次使用五毒神砂，但事情可一而不可再，五人已看过马贵的中毒惨状，每个人都加了十二分的提防，根本不容他有出手的机会。沙弥远想再次出其不意，已是不可能了。

沙弥远不禁忖道：罢了，今天看来我命休矣！

恰在此时，忽听得有人喝道：“何人如此大胆，竟敢在颐乐殿前打斗？”

沙弥远大喜，喊道：“有刺客！”

五人一听，心知行迹败露，尹福知道清宫中大部分侍卫都认得自己，急忙将包头布拉下，遮住了面孔。

再看月光照耀下，一小队侍卫走了进来，为首的正是健锐营的统领姜桂题将军，手持一对五子阴阳锤。

五子阴阳锤乃是极少见的外门短器械，形似手扣，由锤身、锤头、月牙、护手组成，小巧玲珑。阳锤的正面为小圆锥体锤头，阴锤的正面为小圆锥体锤头上镶一小月牙。锤身两头各镶一个小圆锥体的锤头，加上阳锤正面的一个锤头共五个，故称“五子阴阳锤”。

姜桂题出身于八旗将帅世家，有个表字叫翰卿，他的名字虽取得甚是文雅，不过本人的学识却只比目不识丁稍胜一筹，他勉强能识得自己的名字，却认得不大真切。

有一次他随驾驻跸热河，看见一家面铺屋檐下，挂着一块招牌，上写行书“挂面”二字，就对随行的僚属道：“谁这么无聊，把我的名字写在上头？”他的学识由此可见一斑。

姜桂题识字不多，倒也不足为忧，他自小就气力惊人，十二岁时便力能举鼎，十五岁时锤艺在八旗营中已不作第二人选。以后慈禧太后将他调至颐和园健锐营担任统领，荣禄为示笼络之意，还将自己的侄女嫁他为妻。

今日恰逢姜桂题当值，因为慈禧太后已经离开颐和园，所以乐寿堂附近的护卫不免松懈，等他这一小队兵丁巡至乐寿堂时，才听到里面微传打斗之声。姜桂题立刻起了警觉，如今“后党”与“维新党”的争斗他也不是不知，此刻隐隐一听“有刺客”，不敢怠慢，急忙率队冲到了颐乐殿前。

尹福低声对其他四人道：“我来对付沙弥远，你们去应付姜桂题和侍卫！”

程廷华等人应了声，分散开来。

尹福掌、笔一紧，身笔相随，上下纷飞，四面环顾，八方照应。身法如流水，迈步似游龙，静若山岳，动如迅雷。脚下走的是蹚泥步毫无停留，左掌招式变幻无方，右掌中的判官笔则掰、扣、摆诸诀齐施，直逼沙弥远的百会、太阳、枕骨、印堂等几处穴道。

沙弥远压力骤减，缓过一口气，恶狠狠地道：“‘铁镯子’，你不让我活，我也拉你陪葬！”遂将毒砂掌运转开来，阴风扑面，其疾如风，掌掌不离尹福的重穴要害。

霎时间，二人又斗了十余个回合，犹自不分胜败。

刘凤春手里持着乾坤圈正与四名持枪的健锐营兵丁力斗。

乾坤圈是八卦掌独有的一件短兵器，圈内直径约有一尺，两子钺长约三寸，两小刺长约一寸，两大刺长约两寸，刘凤春握在手中舞转如飞，劈、挡、挂，正打得热闹。

刘凤春绰号“赛猫行”，纵跃术相当了得，当真有“瞻之在前，忽焉在后；瞻之在左，忽焉在右”之感，几名兵丁几下被他耍弄得团团转。

程廷华手持八卦子午鸳鸯钺正力敌姜桂题的五子阴阳锤。

八卦子午鸳鸯钺是董海川发明的一件独门兵器，也是董海川的成名兵器，八卦门中只有程廷华得传。

这件兵器左右都呈月牙形，除了手握之处，前后左右都是刃，锋利无比，全称是“鹿角凤眼鱼尾蛇身熊背四尖九刃十三锋”，因其一端较长，又名“日月弧形剑”或“日月乾坤剑”。

姜桂题从未见过这种稀奇兵器，他将双锤舞动，上砸“力劈华山”，下扫“枯树盘根”，中推“关平献印”，想自恃力大招沉，一举将程廷华毙于锤下。

程廷华见姜桂题武艺不凡，也不敢掉以轻心，施展出“蛟龙戏水游身钺”，紧紧将姜桂题困在双钺之中。

这套“蛟龙戏水游身钺”是以八卦掌中的转掌为基础，拧翻走转，移形幻影，滔滔不绝，绵绵不断，欹正相生，阴阳转换，圈中套圈，步动招变，姜桂题须臾间便陷在瞬息万变的八卦阵中。

郭云深和孙禄堂这两位老少英雄，一使半步崩拳，一使长剑与其他几名兵丁缠战在一起。其中犹以郭云深的崩拳最为明快刚猛，酣畅淋漓。

郭云深的半步崩拳运转开来，攻势凌厉，扑劲犹如狸猫捕鼠，猛虎扑羊。其劲起于涌泉，发于尾闾，主宰于腰，上提于脊，透发于胸，由膞至膀，由膀至肘，由肘而手发出，拳风刚劲，连续击出。已有两名士兵中拳后倒地不起，呜呼哀哉了，只将与他交手的兵丁吓得心胆俱裂，几乎不敢再与之动手。

孙禄堂的功夫则是刚柔并济，崩拳打击时，快似旋风，以蹚泥步法闪避时，稍沾即走。形意拳本因用力过于刚猛，步伐太重，而易生弊病，但此时孙禄堂勤习八卦掌后，渐渐已由刚化柔，刚柔并济了。

数招过后，孙禄堂长剑出鞘，行剑若高山流水，迅疾多变，敏捷轻灵，虽起伏跌宕，却无塞滞痕迹，转眼间，已经连伤两人。

尹福等五人心中都明白，如果再缠战不休的话，待到其他宫殿的侍卫闻讯赶来，谁也休想逃脱，因此五人心中发狠，手上再不容情。

姜桂题这一小队共有十二人，其中已有四人分别为郭云深和孙禄堂击毙、击伤。郭云深和孙禄堂剩下的两名对手更是远远不敌，几个照面即被轻易解决。

而此时的刘凤春猛发一声喊，使出了转掌，以臂助掌，以身助臂，以步助身。四名士兵顿时慌了神，枪法不由得变得散乱起来，刘凤春掌击圈劈，接连将四人击倒在地。

尹福与沙弥远已是第三次交手，此刻实已到了千钧一发之际，尹福打得兴起，“金丝抹眉”“拨云见日”“霸王脱盔”招招连环击出，六十四掌虚虚实实，收放自如，若行云流水般，不见丝毫滞窒，直将沙弥远打得心胆皆寒，苦思脱身之计。

沙弥远一见郭云深、孙禄堂分别解决对手，奔过来要助尹福，刘凤春则跳过去帮助程廷华，心中一急，只好孤注一掷，再次施用五毒神砂。

孰料手刚刚伸入兜囊中要取毒砂，猛听得夜空中一个声音叱道：“休得暗箭伤人！”一枚弹丸挟着劲风直击在沙弥远手上，沙弥远痛彻心扉地“哎呀”一声，心神略分，已被尹福欺近身来，一掌打在头部神庭穴。紧跟着一招“双风贯耳”，击在耳骨上，又一招“风轮劈掌”打在颈上，这一连三下，任是铁人也吃不消，沙弥远终于脚步一晃，栽倒在地。

尹福上前一步，踏住沙弥远的胸口，用掌中判官笔指住沙弥远，问道：“两次在程廷华家和源顺镖局出现的黑衣人是不是你派去的？”

沙弥远自知难逃性命，遂故作硬气，口中并不服软，冷笑道：“正是你沙大爷！”

尹福又追问道：“那松花琴砚是否是你所盗？”

沙弥远咳了两声，恨道：“正是你沙大爷，可惜害不死你。”

紧接着，沙弥远哈哈大笑道：“我窥破了琴砚的机关，取出‘密诏’交给了荣禄大人。袁世凯得以宣誓向荣禄大人效忠，都是因为我们始终占据着主动。只可惜几次暗杀都被你们躲过。不过你投身的‘维新党’终究失败，你也好不了！”

尹福是惊怒交迸，厉喝一声，一笔捌向沙弥远心窝，沙弥远一声惨叫，双目一翻，气绝身亡。

尹福望空默祝道：“维祺，我已为你复仇，你可以安息了！”

却说姜桂题已被程廷华、刘凤春杀得心慌意乱，眼见颐乐殿前死得只剩下自己一个人，心中不禁暗恨，不该因为慈禧太后回宫，减弱了护卫的力量，没有加大巡队的人数，急忙虚晃一招，往后便撤。

刘凤春摆圈要追，被程廷华拦住道：“穷寇勿追！”

就听尹福低声道：“我们已经为维祺报了仇，趁侍卫还没有赶到，赶紧撤走，再耽搁脱身就不易了！”

程、郭、刘、孙四人微一点头，径直向外冲去，此时早有大批的大内侍卫蜂拥而至，赶到乐寿堂外，五人拼命杀开一条血路，逃出了颐和园。待跑到万寿寺时，追杀声方才渐歇，五人停了下来，喘了口气。

程廷华喘着气道：“尹大哥，你有没有感觉到，刚才咱们往出冲杀的时候，仿佛有人在暗中帮忙，发了不少暗器。”

孙禄堂在旁也道：“程师说得没错，适才有好几次大内侍卫的钢刀就要伤到我了，却都被不知什么东西撞了开去。”

郭云深和刘凤春也连连点头，表示自己也有此感觉。

尹福一皱眉，沉声道：“我早有此感觉，沙弥远要施发五毒神砂时，就曾被一枚弹丸击中了右手，我才趁此机会伤了他，否则还不知要费多少手脚。还有几天前，在肃王府沙弥远来暗杀我时，也是这个人的声音。只是我听那声音却并不像是咱们所熟识的人。”

程廷华也皱眉道：“那么他会是谁呢？”

尹福忽地面色轻微一变，与郭云深目光一对，见他微微颔首，故意大声道：“不管他是何人，既如此相助我等，必然是友非敌，尹福对他感激不尽！”

话音刚落，就听有人朗声一笑，道：“尹教头也太客气了，区区小事，又何足挂齿！”

程廷华、刘凤春、孙禄堂俱是一惊，只有郭云深拈须微笑，就见尹福望空抱拳道：“‘铁镯子’尹福，诚心请侠士现身一见。”

一阵沉默，五人游目四顾，忽听得衣袂声响，一个面容英俊的青年翩然落在五人面前。

只见他身穿黑色的夜行衣，衣裤相连，足蹬一双抓地虎的快靴，身后背着一柄镶满了银片的宝剑，在晨曦下闪烁不定，发出凛凛的光芒。清秀的脸庞上，一双眸子隐泛光芒。

尹福一打眼望过去，总觉得他有点儿别扭，可一时又说不上来，急忙深施一礼，问道：“敢问侠士高姓大名？”

英俊青年急忙还了一礼，笑道：“在下的名字就不必提起了，小字辈的人物实不敢入各位前辈之耳！”

尹福一听他的声音，恍然道：“前次肃王府致远斋中，以弹丸相助示警的侠士，想必就是阁下了？”

英俊青年道："尹教头不必挂心，正是在下。"

尹福感激道："侠士连番相助之德，尹福在此谢过！"

英俊青年将手一摆，道："在下也是因事发现了沙弥远这恶贼的行踪，无意中遇到诸位前辈，路见不平，拔刀相助，义所当为而已，不敢领诸位前辈的夸赞。在下就此告辞。"说罢将手一拱，身往后退，准确犹如目睹一般，几个弹落间，竟已十数丈以外，逐渐消失了身影。

郭云深赞道："这小伙子好出色的轻功啊！"

尹福双眉紧皱，霍然一省，道："我知道他是何人了！"

四人惊问道："他是谁？"

尹福沉声道："'神腿'杜心五！"

刘凤春问道："这个人我怎么没听说过？"

尹福说道："杜心五名慎愧，心五是他的字。他生于同治八年，湖南慈利县江亚镇岩板田村人，人称'神腿'，又称'南北大侠'。看他外表状若白面书生，身高瘦长，其实劲力已达骨髓。"

杜心五幼年嗜技击，曾于十多位名师高手处学艺，后拜怪侠严克和碧云道长为师。十三岁已有精湛武技在身，并且练就了鹰爪功，其力能伏虎，蹿房越脊，轻若紫燕，一般所谓的武林高手，皆非他的对手。

碧云道长后来远游，杜心五为求名师，于川、滇、湘交界处张贴榜文："有能胜之者，以重金聘，执弟子礼！"

榜文贴出之后，不少拳师应招而至。这些人见榜上写明年方十三，认为十三岁的娃娃，用不着几拳，还可以讨个便宜。第一个前来揭榜的人是教土拳练矮桩的。杜心五拱手说："您是练矮桩的，恐怕有失……"那位拳师却道："娃娃，你不要小看我。我虽是练矮桩的，只怕你还受不起我一拳！"杜心五道："多多指教。"拳师"嗨"的一声，蹬右足小蹲，一拳向杜心五打来。杜心五不慌不忙，让过他的拳头，左腿横扫，一下便将拳师扫翻在地。杜心五将他扶起，送了点路费，打发他走了。后来又与前来应征的拳师陆续较量了几场，各乡镇的拳师都不是杜心五的对手。这样一来，附近拳师全知道杜心五的厉害了，不敢再来揭榜。后来陆续揭榜者有十数人，却无一例外皆败于杜心五手中。

杜心五文武并重，见既无名师指教，遂闭门苦读，当年便以十三岁之龄考中秀才，少年得志，誉满湘北。

第二年，有一个从河南来的拳师“病维摩”王秀峰，年纪约有三旬。他的拳术是从嵩山少林寺学来的，确有些真功夫，邻县拳师与他交手都纷纷败下阵来。他听一些地方上的拳师说：“慈利县岩板田村的杜心五年少技精，出榜招师，无人胜任……”王秀峰自恃有些造诣，不相信斗不过一个十三岁的小娃儿，遂赶到岩板田村找杜心五试手。

杜心五见王秀峰操一口河南话，思忖此人必有一番来历。遂拱手道：“我年幼无知，求师心切，请师父先显示一二，再教训不迟。”王秀峰见杜心五不是那种无赖劣童，便演练了少林寺传统套路中的五战拳。表演完毕，杜心五肃然起敬。

王秀峰道：“听说你腿功厉害，怎么不来几下让我瞧瞧？”

杜心五道：“我献丑了，不过还得请师父指点！”杜心五将所学的基本套路，练了几趟。王秀峰看罢赞道：“中！”接着又道：“不过，你有些招式还显稚嫩了点。”

杜心五心道：“此人身手不凡，我何不拜他为师？”想毕，双膝跪拜在地，想要拜师。

王秀峰扶起杜心五说道：“我的功夫教你可不够资格，我倒想起一个人来，此人姓徐，叫徐矮子，他是江南怪杰，本领非常，不可失之交臂。你如果拜他为师，今后武功不可限量……”

半年后王秀峰果然将那位怪杰介绍来了。他带着王秀峰的书信找到杜心五时，杜心五吃了一惊，想不到所谓怪杰，竟是一个矮人。内心冷了半截，心道：“如此矮人，能有了不起的本领吗？”心里很是疑惑。

这位怪杰姓徐，人称“徐矮子”，是自然门始祖。他对内外家南北派的武功无所不通，闯荡江湖数十载，技艺大成，世人皆以“剑仙”称呼。

徐始祖身形矮小，身高不满四尺，其下颌刚及桌面，因身矮貌亵，不为人重，故常隐居深山大川，潜心武学。删繁就简，综其所学，另辟蹊径，熔各派精纯功法于一炉共冶，所过皆化，所存者神，始创自然门武学。“动静无始，变化无端，虚虚实实，自然而然”，功成自有神勇，机息渺茫，动则万变，缥乎缈乎至乎无声。

自然门境界分为天、地、人三盘，徐始祖踩水而行如履平地，一夜间可往返于湘川大山之间，此谓天盘功夫。

徐始祖为人满腹经纶，尤精老庄哲学，故他收徒除对方武功基础坚实外，学识涵养也必须出类拔萃，因此未得传人。但见到杜心五后，惊为美质良材，当即收他为徒。

最初杜心五见徐始祖身材矮小，并不肯竭诚求教，徐始祖不甚计较。后杜心五多次试探袭击，又见徐始祖登山越岭如涉平川，腾飞之术矫若山鹰，方知徐始祖之神技，于是便诚心求教。

自然门并无固定的套路，以不失自然为本旨，其初功为内圈手，习练手眼身法步，要求“身似弯弓手似箭，眼似流星腿似钻”，手上则要求“封如铁石黏如胶，扣如钢钩刺如刀”。此后再习推手，加入踢腿，先点后并，顺逆成环，其上乘境界“吞身如鹤缩，吐手若蛇奔，活泼似猿猴，两足如磨心”。对敌时“相对如婴儿，举手不能逃”。之所以名为“自然门”，讲究的即是“打法自然，处世自然，归根自然”。

光绪十一年，杜心五满十六岁时，徐始祖认为杜心五的武艺到了成熟阶段，该出去历练历练，便决定带他到贵州、四川一带去开阔眼界。师徒二人一路上攀山越岭。徐始祖在羊肠小道上行路如履平地，杜心五怎么也赶不上师父。走一程，徐始祖总得等一阵。有一天，过一座铁索桥。桥面狭窄，宽不过二尺，下面则是万丈深渊。杜心五突然萌起一个念头，心道：“师父轻功精熟，从正面攻击难得入手，要是突然偷袭，他后面又没长眼，未必不能得手。”想罢，举腿朝徐始祖臀部踢去，不料腿一伸出，徐始祖倏地一转身，接住杜心五的腿往上一举。杜心五倒栽出铁索桥外，只觉得身子轻飘飘地在半空晃荡不已。等他清醒过来，才知道自己头上的辫子被师父抓在手里，自己在半空“打秋千”。

杜心五大呼道：“师父救我呀！”

徐始祖神色严峻道：“你这叫乘人不备，毫无武德！”杜心五老老实实说出了自己的想法，并非歹心。徐始祖谅解了他，告诫道：“练武之人最忌偷袭。即使将我击垮也算不得什么高手。你有什么想法，可多问多思，我自然会尽自己所知为你解答。”

杜心五犹豫了片刻问道：“师父，我刚才偷袭，您怎么知道？”

徐始祖道：“你之所以功亏一篑，全在练气不到位。意气之练，不是像做功课一样，上课就上课，下课就下课。而是要做到意气、内功、外功浑然一体，时时刻刻都要练啊！善于运行气血，才能融化于全身各个部位。于是，全身各个部位对气候变化，身前身后各种响动的反应都有一种感觉。因此，产生了一种自然应变的本领。”徐始祖的这番话，深深震动了杜心五。

杜心五跟随徐始祖学艺八载，艺业大成后，便前去四川的一家镖局自荐为镖师。四川因地处山区，响马流寇多如牛毛，加之是大西南的门户、行商也多。为保护商旅的安全，相应出现了很多职业性的镖局。镖局的镖师，没有一两手过硬的功夫，是绝不会受到雇请的。杜心五见镖局头儿有意怠慢，瞧他不起，便硬着头皮道：“我们可以试试手再说！”

镖局头儿是个五大三粗的汉子，听杜心五这么一说有些惊诧，道：“乖乖，真是初生牛犊不怕虎啊！”

两人于是摆开架势较量。杜心五一拱手道：“请多指教！”话音未落，屈身一个“横空出世”，把镖局头儿扫倒在地。镖局头儿迅速翻跳起来，还未及站稳又被杜心五钩翻在地。这一连串动作迅疾灵活、干脆利落。镖局头儿坐在地上连声道：“神腿！神腿！硬是要得，硬是要得！”

杜心五将他扶起，进屋坐定后道：“对不起，刚才是我孟浪，请您多加原谅。”

镖局头儿忙道：“哪里，哪里，不打不相识嘛！你虽年轻，功夫可了不得啊！”

杜心五马上追问一句道：“我能担任镖师一职吗？”

镖局头儿拍了一下大腿，竖起大拇指道：“怎么不能！你的功夫真有点儿板眼啰！”

就这样，年轻的杜心五在四川镖局当起了镖师。

四川地区走镖行业，大多是由行商出钱雇请，行商的货物运往山区，大都靠骡马驮运，多时二十至三十头牲口，少时也有七八头，俗称“马帮”，镖师与马帮同行。杜心五当镖师时只有十八岁，是镖局所属镖师中最年轻、最不起眼的一位。

光绪十三年，杜心五身负押镖重任，由四川起程向云南进发，一路上杜心五谨小慎微，不敢疏忽。渐渐深入黔滇边界苍茫山路崎岖的峡谷，杜心五开始坐滑竿盘旋而上，行至中途，路陡难行，他跳下滑竿，准备稍事休息。谁知刚一弯腰探视路径，从岩下蹿出一个强盗，手持利刃向杜心五迎头猛刺。前面是悬崖，后面是绝壁，无余地躲闪。杜心五吸了口气，猛一缩身，使出“黑豹穿裆”，钻入强盗两裆之间，随即一躬身，只听哗啦一声，那强盗被弹入深渊，滚动的声音在峡谷中回响。另有两名潜伏在附近岩洞中的强盗，见此情景，知道不是杜心五的对手，缘绳索攀上悬崖仓皇逃去。此后，沿途再没有遇到强盗，杜心五顺利地到达了昆明。

杜心五经常来往于川、桂、滇、黔一带，名声逐渐大了起来，所遇高手、镖客、劫匪无一不是他手下败将，遂在武林中有“无敌”之称。沿途绿林响马，只要听说是“神腿”杜心五过路，都不敢劫镖。

有一次，他将一队马帮安全护送到目的地后，独自一人返川，在川黔边界深山老林中，杜心五还仗义除了一个名叫“李老大”的大盗。此人开黑店，作恶多端，杜心五捣毁了这个强盗窝，救出了几个被劫掠来的妇女。

杜心五在四川过了几年镖师生活，越干越觉得前途渺茫。当初他自荐镖师，是为了找个营生，但几年中的所见所闻，令人愤愤不平之事太多了。马帮、商贾之间尔虞我诈，贩毒走私者如行尸走肉，强盗土匪杀人越货，走镖同行间相互嫉妒，不是争名便是夺利。加之他性格豪爽，为人耿直，不但强盗恨他入骨，连某些镖师也容他不得。

杜心五本是个有抱负、有志向的青年，他痛感自己在江湖上走镖，实在难以干出一番事业，因此辞去镖师之职，返回慈利老家，闭门读了几年书。

杜心五为人侠义，胸中常怀济世救民之志，在家乡的几年，他和湖湘名士谭嗣同、谭人凤皆有来往。后杜心五因诛杀贪官，亡命日本，为胸中“科技救国”之理想，考入东京帝国大学，专攻农林专科，并结识了既是同学又是同乡的湖南桃源人宋教仁，二人交谊甚笃。经宋教仁介绍，杜心五认识了革命党的领袖孙文，当时他化名中山樵，被革命同志称为孙中山。

孙中山于光绪二十一年，也就是西历一八九五年，创立了同盟会，杜心五受其革命精神感召，加入了同盟会，成为孙中山的保镖。

第二十章 生死从来轻 无计悔深情

程廷华等四人听尹福说这个英俊青年原来是杜心五，都不由得面露惊异之色。

程廷华问道："尹师兄如何看出来的？"

尹福叹道："你们难道没有注意，他没有辫子，并且前半边额头已长满了头发。他身后的宝剑，分明就是杜心五的成名兵器'云片花'。再加上他的轻功身法，在空中尚能腾挪如意，这除了自然门的天盘功夫外，哪家的轻功也做不到呀！"

程廷华、郭云深等四人这才恍然，因为清兵入关时，强逼汉人剃发易服，所有成年男子前半边的头发都要剃光，后面的头发结成一条大辫，称作"留头不留发，留发不留头"。晚清年间剃头担子的一头有个空盒，便是当年传下来的，那本来是用来装人头的。

此时中国人虽然也有剃去辫子的，但多数都是在国外，或者是由国外刚回到中国的。民间男子的辫子依旧留存着。

尹福猜测道："我观杜心五可能是来刺杀慈禧太后，只是在京城潜伏数日并没有得到下手机会，暗中可能看到沙弥远暗算咱们，于是两次出手相助。"

刘凤春点头道："尹师兄说的有道理，不然杜心五无缘无故跑到颐和园干什么？"

程廷华问道："尹大哥，你现在准备去哪里？"

尹福仰天长叹，低声道："变法失败了，康先生已然出走，梁启超先生有日本人保护，应该亦是安全。我所担心的反是谭嗣同先生，我想去源顺镖局，与王五商议一下，不要让谭先生落于官兵之手。"

程廷华点头称是，道："既然如此，尹大哥且自去，我们还回法源寺，需要人手时，让人来通知。"

尹福沉重地点了点头，与程廷华、郭云深、刘凤春、孙禄堂四人分手，径自往源顺镖局赶去。

天刚蒙蒙亮，晓雾似白纱蒙在原野上，笼罩着田地、树丛和村落，原本应是一个美丽的青色黎明，但尹福却丝毫也感觉不到，心中空荡荡的，仿佛什么都没有了。尹福迈步跨入内城时，强压下去的骤闻噩耗的哀伤愤懑心情猛地兜上心头。尹福面无表情地走着，变法失败了，这一场强国强种的变法运动就这样失败了！为了神州这片残山剩水，多少人甘冒天下之大不韪：光绪帝夙夜忧叹的焦虑，珍妃机灵聪慧的劝荐，康有为勤于维新的操劳，梁启超学识渊博的大声疾呼，还有谭嗣同豪迈宏伟的理想……

怎么就这样失败了呢？尹福想不通，他看着掌中的松花琴砚沉痛地叹了一声，自己夺回了松花琴砚，可是又有何用？维新变法还是无力回天。尹福常年练气，内家功夫精纯，从未感到衰老，但此刻，他感到自己的身影却如此衰老不堪，他觉得自己就像是汪洋大海中的一叶小舟，怎么挣扎也抵挡不过狂风暴雨的侵袭，显得那么可怜又凄惨，再也不能扬帆远航了！

尹福走在大街上，环目四顾，整个京城的气氛充满了压抑，路上行人神色慌张，不时交头接耳。

尹福在去源顺镖局前，先到了府右街刑部尚书廖寿恒的府中求见廖寿恒。廖寿恒一见尹福，不禁神色黯然，两人一时相对无言。

尹福问道："廖大人，不知此次康先生一案，都牵涉到了谁？"

廖寿恒叹道："今天清晨，上面命军机大臣开一张'康党'的名单。我因为常在皇上与康有为之间传旨，不能开口。军机处最后在奏片上开了五个人的名字。"

尹福急忙追问道："是哪五位？"

廖寿恒沉重道："谭嗣同、杨锐、林旭、刘光第、康广仁。"

尹福面色一变，却听廖寿恒道："事情远不止此，这奏片写完，正要呈进，寝宫内又发出来一道奏折，折尾上面是太后的朱笔亲批'速议奏！'"

尹福急道："谁的奏折？"

廖寿恒道："御史杨深秀。"

尹福追问道："奏折上写什么？"

杨深秀是光绪十五年己丑科进士，而廖寿恒是那一科会试的总裁，师生之谊，自不寻常。廖寿恒叹息道："杨漪村又妄言了，举朝就他一个人上书诘问皇上何以被废？并引经据典，历数国有女主，必非社稷之福，请慈禧太后撤帘归政。"

尹福击掌道："杨大人果真是硬骨头。"

廖寿恒悲声道："军机处的刚毅等人咄咄逼人，到底定下了要将杨漪村拿交刑部治罪，同时通知步军统领衙门，先行逮捕了杨漪村。"

尹福眉头紧锁，道："多谢廖大人透露消息，我现在要赶快去找壮飞先生，让他尽快离开京城。"

廖寿恒微点了点头，低声道："诸事小心。"

尹福起身告辞离开了廖府，刚走出府门几步，忽听背后一个娇脆的声音叫道："尹爷。"尹福回头一看，廖映雪俏生生地站立在府门前。

廖映雪嗔道："来我家也不知道找我打个招呼，还没怎么待，又转身走了。"

尹福无言以对，只得道："变法失败了，我来找廖大人探听虚实，还要赶着去找壮飞先生，所以没敢耽搁。"

廖映雪一双明眸牢牢地盯住了尹福，低声道："我知道这事，你也要小心，你和'维新党'走得太近，别被人暗算了。我追出来，就是想告诉你，这世上有一个人，在为你担着心。你若有什么不测，那等于拿刀戳她的心窝子。"

尹福心里一颤，他不敢注视廖映雪，因为每一次注视着她的时候，内心总有说不出的愧疚，因此他不敢稍微对她在感情方面有一点点放纵，因为他知道自己终必会有负于她。一想到这里，他内心就有说不出的悲哀、歉疚。尹福期期艾艾道："廖姑娘，尹福一个粗人，根本就不值得姑娘如此关心。"

廖映雪的眼圈红了，道："我知道你想说什么，你觉得自己年龄大、有家室儿女，你还觉得我是官家小姐，你的身份不配。可我不在乎，我觉得同你在一起的几天是我最快乐的日子。我一个姑娘家都这样说了，你还让我怎么样？"

尹福觉得脸上火辣辣的，廖映雪的痴情让他动心。他嘴唇嗫嚅了几下，想对她说，我对我的夫人是一种感情，对你又是另一种感情。但是尹福没有说出口，因为每当面对廖映雪的俏脸，他的眼前总会浮现出妻子的身影。

尹福二十岁那年，朴素的花轿把一个秀气的乡村姑娘接进家门。从此，这个勤劳、温顺、贤良的农村女人，把自己的全部都给了尹福，替他挑起家庭的重担，抚养孩子长大成人。她把对丈夫的爱都倾注在缝衣做饭、伺候老人上面。尹福在宫中教拳，在王府服役，在武馆授徒，整日在外奔波，家里上上下下、里里外外都是由妻子主持。他是不能有负自己的妻子的，而他与廖映雪之间，是一道传统和阶级划出的鸿沟，根本无法逾越。

尹福的心乱了，活了几十年，他平生第一次感到一种奇怪的心痛，这种心痛是他以前从未感觉过的痛，是一种甜中带苦、百般挣扎、无力可施的疼痛。

铮然一响，一支铜箭骤然向尹福射来。尹福正在失神之际，眼看已避之不及，廖映雪已急扑而上，来不及格挡，推开尹福，噗的一声，正中廖映雪肩头！

尹福大叫一声："映雪姑娘！"见廖映雪已经摔倒在地。

尹福刚要去扶廖映雪，身后一道爪影向他袭来。尹福跃身避开，定睛看时，见一个满头白发的高大老人站在面前。

尹福恨声道："秦天羽，宫九公已死，你还不死心，真要把这把老骨头扔在京城吗？"

秦天羽一双凶睛瞪得老大，叫道："宫九公、丁暮阳都折在八卦掌的手上，我与你们不共戴天。如今连康有为他们都被荣禄大人收拾了，我看你还能有什么可倚仗的。"

尹福见他箭伤廖映雪，怒气勃发，维新变法失败带来的愤懑也被激了起来，厉声道："秦天羽，你这武林的败类，你把命留下吧！"

尹福不再说话，双掌一错，一招"滚腕单撞"直打秦天羽，随即身形转动，双掌挥洒之间，张弛有度，如流水一般圆融无缺。一招"丹凤朝阳"抬掌猛击，直向秦天羽的左侧胸肩劈去。秦天羽见势不妙，左手三指横伸，虎口圆撑，反扣尹福猛击而出的右掌。

尹福掌击中途，骤然将肘一沉，将掌势收回，顺势纵臂猛甩，同时急提左掌护胸，硬挡秦天羽的一记肩撞。随即一个摆步，一个回身掌，招数已变，使出走圈之术避开秦天羽的攻势。无论秦天羽如何施压，尹福只是连连转圈，秦天羽被他弄得头晕眼花，于是索性不随他转身，一心以逸待劳。谁知他的攻势稍微放缓，尹福随即反攻，连消带打地接连使出"指南金针""进步穿掌""顺步盖掌"，掌力雄浑，呼呼有声。

尹福双掌上下翻飞，身形也似蝶绕花间一般左旋右转，轻巧灵活。在秦天羽眼中，尹福虽然是身形飘忽，然而其落下的脚步却又是稳健有力，像是扎根在地上一般，浑身上下充满着一种随时可以爆发的弹劲。更烦恼的是尹福双掌旋绕环转，变化多端，落在眼中就是攻无定所，在双掌画出的范围内，任何一处都有可能是对方的攻击点。

秦天羽一声厉叫，劲贯指尖，双掌撕拉，体内劲气骤然被激发至顶点，一股雄浑刚烈的劲气朝尹福直扑而去。

尹福骤然双掌上下翻转，一股狂飙从掌中汹涌而出，如同海潮叠涌般，先以一招“行步撩衣”，右手自左至右画了个半弧，拨开秦天羽的利爪。然后使出一招“白蛇吐芯”，左掌翻身穿出，快似闪电，一掌拍在了秦天羽的天灵盖上。秦天羽一声惨叫，瘫倒在地。

当街之上，尹福不便杀人，一掌击下，已稍稍收回了一些劲力，秦天羽性命得保，却已成废人。尹福唤来廖府的家人，让他通知顺天府，将秦天羽抓捕归案。

廖映雪此时已经被抬到房中，伤口做了清理，包扎妥当。廖映雪脸色苍白，躺在床上，见尹福进来，刚要挣扎起来，已被赶至床边的尹福轻轻按下。

尹福柔声道：“映雪姑娘，你好好歇着，很快就能好的。”

廖映雪听他虽然改唤映雪姑娘了，但仍是显得生分，眼泪不由得又流了出来，压低声音道：“我宁愿刚才为你而死。如果就这样死了，心里也许更舒服些。”

尹福身躯一震，廖映雪反手握住了尹福的手，道：“尹爷，你知道吗？我宁可自己死，也不愿让你受到伤害！”

尹福痴痴地望着廖映雪，不知不觉间眼泪打湿了衣襟。二人浑然忘我之际，全没注意廖寿恒已走进了房中……

尹福怀着沉重的心情来到源顺镖局，王五已经急得七窍生烟了。尹福开口就问道：“壮飞先生呢？”

王五激动地说：“外面已经是风声鹤唳，我苦劝他住在我这里，任他千军万马，我也定当护他周全。可是他却说浏阳会馆中还有一箧文稿书信必须处理，所以要回去，我一想也有道理，便放他走了。但他却拒绝了我给他派的镖师，说什么若有危险人多人少都一样。唉，真是急死我了！”

尹福也是心急如焚，将自己去天津经历之事告知了王五。

王五不禁勃然大怒，拍案而起，厉声道：“袁世凯这个叛变的小人，复生他们错信了他。若非他的出卖，怎会在一夜之间，变法失败得如此彻底！”

怒气未息，王五转又悲愤道：“今儿早上镖局的厨子老徐赶早去买菜，回来说，太后准了御史杨崇伊上的折子，又正式‘临朝训政’了。唉，这一百多天的维新变法算是完了。”

尹福沉声道：“刚才我在廖寿恒大人处探听到，慈禧下了懿旨，说康先生‘结党营私，莠言乱政’，已将他革职，康广仁先生被步军统领衙门移交刑部治罪，连礼部右侍郎徐致靖也以滥保‘匪人’罪，遭到革职，永不叙用。为今之计，梁启超先生有日本人保护，可保无虞，咱们得尽快让谭先生离开北京城，回到南方，重整山河！”

王五连连点头道：“走，快去浏阳会馆，这次他不走，我绑也要把他绑走！”

“会馆”乃是京城里特有的地方，明清时期，各地举人于子、午、卯、酉之年来京会试，市井里便有所谓的“状元店”“状元吉寓”等小旅店提供食宿，不但价格昂贵，且供不应求。于是便由有声望、在朝为官者出面，联络官商出资，为本地方举子建造馆舍，供应食宿，名为“同乡会馆”。

到了清代，北京除各省会馆外，还有府县会馆。会馆也从当初专供食宿发展为“以敦亲睦之谊，以叙桑梓之乐，虽异地宛若同乡”。实为中华民族异地相亲的一个表征。

位于宣武门外北半截胡同的浏阳会馆，是二十年前谭嗣同父亲谭继洵捐钱建造的，谭嗣同来京便以此为寓所，如在家一般，并无任何不便。

尹福、王五脚下迅快，一会儿就赶到了浏阳会馆，却不见谭嗣同。找到了谭嗣同的老家人谭桂一问才知道，谭嗣同一早就拿着一个包裹出去，直到现在还未回来。

尹福、王五五内如焚，生怕谭嗣同有了什么不测，便分头到京城各处寻找。结果这一天两个人几乎跑遍了半个京城也没有发现谭嗣同的踪迹，谁也不知道他究竟到什么地方去了。而他们所听到的消息却更为严重了……

光绪帝已被囚禁在中南海的瀛台，连珍妃也被廷杖四十，打入了冷宫，连一件首饰和稍好的衣服都不让带。步军统领衙门开始公开搜捕“维新党”人，林旭、杨深秀、杨锐、刘光第等人都被押入刑部大牢，总署大臣张荫桓也被牵扯在内，抓了起来……

尹福和王五遍寻不获谭嗣同的消息，无奈之下只得暂回源顺镖局休息吃饭。二人相对无语，食难下咽。到了掌灯时分，王五到底还是忍不住了，道：“尹爷，咱们不能在此干坐呀，得想想办法！”

尹福双眉紧锁，一拍椅子站起身来，道："五爷，咱们再去浏阳会馆看看。"

王五等的就是尹福这句话，现在他既想去浏阳会馆，又怕听到谭嗣同不幸的消息，所以踌躇不决。听尹福如此说，仿佛帮他下定了决心一般，当先迈步往外面走去。

二人再次赶到浏阳会馆时，天色已然入夜，一钩新月，数抹微云，暗沉沉的梧桐庭院中，只有谭嗣同的书房"莽苍苍斋"有一点儿灯光左右摇曳。王五想起以前，无论哪一夜他到此处，莽苍苍斋都是灯火通明，笑语不绝，孰料旦夕之间，凄凉如此。王五心中一酸，眼眶就有些发热。尹福却没有想那么多，心情反而有些高兴，灯亮，就说明人还在，谭嗣同还未遭不测。

尹福和王五轻轻推开莽苍苍斋的房门，看见谭嗣同依旧如前一样英气勃勃，面上挂着坚毅的微笑。

谭嗣同的双目射出火焰般的光芒，欣然道："五哥，尹爷，你们来了，这太好了，我本来正想去找你们告别呢！"

尹福和王五同时一惊，不由自主地重复了一遍道："告别？"

谭嗣同平静地说道："不错，是告别，皇上已遭囚禁，众多同人被逮捕入狱，变法维新已彻底失败，谭嗣同本为倡导者，怎可逃避？谭嗣同当以死报之！"

尹福望着谭嗣同，惊诧地摇着头道："不可能的，这不该是壮飞先生的作风。失败不过是眼前的，尹某也曾经沮丧过，但先生不同，你完全可以保留有用之身，卷土重来，重整山河！"

谭嗣同淡淡一笑道："康有为先生已然安全地离开，卓如兄隐身在日本公使馆，今日白天我已去见过他，并且将我《仁学》的稿子交给了他，他那里很是安全。既然有康、梁同在，'维新党'的力量就没有消亡，至于我，则需要为此次'维新'做最后一点儿事。"

王五愤声道："难道这最后一点儿事就非要去死吗？"

谭嗣同平静地道："五哥，你先别急，且等我把话说完，不知你们看过一出戏叫《赵氏孤儿》吗？"

尹福和王五一愣，不知谭嗣同为何又扯到这出戏上面去了。

却听谭嗣同说道："这出戏相当出名，你们即使没有看过，也应知戏的内容。公孙杵臼和程婴为救孤儿，分别走了两条路，一条死，一条生。公孙杵臼说，先死之人，反倒容易，留存生命的人，要担负很大的责任，公孙杵臼选择了容易。

今日我觉得也是如此，艰难之事幸有康、梁去做，容易之事就由我来完成吧！”

尹福与王五相顾愕然，都没有想到谭嗣同竟然做了如此的比拟。二人正无言之时，却听窗外一个声音叹道：“复生兄，你如此殉道，简直是毫无意义！”

屋中的三人一惊，都未发现何时有人潜近莽苍苍斋，三人皆精武功，尹福更是一流的高手，直到此人开口方才发现，焉能不惊？

就见房门被推开，缓步走进一人，正是“神腿”杜心五。

尹福这才醒悟，也只有杜心五这种绝世的轻功才令尹福也发现不了。

杜心五和谭嗣同原是旧识，谭嗣同一见杜心五，不由得惊喜道：“慎愧，你来了！”说着站起身要为杜心五介绍尹、王二人。

杜心五摆手道：“不必介绍了，我同尹爷已然见过面，至于五爷，我更是闻名已久了。”谭嗣同问道：“慎愧，你适才在窗外所言是何意啊？”

杜心五肃容道：“我们现在同两千年前的春秋战国已完全不同，四百兆神州志士需要的是生的力量，而不是死的激励。”

谭嗣同淡然笑道：“你还没有明白我的本意，我的死不是激励，而是警世。”

杜心五大惑不解道：“警世？”

谭嗣同肯定道：“正是警世，我要让后来人看到谭嗣同的血，做出决定。”

杜心五摇头，表示不理解，却问道：“复生兄还记得黄轸吗？”

谭嗣同道：“自然记得，他不是也去日本了吗？”

杜心五点头道：“不错，当年的黄轸，今天已改名黄兴，他曾经劝你革命，但你拒绝了他，你说中国乃是身患重症的病人，不可使用猛药，是以才决定走维新之路。眼下维新大势已去，狂澜既倒，你不如随我赴日，以革命挽救中国。”

谭嗣同默然不语。

杜心五自怀中取出一封信，道：“其实我此次回国，乃是奉孙中山先生之命而来，孙先生在日本已料到变法必遭失败，所以让我前来劝你不可做此无谓的牺牲。”

谭嗣同一看信封，上面写着：“谭复生先生亲启”。谭嗣同随手拆开信，信上写道：

复生先生：

文与先生素未谋面，然先生之高风亮节，文久知之矣，极盼一晤，奈何时势不允，惜哉！

兹由杜慎愧来迎先生东渡，盼先生盱衡大局，勿作无谓之牺牲。孟子大言："可以死，可以无死，死，伤勇。"先生大勇，文等如望云山，先生大才，文等如望云霓。事迫矣，亟盼即时启程，另辟战场，共襄盛举。轻重之间，以先生明达，自不必文等多陈。

生死交情，乞纳我言。即颂

顺安

孙文 手启

谭嗣同看完信，面色沉郁，将信移到灯上，一炬火苗闪起，不一刻，信就烧毁了。

屋中三人不知谭嗣同如何考虑，目光盯住了谭嗣同。谭嗣同语气平和道："慎愧，请你转告孙文先生，他的好意谭嗣同心领。但我依然不准备离开，我甘愿一死，死给天下的苍生看。"

谭嗣同继续说道："刚才我之所以说我的死，要有警世作用的原因，就是要让天下人有所取舍。中国的奋发图强，究竟是维新？还是革命？让谭某的死，供他们去抉择，孰对孰错，自有人心去衡量。"

杜心五痛心道："复生，你为什么不做改天换地的勇士，何必非要做抛洒热血的烈士呢？即使牺牲也不一定非你不可！"

谭嗣同微笑道："烈士也需要有人去做，更是非我不可。提倡维新变法的人是我，只有我的死，才会震撼人心。我已经无事可为，寸心成灰，甘做殷鉴，更复何言！"

顿了一下，谭嗣同又道："自古以来，想要推翻一种旧制，无不经流血而成，今日的中国没有流血之人，这是国家之所以没有生气的原因。既然没有，就从我谭嗣同开始吧！"

杜心五、尹福、王五三人望着谭嗣同脸上肃穆的神情，心底不禁一阵震颤。谭嗣同的面上甚是安详，仿佛他已无生死之分，超脱了生与死的界限，再不会因为什么而改变。

杜心五也不再说话，尹福和王五突然发觉他们的来意错了。王五悲声道："复生，你才是真正的大英雄、大豪杰，我愧不该以妇人之仁来劝你。复生，你要保重！”

谭嗣同沉声道：“此次维新变法救国不成，反陷皇上于危境，他被囚瀛台，若有麻烦，尹爷可为照料。若太后欲害皇上，还请五哥设法营救。”

尹福、王五默然点头。

谭嗣同长嘘了一口气，挥了挥手，淡淡道：“郑燮所绘《游侠图》上题诗云‘大雪满天地，胡为仗剑行。因有不平事，不上酒家楼’。谭嗣同与三位一别，相见无期，请自珍重，复生不复生矣，以此诗相送！”

三人黯然神伤，泫然泪下，急忙迈步走出了莽苍苍斋。

外面的夜色显得出奇的黑，那一钩残月也被乌云遮没了，今夜的秋风，像突然一下子冷了起来，卷起了院中落下的梧桐叶，在半空中飘着……

北京的城门，一般按俗话来说是“里九外七皇城四”。

“里九”指的是内城的九个城门，南面城墙中间是正阳门，走的是皇轿官车。正阳门的东边是崇文门，走的是酒车。东面城墙的中间是朝阳门，走的是粮车。南方的粮食都由北运河运到通州，再由通州大道运进朝阳门，所以朝阳门附近粮仓极多，像禄米仓、南门仓、北门仓、新太仓等。朝阳门的北边是东直门，走的是木材车，附近的大木厂也最多。

北面城墙是德胜门和安定门。德胜门为出兵门，出兵打仗都走德胜门，“德胜”二字自是讨个吉利，取“得胜”之意。而安定门为进兵门，打仗归来都进安定门。

西面城墙接近德胜门的是西直门，走的是水车，玉泉山的水，装在骡车上，就是经这座城门运到皇宫紫禁城。西直门的南边，也就是北京西面城墙中间的那座城门，是阜成门，走的是煤车，附近有门头沟、三家店等煤矿。

再转到南面城墙，正阳门的西边，就是宣武门。宣武门在城西，西方属金，金主死，故宣武门又称“死门”，走的是囚车。

宣武门外就有大名鼎鼎的刑场菜市口，死刑重犯都由内城经宣武门游街到外城，然后拉到菜市口行刑。

谭嗣同在刑部大狱的一号间已经待了四天，他刚接到林旭的一首诗：“青蒲饮泣知何用？慷慨难酬国士恩。欲为君歌千里草，本初健者莫轻言。”诗中用的是后汉何进的典故，“千里草”和“本初”影射董、袁二字，意思是领兵

"勤王大计"应谋之于"甘军"首领董福祥，相信袁世凯，则过于轻率，透露出很大的懊悔之意。

谭嗣同看后很是感慨，这几日他已想了很多又几乎什么都不想，也许他的想正是不想，不想正是想。谭嗣同安静地等待着，等到牢门打开，司狱请他出去过堂。

谭嗣同走了出去，陆续走到院子里的还有杨深秀、杨锐、林旭、刘光第、康广仁。

刑部提牢厅的主事就是绰号"乔壳子"的乔树枬，四川华阳人，为人机警而热心，对六君子很是钦佩，所以吩咐司狱对这六人一定要客气。

司狱口中说道："诸位大人，请这边走。"

刑部大狱称为"诏狱"，俗称"天牢"，所属明朝锦衣卫的镇抚司，共分南北两座。到了清朝，建制并无变动，不论南镇抚司，还是北镇抚司，都有东西两道角门，司狱此时指的是西角门，他人不以为意，刑部司官出身的刘光第却面色大变。

原来刑部大狱有个例规，如果人犯释放或只是过堂，都走东角门，唯有已经大辟定谳的人犯才走西角门。刘光第是知道这个规矩的，既惊且诧，紧走两步，对身旁的林旭低声道："迹象不妙，恐怕毙命就在今日。"

林旭身子一颤，面上却是不动声色，昂然随谭嗣同等人走了出去。

清朝对于囚犯的斩决，还沿袭着传统的刑制，在每年冬至前行刑，不让死囚过冬，因此俗称"秋决"，北京人管这叫"出大差"，执行的这一天叫"郊天"。

囚车到宣武门时，照例要暂停片刻，因为路东有一家名叫"破碗居"的酒铺，囚犯都要在这里喝酒。

这家酒铺专为死囚准备了一种黄酒和白酒兑在一起的混合酒，称之为"迷魂汤"，又名"金银汁"。"破碗居"每到此时，都在门前放上长凳一条，凳上放着大木盆，里面盛着混合酒，盆上横放着一个长条大木板，板上放破碗数只。囚车一到，押解的人用碗盛满混合酒给死囚灌下，让死囚喝醉，喝完后，押解的人将碗向盆里一掷，碗立刻破碎，这家酒铺由此而得名。

正因如此，北京城内不论酒铺、酒缸，出售散酒，从不敢给人使用带有裂纹或破口的酒碗，倘有失误，人家不但一文不付，甚至打骂店主，店方亦不敢还口。

囚犯喝过酒后，刑车便不再停留，直奔刑场菜市口。

菜市口是北京的闹市，从南方来的人，过卢沟桥，进广安门，到北京内城，大都要经过这里。六百多年前，这里还叫“柴市口”的时候，就已经是杀人的场所了，当时被杀的人就是大宋的丞相文天祥，在他死后，一座“文丞相祠”建在了这里。

菜市口是闹市，最佳的场所就是丁字路口上，从这里回望，还可以看到宣武门巍峨的城楼。这里是闹市的刑场，也是刑场的闹市。

路北药铺鹤年堂的前面就是行刑的场所。鹤年堂是京城里数百年的老店，相传这“鹤年堂”与“六必居”的两块招牌，还都是严嵩的笔迹。

“先有鹤年堂，后有菜市口”。鹤年堂始创于明永乐三年。鹤年堂店名取自《淮南子》中“鹤寿千年，以极其游”句。鹤年堂是由元末明初祖籍在西域的诗人丁鹤年所开，比同仁堂要早两百多年。

“丸散膏丹同仁堂，汤剂饮片鹤年堂。”北京人都知道，吃丸药去同仁堂，吃汤药还是鹤年堂的好。老北京流传一句歇后语：鹤年堂讨刀伤药——死到临头。这话有两层含义：一是刑场就在鹤年堂药店门前，二是鹤年堂曾自制“鹤顶血”，实际上是一种麻醉药。服下此药，周身麻木，疼痛不觉。行刑前，犯人家属给狱卒使钱，狱卒将“鹤顶血”交犯人服下。每到行刑时，鹤年堂的东侧总要搭个棚子，棚下放着一张木桌、一把椅子，桌子上放着笔架，上面架着朱笔，给监斩勾决使用。

至于死囚则必须面向东面跪着受刑，因为东面就是虎坊桥，意思是把死囚送入虎口。不过判处凌迟死刑的囚犯例外，要面西而跪，据说这种囚犯罪大恶极，虎也不吃他的魂魄。由于今日所杀的都是大臣，是以场面做得很是正式，表示出对这些人的尊敬。做过官的，就是临死也还是有尊严的。囚车上的六人，有的激越，有的沉痛，还有的怯懦，但谭嗣同的脸上始终是一派从容。

车过琉璃厂十字路口北的时候，守望在这里的尹福，看到了镇定赴死的谭嗣同。

王五没有来，他不忍心看谭嗣同受刑，这个豪壮的汉子，黄豆大的泪珠潸然而落，他对尹福悲泣道：“复生是英雄，我不能让他看到我掉泪的样子。”

尹福一阵悲怆，王五的手中拿的是谭嗣同在狱中写给他的诗：“望门投止思张俭，忍死须臾待杜根。我自横刀向天笑，去留肝胆两昆仑。”

尹福的身子有些战栗，有些东西堵在胸口里仿佛要憋炸了。他要去最后送送壮飞先生。尹福是从法源寺走出来的，没料到这段距离出奇地近。他在蓦然间感觉到有些恍惚，郭云深和孙禄堂离开了京城，李存义返回天津，刘凤春照做翠花生意，连马贵的伤势在刃心法师的治疗下也快好利落了。如果不是马维祺的“首七”刚过，仿佛一切都没有发生过。

令尹福宽慰的是，由于廖寿恒的努力，加上朝廷此刻的注意力全在“康党”人的身上，刑部只对梁振圃判了终身监禁。消息传出，法源寺中的八卦门兄弟一片欢呼雀跃。廖映雪的伤也好了，尹福再去廖寿恒府中时，廖寿恒委婉地表示不希望尹福与廖映雪再见面。

尹福不怪廖寿恒，锦绣庙堂与草莽江湖永远是泾渭分明的，即使自己在宫廷当差，也改变不了自己出身江湖的事实。几日后，尹福收到了廖映雪派人送来的一封信，信上写了短短一行字：“相呴已湿，相濡以沫，不若相忘于江湖。”信纸上斑斑点点，显然写时洒满了泪痕。

尹福的心再次痛了起来，回顾这数日来的奔波经历，尹福好像做了个不切实际的梦。然而，当他看到谭嗣同从容的面容时，这一切的一切，分外真实，他默然地在人群中跟随囚车走着。

监斩官是大名鼎鼎的军机大臣刚毅，他一向以顽固守旧闻名。刚毅没有读过多少书，张口却爱转文，不过却常念白字，以当朝执政大臣的身份却常常“茶”毒生灵，草“管”人命，朗朗上口，成了绝大的笑话。

本来“官犯”勾决，总要经过三推六问，刑部会审之后，再行判处，可慈禧已然等不得了，在“重新临朝训政”召见军机大臣的当天，就下了一道懿旨：“康广仁、杨深秀、杨锐、林旭、谭嗣同、刘光第等，大逆不道，着即处斩。派刚毅监视，步军统领衙门，派兵弹压。”刘光第面色苍白，站在监斩台前，厉声喝问：“祖宗法度，临刑鸣冤的人，即使盗贼命犯，也要请予复审。何况我等大臣，不审讯就杀，将祖宗法度置于何地？尔等如何昭示天下臣民？”

身为御史的杨深秀也质问道：“本朝气息奄奄，还能诛杀谏官吗？”

刚毅无言以对，只是喝道：“我只奉命监斩，其余不管。”双手掩耳，表示不听。

兵丁上来强按他们跪下，刘光第犹不肯跪，杨锐在旁劝道：“裴村，先跪跪，且听旨。”刘光第这才无奈跪下。

刚毅宣读完懿旨后，杨锐站起身争辩道：“愿明心迹！”

刚毅撇了撇嘴，道："有旨不准说！"验明正身后，刚毅用朱笔一勾，然后按照惯例，把笔朝下一丢，下令行刑。

杨锐气得满面通红，斥道："哪里是有旨不准说，分明尔等借机迫害。"

他想扑向刚毅，却被兵丁紧紧抓住，围观的人群中顿时响起了一片唏嘘之声。林旭年轻的脸甚是苍白，他望了望监斩台上的刚毅，又环顾了一下整个刑场，叹道："吾辈死，正气尽矣！"

鹤年堂的掌柜王圣一对六人十分敬重，从店里取出麻醉药"鹤顶血"分发给六人，但六人在秋风下肃然而立，并无一人接受。

谭嗣同一语不发，他蔑视地凝望着监斩台上的刚毅，简直不屑于向他提出质问。他依旧心如坚石般，站在刑场之中。他平静地放眼望去，今日天气有些阴霾，愁云密布，虽然时近黄昏，但那一抹如血的残阳，依然不屈服似的，释放着最后一丝光和热。

谭嗣同的目光突然定住了，他看到了一个人，那是尹福。

谭嗣同的嘴角逸出一丝笑意，突然间，像划破长空的一把利剑，他的喊声震动了整个刑场。

"有心杀贼，无力回天。死得其所，快哉！快哉！"

六人斩讫，时已薄暮，谭嗣同的躯体静静地卧在菜市口，身首异处，头颅滚在一旁，双目睁得好大。

尹福似痴了般，眼望青天，久久不语。他静静地看着谭嗣同的老家人谭桂，痛哭失声。谭嗣同临刑前的声音一直在他的耳际响呀，响呀……

尹福终于走上前，听着谭桂轻声祝告道："少爷，您死得惨……"

尹福再也忍不住了，他冲口说道："不，壮飞先生不是死得惨，他是死得冤枉！"他微噙着泪，蹲下身，伸出手去，将谭嗣同至死不瞑的双目抹得合上了，悲愤地道："壮飞先生，头上有天！"

尹福站起身来，发现夜色渐渐降临，朦朦胧胧中，秋风卷着落叶在他面前打着旋飞过。尹福迈步走了，将身躯挺得笔直，踽踽独行。路，虽然望不到头，但毕竟还是向前延伸着……

2001 年 11 月 26 日至 12 月 18 日初稿于昌平南口

2006 年 9 月至 2007 年 3 月重修订于凭栏迎雪阁

后 记

“唯将侠气流天地，别有狂名自古今。”

这副对联是谭嗣同十三岁所写。

少年时，读梁启超的《饮冰室合集》，上面写道：“……与余相见，劝东游，且携所著书及诗文辞稿本数册，家书一箧托焉。曰：‘不有行者，无以图将来；不有死者，无以酬圣主。今南海之生死未可卜，程婴、杵臼，月照、西乡，吾与足下分任之。’遂相与一抱而别。初七、八、九三日，君复与侠士谋救皇上，事卒不成。初十日，遂被逮。被逮之前一日，日本志士数辈苦劝君东游，君不听；再四强之，君曰：‘各国变法，无不从流血而成，今中国未闻有因变法而流血者，此国之所以不昌也。有之，请自嗣同始。’卒不去，故及于难。”

这段文字我曾反复读了数遍，谭嗣同的血性义气、豪爽狂放颇令我心动神驰。后来我自己在写这段小说时，完全参照了这些文字。

小说写完最后一笔，已是午夜时分，独坐书斋，竟无端地忆起这副对联，徘徊低吟许久，顺手就写在了稿纸上。

在当今中国的武术比赛和武侠文化上，出现了一大怪现象：一方面，“拳击加腿加摔跤”的散打被世人怀疑，这难道就是中国的武术吗？另一方面，在武侠小说和武侠影视中，又将侠士写得抽象绝对，神乎其神，不可理喻。如果把擂台和文坛做个比较，显然反差巨大。事实上，中国武术及其武术文化正在遭受着扭曲。

我在阅读、研究大量历史武术资料中，发现了很多可以用作小说素材的史实，于是写了这部小说。文笔虽然粗糙，却也想通过这些冰冷的文字一展中国传统武术的风姿。2001 年我写出了第一稿，以《戊戌英雄传》之名发表于“榕树下”网站，受到了很多读者鼓励。2006 年 9 月，我将初稿推倒重写，历时五个月，三易其稿，完成了这部长篇武术小说《京城侠谭》。

我不想如传统武侠小说般在史实上对武术进行臆造，而独钟于中国传统而真实的武术文化。我为了达成自己所提出的创作方向，努力往传统技击描写的路线上靠，历史背景选用了“戊戌变法”，主人公选择了清朝末年八卦掌名家尹福先生。评书大家连阔如先生 20 世纪 30 年代的作品《江湖丛谈》中谈到练武术的还曾提到：

……至于清室末叶，八卦门的董海川、尹福，太极门之杨露禅，亦都有惊人的技能，又戳杆又支杆（又教徒弟又护院），很做了些个惊天动地的事儿。提起杨班侯、翠花刘、煤马、眼镜程等人来，至今还有人在茶馆酒肆里谈论他们的故事。

我用武术界流传的故事结构小说，所写到的武林高手，无一不是武术界的前辈名家。通篇小说涉及了十数种中国传统拳术的技术和特点。

小说创造的是一个令人心驰神往的梦，这需要大量的想象力。我选择了中国近代武术史上的武术家来结构小说，真实的人物和事件不仅限制了我想象力的发挥，而且在通篇的叙事中造成了故事本体不突出，可是小说毕竟叙述的只是七天的事，如果更换叙事方法，就势必要更改结构，虚构更多的情节，又不免改变了我的创作初衷，我不肯为之。如果您阅读时感到这本小说浅陋的话，那么请原谅，前辈的故事原本很传奇，只是当年我这个二十一岁的年轻人叙述得不够精彩而已。

小说毕竟是小说，读者不必拿它当“武术史”看。现实中，董海川和杨露禅不会打上三天，高手较技，可能几个照面就分出了输赢。在武术技击中，输的不一定比赢的弱，赢的不一定比输的强，今天赢可能明天输，明天输可能后天赢。武术同今日的竞技体育一样，运气和客观因素也占了相当大的比重。

这部书完稿后，尘封硬盘许久，数次碰壁，几无希望面世，特此感谢我的八卦掌老师贾树森先生和京味儿文学老师刘一达先生，没有他们的侠义心肠和仗义相助，这些文字终究还只是一些散落的断简残篇。

附录一

戊戌变法大事记

一月　五日，康有为等在北京成立粤学会。是月，康有为第五次上书光绪帝，提出变法具体计划：采法俄日以定国是，大集群才而谋变政，听任疆臣各自变法等，并正式提出了国事付国会议行，颁行宪法的要求。二十四日，光绪帝命总理衙门大臣李鸿章、翁同龢等延康有为至总理衙门询问变法事宜，并命进呈康有为著《日本变政考》《俄彼得变政记》等书。二十九日，康有为第六次上书光绪帝，即《应诏统筹全局折》，提出三条变法主张：一、大集群臣，明定国是；二、设立上书所，广开言路；三、开制度局，以重定章程。

二月　二十一日，谭嗣同等在长沙成立南学会，由黄遵宪、皮锡瑞、谭嗣同、邹代均等轮流主讲，是日学会开讲。二十八日，康有为第七次上书光绪帝，并进呈《日本变政考》《俄彼得变政记》等书。

三月　二十六日，康有为发动公车百余人上书，请求联英拒俄。是月，谭嗣同、唐才常等在长沙创办《湘报》作为南学会的机关报，“以开风气，拓见闻”为宗旨，刊载关于维新变法的言论。是月，闽学会、蜀学会、关学会等维新团体在北京成立。

四月　十七日，康有为发起“保国会”于北京，提出“保国、保种、保教”的宗旨。之后，保滇会、保浙会、保川会相继成立。二十二日，严复译述的英国赫胥黎名著《天演论》（Evolution and Ethics and Other Essays）出版，以“物竞天择，适者生存”等进化论观点，唤起国人救亡图存，对当时思想界影响极大。

五月　二日，御史潘庆澜弹劾康有为立保国会“聚众不道”。

六月　九日，康有为呈送《请告天祖誓群臣以变法定国是折》，主张仿照日本，誓于太庙，决定国是，变法维新。御史杨深秀、翰林院侍读学士徐致靖先后上书请定国是。十一日，光绪帝下“明定国是”诏书，宣布变法，“百日维新”开始。十五日，慈禧太后斥黜翁同龢军机大臣等职，逐回原籍；以荣禄署直隶总督，统率“北洋三军”（董福祥的甘军、聂士成的武毅军和袁世凯的新建军）；命嗣后授二品以上大员新职均须向慈禧太后“谢恩”。十六日，光绪帝于仁寿殿召见康有为，任命他在总理衙门章京上行走，并许其专折奏事。二十三日，清政府实授荣禄为直隶总督兼北洋通商事务大臣。

七月　八日，后党御史文悌书劾康有为“遍结言官，把持国是”，光绪帝不谕“文悌不胜御史之任，著回原衙门行走”。二十六日，清政府改《时务报》为官办，派康有为督办其事。二十九日，清政府命各省兴办中小学堂。

八月　十三日，康有为上折请禁天下妇女缠足。十六日，清政府设立译书局。拨开办费二万两，以备博选通才。二十四日，清政府发布上谕：光绪帝将于十月十九日奉太后赴南苑，再赴天津以次阅军。二十六日，清政府准梁启超在上海设立编译学堂。三十日，诏裁詹事府、通政司、光禄寺、鸿胪寺、太常寺、太仆寺、大理寺等衙门，外省裁撤湖北、广东、云南三省“督抚同城”的巡抚，东河总督及不办运务之粮道与仅管疏销之盐道等。

九月　四日，礼部尚书怀塔布、许应骙等以阻挠主事王昭条陈事，被光绪帝革职。五日，光绪帝命谭嗣同、杨锐、刘光第、林旭等以四品卿衔为军机处章京，参与新政事宜。十四日，光绪帝赐康有为、杨锐密诏，谕以政变危机，令速筹良策。十六日，光绪帝召见袁世凯，命以侍郎候补专办练兵事宜。十七日，光绪帝命康有为迅速出京，赴上海督办官报局。十八日，谭嗣同夜访袁世凯，企图借袁兵力保光绪以威胁慈禧，袁佯应允。十九日，袁世凯回天津，立即向荣禄告密。二十一日，慈禧太后再出“训政”，幽禁光绪帝于瀛台。以康有为“结党营私，莠言乱政”，下令通缉。史称“戊戌政变”。二十五日，梁启超自塘沽坐船逃往日本。二十八日申时，清政府杀害谭嗣同、林旭、刘光第、杨锐、杨深秀、康广仁六人于北京菜市口，史称“戊戌六君子”。

附录二

网友评论

好小说，是以尹福的生平为线索改编的小说，值得看，回味无穷！（网友：玄武禅）

很喜欢你的文章！对武术很了解！想知道郭云深与董海川比武详情！拜托！（网友：箫一笑）

好哇！期待下篇！但既然是戊戌英雄传，不会是悲剧吧！我不想这样啊！（网友：箫一笑）

杨公露禅与董公海川根本就没有比过武，更不可能有打三天不分胜负的武林高手，真打起来一两下就完了。（网友：形意八卦）

我很喜欢你的小说里面的英雄人物，他们都是我所熟悉的，因为我喜欢武术，也曾经研究武术史，曾经出席过有关研讨会，发表过论文。你小说里的人物李瑞东，还是我的曾外祖父呢。（网友：老熊）

看了小说里您对全佑向杨露禅先生学拳的那一段生动描写，我很是喜欢。我帮助李派太极拳做了一个网站，在武术文学一栏中把您的小说设置了链接，望您理解。（网友：闻宇）

这里面的许多人都是真名，以后的情节可不好写哟！你的文章真是不错。开始我以为我写得不错，看了你的之后，才找到了个对头。哈哈哈！（网友：风潇雨寒）

你在历史研究和素材收集上下了很大的功夫，文笔有过人的地方。我个人觉得，将虚构的小说定位到真实的历史中，会让小说中的人物产生一种宿命感。历史大家都已经熟知，戊戌变法最后又怎样读者也都清楚。所以，不管怎样去编织和构造情节，小说中人物大的命运已经被注定。或许，有些人注重的是轰轰烈烈的过程，但人物的结局也是同样被注定的。我觉得，当然是我个人觉得，小说应该以人为中心，去描写人性，在不同的环境、不同的背景下，发掘人物内心的感情与感受。去融合在历史里当然也是一个非常好的途径。我们的侧重点是不同的，你着眼于侠义的精神，而我偏好人的感情方面。（网友：最 x 特瑞）

这要看多少书才能写出这样的东西啊,你不是抄人家的吧？哈……（网友：临江仙与丑奴儿）

的确有大家风采。（网友：无寂）

用词新颖，文采像梁羽生。有看头！（网友：是你不懂我）

写得好，是大手笔！（网友：高拙音）

好！大家风范！（网友：和尚之花）

小说写得痛快，痛快！（网友：kkklll1979）

写实的风格、真实的历史、传奇的人物、传统的武术是最大的亮点。（网友：依人）

拜读大作，感受良多，心潮澎湃，相识恨晚！唯愿一切安好！（网友：东海钓叟）

以上评论摘自榕树下全球中文原创作品网，除修改个别错别字和标点外，尽量保持网文原貌。